FJB

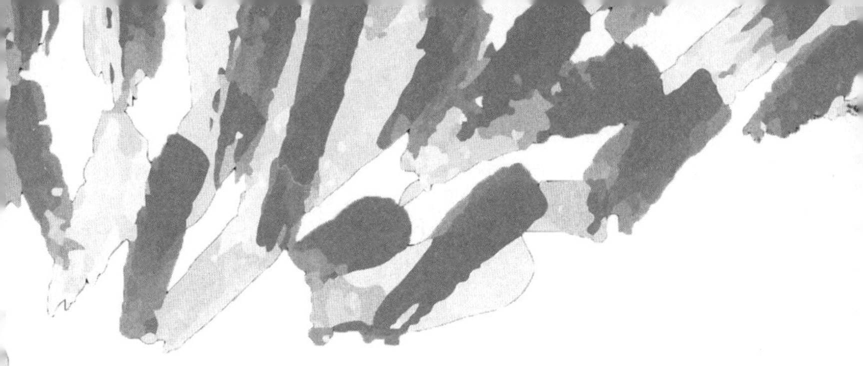

Hilary T. Smith

HELLWACH

Roman

Aus dem Amerikanischen
von Jenny Merling

FJB

MIX
Papier aus verantwortungsvollen Quellen
FSC® C083411

Erschienen bei FISCHER FJB

Die amerikanische Originalausgabe erschien unter dem Titel ›Wild Awake‹
bei Kathrine Tegen Books im HarperCollins Verlag, New York

Für die deutschsprachige Ausgabe:

Satz: Dörlemann Satz, Lemförde
Druck und Bindung: CPI books GmbH, Leck
Printed in Germany
ISBN 978-3-8414-2157-9

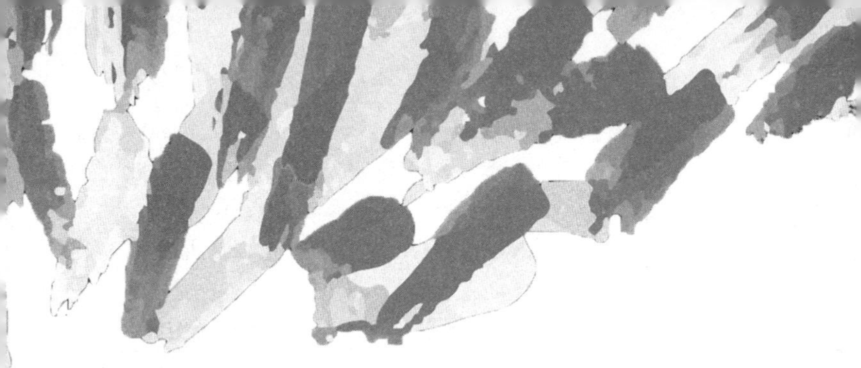

KAPITEL 1

Heute ist der erste Sommertag, und drei Dinge weiß ich ganz genau. Erstens: Ich bin glücklich. Zweitens: Ich bin high. Und drittens: Lukas Malcywycks T-Shirt ist so rot, dass ich da am liebsten wie in einen Apfel reinbeißen würde.

Lukas und ich sitzen im Keller seiner Eltern, meinem liebsten Ort auf der ganzen Welt. Letzten Sommer haben wir Wände und Decke mit Resten aus den Containern der *Teppich Welt* auf der South Granville Street verkleidet und die schlimmen Leuchtstoffröhren gegen gelbe Lichterketten ausgetauscht. Jetzt ist das hier unser Proberaum. In der einen Ecke steht Lukas' Schlagzeug, und dort drüben ist ein Ständer für meinen Synthesizer.

Im Moment sitze ich mit dem Ding auf dem Schoß auf der blauen Couch und mache Lasergeräusche. Lukas sitzt neben mir. Die muskulösen, von jahrelangem Schlagzeugspielen und täglichem Männer-Yoga durchtrainierten Arme hat er ausgestreckt, seine Augen leuchten entschlossen.

»Wir brauchen einen neuen Namen für die Band«, sagt Lukas.

»*Snake Eats Kitten* ist doch super«, antworte ich.

»Das klingt, als wollten wir witzig sein. Ich dachte, vielleicht lieber so was wie *Sonic Drift*.«

Ich drehe an ein paar Knöpfen und drücke dann eine Taste. Klingt wie eine Mischung aus einem Xylophon und einer Atombombe. Ich klimpere eine Xylobomben-Version von *Twinkle, twinkle, little star*.

Lukas guckt genervt. »Muss das sein?«

Ich ignoriere ihn einfach und spiele weiter.

»*Sonic Drift* klingt nach Musik für Tote«, murmele ich. »Das klingt zu …« Ich suche nach einem passenden Wort, was gar nicht so leicht ist, wenn man ständig vom sanften Flackern der Lichterketten an den Wänden abgelenkt wird. »… zu durchdacht«, beende ich schließlich meinen Satz mit einer lässigen Gelehrtengeste. »Wie was aus einem Fachbuch.«

Lukas setzt sich auf. »Genau. Es ist abstrakt. Klingt nach einer ernsthaften Band.«

»Klingt eher wie eine Angeber-Band. Mit *Snake Eats Kitten* kann jeder was anfangen. Du hast doch am Samstag gesehen, wie die Leute darauf abgegangen sind.«

»Die fanden das lustig. Das ist ja wohl was anderes.«

Ich stelle meinen Synthi auf den Boden. Neben der Couch steht ein Bücherkarton, auf dem »Zu verschenken« steht. Ich ziehe ihn zu mir heran.

»Will deine Mom die nicht mehr?«

Ich krame in dem Karton und ziehe ein Buch mit dem Titel *Depression bei Kindern und Jugendlichen* heraus. Lukas'

Mom ist Sozialarbeiterin und das ganze Haus voll mit so was. Auf dem Buchcover ist ein Emo-Mädchen, das vor einer Mauer sitzt und aus mit Kajal umrandeten Augen unter ihrer ausgefransten schwarzen Kapuze hervorschaut. Absurderweise hält sie einen Taschenrechner in der Hand. Als hätte sie mal eben ein bisschen herumgerechnet und dabei festgestellt, dass die Welt noch viel beschissener ist, als man so dachte. Und jetzt hängt sie eben da an der Mauer rum und wartet auf die Zombie-Invasion.

Ich blättere in dem Buch. »Okay, Lukas, ich teste jetzt mal, wie depressiv du bist.«

»Lass den Quatsch, Kiri.«

»Du wolltest doch was Anspruchsvolles! Hiermit können wir ganz tief in unsere Psyche vordringen.« Ich sehe Lukas mit meinem allerbesten Psychiater-Blick an. »Hast du dich innerhalb der letzten vierzehn Tage wertlos gefühlt?«

»Kannst du nicht mal zur Abwechslung ernst sein? Bis zum Halbfinale brauchen wir einen besseren Namen.«

Er versucht, mir das Buch wegzunehmen, aber ich halte es so, dass er nicht rankommt.

»Das hier ist ernst. Willst du etwa nicht wissen, ob du depressiv bist?«

Lukas wirft sich quer über die Couch und versucht wieder, mir das Buch wegzunehmen. Er ist mir so nah, dass ich den Lavendelduft von diesem Öko-Waschmittel an seinem T-Shirt riechen kann, das seine Mutter immer kauft. Während er mir die Finger aufbiegt, atme ich tief ein. Herrlich.

»Lukas, Kiri, Essen ist fertig«, ruft Lukas' Mom von oben.

Beim Wort Essen lasse ich das Buch endlich los. Lukas wirft es auf den Boden. Das Emo-Mädchen landet mit dem

Gesicht auf dem Teppich. Sorry, Emo-Mädchen. Viel Glück mit den Zombies.

»Ich find *Sonic Drift* jedenfalls gut«, sagt Lukas, als wir die Treppe hinaufstampfen.

»Ja, ja, ist angekommen.«

Oben holt Lukas' Mom gerade irgendwas Überbackenes mit Kartoffeln drin aus dem Ofen. Die Ränder der Kartoffelscheiben sind goldbraun, und das Ganze schwimmt in Sahne. Petra Malcywyck sieht mich und winkt mich heran.

»Kiri, piekna, gibst du mir mal eben den Topflappen da?«

Ich reiche ihr den Topflappen, und sie zieht die Auflaufform aus dem Ofen. Lukas verschwindet in sein Zimmer, um sich umzuziehen. Er behauptet immer, er würde beim Schlagzeugspielen schwitzen, ich persönlich habe an seinem perfekten Körper aber noch nie etwas gesehen oder gerochen, das auch nur ansatzweise an Schweiß erinnert hätte.

»Hattest du einen schönen Sommer bis jetzt, Kiri? Wie geht's dir so allein in eurem Haus?«

Mrs Malcywyck, also Petra, kommt aus Polen und sieht immer noch richtig toll aus, obwohl sie Anfang fünfzig ist und schon komplett graue Haare hat. Sie hat eine ziemlich hohe Stimme, redet aber immer ganz ernst – als ob Minnie Maus eine Rede vor der UNO hält.

»Ja, alles bestens. Ich hab viel Zeit zum Üben.«

Da fällt mir ein, ich muss nach Hause und heute noch ein bisschen was tun. Ich hatte schon überlegt, Lukas zu sagen, dass ich neben dem Internationalen Wettbewerb junger Pianisten keine Zeit für den Bandwettbewerb habe. Aber wenn ein absolut umwerfender Typ sozusagen darum bettelt, mit ihm das musikalische Äquivalent eines heißen Dates zu haben, kann man ja wohl schlecht nein sagen.

»Macht dir das gar nichts aus, nachts so ganz allein zu sein?«

Ich schenke Petra ein strahlendes Lächeln. »Nö!«

Sie runzelt die Stirn und murmelt etwas auf Polnisch vor sich hin. »Als mir deine Mutter von der Reise erzählt hat, hab ich gesagt, sie ist verrückt.«

Im Moment sind meine Eltern gerade bei Tag vier ihrer Urlaubsreise angelangt, die sie sich gemeinsam zum 25. Hochzeitstag geschenkt haben und schon seit Jahren planen. Sie fahren zum allerersten Mal in ihrem Leben überhaupt weg, und die Planung hat sie so in Anspruch genommen, als würden sie ein Baby erwarten: Reisekleidung kaufen, Reisebücher lesen, eine bunte Mischung an Reisepillen gegen die ausgefallensten und teilweise wohl ausgedachten Krankheiten nehmen, die sie sonst mit Sicherheit im Ausland befallen würden. Eigentlich sollte mein Bruder Denny vom College nach Hause kommen und auf mich aufpassen, aber im letzten Moment hat er sich entschieden, den Sommer im Labor des meeresbiologischen Instituts zu verbringen und Seeigel zu quälen.

Mit der Entscheidung meiner Eltern, mich sechs Wochen lang allein zu lassen, ist Lukas' Mom überhaupt nicht einverstanden. Und meint deswegen – meine Worte, nicht ihre –, sie hätten nicht mehr alle Tassen im Schrank.

Sie nimmt Olivenöl und Balsamico vom Regal und macht ein Dressing für den Salat.

»Was wirst du denn bloß die ganze Zeit essen?«

»Oatmeal.«

»Und was dazu?«

»Sojamilch und Bananen.«

Sie sieht mich an, als hätte ich Schnaps und Ritalin gesagt, und klopft kopfschüttelnd das Salatbesteck am Schüsselrand ab.

»Du verhungerst noch mit deinen Haferflocken. Hier, das kannst du schon mal auf den Tisch stellen.«

Ich trage die Salatschüssel rüber zum Küchentisch. Außer Kartoffelauflauf und Salat gibt's frisches Brot mit Butter, grüne Bohnen und Hähnchenfilet. Wie Lukas so dünn sein kann, obwohl er jeden Tag Petras gutes Essen bekommt, ist mir echt ein Rätsel.

»Und was, wenn du mal hinfällst und dir den Kopf aufschlägst?«

Ich versuche, mir vorzustellen, wie es überhaupt dazu kommen könnte, dass ich hinfalle und mir den Kopf aufschlage. In dem Moment kommt Lukas in Jeans und einem weißen T-Shirt aus seinem Zimmer. Ich bin immer noch so high, dass ich ihn einfach nur anstarre. Petra ruft Lukas' Dad zum Essen.

Nach dem Abendbrot, das vom typisch Malcywyk'schen Schlagabtausch über den feinen Unterschied zwischen »Elektro-Soul« und »Elektro-Funk« im Werk diverser unbekannter Bands aus den 70ern begleitet wurde, räumen Lukas und ich den Geschirrspüler ein. Petra packt mir so viel Essen zusammen, dass es für den ganzen nächsten Monat reichen würde. Die Tupperdosen stapeln sich fast bis an die Decke. Petra teilt sie auf zwei Jutebeutel auf.

»Nimm dir das hier mit. Du kannst nicht nur von Bananen und Haferflocken leben.«

Ich bedanke mich.

Petra sieht mich prüfend an. »Und du rufst an, wenn irgendwas ist, ja?«

»Ja.«

»Und denk dran, die Türen abzuschließen.«

»Ja.«

Sie mustert mich noch einen Moment lang skeptisch. Petra hat diesen ganz speziellen Blick drauf. Unter dem gesteht man Dinge, von denen man nicht mal wusste, dass man sie überhaupt verbrochen hat. Ist so ein Sozialarbeitertrick, da muss man höllisch aufpassen.

Letzten Herbst hat sie mich damit so richtig drangekriegt. Ich war wegen der Vorbereitungen für den Klavierwettbewerb so fertig mit den Nerven, dass ich am Abendbrottisch bei den Malcywycks angefangen habe zu heulen. Zum Ausgleich musste ich die nächsten Wochen jedes Mal wie ein Gebrauchtwagenhändler strahlen, wenn wir uns gesehen haben, bis sie mir endlich glaubte, dass ich kein depressiver Teenager wie das Emo-Mädchen auf dem Buchcover bin.

Ich lächle sie an, als wäre ich ein bisschen weich im Kopf. Gehen Sie ruhig weiter, hier gibt's nichts zu sehen. Vor allem nichts, was man für ein Problem halten könnte, Lady.

»Bleibst du noch ein bisschen zum Fernsehen?«, fragt Lukas.

»Nee, ich muss nach Hause, üben.«

Petra verschränkt die Arme.

»Kiri. Bist du sicher, dass du nicht hierbleiben willst?«

Ich zögere einen Moment. Lukas' Dad legt seinem Sohn die Hände auf die Schultern und wartet auf meine Antwort. Aus irgendeinem Grund wird mir beim Anblick dieser Geste das Herz schwer, und für einen kurzen, verwirrenden Augenblick sehe ich mich von außen, wie ich dort mit den Tupperdosen beladen in ihrer Küche stehe. Das ist nicht deine Familie!

Ich denke an meine eigenen Familienmitglieder – Mom und Dad gemütlich in ihrer Luxuskabine, Denny gemütlich in seinem Labor.

Ich denke an meinen Übungsplan, den ich mir heute Morgen an den Klavierdeckel geklebt habe. Die Klavierstunden sind mit gelbem Neonmarker eingetragen, und meine mir selbst auferlegten Deadlines habe ich blau umkringelt (Bach auswendig lernen, Chopin in vernünftigem Tempo spielen können, das komplette Set mit geschlossenen Augen spielen).

Ich denke an das Einkaufsgeld, das Mom mir auf den Kühlschrank gelegt hat. Ich sehe ihren Zettel vor mir, dass ich nicht vergessen soll, die Azaleen zu gießen und den Müll rauszubringen.

Ich lächle Petra an und schüttele den Kopf. »Nein, danke.«

Auf dem kurzen Weg zu mir nach Hause überlege ich, welches Stück ich mir gleich als Erstes vornehme. Aber als ich die Wohnungstür aufschließe, höre ich drinnen das Telefon klingeln.

Und ab da wird plötzlich alles sehr seltsam.

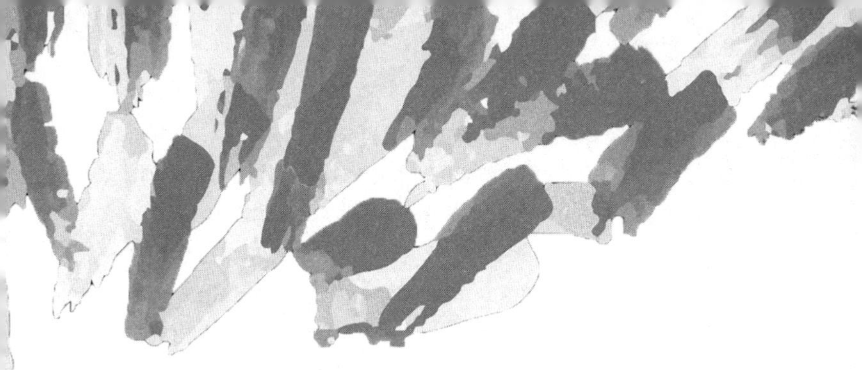

KAPITEL 2

»Hallo?«

Ich stelle die Beutel mit den Tupperdosen ab. Ist bestimmt Petra, die wissen will, ob ich gut angekommen bin – dabei ist der Weg von ihnen zu mir so kurz, dass es sich nicht mal lohnt, die Kopfhörer ins Ohr zu stecken. Ich verdrehe die Augen und bereite mich auf meine allabendliche Rede zur Lage der Türschlösser in unserem Haus vor.

Statt Petras autoritärem Zwitschern höre ich jedoch nur ein langgezogenes, heiseres Röcheln. Na toll. Einer von Dads Klienten.

»Hier bei Familie Byrd«, sage ich, diesmal in diesem eklig seriösen Ton, den wir in solchen Fällen benutzen sollen.

Lange Pause. Ich höre ein Husten. Schließlich bequemt sich der andere doch zu einer Antwort. »Ich will Al sprechen.«

»Geht es um Ausstattungsgeräte für die häusliche Krankenpflege?«, flöte ich.

Schweigen. Dann: »Ich hab gesagt, ich will Al sprechen.«

Er klingt genauso wie mein Opa Bob immer am Telefon: misstrauisch, fast feindselig. Als wäre der Mensch am anderen Ende der Leitung vielleicht gar nicht der, für den er sich ausgibt.

»Er ist im Moment leider beschäftigt, ich notiere mir aber gern eine Nachricht für ihn.«

Ich male mit dem Kuli auf dem Notizblock herum.

Datum: Herz.

Uhrzeit: Stern.

Anrufer: Strichmännchen mit einem langen Schnörkelbart.

»Dürfte ich Ihren Namen wissen?«

Wieder Stille, als bräuchten meine Worte eine ganze Weile, bis sie den Anrufer erreichen.

»Doug Fieldgrass.«

Ich male Tulpen in das Nachricht-Feld. Dann einen Bienenschwarm. Es ist sehr wichtig, möglichst detailliert und präzise mitzuschreiben, was der Anrufer will, das haben mir Mom und Dad ungefähr tausendmal eingebläut.

Doug Fieldgrass, wer auch immer das ist, räuspert sich.

»Sag mal, ich bin doch da bei Al Byrd, oder? Sukeys Vater?«

Bei dem Namen Sukey bin ich schlagartig hellwach. Sukey ist meine Schwester. Meine tote Schwester. Über die wir nie, nie, nie sprechen.

»Äh, schon«, antworte ich verwirrt. »Also ja, da sind Sie hier richtig.« Ich versuche, wieder in meine ruhige und professionelle Telefonpersönlichkeit zurückzufinden. »Dürfte ich wissen, worum es geht?«

Ich mache das jetzt aber nur, um nicht völlig auszurasten.

Natürlich höre ich selbst ganz deutlich, wie kalt und unpersönlich meine Stimme klingt, wie gezwungen neutral mein Tonfall wirkt. Was soll das denn überhaupt? Ich stelle mich sehr gerade hin. Meine Finger umklammern den Kuli.

»Doug? Sind Sie noch da? Ich bin Kiri, Sukeys Schwester.«

Ich höre ein Rascheln und ein Kratzen, als wäre Doug der Hörer aus der Hand gefallen.

»Ach, verdammt«, murmelt er.

Ein lautes Piepen ertönt. Dann ist die Leitung still.

Ich stehe eine ganze Minute lang regungslos mit dem Hörer in der Hand da. Eine dicke Fliege brummt am Fenster, und der Kühlschrank summt leise.

Schließlich komme ich wieder zu mir und drücke die Rückruftaste. Es klingelt einmal. Zweimal. Dann geht jemand dran.

»Pass auf«, schnauzt Doug, »ich ruf nicht noch mal an. Wenn ihr ihren Kram wollt, kommt und holt ihn euch. Das Haus hier gibt's nicht mehr lange, und ich hab nicht ewig Zeit.«

Er murmelt eine Adresse. Ich ziehe mir den Notizblock heran und schreibe schnell mit.

»Columbia? Welche Kreuzung?«

Er sagt etwas, das wie »'lumbia Ecke rschpftsg« klingt, und legt auf.

Einen Moment lang stehe ich mit dem Notizblock in der Hand unschlüssig da. Columbia Street ist mitten im gefährlichen Teil von Downtown. Meine Eltern lassen mich wegen Sukeys Unfall immer noch nicht allein Auto fahren –

obwohl sie nie zugeben würden, dass das der Grund ist. Und mit dem Fahrrad brauche ich mindestens eine halbe Stunde. Die Vorstellung, da jetzt allein hinzufahren, ist so absurd, steht so völlig und absolut außer Frage, dass ich einen Moment lang gar nicht richtig denken kann. Mein Gehirn macht ein paar verzweifelte Hüpfer wie ein frisch gefangener Fisch im Boot.

Ich sollte das lieber lassen. Ich weiß ganz genau, dass ich das lieber nicht tun sollte.

Aber es geht um Sukey, verdammt nochmal. Ich schnappe mir meinen Schlüssel und gehe.

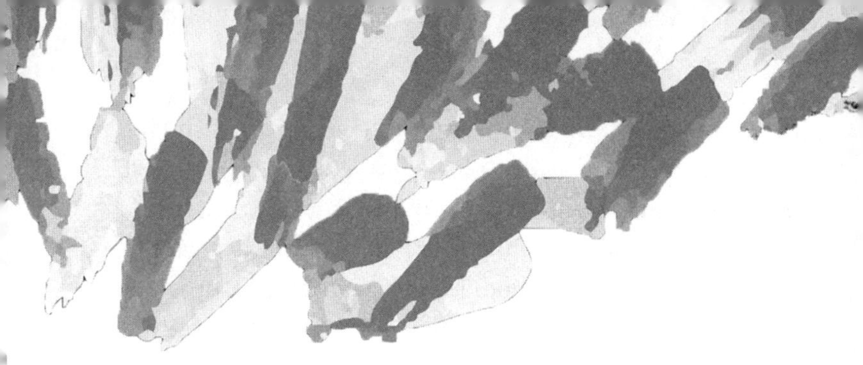

KAPITEL 3

Ich schiebe mein Rad aus der Garage und fahre los. Während ich die Straße hinunterradele, habe ich ein Kribbeln im Bauch, als hätte ich gerade eine ganze Tüte Brausepulver auf einmal gegessen. Es ist unbeschreiblich, wie wichtig und dringend sich das anfühlt, was ich hier mache. Ich bin völlig außer Atem, und das hat nichts mit den Hügeln zu tun. Ich rase über die Brücke Richtung Downtown und höre dabei den Wind in den Segelbooten pfeifen, die unten im Hafen liegen. Direkt vor mir lockt die gefährlich glitzernde Innenstadt wie eine Schublade voller Messer. Ich fahre schnell noch bei Gelb über die Kreuzung und rolle dann eine Straße mit vielen Läden links und rechts entlang.

Irgendwie fühlt es sich an, als wäre ich auf dem Weg zu Sukey persönlich, nicht zu einem sehr seltsamen Bekannten von ihr, der besoffen bei uns angerufen hat. Ich stelle mir vor, wie sie da vorn an der Ecke auf mich wartet, wie immer in Jeans und der Jacke mit dem Zebramuster.

»Hi, Kiri-Bird!«, wird sie sagen. »Hab gehört, du bist jetzt in einer Band.«

»Ach, das sind nur ich und mein Freund«, werde ich bescheiden antworten, obwohl Lukas und ich ja gar nicht offiziell zusammen sind, jedenfalls noch nicht.

»Krass. Habt ihr ein Demo-Tape, das ich mir mal anhören kann?«

In meiner Vorstellung bin ich endlich so cool wie sie, nicht mehr die zurückgebliebene Zehnjährige, die noch jedes Mal rot wird, wenn sie flucht.

»Und du fährst hier einfach ganz allein nachts mit dem Rad rum, ja?«, wird sie mich aufziehen, und ihr spitzes weißes Kinn herausstrecken. »Du traust dich ja vielleicht was.«

Während ich weiter die Straße entlangradele, kann ich fast ihr Haarspray riechen, den Duft ihres Erdbeerkaugummis. Die Straßenzüge blättern an mir vorbei wie die Seiten eines Buchs, in dem ich verzweifelt nach einer markierten Stelle suche. Als ich am Woodwards-Gebäude mit seinem riesigen roten W ankomme, das von gelben Lampen beleuchtet wird, werde ich langsamer und halte schließlich ganz an.

Ab hier wird's ein bisschen schwierig.

Genau diese Ecke der West Hastings Street markiert nämlich die gut sichtbare Grenze zwischen dem gepflegten Teil von Downtown und den Abgründen der Hölle. Wenn man am großen W vorbeigeht, steht man in Downtown Eastside – einem Viertel, das schon mit allen gruseligen Metaphern bedacht wurde, die man sich nur vorstellen kann: die nach Urin stinkende Geisterbahn inmitten des schönen, sauberen Jahrmarkts der Stadt, der faulende Zahnstumpf in den ansonsten perfekt-weißen Zahnreihen.

Dort treibt man sich nach Einbruch der Dunkelheit also lieber nicht herum – außer man ist auf der Suche nach Heroin oder dreht eine düstere Doku. Insgesamt also ein Ort, an dem ich nun wirklich nichts zu suchen habe. Müsste ich nicht auch schon längst an der Columbia Street vorbeigekommen sein?

Ich fahre weiter Richtung Osten, so langsam, dass ich mit dem Fahrrad fast umkippe. Vor mir laufen Obdachlose in Grüppchen herum. Aus der Entfernung sehen sie fast aus wie Leute, die nachts aus einem Club kommen: dieselben unsicheren Bewegungen und betrunkenen Rufe; eine alte Frau im kurzen Rock und mit verschmiertem Make-up, die auf High Heels die Straße hinunterbalanciert. Ich würde am liebsten umkehren, aber mein Rad fährt einfach weiter. Die Reifen streicheln über den Asphalt, bis ich an einer Kreuzung anhalten muss.

Während ich auf Grün warte, hält auf einmal so ein Typ auf einem verrosteten Kinderfahrrad neben mir an. Er trägt eine alte Windjacke mit ausgeblichenen, grünen Ärmeln. Seine Haare sind schmutziggelb, und die Wangen wirken eingefallen. Er sieht aus wie eine ausgemergelte Ente.

»Schickes Rad«, sagt er.

Ich starre auf meinen Lenker. »Danke.«

»Haste mal 'n Zigarette?«

»Nein, tut mir leid.«

Er verzieht das Gesicht und rollt schwankend bei Rot über die Straße. Ich sehe ihm nach und versuche, die Alarmglocken in mir zu beruhigen. Kein Grund zur Panik.

Der wollte dir nichts tun. Die Ampel schaltet auf Grün. Ich fahre los, jedoch nicht weiter geradeaus über die Kreuzung, sondern biege scharf rechts ab und fahre die Gore Avenue Richtung Chinatown hinunter. Irgendwie fühle ich mich beim Anblick der roten Laternen dort sicherer. Als ob mich die geschnitzten Drachen vor der Freakshow ein paar Straßen weiter beschützen könnten.

Mittlerweile ist es richtig dunkel geworden, und ich bin sauer auf mich selbst, dass ich vor dem Losfahren nicht noch mal bei Google Maps nach der Straße gesucht habe. Ich dachte, ich wüsste, wo die Columbia Street ist, ich war mir so sicher, dass die noch vor der Main Street kommt. Und jetzt bin ich vielleicht die ganze Zeit parallel dazu gefahren.

Ich hätte Lukas anrufen sollen, meinen Eltern Bescheid sagen sollen, überhaupt nicht herkommen sollen.

Ich bin so in Gedanken versunken, dass ich die Glasscherben vor mir auf der Straße nicht bemerke und mittendurchfahre. Ich höre auch nicht das leise Zischen, mit dem die Luft aus meinem Hinterreifen entweicht. Ich bekomme wirklich gar nichts mit, bis mich schließlich das Holpern der Felge auf der Straße aus meinen Gedanken reißt.

Der Hinterreifen ist komplett platt. Ich befühle ihn und finde eine winzige grüne Scherbe, die sich hineingebohrt hat.

Scheiße. Scheißescheißescheiße.

Ich laufe los und zerre mein Fahrrad dabei wie ein schwerfälliges, verletztes Pferd neben mir her. Es ist ganz schön sperrig, aber ich versuche, trotzdem möglichst schnell weiterzugehen. Das weiß man ja aus Naturfilmen: Langsamkeit bedeutet Schwäche. Schwäche lockt Haie an.

Mehr muss ich wohl nicht sagen.

Ein paar Typen mit riesigen Mülltüten voller leerer Getränkedosen auf dem Rücken überholen mich auf ihren Fahrrädern.

»Hey!«, rufe ich ihnen hinterher. »Wisst ihr, wo die Columbia Street ist?«

Der Linke dreht sich nach mir um. Er trägt einen zerrissenen schwarzen Kapuzenpullover und darüber eine Jeansjacke. Mit dem Müllsack auf dem Rücken sieht er aus wie ein Punk-Hausmeister.

»Zwei Blocks in die Richtung.«

»Danke.«

Er winkt kurz, und dann sind sie um die Ecke. Ich laufe mit meinem Fahrrad schnell in die Richtung, in die er gezeigt hat. Als ich das grüne Straßenschild mit den weißen Buchstaben sehe, auf dem Columbia steht, werden mir die Knie weich. Hier war ich schon mal. Ich weiß nicht mehr, warum, aber hier war ich auf jeden Fall schon mal. Beim Anblick dieser roten Backsteinhäuser keucht und hustet mein Gedächtnis wie ein alter Motor, der nicht anspringen will. Ich stehe ganz still da und lausche angestrengt, als würde mir gleich jemand die Antwort zuflüstern.

Nichts. Nur das Geräusch vorbeifahrender Autos, das Rauschen der Bäume, das Jaulen der Polizeisirenen ein paar Blocks weiter.

Ich will den Zettel mit der Adresse aus der Tasche holen, aber er ist nicht mehr da. Ich sehe in der anderen Tasche nach. Leer. Ich versuche mich zu erinnern, welche Hausnummer es war, komme aber nicht drauf. Plötzlich fühlt sich das alles nicht mehr wie ein Abenteuer an.

Genaugenommen fühlt es sich sehr danach an, als würde ich mit einem kaputten Fahrrad in einem ziemlich gefährlichen Teil in Downtown Eastside herumstehen und hätte keine Ahnung, wo ich hin soll und mit wem ich da verabredet bin.

Toll gemacht, Kiri. Ich trau mich ja echt was.

Ich stehe vor einem chinesischen Lebensmittelladen, dessen Metallrollos schon für die Nacht heruntergelassen sind. Daneben ist ein Bäcker und gegenüber ein sechsstöckiges Backsteinhaus. Ein altes Plastikschild über der Tür weist es als Hotel Imperial aus. Die Mauern um die Fenster im ersten Stock sind mit Stuck verziert, aber egal, wie prachtvoll das Haus früher vielleicht einmal war – jetzt wirkt es leider nur noch wie eine Drogenküche unter Denkmalschutz.

Wo seid ihr denn bloß?, frage ich in Gedanken, aber weder Sukey noch Doug lassen sich sehen.

Auf den Stufen vor dem Eingang hocken ein paar Gestalten, sehen zu mir herüber und unterhalten sich dann mit gedämpften Stimmen auf eine Art, die mir so gar nicht gefällt. Einen Augenblick später holt einer von ihnen eine Spritze raus und setzt sich direkt hier auf der Straße einen Schuss. Schlimmer kann es eigentlich nicht mehr werden, denke ich noch, da taucht auf einmal der gelbhaarige Obdachlose mit dem Fahrrad auf, der vorhin auf der East Hastings eine Zigarette von mir wollte. Er stellt sich so dicht neben mich, dass mir der Schweißgeruch seiner Windjacke in die Nase steigt.

»Kann ich dich mal was Persönliches fragen?« Sein Atem riecht so stark nach Alkohol, dass mir fast schlecht wird.

Ich krampfe die Finger nervös um meinen Lenker. »Lieber nicht, du.«

Er verzieht das Gesicht. »Verklemmte Schlampe.«

Jetzt hab ich wirklich genug. Ich kann einfach nicht mehr. Ich schnappe mir mein Rad und renne weg, so schnell ich kann.

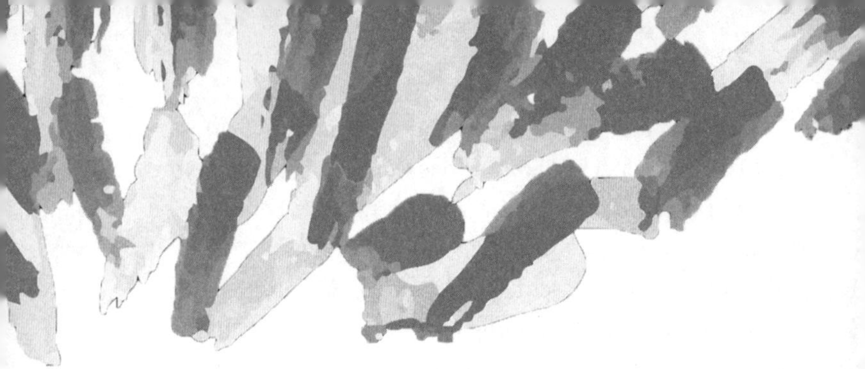

KAPITEL 4

»Hast du ’nen Platten?«

Der Typ, der mich das gefragt hat, steht vor einem Club, in dem eine Speed-Metal-Band gerade alles gibt. Man kann gedämpft den Bass und den kreischenden Gesang hören. Es klingt, als würde da gerade jemand auf der Bühne umgebracht. Ich nicke nur, ohne den Typen dabei anzusehen. Für heute habe ich wirklich genug von seltsamen Gestalten. Ich habe das Gefühl, hier schon seit Stunden vor mich hinzutraben, dabei bin ich gerade erst wieder an dem Ende der Cordova Street angekommen, wo ich aufhören kann, so zu tun, als hätte ich eine Dose Pfefferspray in der Tasche.

»Ich hab einen Ersatzschlauch zu Hause, falls du einen brauchst«, ruft er mir hinterher

Das ist doch garantiert nur so ein mieser Trick, damit ich mit zu ihm nach Hause gehe, aber ich sehe mich trotzdem kurz um.

Der Typ ist riesig. Ein Hagrid. Oder besser, eine Kreuzung aus einem Bulldozer und einem Gorilla. So groß, dass man ihn mit nur einem Blick nicht vollständig erfassen kann. Wie bei diesen Group-of-Seven-Landschaftsgemälden, da muss man in der Ausstellung auch immer einen Schritt zurückgehen, um sie ganz sehen zu können. Und genau das mache ich jetzt. Einen Schritt zurück. Und zwar sehr schnell.

Ich würde mal sagen, der Typ ist so alt wie mein Bruder Denny, vielleicht ein bisschen jünger. Er trägt ein schwarzes T-Shirt, eine schwarze Hose, die an den Knien zerrissen ist, und einen Nietengürtel à la späte 90er. Er hat ein breites, blasses Gesicht, schwarze, hochgegelte Haare und braune Augen. Sein Portemonnaie ist mit einer Kette an einer Gürtelschlaufe befestigt, und die baumstammdicken Arme sind komplett tätowiert.

Er ist also so gar nicht die Art Mann, dessen Ersatzschlauch ich in meinem Reifen haben will.

»Nein, danke.«

Ich gehe weiter. Jetzt, wo ich weiß, dass mir jemand dabei zusieht, benehme ich mich natürlich total tollpatschig. Als ich mein Rad zur Seite reiße, um einem Haufen höchstwahrscheinlich menschlicher Exkremente auszuweichen, rutscht es mir weg, und eins der Pedale kratzt mir das Schienbein auf. Ich würde mein bescheuertes Fahrrad am liebsten zusammentreten. Jetzt sei doch mal lieb! Ich will uns doch nur heil nach Hause bringen.

Der Bus Nummer 17 fährt an mir vorbei. Durch das komische Leuchtstoffröhrenlicht sehen die Leute darin aus wie in einem Getränkeautomaten. Ich entdecke eine Bushaltestelle gar nicht weit entfernt und renne mit meinem Fahrrad los. Der Bus wird langsamer, und ich bin so erleichtert, dass ich im Kopf schon die Dankesrede durchgehe, mit der ich den Fahrer gleich beglücken werde. Irgendwas, das betont, was für ein Held er oder sie ist, und gleichzeitig von der Tatsache ablenkt, dass ich weder meine Monatskarte noch 2,25 passend dabeihabe.

Die Ampel an der Kreuzung springt auf Grün, der Bus rauscht davon und hinterlässt mir lediglich eine Abgaswolke. Das darf doch nicht wahr sein. Mir ist ganz schwindlig. Jetzt muss ich doch noch mal über das Angebot von meinem Kumpel da hinten nachdenken.

Obwohl, »nachdenken« klingt nach sorgfältigem Abwägen. Eher: Jetzt sag ich mir »scheiß drauf« und drehe um. Ich stolpere den Gehweg zurück und versuche, es so aussehen zu lassen, als wäre ich dem Bus nur aus Spaß hinterhergerannt.

Ein paar Schritte vor dem Typen mache ich halt. »Hey.«

Er sieht auf den Boden und tritt eine Zigarette mit seinem Skaterschuh aus. Ich will mutig sein. Wenigstens ist der Kerl etwa so alt wie ich. Wenn er sich wirklich als Arschloch herausstellt, hol ich einfach mein imaginäres Pfefferspray raus und verpass ihm 'ne Ladung davon.

»Ich hab mich wegen dem Schlauch umentschieden. Falls dein Angebot noch steht.«

Er sieht hoch, und ich schaue mit meinem allerbesten Leg-dich-ja-nicht-mit-mir-an-Blick zurück. Im Kopf gehe ich schnell eine Checkliste durch: nicht betrunken, kein Obdachloser, zumindest auf den ersten Blick kein Drogenabhängiger. Selbst mit seinem Nietengürtel wirkt er immer noch tausendmal vertrauenswürdiger als alle anderen im Umkreis von etwa zehn Kilometern. Seine braunen Augen fixieren erst mein Fahrrad, dann mich. Er macht eine Kopfbewegung in Richtung Club.

»Hast du Lust, dir erst noch das Konzert anzuhören?«

Ich schüttele den Kopf. »Hab keinen Ausweis dabei.«

»Ist ohne Altersbeschränkung.«

»Nein, danke. Ich muss nach Hause.«

Er wirft einen Blick auf den Club und wägt offensichtlich ab, ob er mehr Lust auf *Screamo* hat oder darauf, sich um mein Fahrrad zu kümmern und mich bei der Gelegenheit vielleicht gleich noch zu vergewaltigen.

Ich nehme ihm die Entscheidung lieber ab. »Weißt du, is schon okay. Ich laufe einfach.«

Er sieht wieder zu mir. Sein Gesicht ist irgendwie ausdruckslos. Ich überlege, ob er vielleicht doch Drogen nimmt, diese gruseligen, die einem die Seele klauen.

»Nee. Komm, wir gehen.«

Ich bin unsicher. »Meinst du wirklich?«

»Klar. Ich wohn gleich hier um die Ecke.«

Ich sehe die Straße hinunter. Einerseits: Nietengürtel. Andererseits: mit meinem kaputten Fahrrad den ganzen Weg zurück nach Hause laufen. Wenn's hart auf hart kommt, kann ich bestimmt schneller rennen als der.

Ich nicke. »Okay.«

»Hier lang.«

Er läuft los, und ich stapfe neben ihm her und zerre dabei das Rad mit. Er sagt kein Wort, also fülle ich das Schweigen mit charmantem Geplänkel.

»Was für eine Band war das da drinnen gerade?«

»*Pax Satanica.*«

»Stehst du auf Metal?«

»Nö.«

Ich frage mich, wieso er angeboten hat, mein Fahrrad zu reparieren, wenn er jetzt die ganze Zeit genervt aussieht und so einsilbig ist. Vielleicht hat er nicht oft Leute zum Reden. Vielleicht ist er auch gerade auf einem schlechten Trip und hält mich für einen fahrradschwingenden Dämon.

Egal, halte ich eben auch den Mund.

Wir biegen in eine Straße mit Wohnhäusern ein. Sie sind alt und aus Holz, die Veranden wirken schon leicht baufällig, Gitter vor den Kellerfenstern. Ein Viertel, das mal hübsch und gepflegt war, aber seine besten Jahre eindeutig hinter sich hat.

»Ich heiße übrigens Kiri.«

»Skunk.«

Daraufhin bin ich dann lieber wieder still.

Vor einem weißen, stuckverzierten Haus halten wir an. Mit seinem leicht schrägen rosa Dach und den schiefen weißlackierten Regenrinnen sieht es aus wie eine eingedrückte Hochzeitstorte. Vor dem Haus ist ein kleines Stück Rasen, das von einem ziemlich mitgenommenen hüfthohen Zaun umgeben ist. Skunk schiebt den Riegel am Gartentor auf, und ich folge ihm hinein. Neben dem Haus ist ein Beet mit ein paar traurigen Büscheln dieser pinken und lila Blumen, die es für 99 Cent im Baumarkt gibt. Sieht aus, als hätte die irgendein Tier ausgebuddelt.

Anstatt die Treppe zum Haus hinauf und durch die Eingangstür reinzugehen, läuft Skunk auf einem kleinen Gehweg um das Haus herum. Mit ein paar Sekunden Verspätung springt ein Bewegungsmelder an. Im Kies links und rechts vom Weg sind Zigarettenkippen zu erkennen. Es würde mich nicht wundern, wenn ich gleich auf drei oder vier weitere Skunk-ähnliche Herren treffe, die im Garten abhängen und Jack Daniels trinken, während ihre weißen Pitbulls knurren und an den Ketten zerren.

Hinter dem Haus befindet sich ein kleiner betonierter Platz, auf dem ein paar verrostete Gartenstühle herumstehen. Daneben ein Schuppen und ein paar große Topfpflanzen. Keine Pitbulls, zumindest sind sie nicht zu sehen. Und seine Freunde sind wohl alle noch beim *Pax-Satanica*-Gig. Hinter dem Haus verläuft ein Kiesweg, der von Maschendrahtzaun gesäumt ist. Der Zaun ist völlig mit Brombeergestrüpp überwuchert. Neben der Garage stehen ein paar Mülltonnen und ein alter brauner Lieferwagen. Skunk schließt eine Glasschiebetür auf. Ich schwöre mir, auf keinen Fall einen Fuß in seine gruselige Vergewaltigungshöhle zu setzen, er bittet mich aber auch gar nicht hinein.

»Bin gleich wieder da.«

Er schiebt die Tür auf, geht hinein und kommt einen Moment später mit einem Karton wieder. »Zeig mal dein Rad.«

Ich schiebe es ihm entgegen. Er dreht es um, als wäre es federleicht, und öffnet den Schnellspanner, um das Hinterrad rauszunehmen. Ich sehe fasziniert zu. Skunks Hände sehen aus, als könnten sie bestens Dinge kaputtmachen – nicht mit den grazilen, fließenden Bewegungen eines Herzchirurgen zerbrechliche Fahrradkleinteile auseinanderbauen.

»Bist du Fahrradmechaniker?«

»Nö.«

Er wühlt in seinem Karton herum, zieht einen kleinen Plastikhaken heraus und fängt an, den Mantel abzuheben. Es sieht irgendwie verstörend und auch ein bisschen eklig aus. So, als würde er einen Hasen häuten. Ich zucke kurz zusammen, als er den Schlauch wie ein langes Stück Gedärm unter dem Mantel hervorzieht. Er hält ihn mir hin.

»Willst du den mit nach Hause nehmen und flicken?«

»Äh, klar.« Ich nehme ihm den Schlauch ab.

»Ist kein großes Loch, müsste sich eigentlich gut flicken lassen.«

»Okay.«

Jetzt bin ich diejenige, die keinen ganzen Satz zustande bekommt. Ich stecke den kaputten Schlauch in die Tasche.

Er greift wieder in den Karton und holt einen neuen Schlauch heraus. Er faltet ihn auseinander, steckt das Ventil in das entsprechende Loch und drückt ihn Stück für Stück unter den abstehenden Mantel. Dann nimmt er wieder den Plastikhaken und zwängt den Mantel mit dem neuen Schlauch darunter zurück auf die Felge. Seine Bewegungen sind schnell und präzise, man merkt, dass er gar nicht darüber nachdenken muss, was er da gerade tut. Wie diese japanischen Köche, denen man bei Miyako auf der Fourth Street durchs Schaufenster beim Sushimachen zusehen kann. Die bringen den Reis in die richtige Form, legen Avocado und Krebsfleisch oben drauf, rollen das Ganze zu einem Zylinder zusammen und schneiden ihn in kleine Stücke – alles in einer einzigen fließenden Bewegung.

In nur zehn Sekunden hat Skunk den Reifen wieder auf die Felge gezogen und pumpt ihn schon auf. Er steckt das Hinterrad wieder dahin, wo es hingehört, legt den Schnellspanner um und stellt das Fahrrad richtig herum vor mir ab. Alles ohne ein einziges Wort.

»Danke fürs Reparieren«, sage ich.

Er nickt nur.

Ein kalter Wind bläst durch den Hinterhof, und ich fange an zu zittern. Zeit, dass ich nach Hause komme. Genau das will ich auch gerade sagen, da spricht Bicycle-Boy plötzlich doch.

»Hast du keinen Helm dabei?«

Ich ziehe fragend die Augenbraue hoch. »Du rauchst, fragst mich aber, warum ich keinen Helm dabeihabe?«

Er zuckt mit den Schultern. »Die Leute fahren nun mal wie die Bekloppten.«

»Ich komm schon klar.«

KAPITEL 5

»Ich kann nicht fassen, dass du da echt hingefahren bist. Dir ist schon klar, dass dich der Typ nur abziehen wollte, oder?«

Lukas dreht das Schraubglas mit dem pelzigen grünen Stück Gras auf. Er fasst hinein, bricht ein kleines Stück ab und legt es in einen silbernen Mörser. Lukas baut einen Kopf, als wäre es eine japanische Teezeremonie: feierlich, mit einer Wahnsinnsruhe und vielen mysteriösen kleinen Zwischenschritten, die man auf eine ganze bestimmte Art machen muss.

»Ach, komm, Lukas …«

Er unterbricht mich. »Überleg doch mal. Da ruft jemand wildfremde Leute an, behauptet, irgendein wertvolles Erbstück von einem verstorbenen Familienmitglied zu haben, das nachts im dunkelsten Teil von Downtown abgeholt werden soll. Klar, Kiri, klingt überhaupt nicht nach Abzocke.«

»Er hat nicht gesagt, er hätte was Wertvolles, er meinte nur …«

»Er hätte dir dein Fahrrad klauen können. Er hätte dich erstechen können. Ich meine, ist jetzt nicht böse gemeint, aber hatte deine Schwester nicht mit Drogen zu tun? Was, wenn das einer von ihren Drogenfreunden ist?«

»Sukey war doch nicht drogenabhängig. Wieso sagst du so was?«

»Ist sie nicht an einer Überdosis gestorben oder so?«

»Nein!«

»Wie ist sie denn dann gestorben?«

»Es war ein Unfall.«

»Was für ein Unfall?«

»Was für ein Unfall wohl? Es hat seine Gründe, dass ich Angst habe, Auto zu fahren.« Ich klinge ein bisschen zu wütend.

Lukas sieht hoch. »Sorry. Ich meine ja nur, vielleicht ist es nicht das Schlechteste, dass du den Typen nicht gefunden hast.«

Ich werde rot. Als Sukey starb, war ich noch eine kichernde Siebtklässlerin, für die es nichts Schöneres auf der Welt gab, als zusammen mit ihren ebenso kichernden Freunden Disney-Lieder auf dem Keyboard zu spielen. Ich weiß, dass mir Mom und Dad viele Details vorenthalten haben, und ein kleiner, schäbiger Teil von mir ist dankbar dafür. Schon allein bei der Vorstellung, dass es überhaupt mehr Details gibt, bekomme ich einen ganz trockenen Mund und mir wird schlecht. Was wäre, wenn ich eines Tages tatsächlich herausfinden würde, dass Sukey sich mit Whisky betrunken oder Speed genommen hat? Oder, dass sie bei dem Unfall vielleicht sogar jemand Unschuldigen getötet hat?

Lukas schraubt den Deckel vom Mörser ab und kippt

das Gras auf ein Buch in seinem Schoß. *Einer flog über das Kuckucksnest.* Hab ich ihm zum Geburtstag geschenkt. Er holt die Teak-Pfeife aus seinem Federmäppchen, die er sich in einem balinesischen Importladen auf dem Commercial Drive gekauft hat, und drückt das Gras dort so liebevoll hinein, als würde er es schlafen legen. Er sieht hochkonzentriert dabei aus.

»Wieso fragst du nicht mal deinen Vater danach? Die können doch E-Mails empfangen, oder?«

Ich massiere mir den Nacken. Bevor ich heute zu Lukas gekommen bin, habe ich fünf Stunden lang Klavier geübt, genau wie es mein Stundenplan vorgesehen hat, und das macht sich jetzt schön in meinen Schultern und im Rücken bemerkbar.

»Mein Dad würde bloß meckern, dass ich da nicht hätte hingehen sollen.«

»Und deine Mom?«

»Die weiß nie irgendwas.«

Egal, worum es geht, Lukas schlägt einem immer dasselbe praktische Ablaufdiagramm vor:

1. Dad fragen → Mom fragen

oder

2. Mom fragen → Dad fragen

Wenn man das Problem weder dadurch lösen kann, dass man Dad fragt, noch dadurch, dass man Mom fragt, bleibt als Lösung nur eine Möglichkeit: Es gibt eigentlich gar kein Problem.

Und genau an der Stelle sind wir jetzt.

»Wieso willst du diesen Doug überhaupt unbedingt ausfindig machen?«

»Er hat doch noch Sachen von ihr.«

»Was für Sachen?«

Ich verschränke die Arme. »Vergiss es. Ist nicht so wichtig.«

»Was für Sachen?«, bleibt Lukas hartnäckig.

Manchmal hasse ich ihn wirklich.

»Na ja, so genau hat er das nicht gesagt.«

Lukas schnauft selbstzufrieden. »Siehst du? Hab ich's dir doch gesagt. Ein Betrüger.«

Er lässt sein silbernes Feuerzeug aufschnappen und nimmt einen tiefen Zug. Beim Ausatmen schließt er die Augen, und ich sehe dem Rauch dabei zu, wie er zwischen seinen Lippen hervorströmt und nach oben steigt. Lukas nimmt nie mehr als einen Zug, als wären seine Sinne so kultiviert, dass er nicht mehr als einen Zug ertragen könnte. Er gibt mir die Pfeife. »Hier.«

Ich halte das Feuerzeug über den Kopf und ziehe zu stark. Lukas versucht mir seit Monaten beizubringen, wie man richtig Gras raucht, aber ich verbrenne mir immer noch jedes Mal den Hals dabei. Mir tränen die Augen. Als ich den Mund aufmache, strömt eine Riesenwolke Rauch heraus. Es sieht aus, als hätte ich ein brennendes Haus verschluckt. Lukas sieht mir kritisch zu.

»Versuch, den Rauch länger in der Lunge zu halten, bevor du ausatmest.«

Ich mache schnell den Mund wieder zu, bevor der Rauch komplett raus ist. Es ist ganz schön schwer, die Luft anzuhalten, während Lukas mir dabei zusieht. Ich nicke mit aufgeblasenen Backen und wünschte, mein Gesicht wäre mit einem etwas ansprechenderem Ausdruck darauf erstarrt.

»Und zieh nicht so stark.«

Keuchend atme ich endlich wieder aus. »Ach nee.«

Ich atme tief ein. Alles im Zimmer wird plötzlich so scharf, als hätte ich eine neue Brille aufgesetzt. Ich betrachte die Lichterkette. »Lukas, ist dir schon mal aufgefallen, dass da ein Muster an der Decke ist, das aussieht wie der Große Wagen?«

Lukas lächelt und versucht sanft, mir die Pfeife aus der Hand zu nehmen, wobei er mich aus irgendeinem Grund an russische Bauern erinnert, die mit strahlenden Gesichtern Volkslieder singen.

»Da ist wohl jemand ein bisschen high.«

»Ich werd da noch mal hinfahren, und diesmal finde ich den Typen. Und wenn es Hannibal Lecter persönlich ist, mir doch egal.«

»Alles klar. Und jetzt gib mir die Pfeife.« Lukas' Finger schließen sich um meine, er versucht, mir die Pfeife abzunehmen, die ich plötzlich nicht hergeben will.

»Warte doch mal kurz, ist sowieso fast ausgeraucht.«

Lukas bringt mir seit einer Weile Kiffer-Sprache bei: ausgeraucht für leer, einen durchziehen statt rauchen. Er hat bestimmt Angst, ich könnte uns sonst vor den älteren, cooleren Bands blamieren, mit denen wir natürlich ständig abhängen werden, sobald wir den Bandwettbewerb gewonnen haben.

Er zerrt an der Pfeife und verdreht die Augen. »Du bist echt unmöglich.«

»Komm schon. Nur noch einen kleinen Zug.«

»Na gut.« Lukas lehnt sich zurück, und ich nehme einen letzten Zug. Als ich ihm die Pfeife endlich wiedergebe, sieht er mich gleichzeitig amüsiert und ein bisschen genervt an. Wie jemand, den man gegen seinen Willen zum Lachen gebracht hat.

»Können wir jetzt endlich spielen?«

Ich strahle ihn an und nicke. Gewonnen. »Jep!«

Mit Lukas Musik zu machen ist fast so gut, wie andere Sachen mit ihm zu machen. Er spielt Schlagzeug, seit er zehn ist, und ich bin ganz gut am Keyboard. Und wir haben beide nicht die geringste Lust auf lahme Singer-Songwriter-Coversongs wie einige der anderen sogenannten Bands an unserer Schule.

Und ja, wenn ich sage, »mit ihm Musik zu machen ist fast so gut, wie andere Sachen mit ihm zu machen«, dann meine ich wirklich diese anderen Sachen. Genau hier im Keller von Lukas' Eltern haben wir diese Sachen gemacht. Unanständige Sachen. Sachen, bei denen mir zwischen den Beinen ganz heiß wird, wenn ich nur daran denke.

Was für andere Sachen das waren?

Wir haben uns geküsst. Einmal. Und Lukas hat mir die Hand aufs Bein gelegt. Und ich habe sein Ohrläppchen berührt.

Es war hier auf der blauen Couch, nachdem wir jeder ein halbes Glas Wein getrunken hatten. Auf Lukas' Geburtstagsparty. Was erst siebenundzwanzig Tage her ist.

Seitdem habe ich mir unseren erotischen Hattrick – der Kuss, die Hand auf dem Bein, der Finger am Ohr – wieder und wieder vorgestellt.

Lukas' Stirn war warm. Das ist mir komischerweise immer noch deutlich im Gedächtnis: wie warm seine Stirn war, als sie meine berührt hat, als ob ein kleines Feuer in seinem Kopf lodern würde. Ich hätte mich am liebsten dagegen gedrückt, damit ich einen Abdruck wie von einem Brandeisen bekomme. Ich wollte eine Erinnerung daran, irgendeinen Beweis dafür, dass mir dieser glückselige Moment tatsächlich passiert war, dass er uns beiden passiert war. Aber als ich mich zu einem zweiten Kuss zu ihm hinüberbeugen wollte, rutschte Lukas mit einem verwirrten oder vielleicht eher entrückten Gesichtsausdruck von mir weg. Als wären seine Sinne so kultiviert, dass er nicht mehr als einen Zug von der Bong unseres gemeinsamen Begehrens nehmen könnte, ohne dass es ihn völlig umhaut. Stattdessen habe ich mir dann zu Hause mit einer Sicherheitsnadel ganz vorsichtig eine winzig kleine Flamme auf den rechten Knöchel tätowiert.

In den langen, traumartigen Tagen danach habe ich die Flamme immer wieder angefasst und an Lukas gedacht. Dieser brennendheiße Kuss war sicher nur der Auftakt zu anderen brennendheißen Sachen, dachte ich.

Aber als ich Lukas das nächste Mal gesehen habe, sind wir seltsamerweise nicht an den Kits Beach gefahren und haben dort auf einer Decke miteinander rumgemacht. Dabei hatte ich das mehr oder weniger fest eingeplant. Stattdessen sind wir zum Kits Beach gefahren und haben drei Stunden lang darüber diskutiert, warum wir lieber nicht zusammen sein sollten. Weil wir ja in einer Band sind und es viel höher und reiner ist, sich auf DIE KUNST zu konzentrieren, als unserer unleugbaren gegenseitigen Anziehung nachzugeben. Da fällt mir ein – Lukas hatte es »vorübergehend« genannt. Eine vorübergehende gegenseitige Anziehung. Seiner Meinung nach könnte sie unserer Musik im Weg stehen. Diese Haltung basiert auf seiner völlig bescheuerten Theorie, dass sich Liebe und Musik ausschließen. Und nicht etwa die phantastischste und explosivste Mischung ergeben würde, die man sich überhaupt vorstellen kann. Bei ihm hörte es sich so an, als würden wir es die ganze Zeit nur noch treiben, sobald wir zusammen wären, und gar keine Musik mehr machen. Ich will mich im Moment ganz auf die Band konzentrieren, meinte Lukas.

Ich habe genickt und versucht, erwachsen zu reagieren. »Stimmt, klingt vernünftig. Sehe ich genauso.«

Aber sagen wir es mal so, ich bin nicht hundertprozentig überzeugt.

Unsere Session ist vorbei, und ich will gerade nach Hause gehen, da fällt Lukas ein, dass er noch ein paar Lieder hat, die er mir vorspielen wollte. Ich setze mich auf sein Bett, während er sie mir auf den iPod lädt. Ich sitze gern auf Lukas' Bett. Es riecht gut und fühlt sich ein kleines bisschen verboten an, genauso wie zum Beispiel sein Ohrläppchen anzufassen, weil wir uns ja jetzt auf DIE KUNST konzentrieren. Als Lukas mir meinen iPod wiedergibt und seine Finger dabei meine berühren, bleibt mir fast das Herz stehen. Ich starre auf den Fußboden, sehe dann schließlich zu ihm hoch.

»Du, Lukas?«

»Hm?«

»Hast du Lust, mit zu mir zu kommen, und wir sehen uns einen Film an?«

Womit ich sagen will: Lukas. Da drüben steht uns ein komplettes Haus zur Verfügung. Vier Betten und zwei Sofas, drei, wenn man das kleine im Keller mitzählt. Ein Küchentisch und jede Menge Teppiche. Hundertvierzig Quadratmeter Spielfläche zum sexuellen Austoben, die nur darauf warten, dass jemand von ihnen Gebrauch macht. Komm mit rüber und lass dich von dieser schmutzigen kleinen Sünderin hier verführen.

»Jetzt gleich?«, fragt Lukas.

»Klar.«

Ich nicke ihm auffordernd zu und hoffe, dass die Geste nicht zu eindeutig ist, aber doch eindeutig genug, um seine unbewussten animalischen Triebe zu wecken.

Er streckt sich, gähnt und wirft dabei einen Blick auf den Digitalwecker auf seinem aufgeräumten IKEA-Schreibtisch. »Ich weiß nicht. Dad und ich wollen morgen früh zu *Zulu*.«

Womit Lukas meint: Kiri. Dad und ich stehen morgen früh um sieben auf, sind bei *Zulu Records*, sobald sie aufmachen, und verbringen dann die nächsten acht Stunden damit, sorgfältigst 20000 alte, verstaubte Second-Hand-Platten zu durchwühlen. Was könnte aufregender sein?

Ich stöhne genervt auf und drücke mir verzweifelt die Finger in die Augenhöhlen. Lukas lacht. »Aber vielleicht ein anderes Mal diese Woche. Hast du *Zardoz* schon gesehen?«

»Nein.«

»O Mann, der wird dir gefallen. Ich ruf dich dann Freitag oder so an, ja?«

Ich gehe lächelnd nach Hause. Lukas wird rüberkommen und sich einen Film mit mir ansehen.

Wie mein Opa Bob immer gesagt hat: Wenn das kein Date ist, fress ich 'nen Besen.

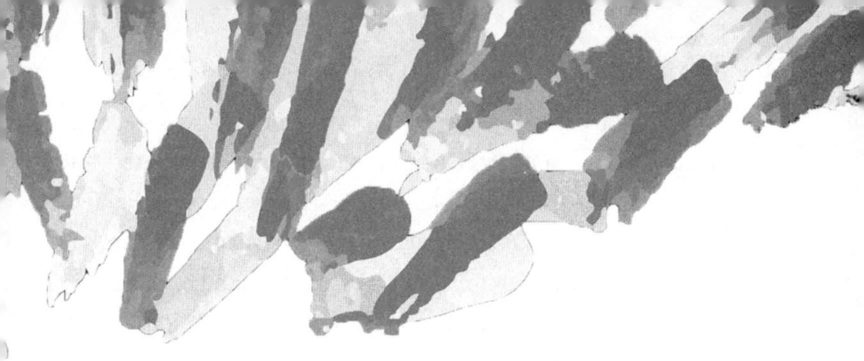

KAPITEL 6

An diesem Abend muss ich immer wieder über meinen gescheiterten Versuch nachdenken, die Columbia Street und Doug Fieldgrass zu finden. Wer das wohl ist und woher er wohl Sukey kannte? Und wieso meldet er sich erst jetzt, fünf Jahre später? Lukas hat wahrscheinlich recht. Das ist bloß irgendein Betrüger, und es war eine blöde Idee, überhaupt da hinzufahren. Trotzdem dreht ein kleines verrücktes Hoffnungseichhörnchen seine Runden in meinem Kopf und will einfach nicht die Klappe halten: Was, wenn es stimmt? Was, wenn es um was Wichtiges geht?

Ich mache Musik an und setze mich mit meinem Sukey-Karton aufs Bett, gehe die alten Fotos und Erinnerungsstücke durch, die ich schon so oft angesehen habe, dass ich sie kaum noch wahrnehme. Obwohl ich allein zu Hause bin, fühle ich mich ein bisschen komisch dabei, die Sachen bei offener Zimmertür anzuschauen. Ich stehe auf und schließe sie mit einem diffus schlechten Gewissen, als könnten Mom oder Dad an meinem Zimmer vorbeigehen und mich ertappen. Ich sehe mir die Fotos von mir und Sukey bei der Party zu meinem siebten Geburtstag an. Das Motto war »Insekten«, und auf den Bildern trage ich Fühler aus Pfeifenreiniger und Papierflügel. Ich rieche an der Zigarette, die ich ihr aus der Handtasche geklaut, mich dann aber nicht zu rauchen getraut hatte. Das Papier ist schon ganz weich und abgegriffen, weil ich sie so oft in die Hand nehme. Normalerweise trösten mich diese Sachen, heute Abend machen sie mich aber nur böse. Egal was Doug nun von ihr hat – ich will es wiederhaben.

Ich wühle weiter in dem Karton herum und versuche, irgendeine plausible Erklärung für seinen Anruf zu finden. Ich denke daran, wie ich mit dem Rad losgefahren bin, die Scherben, der verlorene Zettel mit der Adresse. Ich hätte ihn bitten sollen, Sukeys Sachen bei uns zu Hause vorbeizubringen. Dann wüsste er aber, wo ich wohne, und was, wenn er wirklich ein Betrüger ist?

Ich will die Fotos gerade zurück in den Karton tun, da fällt mir etwas ins Auge. Die kleine Hochglanzkarte zur Ankündigung der Ausstellungseröffnung:

<table>
<tr><td colspan="2"></td></tr>
<tr><td>18 UHR IM
RAZZLEDAZZLE-
SPACE,
EAST PENDER
ECKE
COLUMBIA
STREET</td><td>FEAT. NEUE
WERKE VON
SUKEY BYRD
UND
LEON KLEMMER</td></tr>
</table>

Bei den Worten »East Pender Ecke Columbia Street« bleiben meine Augen hängen wie eine kaputte Platte.

Ach du Scheiße!

Ich starre auf das Kärtchen. Natürlich. Deshalb kam mir die Columbia Street bekannt vor. Wieso bin ich da nicht schon früher draufgekommen? Ich war nur noch ein kleines Stück von dort entfernt, als mir der Freak auf dem Fahrrad Angst gemacht hat und ich abgehauen bin. Krass. Sukeys Freund hat da bestimmt die ganze Zeit auf mich gewartet.

Bei der Ausstellungseröffnung hatten wir Sukey nach zwei Monaten das erste Mal wiedergesehen. Mom und Dad hatten sie an ihrem achtzehnten Geburtstag rausgeschmissen. Was Sukey ganz gut in den Kram gepasst hat. Sie hatte sowieso schon ewig damit gedroht, zu ihrem Freund Leon in dessen Künstlerkommune zu ziehen, die Dad als Opiumhöhle bezeichnete.

Wir kamen zu spät, weil Dad eine halbe Stunde lang nach einem Parkhaus suchen musste – er wollte den Nissan nicht auf der Straße stehen lassen. Deshalb durften wir dann ewig weit laufen, und Dad schnauzte Denny und mich die ganze Zeit an, wir sollten gefälligst schneller gehen. Dort auf der East Pender Street lungerten nämlich Obdachlose herum, die uns garantiert fressen würden, wenn wir auch nur ansatzweise unser Tempo verlangsamten.

Der Eingang zur Galerie war schwer zu finden, eine dreckig-weiße Tür, die wie ein Fabrikeingang aussah und ins Innere eines Backsteinhauses führte. Von außen sah man dem Gebäude überhaupt nicht an, dass sich darin eine Kunstgalerie verbarg, kein Schaufenster, in dem Gemälde zum Verkauf ausgestellt waren, nicht mal eine Hausnummer. Sukey hatte Dad am Telefon erklärt, wie man reinkam, aber er war trotzdem wütend, weil er eine gute Minute lang im Regen mit dem Metallknauf gekämpft hatte, bevor ihm der Türöffner an der Wand auffiel.

Drinnen war es schummerig und voll, überall Menschen, die sich dort in diesem komischen Ausstellungsraum namens *razzledazzlespace* anscheinend wie zu Hause fühlten. Ich hatte sofort einen Tisch am anderen Ende des Raums entdeckt, auf dem Käse und Cracker und Plastikweingläser mit dem Stiel nach oben standen.

»Ich hol mir mal ein paar Cracker.«

Dad hielt mich fest.

»Wieso denn nicht?«, jaulte ich los. Ich war zehn Jahre alt, benahm mich aber immer noch wie viereinhalb, wenn ich etwas nicht verstand.

Er packte mich schmerzhaft am Arm. »Nein.«

Ich blieb stehen. Mir kamen vor Wut die Tränen. Eine ganze Minute verstrich.

Männer in glänzenden Hemden aßen in aller Ruhe Käse und Cracker. Frauen, deren Gelächter nach exotischen Äffchen klang, liefen Arm in Arm an uns vorbei. Wir standen stumm da, feucht und klebrig vom Regen. Wie ein paar Besen, die der Hausmeister vergessen hatte. Sukey war nirgends zu sehen.

Denny holte seinen Gameboy raus und vertiefte sich in den kleinen grünen Bildschirm. Mom summte irgendetwas und spielte mit dem Riemen ihrer Handtasche. Dad starrte böse vor sich und hielt mich weiter an der Schulter fest. Die Jacken behielten wir alle an. Ich sah unglücklich der Party dabei zu, wie sie ohne uns stattfand.

Dann tauchte Sukey in einem kurzen lila Kleid und silbernen High Heels auf, in denen ihre Beine endlos lang aussahen. Ihre schwarzen Haare trug sie in einem hohen, gewollt unordentlichen Pferdeschwanz, den sie mit braunen und orangefarbenen Federn geschmückt hatte. Mit den Federn sah sie super exotisch aus. Am tollsten fand ich, dass man ihr neues Tattoo auf ihrem rechten Arm, kurz über dem Ellbogen, sehen konnte – die Silhouette eines Vogels.

»Ach du lieber Himmel«, murmelte Dad.

»Da seid ihr ja!«, rief sie und umarmte uns alle zusammen, obwohl die letzte Unterhaltung zwischen meinen Eltern und ihr zu einem Anschrei-Wettbewerb ausgeartet war. Kurz zuvor hatte man sie nämlich beim Champagnerklauen im Supermarkt erwischt – und das zum zweiten Mal. Wenn Sukey gerade gute Laune hatte, behandelte sie alle wie ihre besten Freunde.

Sie zwinkerte uns zu. »Hi, Kiri. Hi, Den-Den. Habt ihr euch schon alles angesehen?«

»Wir haben uns erst mal nur kurz umgesehen«, erwiderte Mom und lachte, was eine so eindeutige Lüge war, dass ich mich verblüfft zu ihr umdrehte und sie entrüstet ansah.

»Wir können nicht so lange bleiben«, grummelte Dad. »Ich hab um acht eine Telefonkonferenz.«

In Sukeys Gesicht blitzte etwas Hartes, Wütendes auf, und ich hatte kurz Angst, die beiden würden sich wieder mal streiten. Leons Freunde aus der Künstlerkommune hatten die Ausstellung organisiert, und obwohl ich erst zehn war, spürte ich doch irgendwie, dass das vielleicht der

Grund dafür war, warum Mom und Dad sich so komisch benahmen. Leon half Sukey dabei, eine berühmte Künstlerin zu werden, aber Mom fand ihn zu alt für sie. Und Dad meinte, er sei ein pädophiler Junkie, und wenn Sukey wirklich glaubte, er würde sie berühmt machen, sollte sie mit ihrem Kopf vielleicht mal zum Arzt.

Sukey und Dad starrten sich lange an. In einer Ecke des Raums hörte ich die Äffchen-Frauen ausgelassen kichern und schwatzen. Dad schwieg verbissen, und Sukeys Augen wurden zu kleinen schwarzen Flammen. Ich dachte noch, gleich geht's wieder los, da wandte Sukey den Blick von Dad ab und lächelte Denny und mich stattdessen an.

»Kiri, Den-Den, habt ihr gesehen, dass wir rosa Limonade haben?«

Das war fast zu viel für mich. Mir war zum Heulen zumute. »Dad hat gesagt, wir dürfen keine trinken.« Ich kämpfte mit den Tränen, die mir schon heiß in den Augenwinkeln brannten. Neben mir vertiefte sich Denny wieder in seinen Gameboy, und Mom summte weiter irgendein komisches Liedchen.

»Ach, du Süße«, sagte Sukey. »Komm mal mit.«

Ohne Dad auch nur eines weiteren Blickes zu würdigen, nahm sie meine klebrige Hand in ihre, die weich war und nach Vanille duftete, und führte mich höchstpersönlich in der Ausstellung herum. Unsere erste Station war das Buffet. Sie goss mir einen Becher zuckersüßer rosa Limonade ein, so eine, bei der man hinterher noch saure Flecken im Hals spürt. Ich erinnere mich noch ganz genau an den durchsichtigen Plastikbecher und die viereckige Papierserviette, in der ich meine Ritz-Cracker hielt. Die Cracker waren ein salziges, fettiges Gegenstück zu der Süße der Limonade. Mit unseren Snacks in der Hand wanderten wir langsam durch den Raum und sahen uns in Ruhe Sukeys Bilder an. Alle paar Sekunden tippte ihr einer ihrer Freunde auf die Schulter, und sie drehte sich mit einem strahlenden Lächeln um und begrüßte sie.

»Hey, Neale«, sagte sie dann zum Beispiel, oder Wanda, Feather oder Björn, »das hier ist meine kleine Schwester Kiri.«

Als wir Leon hallo sagten, nahm er die gelbe Feder aus seinem Knopfloch und steckte sie mir hinters Ohr. Für einen pädophilen Junkie sah er in seinem Anzug ganz schön gut aus.

»Her name was Kiri, she was a showgirl with yellow feathers in her hair …«, sang er und wirbelte mich herum wie eine Ballerina, während Sukey begeistert in die Hände klatschte und lachte und lachte. Als er mit mir fertig war, wirbelte er Sukey herum, ließ sie dann wie ein Tangotänzer tief hintenübergleiten und küsste sie auf den Mund. Ich sah den beiden fasziniert und neidisch zu. Die Regeln, an die sich alle anderen halten mussten, galten für Sukey nicht: Sie lachte und kreischte und tanzte, ohne sich vorher mit einem Blick bei Dad zu vergewissern, was davon erlaubt war und was nicht. Ihr schien es nicht mal bewusst zu sein, dass man das doch immer machen musste.

Sukeys Freunde erinnerten mich an die Akrobaten im *Cirque du Soleil*, für den uns Dads Arbeitskollege mal Eintrittskarten besorgt hatte. Als würden sie sich jeden Moment von der Decke abseilen, auf die Tische springen, auf den Händen gehen.

Sie rochen wie Limonade und wirkten immer ein bisschen nervös, so wie Mäuse. Solche Erwachsenen hatte ich noch nie vorher gesehen und hätte mir auch nicht vorstellen können, dass es sie gab.

»Kiri macht ganz tolle Musik«, erzählte Sukey ihren Freunden. »Ihr solltet sie mal am Keyboard hören.«

Immer wenn Sukey sprach, fühlte es sich für mich an, als hätte ich so einen Zauberkuchen aus *Alice im Wunderland* gegessen. Ich wurde immer größer und größer, bis ich mit dem Kopf fast an die Decke stieß.

Wir spazierten durch den Raum, aßen Käsewürfel und unterhielten uns mit Sukeys faszinierenden Freunden, während Mom und Dad verkrampft in der Nähe des Ausgangs standen, auf ihre Handys sahen und mit niemandem sprachen. Immer, wenn ich aus dem Augenwinkel kurz diese beiden traurigen, jämmerlichen Gestalten wahrnahm, tat ich so, als würde ich sie nicht kennen. Ich wünschte damals, sie würden sich einfach in Luft auflösen, damit ich mich Sukeys glamourösen Freunden anschließen und eine von ihnen sein konnte, fröhlich und wild, mit High Heels und Federn in den Haaren. Aber nachdem wir uns alle Bilder angesehen hatten, standen die beiden immer noch gelangweilt und ungeduldig da und warteten auf mich wie auf einen Koffer vom Gepäckband.

»Tschüs, Sukey«, sagte ich. Leon der Junkie hatte sie schon wieder in Beschlag genommen.

Ich durchwühle weiter den Karton, auf der Suche nach mehr. Ganz unten liegt ein Bild, das Sukey und ich zusammen gemalt haben, als sie an meinem zwölften Geburtstag zu Besuch war. Sie war damals zwanzig, fast einundzwanzig, also nahezu erwachsen, und kam mir in ihrer Erwachsenheit so spektakulär vor wie ein Filmstar.

Ich lebte für Sukeys Besuche, sonnte mich in ihnen und klammerte mich an jeden an mich gewandten Satz von ihr, sah ihn als Beweis dafür, dass sie mir von allen am meisten vertraute.

»Künstler brauchen ihr eigenes Reich«, erklärte sie, während sie mit dem Pinsel über das Papier strich, das wir auf dem Küchentisch ausgebreitet hatten. »Kiri-Bird, besorg dir so schnell wie möglich ein Zimmer nur zum Musikmachen. Das wär doch super, oder? Hier bei Mom und Dad im Wohnzimmer kann man sich nicht künstlerisch ausleben. Das ist völlig unmöglich, ist sogar wissenschaftlich bewiesen.«

Ein paar Monate zuvor hatte es irgendeine Auseinandersetzung in der Künstlerkommune gegeben, und Sukey war in eine eigene Wohnung gezogen, ein kleines Atelier, in dem sie in Ruhe malen konnte. Seit dem Einzug arbeitete sie an einem großen Bild und hatte auch schon mit einer Independent-Galerie gesprochen, die es vielleicht ausstellen wollte, wenn es fertig war. Abgesehen von dem Abend im *razzledazzlespace* waren wir bei keiner anderen Ausstellung mehr von Sukey gewesen, aber zu der hier würden Mom und Dad mich vielleicht gehen lassen. Denny könnte mich ja hinfahren, der war schon sechzehn. Sukey hatte mir versprochen, mir sofort Bescheid zu sagen, sobald sie ein festes Datum wusste.

»Ich arbeite gerade an einer Komposition, die ziemlich avantgardemäßig ist«, ließ ich sie wissen, sprach es aber wie »awanntgart« aus.

Sukey lachte, ein Zeitlupenklingeln ihrer Stimmbänder. Ich hatte damals ein altes Casio-Keyboard vom Flohmarkt, noch nicht mal ein richtiges Klavier, und dachte mir ständig Lieder mit dramatischen Titeln wie *Herzenssturm* oder *Präludium für einen gebrochenen Flügel* aus.

»Spielst du's mir noch vor, bevor ich los muss?«, fragte sie.

Ich schüttelte den Kopf.

»Ach, doch, Kiri-Bird, mach mal. Ich weiß nicht, wann Dad mir das nächste Mal erlaubt herzukommen.«

Streng genommen durfte Sukey unser Haus eigentlich gar nicht mehr betreten, nachdem Dad herausgefunden hatte, dass sie beim letzten Mal Geld hatte mitgehen lassen – für Farbe, wie sie erklärte. Für Farben wie Gold, Arsen oder Ocker. Um diesen Geburtstagsbesuch hatte ich wochenlang betteln müssen, und selbst dann durfte Sukey nur in die Küche und ins Wohnzimmer, nicht nach oben.

»Es ist noch nicht fertig«, sagte ich.

In dem Moment kam Dad und sagte Sukey, es wäre Zeit, nach Hause zu gehen. Das Verhalten war so distanziert wie bei einem ungebetenen Gast. Es fühlte sich nicht mehr nach Familie an.

Ich hatte versucht, die Tatsache auszunutzen, dass es mein Geburtstag war, und gefragt, ob sie nicht doch zum Abendbrot bleiben dürfte.

»Schon okay, Süße, ich wollte sowieso gerade los«, hatte Sukey mich unterbrochen. Wahrscheinlich wollte sie endlich eine rauchen. »Aber erst kriegst du noch dein Geschenk.«

Ich war ganz zappelig vor Aufregung. Wenn Dad doch

nur endlich aus dem Zimmer gehen würde! Er stand mit verschränkten Armen da und betrachtete sie skeptisch, als müsste er verhindern, dass sie mir irgendetwas Unangebrachtes schenkte, die Pille oder gestohlenen Schmuck vielleicht.

»Ich hatte keine Zeit, es einzupacken«, sagte Sukey und zog etwas aus ihrer Tasche. Als ich sah, was es war, wurde ich viel zu kribbelig, um mir über Geschenkpapier Gedanken zu machen. Es war eins ihrer Vogelbilder. Als sie noch hier wohnte, hatte sie zwei Bilder gemalt, die zusammengehörten. Solange ich denken kann, hatte ich sie angebettelt, mir eins davon zu geben.

Auf dem, das sie mir schenkte, stand über den beiden Vögeln in silberner, verschnörkelter Schrift: *wir tanzten umher im Sternenkleid*. Auf dem anderen stand einfach *daffodiliad*.

»Du bist die Allerbeste!«, rief ich immer wieder und tanzte mit dem Bild in der Hand um den Küchentisch herum. Ich quietschte immer noch vor Freude, als Mom die Treppe herunterkam, um kurz mit Sukey zu sprechen – oder es zumindest zu versuchen.

Die Karte, die auf der Rückseite des Bildes klebte, öffnete ich erst, nachdem Sukey gegangen war. Darauf stand:

hey k-bird. häng das bild in deinem zimmer auf, das andere hängt bei mir im atelier. sei cool und bleib dir treu. alles liebe, s.

Die nächsten Wochen arbeitete ich wie besessen an meiner Komposition. Ich saß über mein Keyboard gebeugt, dachte mir seltsame Akkorde aus, mutige Rhythmen, gewaltige Melodien. Vielleicht konnte ich das Lied ja zu Sukeys Ausstellungseröffnung spielen. Vielleicht würde sie sogar meinen Namen mit auf die kleine Karte schreiben, feat. kiri byrd am keyboard.

Ich versuchte immer wieder, Sukey anzurufen, um ihr von der Idee zu erzählen, aber anscheinend hatte sie ihr Handy wieder mal am Strand verloren, denn sie nahm nicht ab. Mom meinte, ich solle mir keine Sorgen machen, sie würde mich bestimmt bald zurückrufen. Ich lag auf meinem Bett und stellte mir die Show vor: die Cracker und die Limonade, was wir anziehen würden. Sukey würde zu meiner Idee bestimmt ja sagen, da war ich mir ganz sicher.

Ihr Tod fühlte sich an, als wäre unser Haus eingestürzt.

KAPITEL 7

Am nächsten Morgen stelle ich mir sorgfältig ein Outfit zusammen, entscheide mich schließlich für Jeans im Used Look, eine Vintage-Bluse und die langen Perlenohrringe, die mal Sukey gehört haben und seitdem auf meiner Kommode liegen. Wenn Doug Fieldgrass mich vom *razzledazzlespace* aus angerufen hat, ist er bestimmt der Kurator da. Ich will bei unserem Treffen hip, erwachsen und kreativ aussehen. Ich will aussehen wie Sukey.

»Wieso wird die Galerie denn geschlossen?«, werde ich mitfühlend fragen. »Ist doch so ein interessanter Laden.«

Ich versuche dreimal, Doug anzurufen, aber er geht nicht dran. Ich sitze am Klavier und sage mir, dass ich Geduld haben muss. Das klappt ganze zehn Minuten lang, in denen ich Klavier übe. Dann beschließe ich, doch wieder mit dem Rad in die Stadt zu fahren. Vielleicht ist er ja gerade in der Galerie und wenn nicht, weiß ich wenigstens für das nächste Mal genau, wo sie denn nun ist.

Tagsüber wirkt die Columbia Street gar nicht mehr so

gruselig. Der chinesische Lebensmittelladen ist offen, auf dem Gehweg davor stehen große Holzkisten mit Obst und Gemüse. Lange, haarige Daikon-Rettiche, Pak Choi und zu Bergen aufgestapelte Mandarinen für 1,19 pro Kilo. Auf der Markise steht in weißer Schrift MONEY FOOD ENTERPRISES, was ich beeindruckend ehrlich finde. In unserer Wohngegend heißen selbst die Läden, in denen es nur Lottoscheine und Zigaretten gibt, immer gleich »Natur- und Biomarkt Willowtree«. Ich fahre an alten Leuten vorbei, die mit ihren Stofftaschen zwischen Trockenfisch und Pilzen herumlaufen und sich auf Mandarin unterhalten.

Die Columbia Street führt an MONEY FOOD ENTERPRISES vorbei nach Chinatown. Dort zwischen den Pagodendächern, den Drachenfähnchen und etwa einer Milliarde kleiner Geschäfte werden Papierlaternen und komische Kochutensilien aus Plastik verkauft. Aus einem Laden hört man chinesischen Operngesang, und überall laufen ältere Damen mit großen Hüten und Einkaufstrolleys herum.

Ich fahre die Straße ein paarmal hoch und wieder runter, aber die Galerie ist nirgends zu sehen. Ich fahre die East Pender runter. Auch kein Glück. Da drüben ist ein leeres Grundstück mit einem noch ganz neuen Maschendrahtzaun drumherum, das macht mir ein bisschen Sorge. Vielleicht ist die Galerie umgezogen, vielleicht wurde das alte Gebäude abgerissen.

Ich halte an und rufe Doug noch einmal an, dessen Nummer jetzt in meinem Handy eingespeichert ist. Es klingelt nur, niemand geht dran. Genauso wie die anderen drei Male, die ich es heute Vormittag schon versucht habe.

Dort, wo Columbia Street und East Pender aufeinandertreffen, ist ein kleiner Park mit Kirschbäumen, einem überquellenden Mülleimer und ein paar Bänken. Ich stecke das Handy wieder ein, fahre langsam an dem Park vorbei und überlege, was ich jetzt tun soll. Auf dem Rasen unter den Kirschbäumen lungern ein paar Leute herum, zwei Männer und eine Frau. Aus einem gelben Plastikradio kommt Musik. Sie trinken reihum aus einer großen braunen Flasche, die in einer Papiertüte steckt. Neben den Bänken haben sie ihre Einkaufswagen geparkt, in denen sich Kleidung und Pfandflaschen türmen. Ich fahre so langsam, dass man mir ansieht, dass ich mich entweder verlaufen habe oder etwas Bestimmtes suche.

Einer der Männer ruft zu mir rüber: »Was suchste denn, Süße?«

Ich halte an und stütze mich mit einem Fuß am Bordstein ab. Die Sonne scheint so hell, dass ich die Hand über die Augen legen muss, um die Leute erkennen zu können. Der Mann sieht mich von oben bis unten an und fängt an zu lachen. Seine Haut ist so braun, dass sie aussieht wie ein alter Penny. Abgesehen davon ist er sehr muskulös. Wenn er gerade mal nicht damit beschäftigt ist, sich zu besaufen, trainiert er anscheinend regelmäßig.

»Ist dir dein Freund weggelaufen oder was?«

Die Frau neben ihm boxt ihn gegen den Arm.

»Jetzt lass sie doch in Ruhe, Don. Die ist doch noch ganz klein.«

Sie trägt eine rosa Kordjacke mit Kunstfell am Kragen und hat genau so ein rundes Gesicht und so große Brüste wie meine Mom.

»Ich suche die Kunstgalerie«, sage ich.

»Die was? Musst ein bisschen lauter sprechen, Mäuschen.«

»Hier soll eine Kunstgalerie sein. Irgendwo in der Straße.«

Ich fühle mich ganz schön komisch, wie ich da mit meinem Fahrrad halb auf der Straße stehe, in die Sonne blinzele und mich lautstark über den Verkehrslärm hinweg unterhalte. Wie ein dämlicher Tourist, der wissen will, wie man zum Stanley-Park kommt. Aber ich traue mich auch nicht, zu den Leuten rüber auf den Rasen zu gehen.

Kunstpelz-Mutti stößt ihren Kompagnon an. »Die sucht das Kunstmuseum, Don. Da bist du hier ganz falsch, Mäuschen. Da musst du den Bus Nummer 19 runter Richtung Downtown nehmen und Haltestelle Granville aussteigen. Der Bus hält gleich da drüben. Dein Fahrrad kannst du mitnehmen, die haben da so Gestelle.«

Sie erklärt mir gerade den Weg zur großen Vancouver-Gemäldegalerie. Ist mir das peinlich. Es hätte keinen Sinn, ihr das jetzt zu erklären. Stattdessen nicke ich und sehe in die Richtung, in die sie zeigt.

»Alles klar, danke. Schönen Tag noch.«

»Dir auch, Mäuschen.«

Der Typ namens Don sagt irgendwas, was ich nicht verstehe, und Kunstpelz-Mutti weist ihn zurecht, er solle gefälligst die Klappe halten und nicht so gemein zu dem kleinen Mädchen sein. Die will doch nur zum Kunstmuseum, Don!

Ich winke ihnen und laufe dann weiter die East Pender hinunter auf der Suche nach der Backsteinlagerhalle, wo Sukey ihre Ausstellung hatte. Es gibt einen Tabakladen und einen kleinen Supermarkt, aber die zerkratzte weiße Tür, an die ich mich so gut erinnere, ist nirgends zu sehen.

Dann komme ich an ein paar Wohnhäusern und einer Tiefgarage vorbei. So wie die, nach der mein Vater am Abend der Ausstellungseröffnung eine halbe Stunde lang gesucht hat.

Ich renne zu dem Supermarkt zurück und frage den älteren Inder hinter der Kasse, ob er etwas über eine Kunstgalerie hier in der Nähe wüsste. Er starrt mich böse an, als hätte ich ihn gerade gefragt, ob ich mal die Mitarbeitertoilette benutzen darf, schüttelt den Kopf und brummelt ein Nein.

Ich laufe weiter und suche ein paar Querstraßen ab. Einmal werde ich sogar ganz aufgeregt und klopfe an einer Tür, die sich jedoch als Eingang zu einer Unterkunft für obdachlose Jugendliche herausstellt. Eine Frau mit stachelig gegelten Haaren macht mir auf und lässt mich wissen, dass die Endlich-drogenfrei-Gruppe erst um eins anfängt. Ich mache einen erschrockenen Schritt zurück und sage, dass ich dann später wiederkomme.

Ich suche auf meinem lahmen Handy-Browser nach dem *razzledazzlespace*, aber entweder gibt es die Galerie nicht mehr oder die sind zu hip, um eine Website zu haben. Ich will mich gerade geschlagen geben und zurück auf den Weg nach Hause machen, da höre ich jemanden hinter mir rufen.

»Hey! HEY!«

Im ersten Moment denke ich, mir wäre mein Handy heruntergefallen oder so was. Ich bremse, drehe mich suchend um und klopfe meine Taschen nach Handy, Portemonnaie,

Schlüssel ab. Alle vollzählig vertreten. Als zweites suche ich die Straße ab, bis ich den Rufer endlich ausmache.

Er schleppt sich auf Krücken den Gehweg entlang, ein Jeanshosenbein ist direkt unter dem Knie zugenäht. Sein Gesicht ist halb von einem Basecap verdeckt. Sein Körper erinnert an den eines Sportlehrers im Ruhestand oder von so einem Sommercamp-Fußballtrainer: breite Schultern, starke Arme, die sich um die Krückengriffe krallen, aber Bauchansatz.

Ich sitze immer noch auf meinem Fahrrad. Zögernd steige ich ab und hebe es auf den Gehweg.

Er kommt direkt auf mich zu, einen angestrengten, genervten Ausdruck im Gesicht. Ich lege mir schon mal zurecht, was ich gleich sagen werde – nein, ich habe kein Kleingeld, nein, ich möchte keine persönliche Frage beantworten, nein danke, nein.

Er hat mich endlich eingeholt, und ich sehe ihm kurz ins Gesicht, bevor ich wieder auf die Straße starre und so tue, als würde ich auf das Auto von einem Freund warten. Er hat einen Dreitagebart, seine Lippen sind vom Rauchen so verfärbt, dass sie fast grau aussehen, und seine Augen sind definitiv zu groß für seinen Kopf. Als hätte ihm jemand Golfbälle in die Augenhöhlen gedrückt, die eigentlich nur für Murmeln vorgesehen waren. Als er den Mund aufmacht, schlägt mir saurer Bieratem entgegen.

»Du warst doch Dienstagabend schon mal mit deinem Rad hier, oder?«

Ich sehe ihn verständnislos an. Er wankt näher, inspiziert mein Gesicht und meine Sachen. Seine Augen bleiben an den Ohrringen hängen.

»Ich glaub's ja nicht. Du bist Sukeys Schwester, stimmt's?«

Als er ihren Namen sagt, kippe ich vor Überraschung fast um.

»Doug Fieldgrass«, sagte er und streckt mir eine mumifizierte Kralle entgegen.

Mir klingelt es in den Ohren. Ich nehme seine Hand und schüttele sie. »Kiri Byrd.«

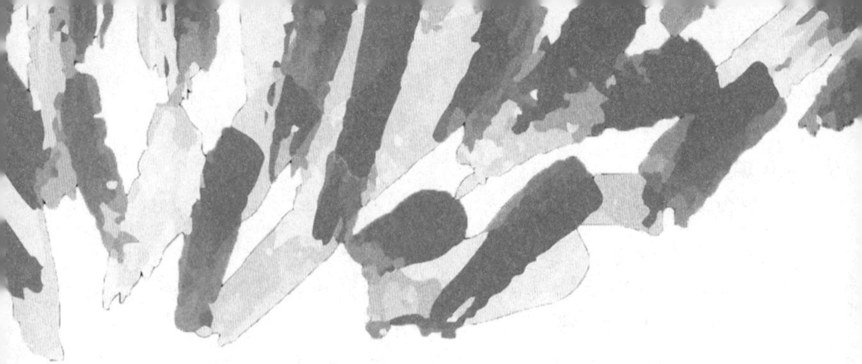

KAPITEL 8

Ich mag nicht, wie Doug riecht. Ich mag auch das Tattoo auf seinem linken Arm nicht, das ihn als vollwertiges Mitglied der *Hell's Angels* ausweist. Mir gefällt die Dose Coors Light nicht, die aus seiner Tasche ragt, und auch nicht, dass er vormittags um elf schon total hacke ist. Mir gefällt nicht, dass er so nah an mir dran steht und mir ins Gesicht atmet wie ein Achtklässler bei einer Schulparty. Mir gefällt sein vorwurfsvoller Ton nicht: als hätte ich irgendwas Schlimmes gemacht.

Das ist nicht der Doug, den ich hier treffen wollte.

Der Doug, den ich hier treffen wollte, ist ein Künstler, der jahrelang das *razzledazzlespace* geführt hat. Der Sukey damals kannte. Der mir die weiße Tür zu der leeren Galerie aufschließt und mir einen Stapel in Packpapier eingewickelte Leinwände in die Hand drückt, die er zufällig letzte Woche hinten im Lagerraum gefunden hat.

Dieser Doug hingegen lässt erst mal einen lauten Furz. »Wurde ja auch Zeit, verdammt nochmal.«

Wir gehen langsam die Straße hinunter, Doug mit seinen Krücken, ich mit meinem Fahrrad neben mir. Ich habe das Gefühl, wahnsinnig aufzufallen, wie der einsame Zwölfjährige im Ferienlager voller Siebenjähriger, der alle überragt. Ich merke, wie die Leute mich ansehen, sich fragen, was ich hier zu suchen habe, wieso ich mit diesem Typen unterwegs bin. Er hat irgendeinen Ausschlag hinten am Nacken, der unter dem Kragen seines verschwitzten T-Shirts verschwindet, lila-blau meliert wie rohes Fleisch. Und er redet ununterbrochen.

»Das Haus wird abgerissen, und ich kann nicht mehr auf ihre Sachen aufpassen. Wir müssen alle bis Ende Juli raus. Finde ich beschissen.«

Er öffnet die Bierdose und nimmt einen Schluck. Der Geruch des warmen, wässrigen Biers steigt mir in die Nase, und ich muss mich sehr zusammenreißen, um den Plauderton zu erwidern.

»Sind Sie vom *razzledazzlespace*?«

»Razzle-was?«

Ich versuche es noch einmal. »Woher kannten Sie Sukey denn?«

Doug trinkt noch einen Schluck Bier und wischt sich mit dem Handrücken über den Mund. »Wir war'n halt Nachbarn. Sie hat auf der gleichen Etage wie ich gewohnt.«

Ich entspanne mich wieder ein bisschen. Sukeys Atelier. Jetzt ergibt alles wieder Sinn. Aber wieso hat er mit dem Anruf fünf Jahre lang gewartet? Und wieso hat er überhaupt Sachen von ihr? Haben Mom und Dad ihr Atelier nicht ausgeräumt?

Unangenehme Fragen flattern mir durch den Kopf, aber

ich schiebe sie beiseite. Jetzt sei nicht so ein Lukas, denke ich mir.

»Sind Sie auch Künstler?« Ich will die Puzzleteile endlich zusammensetzen.

»Hä?«

»Sukey meinte, im Haus hätten noch viele andere Künstler gewohnt.«

»Ach ja?« Doug kichert. Es klingt wie eine verrostete Gartenschere. »Typisch Sukey. Die war echt 'ne Marke.« Doug nickt mit dem Kopf in Richtung eines Backsteinhauses rechts von uns. »Hier ist es. Hab dich neulich mit deinem Rad da gesehen, ne, aber du warst zu schnell wieder weg.«

Wir sind wieder an der Kreuzung Columbia Street und East Pender vor dem heruntergekommenen Hotel und gegenüber von MONEY FOOD ENTERPRISES.

Doug zeigt zu einem der Fenster im vierten Stock hinauf. »Da hat die liebe Sukey gewohnt. Wohnung Nummer vier-null-neun.«

Er nimmt wieder einen Schluck Bier und wirft dann einen skeptischen Blick auf mein Fahrrad.

»Hast du nicht 'nen Freund mit 'nem Truck oder so? Auf dem Ding wirste nicht viel nach Hause kriegen.«

Ich höre ihm nur halb zu. Das Fenster, auf das Doug gezeigt hat, ist ein gezacktes Spinnennetz aus zersplittertem Glas. Irgendwas lehnt von innen dagegen, eine Matratze oder ein Möbelstück, deshalb kann man nicht ins Zimmer hineinsehen. Meine Freude darüber, Sukeys Atelier gefunden zu haben, verwandelt sich in einen kalten Klumpen Angst in meinem Bauch.

Das kann doch nicht stimmen.

Sukey hätte hier nicht gewohnt. Nicht in so einem Haus.

Nicht auf derselben Etage mit jemandem wie Doug. Und schon gar nicht hinter so einem gruseligen Fenster, vier Stockwerke über einem Gehweg, auf dem es nach Pisse riecht und wo sogar die Tauben zugedröhnt aussehen.

Ich sehe wieder zu Doug. »Woher haben Sie eigentlich meine Telefonnummer?«

Doug mustert mich mit seinen zu großen Augen und lässt das Bier sinken.

»Aus dem Telefonbuch. Hätt mir die Mühe wohl nich machen müssen, hm?«

Wir starren einander wortlos an. Ich habe dasselbe verkrampfte, mutlose Gefühl wie immer vor einem Klavierkonzert. Dieses Gefühl, gefangen zu sein. Wenn objektiv betrachtet immer noch Zeit wäre wegzurennen, durch die Hintertür hinauszuschlüpfen, ich aber gleichzeitig genau weiß, dass ich schon zu weit gekommen und zu viel investiert habe, um jetzt abzuhauen.

»Und sie hat wirklich hier gewohnt?«

»Genau hier.«

Mir kommt der Gedanke, dass Sukey vielleicht irgendwann hierhergezogen ist, weil sie sich keine andere Wohnung mehr leisten konnte. Unentdeckte Künstler wohnen doch immer in billigen Absteigen: zugige Mansardenzimmer, baufällige Gehöfte auf dem Land, heruntergekommene Hotels in Downtown Eastside … Wenn ich mir die verrottenden, menschenähnlichen Gestalten so ansehe, die hier auf der Treppe vor dem Hotel Imperial herumhängen, muss das letzte Künstler-Happening aber sehr, sehr lange her sein.

Ich sehe noch einmal zu Sukeys Fenster hoch. »Kann ich vielleicht in ein paar Wochen wiederkommen?«

In ein paar Wochen könnten sich Mom und Dad darum kümmern. In ein paar Wochen muss ich mit der ganzen Sache nichts mehr zu tun haben. Der Gedanke beruhigt mich. Genau. Ich fahre jetzt nach Hause und übe Klavier, und nachher gehe ich zu Lukas rüber zum Abendbrot.

Doug spuckt aus. »Ich weiß nicht, Mädchen. Das Haus sollte ja eigentlich erst im September abgerissen werden, aber jetzt wollen sie's schon früher machen. Und ich hau hier sowieso bald ab.«

»Kann nicht jemand anderes solange auf ihre Sachen aufpassen, bis ich …«

Doug drückt die leere Bierdose zusammen und steckt sie zurück in die Tasche. »Wenn du das Zeug nich haben willst, fliegt's eben zusammen mit dem ganzen anderen Kram auf den Müll. Ich hab mir gesagt, ich ruf ihre Familie nur noch einmal an.«

»Okay, okay. Ich muss nur kurz überlegen.«

Ich könnte Lukas' Mom fragen, ob sie mich hier abholt. Aber die muss ja bis um sechs arbeiten, und außerdem würde sie auch viel zu viele Sozialarbeiterfragen stellen. Vielleicht könnte ich ja alles mit dem Bus nach Hause kriegen …

Plötzlich habe ich eine Idee. Es ist keine gute Idee, und bestimmt bereue ich sie auch bald. Im Moment fällt mir aber nichts Besseres ein, und jetzt, wo ich den Gedanken einmal habe, lässt er mich auch nicht mehr los.

»Ich bin in zehn Minuten wieder da. Warten Sie so lange?«

»Denk mal schon.«

»Ich will ihre Sachen auf jeden Fall mitnehmen. Ich muss nur kurz …«

»Nur die Ruhe. Ich bleib hier.«

Doug schleppt sich auf seinen Krücken zu der Treppe vor dem Eingang und setzt sich auf die Stufen. Er holt eine halbgerauchte Zigarette aus der Tasche und zündet sie sich an.

Ich springe aufs Rad und fahre los, so schnell ich kann.

KAPITEL 9

»Ach, na so was.«

Skunk schiebt die Tür ein bisschen weiter auf. Er blinzelt irgendwie komisch, und seine Haare sehen ganz strubbelig aus, als hätte ich ihn gerade beim Mittagsschlaf gestört. Er hat ein altes Band-T-Shirt an, in dem er aussieht wie so ein riesiger weicher Plüschgorilla, den man beim Pfeilewerfen auf dem Rummel gewinnen kann. Es sollte mir wohl peinlich sein, dass ich hier einfach so ohne Vorankündigung auftauche. Aber im Moment geht's mir nur darum, wieder beim Hotel Imperial zu sein, bevor Doug denkt, ich hätte es mir anders überlegt.

Skunk merkt bestimmt, wie nervös ich bin. Ich spiele an meinen Lenkergriffen herum und kann nicht stillstehen. Er reibt sich die Augen.

»Mit dem Schlauch alles okay?«

»Ja, super.«

Er lässt seinen Kennerblick über das Rad schweifen. Wahrscheinlich denkt er, er soll mir schon wieder was reparieren. Meine quietschenden Bremsen zum Beispiel. Oder meinen Geisteszustand.

Bevor ich ganz den Mut verliere, zeige ich mit dem Daumen auf den Lieferwagen, der hinter dem Haus parkt.

»Ist das deiner?«

Er nickt langsam, die müden Augen noch fast zu. »Hm.«

»Könntest du mich vielleicht wo hinfahren?«

Ganz schön gewagt. Ich habe ihn bestimmt gerade geweckt, und so wie der Lieferwagen aussieht, fährt der garantiert nicht mal. Wenn ein Fremder zu mir nach Hause käme und mich darum bitten würde, ihn irgendwohin zu fahren, würde ich ihn fragen, ob er spinnt.

Aber Skunk gähnt nur und sagt: »Ich hol die Schlüssel.«

Er geht zurück ins Haus, schiebt die Tür wieder zu und zieht die Vorhänge davor. Was er da drin wohl versteckt hält? Poster mit nackten Death-Metal-Mädchen? Eine Indoor-Hanfplantage?

Als er wieder herauskommt, versuche ich, einen Blick an ihm vorbei ins Innere zu werfen, aber die Tür ist zu schnell wieder geschlossen. Ich kann lediglich ein Stück Parkett erkennen.

»Willst du dein Fahrrad so lange in den Schuppen stellen?«

»Hm? Ach so, klar.«

Ich laufe ihm hinterher und warte, während er den Schuppen aufschließt. Als ich ihm das Rad gebe, bekomme ich kurz Panik. Es ist, als würde ich einen Arm oder ein Bein hier lassen, oder so was wie ein Baby. Wir gehen zum Auto, und ich kämpfe mit dem Wunsch zurückzulaufen, an das

Wellblech zu klopfen und zu rufen, dass ich wiederkomme, versprochen.

In Skunks Lieferwagen riecht es nach Zigaretten und Sandelholz. Die rostfarbenen Polster sind so abgenutzt, dass sie glänzen. Das Autoradio hat noch ein Kassettendeck statt eines CD-Players, und die Getränkehalter sind voller verstaubter Kassetten, die bestimmt schon da drin rumlagen, als er das Ding gekauft hat.

Skunk hat mich zwar nicht um eine Erklärung gebeten, aber ich schwatze trotzdem drauflos. Sukey. Columbia Street. Das Hotel Imperial. Ich glaube, er versteht mich.

In einer Ecke der Windschutzscheibe entdecke ich einen ausgeblichenen Aufkleber. Ein Bild von einer Ente mit dem Schriftzug FRIEND OF MARSHLANDS darauf. Ich zeige auf den Aufkleber und sage etwas, aber wir fahren gerade den Kiesweg hinter Skunks Haus entlang, und es ist zu laut.

»Was?«, fragt Skunk.

»Bist du Fan von *Friend of Marshlands*?«, rufe ich.

Skunk nickt, und ich sage: »Rock on!«, denn selbst wenn er gar kein echter Fan ist, es klingt auf jeden Fall ganz schön cool von mir.

Wir biegen rechts ab, dann links, dann wieder rechts, und sind schon auf dem Weg zur Columbia. Jetzt, wo wir unterwegs sind, werde ich wieder ein bisschen ruhiger. Ich hasse Zigaretten, aber irgendwie mag ich es, wenn Autos danach riechen. Als Sukey noch bei uns gewohnt hat, hat sie immer in ihrem Zimmer am Fenster Marlboro Lights geraucht, und wenn ich lieb war, durfte ich sie ihr manchmal anzünden.

»Hier ist es, oder?«

Ich sehe aus dem Fenster. Wir haben tatsächlich kaum zehn Sekunden bis zum Imperial gebraucht.

»Ja.«

»Soll ich im Auto auf dich warten, während du die Sachen holst?«

Ich nicke und spiele am Türöffner herum. Durch die verstaubte Scheibe kann ich Doug sehen. Er sitzt auf dem Boden vor dem Hotel und unterhält sich mit ein paar Typen. Mir klopft das Herz wie wild. Ich steige gerade aus, da sagt Skunk auf einmal: »Alles okay?«

Die Frage überrascht mich. Ich hänge komisch da, die Beine schon draußen, der Rest von mir noch im Auto. Ich hasse diese Frage. Ist genauso, wie wenn man jemanden fragt, ob man in irgendwas dick aussieht. Man kann immer davon ausgehen, dass man angelogen wird.

»Hm? Ach so. Ja. Klar ist alles okay. Sorry. Ich beeil mich.«

»Nein, ich meine nur – … Lass dir Zeit.«

Er sieht zu den teilweise kaputten Fenstern des Hotels hoch.

Ich lächele ihn so strahlend und mutig an, wie ich nur kann. »Keine Sorge. Bin in fünf Minuten wieder da.«

Doug und seine Homies trinken Bier. Als ich dazukomme, streiten sie gerade darüber, ob Larry jetzt Fink die Zigaretten geklaut hat oder nicht. Niemand sieht mich an. Der Typ, der anscheinend Fink ist, trägt ein rotes Basecap, das aussieht, als hätte es bereits mehrmals eine Müllpresse durchlaufen. Er ist blass und hat rote Haare, die überraschend dünn sind angesichts seines kompakten Körpers. Der Typ neben Fink hat ein kantiges Kinn und braune Augen, und er trägt eine ausgefranste Jeansjacke. Der angebliche Zigarettendieb ist nicht anwesend.

Ich spreche laut und deutlich. »Hi, Doug.«

Er ignoriert mich. »Ich mein ja bloß, wenn dieses Arschloch hier noch mal auftaucht, hau ich ihm eins in die Fresse«, sagt er zu Fink.

»Du, Doug, könntest du …«

»Und wenn er sagt, das hier is ein freies Land, dann sag ich ihm, Kumpel, sag ich ihm …«

»Ähm, Doug?«

Der Typ in der Jeansjacke sieht zu mir herüber. »Doug, ich glaub, die Kleine da will was von dir.« Er stößt Doug mit dem Ellenbogen an und zeigt auf mich.

»Ach, hallo!«, sagt Doug, als wäre ich gerade aus dem Nichts aufgetaucht. »Da bist du ja wieder.«

»Ja, da bin ich wieder.«

»Und jetzt willst du bestimmt ein Date mit dem alten Dougie.«

Fink und der Jeansjackentyp lachen heiser. Ich bin zwar dankbar dafür, dass Skunk mir mit seinem Lieferwagen hilft, aber auf einmal wünsche ich mir, ich hätte stattdessen doch Lukas' Mom angerufen. Sie wäre mit zur Tür gekommen und hätte die da nicht so einen Scheiß reden lassen. Ich mache mich groß und gebe mir Mühe, wie Petra Malcywyck zu klingen: »Eigentlich bin ich nur hier, um die Sachen von meiner Schwester abzuholen.«

Doug klopft einladend auf den Gehweg neben sich. »Setz dich, trink erst mal was.«

Er hält mir sein Coors Light hin. Bei der Vorstellung, von dem Bier zu trinken, das schon Dougs graue Lippen berührt hat, wird mir ganz schlecht. Ich überlege kurz, ob Skunk mir vom Auto aus zusieht, traue mich aber nicht, mich nach ihm umzudrehen.

»Nein, danke.«

»Ach, komm schon. Sei doch mal ein bisschen locker.«

Doug hält mir die Bierdose vor die Nase, was wahrscheinlich einladend wirken soll. Ich nehme das Bier aber nicht, und schließlich verliert er das Interesse und unterhält sich wieder mit seinen Freunden. Diesmal geht es um einen streunenden Hund, den jemand aus dem Haus adoptiert hat. Sie haben den Hund Jojo genannt, und er zittert ununterbrochen am ganzen Körper, wenn man nicht ganz, ganz leise mit ihm spricht.

Mir wird klar: Wenn ich mich jetzt nicht durchsetze, kann ich den ganzen Tag hier rumstehen, während die sich besaufen. Ich hocke mich hin, so dass mein Gesicht auf einer Höhe mit Dougs ist, und rüttele ihn an der Schulter.

»Hey, Doug! Komm, wir bringen das hier schnell hinter uns, und dann lass ich dich wieder in Ruhe.«

Fink und die anderen fangen wieder an zu kichern.

Doug wirft ihnen einen übertrieben wissenden Blick zu und sagt: »Die Kleine hier will anscheinend unbedingt mit raufkommen.«

Bei dem Wort »raufkommen« wird mir ganz anders. Ich hatte bis eben nicht darüber nachgedacht, was es bedeuten würde, dort tatsächlich reinzugehen. Aber wenn Sukey früher hier gewohnt hat, kann es doch eigentlich nicht so schlimm sein.

»Hilf dem alten Doug mal kurz hoch, ja?«

Er rülpst so laut und mit so viel Vibrato, dass ich eine

klassische Gesangsausbildung in der Kindheit vermute. Mein Blick fällt auf die Krücken, die an der Mauer lehnen. Ach ja.

Ich strecke ihm die Arme entgegen. Er stellt seine mittlerweile leere Bierdose ab und greift nach meinen Handgelenken. Seine Hände sind überraschend warm und trocken, fühlen sich an wie Baseballhandschuhe, die in der Sonne gelegen haben. Ich lehne mich ein Stück zurück und ziehe, während er sich hochstemmt. Als er sich in eine halbwegs aufrechte Position gebracht hat, krallt er sich an meinen Schultern fest, um nicht gleich wieder umzufallen. Ich reiche ihm seine Krücken. Wir schwanken einen Moment gefährlich, aber da klemmt Doug sich auch schon die Krücken unter die Achseln und steht endlich sicher.

Wir betrachten einander grimmig, während wir wieder zu Atem kommen. Dann hoppelt Doug zu der verschmierten Glastür des Imperial hinüber und zieht sie auf. Ich bleibe kurz stehen und sehe noch einmal zurück zu der hellen, sonnigen Straße, bevor ich hineingehe. Ich hoffe, Sukey hätte das hier gewollt.

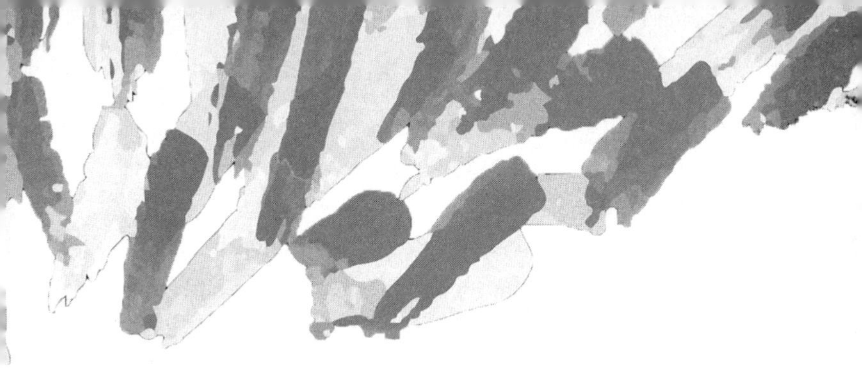

KAPITEL 10

»Sukey und ich waren Nachbarn, weißte. Haben Wand an Wand gewohnt.«

Der Fahrstuhl ist kaputt, also steigen Doug und ich zu Fuß in den vierten Stock. Achtzehn Stufen sind es pro Etage. Der Teppich auf der Treppe sieht aus, als würde er zu 100 Prozent aus Tierkadavern bestehen. Bis jetzt haben wir zwölf Stufen geschafft und kommen insgesamt so langsam voran, dass ich garantiert eine Oma bin, wenn wir im vierten Stock angekommen sind. Jede Stufe beansprucht eine kleine Ewigkeit: Doug setzt die Gummifüße seiner Krücken auf, stützt sich ab und schwingt dann sein gesundes Bein hoch. Dieser Vorgang wird jedoch dadurch erschwert, dass er völlig besoffen ist, die Krücken immer wieder schief aufsetzt und dann von vorne anfangen muss.

»Wir waren echt gute Nachbarn. Sukey war 'ne total Liebe. Hat mir Snoogie geschenkt. Das ist meine Mieze, weißte.«

Während Doug vor sich hinschwafelt, muss ich an Sukey

denken, die mir gelbe Farbe auf die Nase tupft: »Ich hab jetzt mein eigenes Atelier, Kiri. Mitten in der Stadt, in Downtown.«

Wieso hat sie mich angelogen? Ich hätte ihr jede Woche mein komplettes Taschengeld gegeben, ich hätte ihr mein Geburtstagsgeld geschenkt, ich hätte Mom und Dad angefleht, dass sie wieder bei uns einziehen darf. Alles, damit sie nicht in so einem Haus wohnen muss.

Vierzehnte Stufe. Doug stellt seine Krücke mitten in ein halbes Eiersalatsandwich, das auf dem Boden liegt. Er merkt es nicht und macht einfach weiter, schwingt sich auf die nächste Stufe, hält kurz an. Das ganze Treppenhaus riecht nach dem alten Sandwich. Doug rülpst.

»Sind fast da, Mädchen.«

Ich starre ihn an. Fast da? Bis auf die achtundfünfzig Stufen voller Rülpser, dreckiger Witze und hinterhältiger Eiersalatsandwiches, die noch vor uns liegen.

Doug interpretiert meine Miene zum ersten Mal richtig und sieht mich böse an. »Was'n los? Fängt deine Lieblingsserie gleich an oder was?«

Bei seinem vorwurfsvollen Blick fühle ich mich wirklich ganz schlecht dafür, dass ich so ungeduldig gegenüber einem alten behinderten Mann bin, der gerade versucht, eine Million Stufen auf seinen Krücken hochzusteigen. Auch wenn er ein nerviger Säufer ist. Ich beiße mir auf die Lippe.

»Tut mir leid. Ist nur wegen meinem Freund, der unten im Auto auf mich wartet.«

»Verstehe ich, Süße. Hast halt noch was vor.«

Er hebt die Krücke mit dem daran klebenden Eiersalatsandwich an, und wir gehen weiter. Das Sandwich bleibt grässlicherweise einfach an der Krücke haften und reist noch acht weitere Stufen mit uns, bevor es endlich abfällt. Doug hält jetzt den Mund und legt den Rest der Strecke in beleidigtem Schweigen zurück, während ich hinter ihm her klettere.

Ich hätte nie gedacht, dass ich Dougs Gequatsche mal vermissen würde, aber so ganz ohne habe ich nichts mehr, das mich ablenkt, und mir fallen eine Menge Dinge auf, die ich lieber nicht bemerkt hätte. Wie zum Beispiel die Geräusche einer heftigen Auseinandersetzung irgendwo über uns. Der Geruch des alten Sandwichs wird von einem süßlichen, verdorbenen Gestank abgelöst. Es erinnert mich an eine Recyclingtonne voller Coladosen, die in der Sonne gestanden hat. Überall liegt Müll herum: Verpackungen, eklige, zusammengeknüllte Papierhandtücher, Schuhe und Sachen, die aussehen, als wäre jemand darin umgebracht und dann in einen Sumpf geworfen worden. Ich bin ziemlich sicher, dass mir seit vier Stufen ein benutztes Kondom am Flipflop klebt, aber ich traue mich nicht nachzusehen. Egal, was es nun genau ist, ich fühle bei jedem Schritt eine gummiartige Glitschigkeit. Eine Tür wird zugeschlagen, und wenige Sekunden später kommt eine Frau mit einem grünlich-orangen Bluterguss im Gesicht fluchend die Treppe heruntergestürmt.

»Pass bloß auf, du Schlampe«, motzt sie, als sie an mir vorbeigeht, aber ich habe das unangenehme Gefühl, sie hat mich gar nicht gesehen.

Noch sechsunddreißig Stufen bis zum vierten Stock.

Ob Skunk noch da unten steht und auf mich wartet? Ich hatte ihn ja gebeten, mich herzufahren, und nicht, den ganzen Tag im Lieferwagen herumzusitzen, während ich hier solange in einem absurden Theaterstück mitspiele. Ich hätte mir seine Nummer geben lassen und ihn nur für den Abtransport anrufen sollen. Besser noch: Ich hätte gar nicht herkommen sollen. Das Einzige, das mich weitertreibt, ist die Neugier auf das, was mich da oben im vierten Stock erwartet: ein Karton mit Sukeys Bildern und vielleicht auch ein paar von ihren coolen Klamotten.

Doug stöhnt und ächzt. Ich versuche, durch den Mund zu atmen. Wir sind im dritten Stock angekommen und machen uns an die letzten achtzehn Stufen. Die Glühbirne ist durchgebrannt, so dass wir uns jetzt die müllübersäte Treppe in trübem Dämmerlicht nach oben quälen. Ich bin ziemlich sicher, dass sich zu dem Kondom an meinem linken Flipflop nun noch eine Zigarettenkippe an meinem rechten gesellt hat.

Als wir den dritten Stock hinter uns lassen, wird mir ein bisschen flau im Magen. Doch ich kann nicht mehr zurück, bin zu weit gekommen. Mir fällt ein Moment aus dem Ferienlager in der neunten Klasse ein, als wir von Pender Island rüber zu Saltspring Island schwimmen wollten. Nach fünfundzwanzig Minuten ist Pender Island zu weit weg, um wieder zurückzuschwimmen, aber Saltspring Island ist erst ein grüner Klecks irgendwo vor einem. Man ist da draußen im offenen Meer, weit hinter den anderen Kindern, man hat nichts, an dem man sich festhalten könnte, und es ist so tief, dass man nicht mehr stehen kann.

Klack-klack-BUMMM.

Doug schwingt sich die letzte Stufe hinauf und humpelt dann den Gang entlang. Hier ist das Licht auch kaputt, und der Notausgang ist mit Müll vollgestellt. Der Glaskasten, in dem ein Feuerlöscher stehen sollte, ist eingeworfen. An der Wand ist ein schmutziges Telefon festgeschraubt, dessen Hörer an einem kaputten Kabel herunterhängt. Doug meinte ja, das Haus hier soll abgerissen werden. Offensichtlich fangen sie dabei mit dem vierten Stock an.

Doug fährt mit den Fingern über eine zerkratzte Tür. »Hier hat Sukey gewohnt.«

Ich betrachte die Tür im Vorbeigehen. Bei einigen der anderen Türen hier auf dem Gang fehlt der Türknauf. Sukeys Tür ist die einzige, die noch intakt ist. Vielleicht verbirgt sich dahinter ja eine völlig normale Wohnung, in der Sukey ihren Perlenvorhang aufgehängt hat und wo in einer Ecke Leinwand und Farben standen. Vielleicht hat sie ja hier gewohnt, weil dieser Ort sie in morbider Weise für ihre Bilder inspiriert hat. Oder vielleicht war eine völlig heruntergekommene Wohnung einfach immer noch besser, als unter einem Dach mit Dad zu leben.

Doug schließt die Tür zu seinem Zimmer auf und geht hinein. Ich bleibe im Hausflur stehen und taste nach meinem Handy, bereit, jeden Moment Hilfe zu rufen. Doug rumort drinnen geräuschvoll herum und stößt auf der Suche nach seiner Katze im Dunkeln Gegenstände um.

»Miez-miez-miez! Miez-miez-miez!«

Ich wage einen Blick in die Wohnung. Er hat ein Badetuch vors Fenster genagelt, und von der Decke hängt ein einsames Kabel ohne Glühbirne. Die restliche Einrichtung besteht aus einer Matratze in der Ecke, auf der Klamotten liegen, ein paar kleineren Möbelstücken und einem Foto in einem billigen Plastikrahmen. Eine Küche oder ein Badezimmer gibt's anscheinend nicht. Wie viele Etagen sich Doug wohl runterschleppen muss, um auf die Toilette zu gehen?

Einen Augenblick später steht er wieder in der Tür und hat ein kleines Bündel auf dem Arm. Erst halte ich es für Schmutzwäsche, aber dann drückt er mir das Bündel in die Hand, und da ist es eine weiße Katze mit blassroten Augen. Sie hat eindeutig schon mal bessere Tage gesehen. Wo mal das rechte Hinterbein war, ist nur noch ein Stumpf. Sie miaut und will sofort wieder runter. Doug sieht sie liebevoll an.

»Das ist Snoogie. Sukey hat sie auf der Straße gefunden.«

Ich ziehe vorsichtig ihre Krallen aus meinem T-Shirt. Sie miaut wieder und klettert an mir hoch wie an einem Baum. Auf der Höhe meiner Schulter fährt sie erneut ihre Krallen aus und sitzt nun da wie ein Papagei. Sie betrachtet die Welt von dort oben mit einer so ausgeprägten Katzenparanoia, dass ich mich frage, was sie wohl schon alles erlebt haben muss. Doug streichelt sie sanft.

»Snoogie ist eine liebe Katze.«

Ich habe eher das Gefühl, sie ist eine ganz schön böse Katze. Das sage ich Doug aber nicht, da seine Wahrnehmung in diesem Fall offensichtlich durch Liebe und/oder Alk getrübt ist. Ich sehe ihm dabei zu, wie er Snoogie streichelt und bekomme plötzlich Panik. Was, wenn alles umsonst war? Wenn es nur um eine kaputte Lampe oder ein altes Handtuch von Sukey geht, das hier die letzten fünf Jahre rumgelegen hat? Vielleicht hatte es seinen guten Grund, dass meine Eltern bis jetzt immer aufgelegt haben, wenn Doug angerufen hat? Ich denke mit schlechtem Gewissen an mein

Klavier, das im Moment unbenutzt in einem Sonnenstrahl steht, in dem der Staub tanzt.

»Du, Doug?«

»Was'n?«

Doug hört gar nicht zu. Er ist zu sehr mit Snoogie beschäftigt, die gerade versucht, von meiner einen Schulter zur anderen zu klettern, und dabei einen Umweg über meinen Kopf macht.

»Sind ihre Bilder hier?«

»Ihre was?«

Snoogie springt von mir herunter und verschwindet blitzschnell in Dougs Zimmer. Endlich sieht er mich an.

»Sind Sukeys Bilder hier?«

»Nee, da waren keine Bilder mehr übrig. Sie hatte kurz davor wieder mal so 'nen Anfall gehabt und hat sie alle verschenkt. Eins hat sie mir gegeben, 'n großes gelbes Bild, aber dann sind ein paar Crackjunkies hier drin rumgestrolcht und haben's geklaut. Man kann hier echt nichts Schönes haben, immer kommt gleich jemand und klaut's einem. Warte mal kurz, ich hol dir ihre Sachen.«

Doug schiebt die Tür ein Stück zu und verschwindet in der Dunkelheit dahinter. Ich höre ihn fluchend herumpoltern, dann mit einer Tür kämpfen, die anscheinend klemmt. Ich spähe ins Zimmer. Er wühlt in einem Kleiderschrank herum, der voller Müll ist. Wortwörtlich Müll – Coladosen, Papierservietten und Zigarettenschachteln. Der ganze Kram fällt ihm entgegen wie eine kleine Lawine und häuft sich um seine dürren Knöchel.

Na toll, denke ich und gehe wieder einen Schritt von der Tür zurück. Ein verrückter Messie ist er also auch noch.

»Du, Doug?«, rufe ich. »Ich muss mal los.«

»Moment noch, Mädchen«, kommt es zurück. »Ich musste die Tüte gut verstecken, damit diese Idioten sie nicht mitnehmen.«

Ich höre Getränkedosen über den Boden kullern und Doug angestrengt stöhnen. »Sukey und ich waren immer für einander da«, keucht er. »Wenn man hier wohnt, muss man sich gegenseitig helfen. Hätt dich auch früher angerufen, war aber krank.«

Ich verdrehe die Augen. Klar. Wenn du mit krank völlig besoffen meinst. Ich stecke den Kopf ins Zimmer. Doug zerrt einen großen schwarzen Müllsack aus dem Schrank.

»Kann ich dir helfen?«

Er hört mich anscheinend gar nicht. Er steht auf seine Krücken gestützt da und ruht sich einen Moment aus. Ich tappe durch den Müll zu ihm. »Was ist da überhaupt drin?«

Die Katze rennt unter einem kleinen Couchtisch hervor und springt auf die Matratze. Wahnsinn, wie schnell das Tier auf seinen drei Beinen ist.

Doug sieht ihr hinterher. »Sukeys Sachen eben. Nachdem die Polizei weg war, hat der Hausverwalter ein paar Leute hergeschickt, die das alles wegschmeißen sollten, aber das ist doch nicht in Ordnung.« Er schiebt den Müllsack mit dem Fuß ein Stück zur Seite. »Meinst du, du kannst den tragen?«

Ich betrachte den Sack skeptisch. »Klar.«

Ich schwinge ihn mir auf den Rücken. Ich fühle mich ein bisschen wackelig auf den Beinen.

Doug sieht mir zu. »Das schaffst du schon, Mädchen.«

»Was hatte denn die Polizei hier zu suchen?«, frage ich

ihn, während ich versuche, nicht das Gleichgewicht zu verlieren und noch mehr Zerstörung in Dougs Zimmer anzurichten.

Ich weiß, dass Sukey nach ihrem Auszug ein paarmal mit der Polizei zu tun hatte, weil spätnachts Anrufe kamen und Dad dann zur Wache fahren musste.

Doug übergeht meine Frage. »Ein großes gelbes Bild. So groß wie das Fenster da. Hat sie extra für mich gemalt. Hat mich immer an Kornfelder erinnert. Dein Daddy hat bestimmt ganz viele davon, ne?«

»Nein. Sie hat ihm nie eins geschenkt. Ich hab auch nur eins, das hängt in meinem Zimmer. Ich hatte gehofft, dass hier vielleicht …«

»Wir haben immer gesagt, wenn sie mal tot ist, sind ihre Bilder bestimmt viel wert, und ich bin reich. Ich hab immer gesagt, Sukey, Süße, du machst mich und Snoogie noch mal zu Millionären.«

Mir tun die Schultern weh unter dem schweren Sack. Ich fange an zu schwitzen. Ich sollte mich jetzt endlich mal auf den Rückweg machen, aber meine Füße gehorchen mir einfach nicht, solange Doug mir meine Frage nicht beantwortet hat.

»Doug? Wieso soll denn nun die Polizei hier gewesen sein?«

Er hat ein Bier in seinem Versteck gefunden und öffnet die Dose. Seine blutunterlaufenen Augen wandern hin und her.

»Die verdammte Hausverwaltung hat nicht mal 24 Stunden gewartet, bevor sie den nächsten Mieter da reingesteckt haben. Das Blut auf dem Boden war noch nicht mal trocken, da hat schon so ein kleiner Speedjunkie mit verkniffenem Gesicht in ihrem Zimmer gewohnt. Kein Respekt mehr unter den Menschen. Echt jetzt mal.«

Ich drehe mich zu Doug herum und stoße dabei eine halbvolle Bierdose von einem kaputten Mini-Kühlschrank. Ich wünschte wirklich, es gäbe hier Licht, weil ich in dieser Dunkelheit mit dem schweren Müllsack auf dem Rücken und dem Rauschen in meinen Ohren, das mit jedem Wort von Doug lauter wird, nämlich langsam Beklemmungen kriege.

»Doug«, sage ich so ruhig und unzitterig, wie ich nur kann, »wieso war die Polizei hier?«

Der Sack rutscht mir fast aus den Händen, und Doug rückt ihn zurecht, während ich versuche, das Gewicht gleichmäßig auf beide Schultern zu verteilen. Er starrt mich aus seinen großen Säuferaugen an.

»Mädchen, jetzt sag nicht, du wusstest das nicht.«

KAPITEL 11

Ich stehe wieder auf der Straße. Die Welt sieht aus wie mit Photoshop bearbeitet: Die Farben sind übersättigt, und die Helligkeit ist viel zu hoch eingestellt. Der Müllsack mit Sukeys Sachen fühlt sich an wie ein riesiger klebriger Klumpen auf meinem Rücken. Er macht mich zu einem Insekt, einer Ameise, die einen Krümel trägt, der hundertmal größer ist als sie selbst. Im Gegensatz zu einer Ameise werde ich mit dieser Last aber nicht fertig. Das ist mir alles zu schwer. Ich schwitze und kann die Panik an mir riechen. Es fehlt frische Luft.

Skunks Lieferwagen steht am Bordstein. Die Windschutzscheibe reflektiert das Sonnenlicht. Mit dem Müllsack auf dem Rücken, der wie ein Monster auf mir thront, stolpere ich darauf zu.

Denknichtdrübernachdenknichtdrübernachdenknichtdrübernach.

Zwischen meinem Herzen und meinem Kopf verläuft ein dünner Faden, der jeden Moment zu reißen droht. Ich versuche, mich darauf zu konzentrieren, es zu Skunks Auto zu schaffen, aber die ganze Welt ist laut und schrecklich und schwer, und die Wahrheit ist sogar noch schlimmer. Ich merke, dass ich es nicht bis zum Lieferwagen schaffe. Ich glaube, ich schaffe keinen einzigen Schritt mehr. Der Plastiksack spannt und dehnt sich, es ist nur noch eine Frage der Zeit, wer von uns beiden zuerst kaputtgeht.

Denk nicht drüber nach.

Eine Autotür schlägt zu. »Kiri?«

Jetzt bloß nicht weinen.

Skunk kommt auf mich zu. Der Anblick seines schmuddeligen T-Shirts gibt mir irgendwie Halt, und ich tappe auf ihn zu wie ein Entenjunges.

»Warte.«

Ich bleibe stehen. Skunk nimmt mir den Müllsack ab. Ich stehe neben dem Lieferwagen, er schiebt die Tür auf und stellt den Sack hinein. Mir tun die Schultern und der Rücken weh von den vier Stockwerken, und mein Herz schlägt so stark, als wolle es sich einen Tunnel aus meinem Körper herausgraben.

»Alles okay?«

Jetzt bloß nicht weinen.

Meine beste und eigentlich verlässlichste Normal-Stimme klingt plötzlich hoch und quietschig. »Jep.«

»Wirklich?«

Heftiges Nicken.

»Soll ich dich nach Hause fahren? Siehst ziemlich fertig aus.«

Für jemanden, der sein Portemonnaie an einer Kette am Gürtel trägt, versteht mich Skunk echt ganz schön gut. Ich steige in den Lieferwagen, schlage die Tür zu und kann endlich wieder atmen.

Ich lege gerade den Sicherheitsgurt an, da kommt Doug über den Gehweg auf uns zugewankt und klopft an mein Fenster. Ich kann nicht fassen, wie er so schnell die Treppen hinuntergekommen ist: Er muss sich runtergerollt haben oder vielleicht hat er auch einen alten Pizzakarton als Schlitten benutzt.

Ich will nicht mit ihm reden, aber der Nachmittag ist bereits so schrecklich, schlimmer kann's ja eigentlich nicht mehr werden. Ich kurbele das Fenster runter, und er steckt sein stoppeliges Gesicht zu uns herein. Sein Bieratem füllt sofort das ganze Auto. Skunk mustert ihn argwöhnisch. Wahrscheinlich überlegt er, ob er einfach aufs Gas treten und Doug damit den Kopf abreißen soll.

»Hey. Hey!« Doug schreit, als wären wir am anderen Ende der Straße und nicht lediglich ein paar Zentimeter voneinander entfernt. Er hält sich mit seinen gelben Fingern am Fenster fest, was uns am Losfahren hindern soll. »Hör mal, Mädchen. Tut mir leid, dass ich dich grad traurig gemacht hab, ne? Wir hatten Sukey alle sehr lieb.«

Ich will das nicht hören, und ich will auch nicht Dougs eklige feuchte Aussprache und seine Fahne ertragen müssen. Sein Gesicht ist riesig und fleckig und viel zu nah an meinem.

»Schon okay.«

Er beugt sich noch weiter herein. »Wollte dir keine Angst machen, ne? Wenn du mal mit jemandem reden …«

»SCHON OKAY.«

Er sieht mich groß an und zieht den Kopf etwas zurück,

als wäre ich diejenige, die ihm ins Gesicht schreit, während er endlich losfahren will. Er schweigt einen Moment. Er sieht zurück zum Hotel, hält sich aber immer noch am Fensterrahmen fest.

Schließlich spricht er mit normaler Lautstärke weiter. »Sag mal, du hast nicht zufällig fünf Dollar oder so für mich?«

Ich hole einen Schein aus der Tasche und drücke ihn ihm in die Hand. Er murmelt etwas und lässt endlich das Fenster los.

Ich sehe Skunk an. »Bloß weg hier.«

Skunk blinkt und fädelt sich in den Verkehr ein. Doug steht mit seinen Krücken auf dem Gehweg. Ich sehe seiner krummen Gestalt dabei zu, wie sie im Rückspiegel immer kleiner wird.

Wir fahren die Columbia Street hinunter und bald liegen eine, zwei, drei Straßen zwischen uns und dem Hotel Imperial. Je weiter wir uns entfernen, desto unwirklicher kommt mir das Gebäude vor, bis sich schließlich das, was dort in Dougs Zimmer passiert ist, unecht und unrealistisch anfühlt – wie etwas, das gar nicht passiert sein kann.

Nur ist es eben passiert.

Skunk hält mir einen Becher hin. »Kaffee?«

Mir fällt auf, dass daher der Duft kam, den ich seit zwei Minuten in der Nase habe.

»Danke.«

»Ist aber schwarz.«

»Das ist okay.«

Ich lächle ihn an, gebe mir die allergrößte Mühe, nicht zusammenzubrechen, meine Emotionen unter Kontrolle zu bringen, die Flut in mir zurückzuhalten. Wie wenn man mit dem Daumen einen Gartenschlauch zuhält. Ich bin selbst schuld, ich hätte ja nicht herkommen müssen. Ich hätte zu Hause sein und Klavier üben sollen, so wie ich es vorhatte.

Ich fühle ein Schluchzen in meinem Hals aufsteigen und trinke schnell einen Schluck Kaffee, um es zu unterdrücken. Als der Kaffee meinen Mund von innen wärmt, vergesse ich aber leider, nicht darüber nachzudenken, was mir Doug erzählt hat, und plötzlich ist überall Kaffee, und mir laufen die Tränen hinunter. Mein Brustkorb tut mir so weh, dass ich tatsächlich kurz an mir hinuntersehe, ob nicht vielleicht jemand auf mich geschossen hat. Ich wische mir die Nase am Ärmel ab und stelle den Kaffeebecher zurück in den Getränkehalter, bevor ich ihn noch ganz verschütte.

Skunk lenkt mit der einen Hand und tastet mit der anderen unter seinem Sitz herum. Wir wissen beide nicht, wo wir gerade hinfahren. Ich will aufhören zu weinen und mich entschuldigen, bekomme aber nur ein komisches Quietschen heraus.

»Tut mir echt leid«, keuche ich.

»Schhhh, nein, ist doch nicht schlimm.«

Er findet eine alte *Taco-Bell*-Papiertüte mit einem Stapel Servietten darin und gibt sie mir. Ich lege die Servietten auf die Kaffeepfütze in meinem Schoß. Innerhalb von Sekunden sind sie durchgeweicht.

Zwischen Schluchzern bricht es aus mir heraus: »Ich habe gerade erfahren, dass meine Schwester in dem Hotel da umgebracht wurde.«

Sobald ich es laut gesagt habe, bereue ich es auch schon.

Genauso wie damals, als ich Petra erzählt habe, dass ich mir Sorgen wegen des Klavierwettbewerbs mache. Jetzt denkt er bestimmt, ich komm damit nicht klar. Jetzt wird er jedes Mal, wenn er mich sieht – vorausgesetzt, wir sehen uns jemals wieder –, an dieses tränenüberströmte Freakmädchen mit dem Mördermüllsack denken, das er in seinem schönen Lieferwagen herumkutschiert hat.

»Ich dachte immer, es wäre ein Unfall gewesen«, rede ich weiter. »Meine Eltern haben gesagt – sie haben mir nie erzählt, dass …«

Ermordet.

Bei diesem Wort dreht sich mir der Magen um. Ich weiß nicht, wer es getan hat. Oder warum. Oder ob sie denjenigen jemals gekriegt haben. Oder was Sukey gemacht oder eben nicht gemacht hat, dass sie das verdient hat. Bis dahin habe ich Doug nicht kommen lassen, ich bin einfach die Treppe hinuntergerannt.

Ich habe nur »erstochen« gehört. Dicht gefolgt von dem Wort »tot«.

Skunk sieht zu mir herüber und berührt sanft meinen Arm. »Hey.«

Ich drehe mich weg, damit er nicht sehen kann, wie erbärmlich ich aussehe mit meinem tränenverschmierten Gesicht. Draußen vor dem Autofenster ist die Welt so surreal, geht mit unverständlicher Ruhe weiter ihrem Tagesgeschäft nach. Ein FedEx-Truck hält neben einem Briefkasten. Ein Mann kommt mit zwei kleinen Kindern aus einem Nudelrestaurant und trägt einen Stapel Styroporboxen mit Essen vor sich her.

»Wo sind deine Eltern?«, fragte Skunk leise, als wäre ich

ein kleines Kätzchen, das er nicht verschrecken will. »Wo wohnst du?« Er holt sein Handy aus der Tasche. »Hier.«

Ich winke ab und schlucke die Tränen hinunter. »Ist schon gut, wirklich.«

»Willst du deine Eltern nicht anrufen?«

»Geht nicht, die sind gerade auf einer Kreuzfahrt.«

»Dann vielleicht jemand anderen?«

»Nein, wirklich, mir geht's schon wieder gut.«

Skunk hält das Lenkrad umklammert. »Wollen wir vielleicht einfach nur eine Weile rumfahren? Oder soll ich dich nach Hause bringen?«

Eine neue Welle der Trauer schlägt über mir zusammen, und ich kann nicht antworten. Ich muss immer wieder an Sukey denken, meine Sukey, an ihre Jacke mit dem Zebramuster mit dem Blut darauf.

Wir fahren schweigend ein Stück vor uns hin, dann biegt Skunk links ab. Ich überlege, ob er mich jetzt zurück zum Imperial fährt und mich da bei den ganzen Freaks und Verrückten ablädt, wo ich hingehöre. Wir fahren aber am Imperial vorbei und nach Chinatown hinein. Ich sehe den roten Laternen zu, die vorbeihuschen.

»Wo fahren wir denn hin?«, krächze ich mit tränenerstickter Stimme.

Skunk blinkt und biegt auf einen Parkplatz ein. Als ich heute Nachmittag überraschend bei ihm vor der Tür stand, war sein Gesicht müde und ausdruckslos. Jetzt sieht er sehr entschlossen aus.

»*Lucky Foo*. Und danach gibt's in der *China Cat Bakery* Kuchen mit roter Bohnenpaste.«

KAPITEL 12

Wer meint, Essen könnte nicht trösten, hat noch nie einen Teller voll salziger, fettiger Dim Sum bei *Lucky Foo* gegessen. Wir sind bei unserer dritten Kanne Lapsang Souchong angelangt, und ich bin kein schluchzendes nervliches Wrack mehr, sondern nur noch ein erschöpftes Häufchen Elend. Wir haben unsere Dim Sum schon lange aufgegessen, aber ich habe das Gefühl, solange ich hier in der kuscheligen kleinen Holznische sitze, während da drüben in der Ecke der Springbrunnen vor sich hin blubbert, bin ich in Sicherheit. Und muss mich nicht mit dem auseinandersetzen, was da draußen in Skunks Lieferwagen liegt.

Ich habe ihm alles erzählt.

Von Sukeys Kunstausstellung.

Wie wir einmal heimlich abgehauen und bei McDonald's einen Milchshake getrunken haben, obwohl ich schon längst im Bett sein sollte.

Von dem lila Farbspritzer auf dem Teppich in Sukeys Zimmer, der nicht mehr rausgeht.

Und von den beiden Bildern, die zusammengehörten und die für immer in unseren jeweiligen Zimmern hängen sollten, *daffodiliad* und *wir tanzten umher im Sternenkleid.*

»Und du hattest keine Ahnung, dass sie ermordet wurde?«

»Nein!«, bricht es aus mir heraus, lauter, als ich wollte. »Die haben immer gesagt, es wäre ein Unfall gewesen. Sie haben es immer wie einen Autounfall klingen lassen. Alkohol am Steuer, so was in die Richtung. Mom meinte, wir sollten nicht darüber reden.«

»Und bei der Beerdigung hat das auch keiner erwähnt?« Skunk klingt freundlich, aber in seinen Augen sehe ich einen Funken Zweifel.

Er hat ja recht. Wie kann man denn nicht wissen, wie die eigene Schwester gestorben ist? Meine Eltern sind echt gute Lügner. Eine leise Stimme in meinem Kopf fügt hinzu: Oder du bist echt gut darin, dich anlügen zu lassen.

»Ich war nicht auf Sukeys Beerdigung«, murmele ich in meine Teetasse.

Zwischen uns breitet sich ein Schweigen aus, in dem deutlich ungesagte Dinge herumschweben. Ich weiß, was Skunk jetzt denkt.

»Meine Eltern wollten nicht, dass ich mitkomme«, erkläre ich. »Sie meinten, das wäre zu viel.«

Stattdessen bin ich mit Tante Moana zu Hause geblieben und den ganzen Tag wie ein kleines Kind im Schlafanzug herumgerannt. Wir haben ferngesehen und Kekse gebacken, und als Mom und Dad und Denny von der Beerdigung zurückkamen, haben sie alle ein Riesentamtam darum gemacht, wie unglaublich lecker die Kekse sind.

Abends hat sich Mom dann zu mir ans Bett gesetzt und mit mir geredet. Ich sollte das-und-das zu den Leuten sagen, wenn jemand nach Sukeys Unfall fragt. Und danach hat sie vorgeschlagen, dass wir nächste Woche zu *Central Music* gehen und mir einen Flügel kaufen.

»Und später haben sie es dir auch nicht erzählt?«, fragt Skunk.

»Nein«, sage ich und muss an den Instrumentenladen denken, wo Gitarren an der Wand hingen und die Klaviere wie eine Elefantenherde zusammenstanden, glänzende, große, ausladende Flügel. Ich hatte irgendwie ein schlechtes Gewissen, freute mich gleichzeitig aber auch sehr, während ich zwischen ihnen hindurchspazierte und hier und da mal auf eine Taste drückte.

Denny wurde nach Sukeys Tod von einem Tag auf den anderen gemein, fauchte beim kleinsten Anlass sofort gereizt los, verschwand nach der Schule in seinem Zimmer und blieb dort. Ich musste also die Liebe von uns beiden sein. Die, die beim Abendessen immer etwas erzählte. Mom und Dad brauchten mich jetzt, das erkannte ich daran, wie sie mich immer für die kleinsten Dinge lobten. Es stand ihnen in die lächelnden Gesichter geschrieben, als ich mir meinen Flügel aussuchte: Wenigstes einem von uns sollte es gutgehen, und irgendwie hatte man sich anscheinend darauf geeinigt, dass ich diese eine sein würde.

Skunk greift nach der Teekanne. Der Ärmel seines T-Shirts rutscht hoch und entblößt ein Tattoo auf seinem Arm.

»Sukey hatte genau an der gleichen Stelle auch ein Tattoo von einem Vogel«, rutscht es mir heraus. »Was bedeutet deins?«

Er gießt uns beiden Tee ein und stellt die Kanne ab. Er schiebt den Ärmel wieder über die filigrane Vogelsilhouette und legt beschützend die Hand auf die Stelle. »Hat keine besondere Bedeutung. Ist von einer Band, in der ich mal war. Wir haben uns alle das gleiche Motiv stechen lassen. Blöde Geschichte.«

»Ist überhaupt nicht blöd. Kann ich es mal sehen? Wie hieß denn deine Band?«

Er sieht irgendwie unbehaglich aus, als wünschte er, er hätte uns nicht den Tee eingegossen. Bis jetzt hat Skunk mir sowieso noch keine einzige Frage wirklich beantwortet. Nicht, dass ich besonders viele gestellt hätte. Wenn er mal was sagt, ist es immer nur irgendwas Einsilbiges, eine Tür, die er blitzschnell wieder zuschiebt, damit das, was drinnen ist, nicht nach draußen gelangt.

»Ist doch egal. Ist schon ewig her.«

»So lange kann's ja nun auch wieder nicht her sein. Wie alt bist du?«

»Achtzehn.«

Zwei Jahre jünger als Denny also. Ich hatte versucht, sein Alter zu schätzen. »Studierst du?«

»Im Moment nicht. Ab September mache ich eine Ausbildung zum Fahrradmechaniker.«

Ich fahre mit dem Finger den Tassenrand entlang. »Ich bin auch in einer Band.«

Er sieht hoch, offensichtlich erleichtert, dass es nicht mehr um ihn geht. »Ach echt? Was spielst du denn?«

»Synthi. Ich hab ein altes Juno.« Mir läuft die Nase, und ich habe diese typischen Kopfschmerzen, die ich immer vom Weinen bekomme, als wenn mein Schädel in einem

Schraubstock steckt. »Wir hatten noch keine Auftritte, aber wir machen diesen Sommer beim Bandwettbewerb im *Train Room* mit. Warst du da schon mal? Ist echt der einzige Laden ohne Altersbeschränkung, der nicht total scheiße ist. Ist bei dir in der Nähe.«

Das Lächeln, das sich auf Skunks Gesicht ausgebreitet hat, als ich von meinem Synthi erzählt habe, verschwindet wieder. Als hätte jemand einen Vorhang zugezogen: Sein Gesichtsausdruck wird neutral, der Mund gerade, die Augen leer. Ich gieße ihm etwas Tee aus der Tonkanne ein.

»Stimmt was nicht? Was denkst du gerade?«

»Nichts.«

»Na, komm.«

»Meine Band hatte da mal einen Auftritt.« Er schüttelt den Kopf, als ob er damit die Erinnerung vertreiben will. »Seitdem war ich nicht mehr da.«

Ich stelle mir Skunk mit einer E-Gitarre auf der Bühne vor. Ich versuche, auf einen Bandnamen zu kommen, zu dem das Tattoo passen könnte. *Bird Slayer? Big Skunk and the Birds of Death?* Egal was es war, es klang garantiert nicht so schlimm wie *Sonic Drift*.

Ich umfasse die warme Tasse. »Wieso habt ihr euch denn aufgelöst?«

»Haben wir nicht.« Sobald die Worte heraus sind, bereut Skunk sie offensichtlich schon. Bevor ich etwas erwidern kann, spricht er schnell weiter.

»Die anderen sind zurück an die Ostküste gezogen. Und ich bin hiergeblieben.«

Ich will gerade fragen, warum, aber da bimmelt die Türglocke, und neue Gäste drängen sich in den winzigen Empfangsbereich des Restaurants. Es ist fast sechs, Abendbrotzeit also. Wir sollten wohl mal den Tisch freimachen. Ich beschließe, Skunk nicht länger auszufragen.

»Wir sollten wohl mal gehen.«

»Bist du satt?«

»Ja, auf jeden Fall.«

Skunk nickt. »Ich fahr dich nach Hause.«

Wir tauschen unsere Telefonnummern aus, damit ich später mein Fahrrad abholen kann.

»Ich hab mein Handy nicht immer an«, sagt er, nachdem er seine Nummer in mein Handy eingetippt hat. Was wohl heißen soll: Ich hoffe, dieses verrückte Mädchen kommt nicht auf die Idee, mich tatsächlich anzurufen.

Er holt den Müllsack aus dem Auto und wehrt meine erneute Flut von Danksagungen und Entschuldigungen mit einem Kopfschütteln ab, als wäre es ihm peinlich. Tatsächlich sieht er erleichtert aus, als er wieder losfährt, und grüßt zum Abschied nur kurz mit der Hand, ohne dabei das Lenkrad loszulassen. Ich trage den Sack zur Haustür und drehe mich um, da ist er schon weg.

Am liebsten würde ich den Müllsack sofort aufreißen und hineinsehen, aber etwas hält mich davon ab: dieses Haus. Die sorgfältig auf dem Schuhregal aufgereihten Schuhe der Familie, die gedämpfte Kühle des Flurs. Meine Finger wollen die dünne Plastikfolie aufreißen, aber ich zwinge mich, den Sack wieder sinken zu lassen. Das hier ist weder der richtige Ort noch der richtige Zeitpunkt. Jetzt reiß dich mal zusammen.

Widerwillig richte ich mich auf und schaue nachdenklich

auf den Sack hinunter. Wie aufs Stichwort schlägt die antike Uhr im Wohnzimmer sechs Uhr. Mit jedem selbstgerechten Gong schäme ich mich mehr.

Ich habe schließlich gewisse Pflichten, ermahne ich mich selbst. Eine gewisse Verantwortung. Während ich mich nämlich in Downtown Eastside zum Idioten gemacht habe, sind sechs Stunden ohne Klavierübungen verstrichen. Während ich einem Wildfremden unsere Familiengeschichte auf die Nase gebunden habe, hat hier keiner die Azaleen gegossen und auch nicht die Post geholt.

Ich betrachte mich im Garderobenspiegel gegenüber der Eingangstür. Ein verschwollenes, tränenüberströmtes Gesicht. Schmutzige Hände. Verheulte Augen.

Ich muss an den Tag in der siebten Klasse denken, an dem ein Lehrer meine Eltern angerufen und ihnen erzählt hat, dass ich nach der Mittagspause auf dem Mädchenklo geweint habe. Es war kurz nach Sukeys Tod gewesen. Ich weiß noch genau, wie enttäuscht Dad von mir war, dass ich ihren Tod benutzt hatte, um Aufmerksamkeit von den Lehrern zu bekommen. Und Mom merkte vorsichtig an, dass Sukey bestimmt eine fröhliche kleine Schwester gewollt hätte. Ich schämte mich, die beiden enttäuscht zu haben.

Reiß dich zusammen, Kiri.

Ich hole tief Luft und trage den Müllsack nach oben. Vor meinem Zimmer halte ich kurz an, dann gehe ich weiter zu Sukeys altem Zimmer. Seitdem Mom daraus ein Gästezimmer gemacht hat, fühlt es sich überhaupt nicht mehr an wie Sukeys altes Zimmer. Die Wände, an denen früher überall ihre Bilder hingen, sind jetzt komplett weiß. Wo Sukeys *Nirvana*-Poster war, hängt jetzt ein Kunstdruck von Monet.

Der lila Fleck auf dem Teppich ist im ganzen Haus das Einzige, das noch an sie erinnert.

Meine Mom sorgt dafür, dass das Bett dort im Zimmer immer so zurechtgemacht ist wie ein Hotelbett, mit einer schicken Decke und einer Unmenge völlig sinnloser Zierkissen, die man erst mal alle auf den Boden schmeißen muss, um selbst genug Platz auf dem Bett zu haben. An einem Haken an der Schranktür hängt ein weicher weißer Hotelbademantel, den noch nie jemand benutzt hat. Und am Fußende des Betts liegen auf einem niedrigen japanischen Tischchen hübsch zusammengelegt ein Duschtuch, ein Handtuch und ein Waschlappen, die nur darauf warten, mal von einem Gast mit besonders distinguierten Handtuchansprüchen benutzt zu werden.

Ich tappe über den Teppich und lege den Müllsack mitten auf das ordentlich gemachte Bett. Dann gehe ich wieder und schließe die Tür hinter mir.

Danach setze ich mich ans Klavier und stelle das Metronom an. Sofort fühle ich mich tausend Tonnen leichter. Der Metallarm des Metronoms tickt vor und zurück, und ich spiele flüssig und gleichmäßig, nicht eine Note ist aus dem Takt.

Drei Stunden vergehen wie im Flug. Ich fühle mich mittlerweile so ruhig und zuverlässig und vernünftig wie das Metronom.

Siehst du?, sage ich zu mir selbst vor dem Einschlafen. Alles unter Kontrolle.

KAPITEL 13

Die nächsten drei Tage lang bin ich ein Ausbund an Selbstdisziplin: Aufstehen um sechs. Üben bis halb zwölf. Ein paar kalte Reste direkt aus der Tupperdose essen. Die Azaleen gießen. Den Briefkasten leeren. Noch ein bisschen üben.

Als ich das erste Mal wieder zur Bandprobe rüber zu Lukas gehe, lasse ich ihn schwören, dass er seiner Mom nichts davon sagt, und erzähle ihm, was passiert ist.

»Ich hab dir doch gesagt, du hättest mit deinen Eltern reden sollen, bevor du dich mit diesem Typen triffst«, sagt er.

Das ist zwar nicht die Reaktion, mit der ich gerechnet habe, aber hinterher umarmt er mich irgendwie süß und ein bisschen ungeschickt und bringt mich sogar nach Hause. Ich soll ihn anrufen, wenn irgendwas ist.

Jedes Mal, wenn ich auf dem Weg zum Bad an Sukeys altem Zimmer vorbeikomme, höre ich den Müllsack darin jammern wie einen Geist. Ich kann ihn nicht aufmachen. Nicht jetzt. Ich übe noch ein paar Stunden, und dann mache ich ihn auf, sage ich mir.

Ich übe noch ein paar Stunden.

Ich mache ihn immer noch nicht auf.

Das Klavier ist ein glattes schwarzes U-Boot, das mich tief, tief mit hinabnimmt, bis die Welt da oben an der Oberfläche nur noch ein entferntes Glitzern ist. Ich übe sorgfältig, achte auf jede einzelne Note. Ich feile an meinen Stücken und poliere sie wie unser Nachbar Mr Hardy seinen Oldtimer: langsam. Detailverliebt. Solange ich am Klavier sitze, habe ich das gesamte Universum unter Kontrolle. 88 Tasten, 10 Finger. Auf Notenblätter kann man sich verlassen. Die Noten ändern sich nicht einfach, wenn man mal kurz nicht hinsieht. Man schlägt seine Partitur nicht eines Tages auf, und plötzlich hat sich Dur in Moll verwandelt, aus den kurzen Noten sind lange geworden oder die Melodie hat sich verändert. Man muss nicht mutig sein, nur immer schön aufpassen.

Meine Eltern rufen an und erzählen von ihren Tauchabenteuern in der Karibik. Ich gebe mir Mühe, fröhlich und interessiert zu klingen. Während Mom von den tropischen Fischen erzählt, die sie heute Nachmittag in einem Korallenriff gesehen haben, lege ich mir zurecht, was ich gleich sagen werde, wie ich anfange.

Ich weiß jetzt das mit Sukey – zu vorwurfsvoll.

Ein alter Freund von Sukey hat angerufen – zu kompliziert, da müsste ich einiges erklären.

»Dein Dad hat eine Riesenschildkröte gesehen. Wie groß war die, Al? Fast einen Meter, oder? Wir haben uns heute eine Unterwasserkamera gekauft.«

Ich höre meiner Mutter zu, wie sie über ihre Kreuzfahrt

schwatzt, und merke, dass mir der Hals ganz eng wird. Es kommt mir vor, als wären die beiden auf einem sonnigen Planeten, wo immer alle gutgelaunt sind, und ich bin ein böser Astronaut aus dem Weltall, der ihnen alles kaputtmacht.

Schließlich frage ich: »Was ist eigentlich aus Sukeys Mörder geworden?« Ich sage es so daher, als hätte ich die ganze Zeit gewusst, wie sie gestorben ist.

Ich hatte erwartet, sie würden ausrasten, wenn ich das sage. Ich dachte, sie würden hysterisch nachhaken: »Ach Kiri, wie hast du das denn herausgefunden? Hat Denny dir davon erzählt?« Und dann würden sie sich dafür entschuldigen, dass sie mich angelogen haben, und fragen, ob's mir gutgeht.

Stattdessen reagieren sie, als hätte ich gefragt, wo denn bloß unser Mixer steckt, weil ich mir gern einen Bananensmoothie machen will. Mom murmelt kurz einen Einwand, und Dad sagt, dass er nicht über das Thema reden will, und zack, auf einmal geht's wieder um Meeresschildkröten und Klavierspielen. Die Unterhaltung gleicht einem Einkaufswagen, mit dem man den Parkplatz verlassen will und dessen Räder an der Grenze blockieren. Ich will noch so viel sagen, kann aber einfach nicht.

»Ist das Programmheft für den Klavierwettbewerb schon angekommen?«, fragt Mom fröhlich.

»Nein, aber …«

»Trittst du eigentlich gegen diesen japanischen Jungen an?«

»Er ist Koreaner, Mom. Keine Ahnung. Hat Sukey …«

»Was?«

Die Verbindung ist schlecht. Eine Stimme verliert sich im Echo der anderen, sie stapeln sich übereinander wie Autos bei einer Massenkarambolage.

»Ich habe im Keller eine Tüte mit Sukeys Sachen gefunden«, sage ich laut und deutlich ins Telefon. Eine Notlüge, aber na ja. Die Telefonrechnung, die bei meinem Versuch zustande käme, die Wahrheit zu erklären, könnte ja keiner bezahlen.

»Mach mir da ja keine Unordnung«, wirft Dad ein. »Ich weiß nicht, wer zuletzt da unten war, derjenige hat jedenfalls ein Snowboard mitten in den Weg gestellt. Da kann man sich ja das Genick brechen!«

Ich glaube, er hat mich nicht richtig verstanden. Ich drücke das Telefon frustriert fester ans Ohr.

»Hier auf dem Schiff ist ein Pianist, der beim Abendessen die Musikbegleitung spielt«, säuselt Mom. »Das könntest du doch als Ferienjob machen, wenn du am College bist.«

Ich stelle mir vor, wie ich in einem paillettenbesetzten Dinnerjacket auf einem Kreuzfahrtschiff am Klavier sitze und Jazzmelodien klimpere, während Leute wie meine Eltern dabei Hummer essen.

»Klingt super, Mom«, lüge ich. »Klingt echt super.«

Ich setze mich wieder ans Klavier und versuche noch ein bisschen zu üben, aber meine Hände zittern, und egal, wie sehr ich mit mir schimpfe, das Zittern hört nicht auf. Ich muss die ganze Zeit an Sukey denken. Sobald ich die Finger von den Tasten nehme, höre ich sie schreien. Ich sehe ihr Spiegelbild neben meinem in dem glänzenden Klavierdeckel, die gleichen dunklen Haare auf unseren Schultern, das gleiche Blut in unseren Adern, es tropft heraus, es fließt auf den Boden.

Ich zwinge mich, das Beethoven-Stück zu spielen.

Dann noch einmal.

Und dann noch einmal.

Beim dritten Mal muss ich ab der Mitte des Stücks so sehr weinen, dass ich die Tasten vor lauter Tränen gar nicht mehr sehen kann. Ich höre auf zu spielen und schleppe mich zum Telefon, um Lukas anzurufen. Er wird mich abholen. Petra hat bestimmt Borschtsch und Zitronenkuchen für mich, und ich darf auf der Ausziehcouch im winzigen Wohnzimmer der Malcywycks schlafen. Sie wird mich fest umarmen und sagen, dass alles wieder gut wird, und wenn sie schlafen gegangen ist, wird Lukas mich auch umarmen und mir dasselbe sagen.

Ich wähle schon die Nummer der Malcywycks, da höre ich plötzlich eine leise gehässige Stimme in meinem Kopf: Willst du wirklich, dass die so einen Eindruck von dir bekommen? Willst du, dass sie denken, dass du nichts allein hinkriegst? Und wie ein kleines Kind heulend zu Petra gelaufen kommst. Das findet Lukas bestimmt sehr sexy.

Ich ignoriere die Stimme und tippe die nächsten Ziffern. Aber die Stimme redet weiter: Okay, na gut, ruf ruhig an – aber vielleicht nicht gleich heute. Wenn's dir morgen immer noch schlechtgeht, rufst du sie an. Aber jetzt beruhigst du dich erst mal. Musst nicht mal üben, wenn du nicht willst. Nur ruf da jetzt nicht an.

Mein Finger schwebt über der letzten Ziffer.

Ich lege auf.

Ich bin einfach ein bisschen fertig mit den Nerven und

brauche eine kleine Pause. Kein Grund, gleich so ein Drama daraus zu machen. Ich stehe in der Küche und überlege, was ich machen könnte, um mich zu entspannen. Ich könnte fernsehen oder ein Bad nehmen oder –

Mir kommt die grandiose Idee, dass ich mit dieser Situation am besten umgehen könnte, wenn ich völlig und hundertprozentig high wäre.

Einen Augenblick später knie ich auf dem Boden in meinem Zimmer und ziehe die alte Holzschatulle unter meinem Bett hervor. Ich öffne den Deckel. Das kleine Tütchen mit dem Gras und die Papers, die mir Lukas mal vor einer Weile gegeben hat, liegen immer noch unberührt darin. Ich habe noch nie allein gekifft, aber heute Abend scheint mir ein guter Zeitpunkt, um damit anzufangen.

Ich brauche ewig, um den Joint zu bauen. Dann gehe ich nach unten und suche in unserer Kramschublade nach dem Stabfeuerzeug, mit dem wir immer den Grill anzünden. Ich besitze nicht mal ein eigenes Feuerzeug, so eine erfahrene Kifferin bin ich.

Das Stabfeuerzeug ist nicht in der Schublade, in der es sonst immer ist. Ich suche in ein paar anderen Schubladen danach, bis mir aufgeht, dass der Gasherd direkt vor meiner Nase steht. Ich drehe ihn auf und halte die Spitze des jointähnlichen Gebildes an die bläuliche Flamme. Ich stelle den Herd wieder aus und puste das kleine Flämmchen aus, das an der zusammengedrehten Spitze entstanden ist. Dann nehme ich einen Zug. Der Rauch schmeckt sauer und nach Asphalt, wie ein Zitronendrops, der versehentlich auf die Straße gefallen ist.

Ich schalte den Deckenventilator ein, damit er den Rauch

ein bisschen durcheinanderwirbelt, spaziere dann ins Wohnzimmer und mache Musik an.

Das macht doch echt Spaß, sage ich mir und drehe die Lautstärke auf. Die Musik klingt heiter und unbeschwert, als würden Elfen die Instrumente spielen. Ich gehe zurück in die Küche und öffne eine Packung Cornflakes. Die Flakes machen ein hohes, klingelndes Geräusch, als sie in die Schüssel fallen, was mich völlig fasziniert. Ich stehe da, rauche, schütte Cornflakes in die Schüssel und verliere jegliches Zeitgefühl. Als ich endlich die Milch aus dem Kühlschrank hole, ist es schon nach Mitternacht.

Ich esse einen Löffel Cornflakespampe, schütte den Rest in den Ausguss und falle ins Bett.

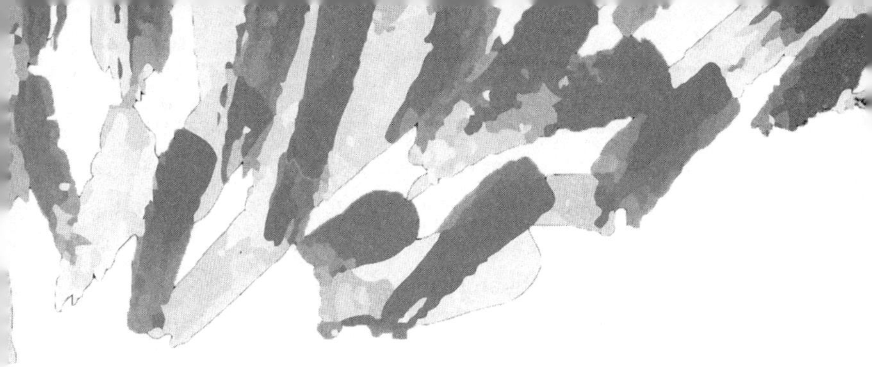

KAPITEL 14

Als ich aufwache, ist es schon sehr hell und sehr warm und sehr mittags halb eins. Der Albtraum, in dem Sukeys Mörder vorkam, verzieht sich aus meinem Hinterkopf. Ich glaube, ich habe gestern Abend zu viel geraucht. Mein Mund fühlt sich trocken und sauer an, als hätte ich ein Paar verschwitzte Socken gegessen, und ich habe diese pochenden Kopfschmerzen, die einem sagen, dass man dehydriert ist. Von dem Moment an, als ich die Augen aufschlage, fühle ich mich schlecht und eingefallen und hohl, und ich weiß genau, da wird auch viel trinken nicht helfen. Ich habe nicht Klavier geübt, und ich habe nicht in den Müllsack gesehen. Außerdem bleiben mir noch genau zwanzig Minuten, bis ich zur Klavierstunde los muss.

Ich gehe ins Bad, ziehe mich aus und stelle mich unter die Dusche. Während das Wasser langsam wärmer und schließlich zu heiß wird, kommen ein paar Fetzen aus dem Albtraum über Sukey zurück. Im Traum steige ich mit dem riesigen Müllsack die Stufen des Imperial hinauf und bleibe immer wieder am Geländer hängen. Meine Schwester wartet darauf, dass ich sie rette, ich kann sie durch die Wände nach mir rufen hören. Als ich endlich im vierten Stock ankomme, ist sie aber schon tot.

Ich drücke mir Shampoo in die Hand.

Ist schon okay, sage ich mir. Alles okay. Einfach weiteratmen.

Ich presse die Lippen zusammen und fange an, mir die Haare zu waschen. Die Dusche füllt sich mit dem fröhlichblumigen Duft des Shampoos, und aus irgendeinem Grund ist das der Moment, in dem mir endgültig alles zu viel wird. Ich breche zusammen, weine, den Kopf gegen die Kacheln gelehnt. So habe ich auch geweint, als Sukey gestorben ist, diese harten, absoluten Tränen, die einen völlig mit sich reißen. Mir war nicht klar gewesen, dass ich so traurig sein kann, und diese Erkenntnis hat mich damals schockiert und mir große Angst gemacht. Wie wenn man plötzlich auf eine neue Tür in einem Haus stößt, das man zu kennen meint, und dahinter einen düsteren Anbau mit Zimmern und Fluren entdeckt, der durch die Trauer entstanden ist. Ich hatte noch nie solche Abgründe in mir wahrgenommen und als sie dann an die Oberfläche traten, wurde mir klar, dass sie schon immer dagewesen waren und nur auf ihren Auftritt gelauert hatten. Allerdings war bis dahin die Tür zu ihnen noch komplett versiegelt gewesen.

Ich erlaube mir, einen Moment lang zu weinen, dann höre ich so abrupt auf wie ein abgestellter Wasserhahn. Ich habe jetzt keine Zeit für so was, wirklich nicht. Ich muss schließlich zur Klavierstunde. Du kannst den Müllsack doch in den Keller stellen, bis Mom und Dad wieder da sind, sage ich mir. Und du musst auch nie, nie, nie wieder zurück zum Hotel Imperial.

Als ich mich anziehe und meine Notenbücher in den Rucksack stecke, geht's mir schon wieder ein bisschen besser; ich fühle mich fast ein wenig schwindelig von den Endorphinen, die der Körper beim Weinen so ausstößt. Ich schließe die Tür ab und sage mir, dir geht's doch gut. Du hast nur schlecht geträumt, und das hat dich eben ein bisschen mitgenommen.

Mr Hardy, unser Nachbar, steht in seinem Vorgarten und gießt die Fliederbüsche. Er winkt mir zu. Er trägt Khaki-Shorts und ein T-Shirt von einem Charitylauf gegen Brustkrebs – die typische Rentneruniform also. Ich lächle ihn fröhlich an und winke zurück.

»Hallo, Mr Hardy!«

Siehst du? Dir geht's super.

Dr. Scaliteri, meine Klavierlehrerin, wohnt in Kerrisdale. Das ist eine Dreiviertelstunde Busfahrt von mir entfernt. Der Bus nach Kerrisdale ist immer voller Austauschschüler, die kein Wort sagen und die ganze Zeit nur ihren iPods lauschen. Ab und zu sehe ich auch mal eine Mutter in einer 200-Dollar-Jogginghose, die einen Hightech-Kinderwagen neben sich stehen hat. Kerrisdale ist nämlich die schickste Wohngegend in unserer Stadt. Hier reihen sich Nagelstudios, auf edel getrimmte Klamottenläden und Geschäfte mit Namen wie *Giggles & Birdy: Die exklusive Babyboutique* aneinander. Dr. Scaliteris Haus sieht historisch aus und ist wahnsinnig aufwendig restauriert worden. Sie wohnt in einer breiten, von Bäumen gesäumten Straße mit ganz neuen Gehwegen, und in den Vorgärten wogt überall dieser Strandhafer, der eigentlich Unkraut ist. Sobald man im Haus ist, muss man seine Schuhe ausziehen und sie auf einem kleinen Holzregal abstellen. Wenn man nicht daran denkt, kommt Dr. Scaliteri sofort aus ihrem Klavierzimmer gelaufen und sieht einen streng an. Überall im Haus gibt es glänzendes Parkett und bunte Glasfenster, und das Klavier ist ein 2,60 Meter langer Konzertflügel, der eher wie eine Limousine wirkt als ein Musikinstrument. Er riecht sogar wie ein neues Auto.

Während ich mein Bach-Stück spiele, macht sich Dr. Scaliteri neben mir Notizen und wippt dabei ein wenig auf ihrem silbernen Sitzball. Sie trägt einen tiefausgeschnittenen schwarzen Gymnastikanzug und silberne Ballettschuhe. In ihrem faltigen Alte-Damen-Dekolleté baumelt ein goldener Kettenanhänger in Form eines Notenschlüssels. Dr. Scaliteri ist Mitte sechzig, sieht aber immer noch aus wie die »Klavierlehrerin« in einem Low-Budget-Porno: dick Mascara und die Haare riesighoch auftoupiert. Durch das ständige Wippen auf dem Sitzball hat sie phantastische Oberschenkel.

Im Verlauf des Stücks flüstert sie ab und zu irgendetwas vor sich hin, was mich immer total rasend macht. Aber die wenigen Male, als ich tatsächlich aufgehört und »Wie bitte?« gefragt habe, hat sie mich bitter bereuen lassen.

Ich bin von meiner alten Lehrerin Mrs Benjamin zu Dr. Scaliteri gewechselt, als meine Eltern mir den Flügel gekauft haben. Sie hat den Ruf, die strengste Klavierlehrerin der Stadt zu sein, und nimmt nur wenige Schüler auf, die noch in der Highschool sind. Die meisten ihrer Schüler sind

Studenten, die mal Konzertpianisten werden wollen. Ein Haufen blasser, ernsthafter Mittzwanziger, die aussehen, als würden sie unter der Erde wohnen und dort ununterbrochen üben. Dazu gehören die große Anna Weissberg zum Beispiel, die schon im Symphonieorchester spielt. Nelson Chow, der gerade an der Juilliard School angenommen wurde. Und die Fukiyama-Zwillinge Jess und Mark, die sich sowohl der Vervollkommnung ihrer Spieltechnik als auch dem Tragen blitzsauberer und perfekt gebügelter Ralph-Lauren-Polohemden in gedeckten Ocker- und Blautönen mit absoluter Hingabe widmen. Dr. Scaliteris Unistudenten tun meistens so, als gäbe es mich gar nicht. Aber wer weiß – vielleicht wird das nach dem Klavierwettbewerb anders.

Ich spiele den ersten und den zweiten Satz des Italienischen Konzerts, ein dreißigseitiges Barock-Opus, das Bach wahrscheinlich mal eben nebenbei geschrieben hat, während er für eine Bratwurst angestanden hat. Es ist ein schwieriges Stück, aber ich weiß, dass ich es richtig gut draufhabe. Meine Finger tanzen über die Tasten, liefern sauber einen mathematisch perfekten Triller nach dem anderen ab. Als ich spiele, fällt die Traurigkeit, die mich noch im Bus fest im Griff hatte, immer mehr von mir ab. Das hier ist etwas, worin ich gut bin. Das hier ist etwas, das ich kann.

Ich will mich gerade an den dritten Satz machen, da bedeutet Dr. Scaliteri mir auf einmal, dass ich aufhören soll. Überrascht breche ich ab und warte auf weitere Anweisungen. Meine Lehrerin sieht mich jedoch nur an und wippt auf ihrem Ball.

Eine ganze Minute vergeht. Dann noch eine. Ich sehe

Dr. Scaliteris Uhr dabei zu, wie der Zeiger von der drei zur vier springt. Die Stunde kostet hier 75 Dollar, es sind also ziemlich teure Minuten. Sie starrt mich jetzt schon seit 2,50 Dollar an. Starrt und wippt. Ich sehe mich zur Ablenkung im Zimmer um, betrachte die Buntglasfenster mit dem Obstschalenmotiv. Die gläsernen Weintrauben und Orangen sehen aus wie Edelsteine. Wer hat denn bitteschön ein Buntglasfenster mit Obstschalenmotiv in seiner Wohnung? Dieses Fenster ist übrigens schuld daran, dass es hier im Zimmer immer so heiß ist. Man kann es nicht öffnen. Während der Klavierstunde sitzt man also da, schwitzt vor sich hin und atmet warme, abgestandene Luft ein, die auch noch nach Sitzballgummi riecht.

Dr. Scaliteri nimmt ihren Kalender vom Schreibtisch. Sie blättert suchend darin herum, bis ihr Nagel mit der French Manicure auf einem der hellblauen Tageskästchen hängenbleibt.

»Der Wettbewerb ist am 30. Juli.«

Ich nicke. Das hätte ich ihr auch sagen können, dafür hätten wir nicht 85 Cent verschwenden müssen. Aber natürlich ist mir klar, dass es ihr wahrscheinlich genau darum geht, dass ich hier sitze und Kopfrechenübungen mache, während sie in ihrem Kalender blättert.

»Wir haben also nur noch sechs Wochen.«

Ich nicke wieder. Sie sieht mich über die Ränder ihrer Brille hinweg an, mit der sie ein bisschen aussieht wie eine Bibliothekarin aus den fünfziger Jahren.

»Du bist nicht bei der Sache. Wieso nicht?«

Ich denke an das Hotel Imperial, an meinen Albtraum von letzter Nacht, an den Müllsack aufs Sukeys Bett.

»Ich verstehe«, sagt Dr. Scaliteri. »Du hast einen Freund.«

Ich schüttele den Kopf.

»Hund gestorben.«

Kopfschütteln.

»Oma krank.«

Wieder Kopfschütteln.

Dr. Scaliteri sieht mich böse an.

»Dann ist es auch nicht so wichtig wie das Italienische Konzert. Los, weiter geht's.«

Wir machen noch geschlagene dreieinhalb Stunden weiter, bis mir die Finger bluten und in meinem Kopf nur noch glückselige Leere herrscht, eine Seelenmondfinsternis. Dr. Scaliteri hat mir beigebracht, völlig emotionslos zu spielen. Gefühle sind billig und sentimental, man tut sich nur selbst leid dabei. Gefühle muss man beiseitelassen, wenn man als Künstler ernst genommen werden will.

Als ich gehen will, sieht mich Dr. Scaliteri noch einmal streng an.

»Du musst voll und ganz bei der Sache sein, Kiri. Dein Klavier muss immer Vorrang haben. Egal, wer dieser Junge ist …«, schnauft sie missbilligend, »sag ihm, er darf erst im August wieder anrufen.«

An diesem Abend kann ich nicht einschlafen. Ich habe ein schlechtes Gewissen, weil ich Dr. Scaliteri enttäuscht habe. Ich habe Angst vor dem Klavierwettbewerb und fühle mich wie ein Feigling, weil ich mich nicht traue, in den Müllsack zu sehen. Ich liege im Bett und verbringe einige Zeit damit, mir neue Übungsziele auszudenken. Als ich danach immer noch nicht schlafen kann, stehe ich auf und gehe in Sukeys altes Zimmer. Der Müllsack liegt immer noch auf dem Bett, das nur zum Angucken ist. Er wirkt wie ein glänzender schwarzer Käfer auf einer Hochzeitstorte. Zwischen den überordentlichen Bücherregalen und der Rüschenbettwäsche wirkt er wie ein Gruselgeschenk, das der Weihnachtsmann ungefragt vorbeigebracht hat.

»Hi, Sukey«, sage ich im Kopf zu ihr und lege die Hand auf den Müllsack. »Schön, dich zu sehen.«

Langsam reiße ich ihn auf.

Sukey hatte einen Unfall.

Ich würde meine Mutter gern fragen, wieso man das als Unfall bezeichnen sollte, wenn jemand erstochen wird.

Das Loch im Müllsack wird immer größer, bis der Inhalt schließlich herausfällt. Ich sehe Teilen von Sukeys Leben zu, wie sie sich vor meinen Augen entfalten.

EIN PAAR SACHEN ERKENNE ICH WIEDER:

Pinsel mit eingetrockneter roter und schwarzer Farbe daran.

Ein kleines Glas Terpentin.

Bleistifte und Kulis.

Die silbernen High Heels, die sie damals zur Ausstellungseröffnung anhatte.

Eine halbvolle Tube mit Vanille-Handcreme.

Leere CD-Hüllen: *nevermind, Mellon Collie* und *The Infinite Sadness*.

Eine Kaffeetasse, auf der *Künstlerbedarf Black Cat* steht.

Einen Keramikfrosch, der früher bei uns zu Hause auf ihrem Fensterbrett saß. Eine Ecke ist abgeplatzt.

Ein Gänseblümchenbild, das ich als Kind gemalt habe.

Eine Tüte mit Farbtöpfchen, deren Deckel festgetrocknet sind.

EIN PAAR DINGE ERKENNE ICH NICHT WIEDER:

Eine zerknitterte Jeansjacke mit silbernen Strassherzen an den Ärmeln.

Eine lila Haarbürste.

Einen billigen Digitalwecker.

Einen kurzen Lederrock mit Perlen am Saum.

Ein glitzerndes, rosa Tube-Top.

Papers von Zig-Zag.

Einen leeren Bilderrahmen.

Ein leeres Feuerzeug.

Einen kleinen geschnitzten Bär.

UND EIN PAAR DINGE MACHEN MIR ANGST:

Leere Tablettenröhrchen.

Eine seltsam steife Steppdecke, die an mehreren Stellen zusammenklebt. Ich betrachte sie eine ganze Weile lang verwirrt, bevor mir aufgeht, dass sie voller Blut ist, getrocknetem Blut.

Eine Büroklammer, die sonderbarerweise an einem Ende schwarz ist.

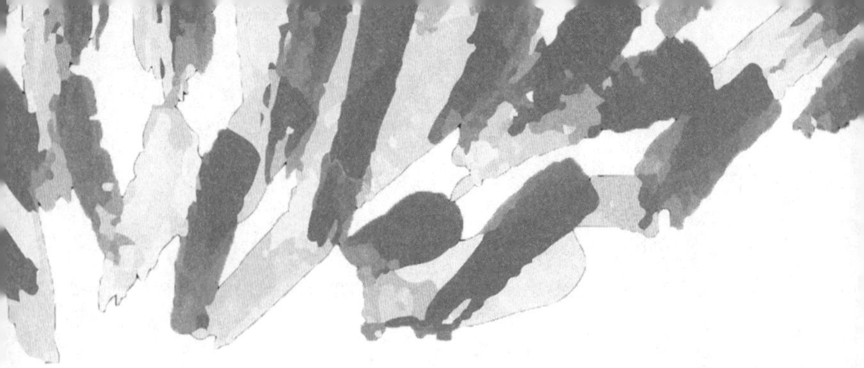

KAPITEL 15

Ich verbringe die Nacht in Sukeys Zimmer. Ich breite den Inhalt des Müllsacks sorgfältig vor mir aus, als wären das alles wertvolle Kunstgegenstände. Ich muss sie mir immer wieder ansehen. Ich muss sie immer wieder anfassen. Es ist unmöglich, sie einfach liegenzulassen. Ich gehe die Dinge eins nach dem anderen durch wie ein Paläontologe, der Fossilien untersucht. Genauso wie ich jeden Gegenstand in ihrem Zimmer angefasst habe, als uns Mom und Dad mitteilten, dass sie tot ist.

Ich ziehe die Jeansjacke mit den Strassherzen an. Sie riecht ein bisschen nach altem Frittenfett – wahrscheinlich, weil sie so lange unter dem ganzen Müll in Dougs Schrank gelegen hat. Ich will unbedingt, dass sie nach Sukey riecht, und schnuppere wieder und wieder am Ärmel, aber da ist nicht die Spur von Zigaretten oder ihrem Parfum zu entdecken.

Ich kämme mir die Haare mit der lila Bürste.

Ich lege neue Batterien in den Wecker ein.

Ich ziehe die silbernen High Heels an und spaziere damit vorsichtig durchs Zimmer. Zu meiner Überraschung passen sie mir. Ich stehe unsicher da und fühle, wie sich meine Beine in die Länge ziehen wie Kaugummi.

Ich lege den Lederrock und das rosa Tube-Top vor mich hin und stelle mir Sukey darin vor. Auf dem Rock ist vorn ein kleiner gelber Farbspritzer. Dieser Klecks beruhigt mich irgendwie. Er ist wie ein Zeichen dafür, dass sich doch nicht alles geändert hat, nachdem sie ins Imperial gezogen ist.

Ich baue mir mit den Zig-Zags einen Joint, setze mich aufs Bett und rauche ihn. Ich befrage den Keramikfrosch. Er wird ja wohl eine Meinung zu der ganzen Sache haben, irgendeine amphibische Meinung.

»Mister Frosch, Sie haben lange bei Sukey gelebt. Haben Sie gesehen, wie es passiert ist? Haben Sie versucht zu helfen?«

Ich unterhalte mich eine ganze Weile mit ihm. Er glotzt mich jedoch nur dämlich aus seinen Froschaugen an. Da schüttele ich ihn ein bisschen und werde streng.

»Mister Frosch, wir haben hier so unsere Methoden, um jemanden zum Sprechen zu bringen.«

Als ich keine Lust mehr habe, mich mit ihm zu unterhalten, nehme ich den kleinen Bären in die Hand. Er ist ganz klein und aus einem hellen, sehr leichten Holz geschnitzt, Kiefer vielleicht oder Ahorn. Seine kleinen Bärenohren und seine Hundeschnauze sind spitz, in einer Pfote hält er ein großes Stück Lachs. Er passt in meine Hand wie ein Spielzeug.

Hey, kleiner Bär, denke ich und streichle seinen weichen Holzrücken. Es ist alles okay.

Ich drehe ihn um und sehe auf der Unterseite eine Inschrift, die jemand mit einem Messer oder einem Nagel eingeritzt hat:

FÜR SUKY. VON DOUG.

Ich versuche, mich zusammenzureißen, aber traurige Dinge gehen mir immer gleich so wahnsinnig nahe. Ich umklammere den Bären und weine und weine.

Es ist schon vier Uhr morgens, als ich mich endlich den gruseligen Dingen zuwende. Die Deckenlampe summt leise, als wollte sie sich darüber beschweren, schon so lange an zu sein. Ich trage immer noch Sukeys silberne Schuhe. Ich stelle mir vor, dass sie mir meine Schwester zurückbringen, wenn ich die Hacken dreimal gegeneinander schlage. Aber nichts passiert.

Ich nehme mir eins der Tablettenröhrchen und versuche, das verwischte Etikett zu entziffern. Das Papier ist gewellt, als wäre es nass geworden, und manche Buchstaben sind gar nicht mehr zu erkennen. Man kann nur noch »300 mg« lesen, aber 300 mg wovon? Ich sehe mir die anderen Tablettenröhrchen an: Paracetamol, Dolantin, Oxycodon. Die sind doch nicht alle von Sukey, die können nicht von ihr sein, aber wieso waren sie dann in dem Müllsack?

Ich lege sie zurück und betrachte nun die blutige Decke. Als ich sie anfasse, summt die Lampe plötzlich lauter. Ich will die Decke sofort wieder fallenlassen und einfach wegrennen. Aber das darf ich nicht. Sukey wurde erstochen, und du kannst dir nicht mal eine Decke ansehen? Der Stoff ist ganz steif und klebt an manchen Stellen zusammen. Ich breite ihn vorsichtig aus.

Die blutigen Stellen sehen aus wie schwarze Wolken, wie

Bakterienkolonien in einer Petrischale. Darunter kann man noch vage geblümte Baumwolle und blauen Kordstoff erkennen. Ich starre so lange darauf, bis die Zeit stehen zu bleiben scheint. Halb rechne ich damit, wieder zusammenzubrechen wie heute Morgen in der Dusche. Stattdessen fühle ich mich seltsam emotionslos, als wäre ich von einem Kraftfeld umgeben, das mich für eine Weile vor der Angst oder der Hysterie beschützt – oder was es nun auch immer ist, das ich beim Anblick einer Decke eigentlich fühlen sollte, die voll mit dem Blut meiner Schwester ist.

Es ist fünf Uhr morgens, die Sonne geht auf. Ich drehe die Büroklammer hin und her. Mit dem schwarzen Ende male ich mir Sukeys Namen auf die Hand.

KAPITEL 16

»Du siehst heute aber fröhlich aus«, sagt Lukas.

Wir sind auf dem Weg zu Kelsey Bartletts Party und laufen gemeinsam den West Broadway entlang. Oder besser gesagt: Lukas läuft. Ich hüpfe und springe neben ihm her und pflücke ein Blatt von jedem Baum, an dem wir vorbeikommen. Als ich Lukas heute an der Ecke vor dem Supermarkt stehen sah, wo wir verabredet waren, habe ich sofort einen Wahnsinnsenergieschub gefühlt. Als hätte ich die ganze letzte Nacht plötzlich abgeworfen wie einen zu schweren Mantel. Körperlich bin ich wegen des Schlafmangels ein bisschen schwach, aber anstatt erschöpft zu sein, fühle ich mich eher aufgedreht. Die Abendluft riecht nach frischer Wäsche, und der Himmel ist gelborange wie ein zerdrückter Pfirsich. Ich stecke Lukas eine Blume hinters Ohr.

»Ich war die ganze Nacht wach.«

»Wieso?«

»Ich hab endlich den Müllsack aufgemacht.«

»Aha.«

Er sieht mich halb besorgt, halb ermunternd an, als würde er sich nicht recht trauen zu fragen, was denn nun drin war. Wir laufen durch das Griechenviertel, vorbei an kleinen Läden mit Oliven und Tahinigläsern in den Schaufenstern. Eine Frau in einem grünen Regenmantel öffnet eine Tür, und der plötzliche Duft nach frischgebackenem Pitabrot erinnert mich daran, dass ich heute noch nichts gegessen habe. Lukas bemerkt die kleine Blume hinter seinem Ohr und wirft sie weg.

»Willst du wissen, was in dem Müllsack war?« Ich zähle die Dinge ohne eine bestimmte Reihenfolge auf. Als ich zu der blutigen Decke komme, unterbricht mich Lukas.

»Ich glaube, das will ich lieber nicht hören.«

Ich sehe ihn verwirrt an. »Wieso nicht?«

»Weil das alles total schrecklich ist, Mann! Er hat dir eine blutige Decke mitgegeben? Das ist doch krank.«

So habe ich das noch gar nicht gesehen.

»Er kam mir aber gar nicht krank vor.«

»Willst du mich verarschen? Er hat dir eine blutige Mord-Decke gegeben, die er seit fünf Jahren bei sich im Schrank liegen hatte.«

Ich zucke nur mit den Schultern und drehe auf dem Gehweg eine kleine Pirouette. Für eine, die gestern Morgen noch in der Dusche geheult und die ganze Nacht mit den Sachen ihrer toten Schwester verbracht hat, benehme ich mich ganz schön seltsam, das weiß ich. Aber vielleicht ist das eben so, wenn man zu viel Stress auf einmal hat. Da verändern sich die Gefühle plötzlich wie beim Glücksrad, und man weiß vorher nie, auf was für einer Position es stehen bleibt. Und statt traurig oder ernst zu sein, fühlt man sich auf einmal nur noch komplett albern.

»Er hat eine dreibeinige Katze. Menschen mit dreibeinigen Katzen kann man trauen.«

»Hast du nicht gesagt, er hätte gestunken, wäre total nervig und so besoffen gewesen, dass er kaum laufen konnte?«

»So was geht nun mal Hand in Hand.«

»Du musst wirklich mal wieder schlafen.«

Ich pflücke im Vorbeigehen in einem Vorgarten ein Gänseblümchen und stecke es Lukas wie eine Einsteckblume in die Hemdtasche. Es begleitet uns die nächsten hundert Meter wie ein Hund, der den Kopf aus dem Autofenster hängen lässt, fällt dann heraus und landet mit dem Gesicht zuerst auf der Treppe vor Kelseys Haus.

Kelseys Haus ist eins von denen, die von außen völlig nichtssagend aussehen, aber drinnen aus schwarzen Ledersofas, Parkett und einer faszinierenden, unsichtbaren Stereoanlage bestehen, über deren Soundsystem man sogar im Bad beim Pinkeln Musik hören kann.

Als wir ankommen, sind noch nicht viele Leute da. Auf der Couch sitzen ein paar Mädchen und essen Gemüsesticks mit Ranchdressing. Kelsey begrüßt uns stürmisch. Sie hat ein lila Neckholderkleid und ein Paar dieser bescheuerten, superteuren Flipflops an, die dieses Jahr alle Mädchen bei uns an der Schule tragen. Lukas' Gesicht hellt sich bei ihrem Anblick auf. Wahrscheinlich ist er froh, sich zur Abwechslung mal mit jemandem unterhalten zu können, der noch ein anderes Thema als seine Mordfallbeweisstücksammlung kennt.

»Willkommen, willkommen!«, schwatzt Kelsey drauflos. »Ich freu mich so, dass ihr da seid. Dich hab ich ja ewig nicht mehr gesehen, Kiri. Wie geht's dir denn so?«

Insgeheim halte ich Kelsey zwar nicht unbedingt für die Hellste, aber ich lächle sie trotzdem strahlend an. »Och, mir geht's gut. Nur mein Übungsplan bringt mich noch mal um!«

Lukas wirft mir einen erschrockenen Blick zu, aber Kelsey bemerkt natürlich nichts.

Sie sieht mich mitleidig an und umarmt mich. »Du verrücktes Klaviermädchen. Ich weiß echt nicht, wie du das immer alles schaffst.«

Kelsey und Lukas unterhalten sich darüber, zu welchen Bands sie beim diesjährigen Folk-Festival gehen wollen. Ich versuche, mich an der Unterhaltung zu beteiligen, aber ich war bis jetzt zu beschäftigt, um mir anzusehen, wer überhaupt alles da ist. Außerdem werde ich wahrscheinlich auch sowieso keine Zeit haben, um hinzugehen. Nach ein paar Minuten spaziere ich davon, um zu sehen, wer mittlerweile noch so gekommen ist. Ich begrüße meine Freundin Angela, die sich gerade mit einem Mädchen namens Rhett unterhält, deren Vater Besitzer des Cactus Club ist.

»Hi, Kiri!«, sagt Angela und nimmt einen Schluck Sprite. »Jedenfalls kommt er dann also gestern wieder, und diesmal hat er auch noch einen Freund dabei …«

Ich höre Angela dabei zu, wie sie vom neuesten Zuwachs in ihrer Sammlung von Verehrern erzählt. Die Highlights im Schnelldurchlauf:

– Ihr vierzigjähriger Chef ist in sie verknallt.
– Ihr Ex-Freund aus der Middle School will wieder was von ihr.

– Pete Vaughn hat ihr ein Foto von seinem Schwanz geschickt.

Ich überlasse Rhett und Angela ihrem Gespräch und sage den Orchester-Kids hallo, die sich gerade die Zeit damit vertreiben, mit Kirschtomaten Chubby Bunny zu spielen. Auf der Couch ist kein Platz mehr, also setze ich mich Bryan Kravchenko auf den Schoß.

Er stöhnt und versucht, mich runterzuschubsen. »Ey, runter von mir!«

Stattdessen lehne ich mich zurück und drücke ihn gegen die Couchlehne.

»Hilfe! Kann die mal wer von mir runterholen? Die ist ja völlig durchgedreht!«

Als er mir den Ellenbogen in die Rippen haut, bequeme ich mich schließlich zum Aufstehen. Jetzt unterhalten sich alle über eine Fernsehserie, und ich werde wieder unruhig. Ich spaziere erneut durchs Haus und klaue den Leuten hier und da ein paar Chips von ihren Tellern. Jemand legt *Guitar Hero* ein, und sofort versammeln sich alle um den Fernseher, um zuzusehen.

Plötzlich langweile ich mich unglaublich.

Diese Party ist bescheuert.

Es passiert eigentlich überhaupt nichts.

Alle flirten nur und posen und versuchen, cool auszusehen. Hier gibt's keine Kunst. Keine Schönheit. Sukey wurde erstochen, und ich soll hier rumstehen und ein paar Idioten dabei zusehen, wie sie *Guitar Hero* spielen?

Ein seltsames Panikgefühl steigt in mir auf. Ich sollte irgendwas machen. Sollte Sukey ein Zeichen geben, dass ich in Gedanken bei ihr bin. Ich kann hier nicht nur rumstehen.

Ich drehe noch eine sinnlose Runde durchs Wohnzimmer, dann gehe ich hinaus auf die Terrasse. Dort steht ein Whirlpool, drum herum Fackeln und in der Ecke ein Grill so groß wie ein Panzer. Der Whirlpool ist offen, und das Wasser dampft leise in die Nacht hinein. Es sieht so warm und friedlich aus, dass ich einfach den Arm hineintauchen muss.

Kelseys Dad kümmert sich gerade um den Grill. »Spring ruhig rein«, sagt er, als er mich mit dem Arm im Whirlpool entdeckt. »Kannst die Erste sein.«

Diesem Vorschlag kann ich nicht widerstehen.

Mein Spiegelbild schwabbelt auf der Wasseroberfläche. Ich schlüpfe aus meinen Sandalen und klettere über den Rand. Ich tauche ein Bein hinein, und es ist sofort nass bis hoch zu meinen Shorts. Ich lasse auch das zweite hineingleiten und stehe nun wie ein Storch mitten im warmen, blubbernden Wasser. Im Haus ist gerade eine Gruppe Jungs angekommen, ich sehe durchs Fenster, wie sich die Herde bunter Basecaps auf die Chipsschüsseln in der Küche stürzt. Ein paar der Gemüsestick-Mädchen kommen heraus auf die Terrasse, um mir zuzusehen.

»O mein Gott, Kiri, gehst du da wirklich rein?«

»Ich bin doch schon drin.«

Oh, wie hell leuchtet doch der erste Stern droben am verblassten Nektarinenhimmel. Das hier ist echt. Wie auf einem von Sukeys Bildern. Wenn jetzt noch Lukas herkommen und mit mir tanzen würde und die Gemüsemädchen mit ihren gebräunten Beinen und großen Zähnen wieder reingingen … Ich fahre mit den Fingern über die Wasseroberfläche. Die Gemüsemädchen quietschen.

»Deine Sachen werden ja ganz nass. Hast du keinen Bikini?«

Ich beachte sie gar nicht, drehe mich langsam im Kreis, fühle den warmen Unterwasserstrahl an meinen Beinen. Von einem japanischen Kirschbaum fallen weiße Blütenblätter herab und landen im Wasser. Kleine Blasen setzen sich wie Juwelen auf die Haare an meinen Beinen. Ich bin die Herrin vom See. Und ihr könnt mich mal, ihr Schlampen.

»Machst du noch mal was anderes, als dich da stumm im Kreis zu drehen?«

Ich halte mir die Nase zu und tauche ab wie ein U-Boot, bis ihre Stimmen nur noch ein weit entferntes, verzerrtes Quietschen sind.

Als ich wieder hochkomme, stehen die Gemüsemädchen immer noch da, und zu ihnen hat sich eine Handvoll anderer Mädchen und Basecap-Gorillas gesellt. Sie johlen und machen mit ihren Handys Fotos von mir, wie ich dort tropfnass herumstehe.

Ich verbeuge mich kurz, klettere aus dem Whirlpool, bahne mir einen Weg durch die Menge der Fans und gehe ins Haus, wo ich nasse Fußabdrücke in der Küche und auf dem Teppich im Wohnzimmer hinterlasse. Nachdem ich für heute mein Bedürfnis nach künstlerischer Schönheit gestillt habe, beschließe ich unilateral, mir jetzt Lukas zu schnappen und hier abzuhauen.

Lukas unterhält sich immer noch mit Kelsey, die ich plötzlich nicht mehr ausstehen kann. Mein Level an Nichtausstehenkönnen schnellt so in die Höhe, dass ich mich sehr zusammenreißen muss, damit es nicht auch verbal aus mir herausspringt wie die Plastikschlange aus einer Scherzartikeldose. Sie erzählt Lukas gerade davon, wie sehr sie Wasserski mag, und ihre Stimme ist dabei ganz hoch und klingt irgendwie weinerlich.

Ich stelle mich zwischen die beiden. »Lukas? Wollen wir dann gehen?«

»Oh, hey, Kiri.«

Lukas hält eine Limonadendose in der Hand, an der Seite haben sich kleine Kondensationsperlen gebildet. Er trinkt einen Schluck, und der Chemiegeruch des künstlichen Zitronenaromas steigt mir in die Nase. Ich ignoriere Kelsey nicht mal absichtlich, es kommt mir nur nicht in den Sinn, ihre Existenz mehr als einmal pro Abend öffentlich zu würdigen.

Kelsey betrachtet meine klatschnassen Klamotten. »Oooh, da scheint ja jemand den Whirlpool entdeckt zu haben. Ich kann dir gern einen Bikini leihen, Süße.«

Ich nicke Kelsey halb zu, sehe dabei aber Lukas an. »Hey, Lukas? Lukas. Wollen wir los?«

Dieses aufgedrehte Gefühl, das sich heute beim Verlassen des Hauses eingestellt hat, ist zu einem summenden, knisternden elektrischen Feld geworden. Ich will Lukas küssen. Ich will die Straße hinuntertanzen. Es hat seinen Grund, dass Leute sich nach Beerdigungen betrinken: Die Kehrseite von Traurigkeit ist eine dunkle, alles verzehrende Freude. Das Leben verlangt, gefüttert zu werden.

»Lukas –«

Tauschen Lukas und Kelsey etwa Blicke aus? War das eben etwa ein längerer Augenkontakt zwischen den beiden? Du Schlampe hast hier keine Blicke mit meinem zukünftigen Freund auszutauschen!

Lukas räuspert sich. »Eigentlich wollte ich mir gerade einen Burger holen.«

Kelsey leckt sich eklig lüstern die Lippen. »Mmmh«, macht sie und sieht mir in die Augen. »Da hab ich auch Lust drauf.«

Ich werfe Lukas einen verzweifelten Blick zu, aber der prallt einfach an ihm ab. Er lächelt mich schief an und geht dann raus zum Grill.

Kelsey folgt ihm und winkt mir über die Schulter zu. »Tschüs, Kiri. Schade, dass du so früh gehen musstest.«

Auf dem Nachhauseweg verlangsamt ein Auto mit Collegetypen auf meiner Höhe und fährt eine ganze Weile lang neben mir her.

Die Jungs pfeifen und rufen: »Wo kommst du denn her, von einem Wet-T-Shirt-Contest?«

Ich zeige ihnen den Mittelfinger, aber sie lachen nur. Schließlich flüchte ich in einen Supermarkt, aber ein Kassierer scheucht mich gleich wieder hinaus, weil ich immer noch tropfnass bin. Ich laufe also weiter. Meine nassen Sachen scheuern unangenehm. Zu Hause mache ich überall das Licht an, aber die künstliche Helligkeit betont nur noch stärker, wie groß und leer das Haus ist.

Ich renne in mein Zimmer und wühle in dem Sachenhaufen auf dem Boden nach etwas Sauberem zum Anziehen. In den zwei Wochen, seit Mom und Dad weg sind, habe ich nicht einmal Wäsche gewaschen. Alle T-Shirts riechen säuerlich und sind zerknittert. Ich ziehe mir ein altes Tanktop über und gehe nach unten, um mir etwas zu essen zu machen. Die Möhren und der Brokkoli sind schon ganz schlaff und gummiartig, und auf dem Brot blüht der Schimmel.

Ich schmeiße alles in die Biotonne und fühle einen leichten Anflug von Panik in mir aufsteigen. Ich wünschte, ich wäre auf der Party geblieben. Diesmal wäre ich auch lieb. Ich würde den anderen bei *Guitar Hero* zusehen. Ich würde so tun, als wäre Kelsey Bartletts Musikgeschmack durchaus annehmbar. Ich würde auch keine Szene im Whirlpool machen.

Böse Gedanken schleichen sich mir in den Kopf. Dumme Gedanken. Ob die Jungs in dem Auto wohl wissen, wo ich wohne? Dass ich allein zu Hause bin? Ob sie vielleicht gerade planen, später vorbeizukommen und mich zu überfallen? Ich überlege auch, ob Sukeys Mörder wohl noch auf freiem Fuß ist? Ob der vielleicht weiß, wo ich wohne? Ob Sukey irgendwas Schlimmes gemacht oder sich mit einer Gang angelegt hat? Oder hat sie wohlmöglich was geklaut, das der Mörder zurückhaben will?

Sobald ich angefangen habe, über den Mord nachzudenken, kann ich nicht mehr aufhören. Schreckliche Bilder schießen mir durch den Kopf, so viele schlimme Szenarien, so viele Gründe. Ich fahre meinen Computer hoch und tippe »Sukey Byrd Mord« in die Suchmaschine ein. Das hätte ich schon lange machen sollen, aber ich habe mich davor gedrückt. Als ob es weniger weh tun würde, wenn ich nichts über die ganze Sache weiß. Aber vielleicht ist es auch genau diese Unwissenheit, die mich jetzt so wahnsinnig macht. Vielleicht habe ich mich geirrt. Während ich dachte, ich würde mich schützen, habe ich stattdessen die ganze Zeit meine Angst gefüttert und sie wachsen lassen.

Bei den ersten Treffern im Internet geht es um eine andere Sukey Byrd, eine Rechtsanwältin aus Cambridge in England, deren Spezialgebiet Mordfälle sind. Der letzte ist jedoch ein Artikel in der *Daily Sun*.

Ich klicke darauf.

Es dauert einen Moment, bis die Seite geladen ist. Als sie sich endlich aufgebaut hat, verdeckt ein Pop-up die Hälfte des Bildschirms. Ich schließe das Werbefenster und überfliege den Text auf der Suche nach ihrem Namen.

Es ist nicht mal ein richtiger Artikel, nur eine kurze Meldung: Name, Alter, Adresse. Ms Byrd, 21, hatte schon lange keinen Kontakt mehr zu ihrer Familie. Seitdem das Hotel im Jahr 2001 den Besitzer gewechselt hatte, wurden zwei weitere Morde gemeldet.

Kein Kontakt mehr zu ihrer Familie … Das klingt so grausam und primitiv, wie ein Stamm, der eins seiner Mitglieder zum Sterben hinaus in die Wüste schickt. Ich hätte gern Kontakt mit ihr gehabt, flüstere ich dem Bildschirm zu.

Ich sehe die anderen Treffer durch, aber da taucht nichts mehr auf, das mit ihr zu tun hat. Das verstehe ich nicht. Wieso steht da nichts über eine Gerichtsverhandlung, eine Verurteilung, eine lebenslange Haftstrafe? Soll das heißen, der Mörder wurde nie gefunden?

Ganz ruhig, sage ich mir. Zeitungen machen nicht aus jedem Mord eine große Geschichte. Das hat nichts zu bedeuten.

Ich versuche es wieder mit dem Kiffen, aber anstatt alles ein bisschen weicher und erträglicher zu machen, werden meine Sorgen dadurch zu Trollen, bekommen gelbleuchtende Augen, haarige Füße und kleine Reißzähne. Ich sitze auf meinem Bett, habe das Licht an und mein Handy neben mir. Meine Gedanken pendeln zwischen Verfolgungswahn und Selbstbeschuldigungen. Wenn du auch mal an andere denken würdest anstatt immer nur an dich, hättest du gemerkt, dass mit Sukey was nicht stimmt. Dann hättest du ihr helfen können. Aber nein, für dich war es das Wichtigste, darüber nachzudenken, ob ihr wohl wieder zusammen Milchshakes trinken geht, wenn sie das nächste Mal zu Besuch ist. Du verwöhnte kleine Göre! Du wusstest genau, dass sie keinen Autounfall hatte, stimmt's?

Nein, wusste ich nicht, wirklich nicht.

Aber es war dir wichtiger, Mom und Dad mit deinem dämlichen Klavierspielen glücklich zu machen, anstatt die Wahrheit herauszufinden.

Ich krümme mich zu einer giftigen Kugel aus Trauer und Selbsthass zusammen. Das Deckenlicht scheint mir heiß und vorwurfsvoll auf den Rücken. Morgen früh, verspreche ich mir, lasse ich mir von Doug alle Details erzählen, auch die ganz schlimmen, sogar die, nach denen nichts mehr so sein wird wie vorher. Ich bin ein Feigling, und die Fakten müssen ans Licht. Nur so kann ich mir vielleicht irgendwann verzeihen, dass ich mich so lange vor der Wahrheit versteckt habe.

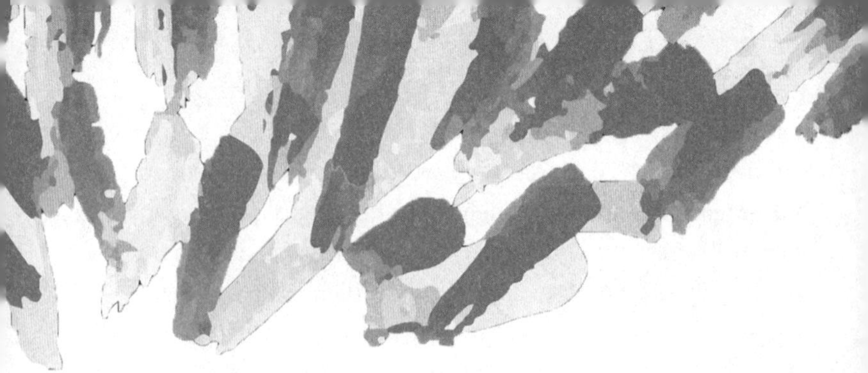

KAPITEL 17

»Er war noch ziemlich jung, ne. So'n junger Kerl. Hat H genommen.«

Doug und ich sitzen auf klebrigen Stühlen an einem Tisch im *Sunshine Diner*, so ein Laden in Chinatown, wo es den ganzen Tag lang warmes Frühstück gibt. Ich hatte ihm den kleinen Holzbären gezeigt, und daraufhin war er bereit, sein Frühstücksbier beiseitezustellen, seinen schmutzigen, überraschend dürren Oberkörper mit einem T-Shirt zu bedecken und mit mir zu reden. Außer uns sitzen nur noch ein paar Hipster Mitte zwanzig am Nebentisch. Sie tragen Plastiksonnenbrillen und diese total engen Strickjacken, in denen dünne Leute magersüchtig und alle anderen dick aussehen. Sie lachen über die Druckfehler in der Speisekarte und diskutieren laut, ob sie lieber Schokoraden-Milchshake oder Olangensaft bestellen sollen. Sie wirken so selbstbewusst fröhlich, dass ich mich ein wenig für Doug schäme, der hungrig und völlig ernsthaft die Karte wie die Bibel studiert.

Ich starre Doug über den Tisch hinweg an und klammere mich an mein Glas Saft. »Wie hieß er?«

»Billy.«

Billy. Ich gehe sehr vorsichtig mit diesem Wort um, als wäre es ein wildes Tier. Den ganzen Morgen über sind mir so viele Fragen durch den Kopf geschwirrt, aber jetzt, wo ich Doug vor mir habe, bekomme ich vor Nervosität kein Wort heraus. Ich wünschte, er würde drauflos reden, mir einfach alles erzählen. Ich zerrupfe meine Serviette und drehe die kleinen weißen Fetzen zu Spiralen ein. In meinem Kopf schreit es: »Frag ihn! Frag ihn! Frag ihn!«, aber meine Lippen bewegen sich nicht.

Die Kellnerin kommt an unseren Tisch und hinterlässt einen Hauch von Desinfektionsmittel, der sich nur langsam legt. Ich trinke einen Schluck Saft, der sich so dickflüssig anfühlt wie Hustensaft.

»Und dieser Billy«, zwinge ich mich zu sagen, während meine Finger weiterhin wie wild die Serviette bearbeiten. »Ähm. Wie … ähm.«

Doug sieht an mir vorbei und dreht sein Basecap zwischen den fleckigen Fingern. Er stößt einen langen, heiseren Seufzer aus. »Sie hat ihm ein paarmal geholfen. Sukey konnte nie nein sagen, wenn jemand Hilfe brauchte, nicht mal bei einem Junkie. Sie meinte, er wäre doch noch so jung. Er bräuchte eine zweite Chance.«

Mir wird ganz schlecht.

»Sie kannte ihn?«

Ich hatte gedacht, es wäre ein Fremder oder vielleicht ein entfernter Bekannter gewesen – irgendein gefühlloser Schlägertyp. Dass es sich um einen Freund handelte, wäre mir im Traum nicht eingefallen. Jemand, der sie kannte. Jemand, dem sie geholfen hatte. Jemand, der gesehen hatte, wie klein sie in ihrer Jeansjacke aussah, und dem klar war, wie leicht man ihren Körper mit einer Faust, einem Messer oder einer Schere zerstören konnte. Der Saft brennt mir hinten im Hals, und ich zwinge mich zu schlucken.

Die Kellnerin kommt mit unserem Essen, aber ich sehe sie gar nicht, höre nur, wie sie den Teller vor mir abstellt. Dann steigt mir der plötzlich sehr unwillkommene Duft der Rühreier in die Nase. Doug rührt sein Essen auch nicht an.

»Ich hab ihr geraten, dass sie sich von dem Typen fernhält. Er war gefährlich. Der sah schon so aus. Hätte seine eigene Mutter für einen Schuss ausgeraubt. Sie hat ihn immer bei sich übernachten lassen, wenn er nirgendwo anders hinkonnte. Sie hat immer gesagt, Doug, er ist doch noch ein Kind. Er ist noch ein Kind. Er muss nur clean werden, dann ist er nicht mehr so.«

Doug sieht auf seinen Teller hinab und greift nach der schmuddeligen Ketchupflasche neben dem Serviettenspender. Er dreht sie herum und schlägt ein paar Mal auf den Flaschenboden. Dunkelrote Ketchupkleckse spritzen heraus, und ich muss schnell wegsehen, bevor sie mich zu sehr an etwas erinnern, an das ich gerade lieber nicht denken möchte.

»Wie hat er denn ausgesehen?«, frage ich.

»Er hatte eine schiefe Nase. So'n Hockeyspieler. Hat erzählt, er hätte mal bei 'nem Spiel einen Puck ins Gesicht bekommen. Die Nase hat von da an nach links gezeigt, als hätte er sie sich mit der Hand abgewischt, und sie wäre so geblieben. Dadurch hat er immer ausgesehen, als ob er was im Schilde führt. Sukey meinte, wenn er clean ist, solle er am College weiter Hockey spielen. Sie hat immer versucht, ihn wieder zum Hockey zu bringen. Sie fand, der sah Bobby Orr ähnlich.«

Ich hatte gedacht, dass ich das alles wissen will. Das hatte ich ehrlich gedacht. Ich hatte jemanden gewollt, den ich hassen kann, einen Namen, ein Gesicht. Aber anstatt wütend zu sein, wird mir nur immer schlechter, als ich mir das jungenhafte Gesicht mit der schiefen Nase vorstelle, die kurzen Haare, die blasse Haut. Der soll Sukey umgebracht haben? Dieser Billy? Dieser Junge? Wer hat denn bitteschön ausgerechnet dem erlaubt, mit ihrem Leben zu spielen?

Ich beiße von meinem Toast ab. Beim Hinunterschlucken kratzt es im Hals. Der Schmerz ist mir eine seltsam willkommene Ablenkung, etwas Alltägliches, auf das ich mich konzentrieren kann, um nicht auszurasten. Ich schiebe noch ein Stück trockenen, kratzigen Toast hinterher und zwinge mich zu schlucken.

»Haben sich die beiden gestritten?«, quetsche ich hervor, bevor ich ganz hinuntergeschluckt habe.

Doug schüttelt den Kopf. »Der Typ kam abends an und brauchte Geld, um seine Schulden bei irgendwelchen Leuten zu bezahlen. Sie hat gerade in ihrem Zimmer gemalt.«

»Sie hat gemalt?«

»Ja, klar. Sobald Sukey ein bisschen Farbe in die Hände bekam, hat sie die Tür zugemacht und ist tagelang in ihrem Zimmer geblieben. Künstler brauchen ja ab und zu einfach mal Zeit für sich, ne. Aber dieser Junge ist trotzdem da reingestürmt. Das war dem scheißegal.«

Mein Herz hört auf zu schlagen.

Sie hat an einem Bild gearbeitet. Das, von dem sie mir an meinem Geburtstag erzählt hatte. Das große, ihr schönstes, das, was bald fertig sein und in einer Galerie ausgestellt werden sollte.

Die nächste Frage bekomme ich nur dank Willenskraft über die Lippen.

»Und was ist dann passiert?«

»Ach, Mädchen.«

»Sag's mir.«

»Du solltest so was nicht hören.«

»Ich bin ihre Schwester.«

Doug trinkt einen Schluck Kaffee, und ich habe schon Angst, dass er nicht mehr weiterspricht. Da stellt er die Tasse ab und schließt die Augen.

»Ich hab den Jungen rumschreien gehört. Er meinte, er weiß genau, dass sie irgendwo Geld versteckt hat. Dass sie einen Freund hat, der ihr ab und zu Geld gibt. Als das Gezeter immer lauter wurde, hab ich meinen Baseballschläger unter der Matratze hervorgeholt. Ich wollte da rein und dem Jungen eins in die Fresse geben.«

Doug schweigt, und wieder habe ich Angst, dass er nicht weiterspricht. Eigentlich habe ich diesmal aber noch mehr Angst davor, dass er es tut.

»Ich hab sie reden gehört, sie hat versucht, den Jungen zu beruhigen. Dann hat sie angefangen zu schreien. Ich war gerade dabei, meinen Schläger hervorzuziehen, und als ich aufstehen wollte, ist mir die Krücke weggerutscht. Bin ganz schön hart hingefallen, ne. Sie hat geschrien und geschrien, und ich hab gehört, wie er in ihrem Zimmer rumkramt und nach dem Geld sucht. Ich ruf also: ›Hau ab, du verdammtes Arschloch!‹«

Doug sagt das ziemlich laut. Die Hipster sehen zu uns herüber und kichern, und die Kellnerin wirft uns einen bösen Blick zu.

»Doug«, fahre ich dazwischen, aber jetzt ist er nicht mehr aufzuhalten.

»Endlich krieg ich meine Krücke zu fassen und bin da rüber. Sukey hat geschrien wie am Spieß, und dann hab ich was fallen hören. Als ich im Flur angekommen war, seh ich den Jungen nur noch die Treppe runterrennen. ›Ich bring dich um!‹, hab ich ihm nachgerufen. Dann bin ich zu Sukey ins Zimmer.«

Doug schüttelt den Kopf.

Ich bin wie festgefroren. Ich kann mich nicht bewegen. Ich kann weder schlucken noch blinzeln noch atmen. Das Essen auf dem Tisch sieht grell und surreal aus. Ich höre die Hipster schwatzen und die Teller in der Spülmaschine klappern. Dougs Gesicht ist ganz starr geworden. Die Kellnerin bringt uns die Rechnung auf einem kleinen Plastiktablett und räumt die Teller ab, die wir kaum angerührt haben. Als sie wieder weg ist, fällt mir auf, dass ich immer noch mein Saftglas umklammert halte.

Ich presse die nächste Frage heraus. Meine Stimme klingt schwerfällig und ungewohnt, wie wenn man versucht, unter Wasser zu sprechen. »Was ist aus ihm geworden?«

Ich stelle mir Polizeisirenen vor, flackerndes Blaulicht in der Columbia Street. Der Junge wird in Handschellen abgeführt, er zuckt vor Adrenalin und Entzugserscheinungen. Ein Krankenwagen steht da und wartet auf die Sanitäter, die

Sukeys Leiche auf einer Trage die vier Stockwerke hinunterbringen. Ein Polizist informiert meine Eltern, Dads Handy klingelt auf der Fahrt vom Büro nach Hause.

Das ist aber nicht die Vorstellung, die mir Doug schenkt, ich bekomme keinen ordentlichen Fernseh-Showdown mit klingelnden Telefonen und flackernden Lichtern. Doug setzt sein Basecap auf und greift dann nach seinen Krücken, als wolle er aufstehen. Unter dem Schirm des Basecaps kann ich von seinen Augen nur ein dunkles Glitzern erkennen, wie Wasser in einem Gully.

»Nachdem er mit Sukey fertig war, ist er runter in den zweiten Stock. Da hat schon der Dealer mit ein paar Kumpels gewartet. Der Junge ist da rein und hat versucht, ihm ein Bild aus Sukeys Zimmer anzudrehen. Das Einzige, das sie aufgehoben hatte, das lila Bild, das immer bei ihr an der Wand hing.«

Ein scharfer Schmerz durchfährt mich. *hey k-bird. häng das bild in deinem zimmer auf, das andere hängt bei mir im atelier.* Ich lasse den Kopf auf die Fäuste sinken, versuche mein Gehirn mit dem Muster der Resopal-Tischplatte zu füllen.

»Wie haben die darauf reagiert?« Meine Stimme klingt hohl.

Doug spricht leise und schnell. »Die haben ihm mit einem Rohr den Schädel eingeschlagen und seine Leiche in einen Müllcontainer geworfen.« Er trinkt den Kaffee aus. »Das war's dann für ihn.«

KAPITEL 18

»Kiri«, sagt Dr. Scaliteri, beugt sich auf ihrem Sitzball zu mir vor und packt mich am Handgelenk. »Du musst das Klavierspielen endlich ernstnehmen. An diesen Fehlern hier haben wir schon am Montag gearbeitet, und es hat sich nichts gebessert. Überhaupt nichts.«

Ich sitze auf dem Klavierhocker. Ich trage einen kurzen grünen Wickelrock, ein schwarzes Tanktop und eine Kette aus Kaurischnecken. Ich habe heute Morgen geduscht und mir die Zähne geputzt und mich sogar geschminkt. Immer alles unter Kontrolle zu haben, gilt auch für das eigene Aussehen.

Auf der Busfahrt hierher habe ich fast geweint. Ich musste an Billy the Kid denken und an die vielen Geschichten über Sukey, von denen keine einzige stimmt. Meine Eltern haben sie dargestellt, als hätte sie immer nur Mist gebaut, als hätte sie vom Moment ihrer Geburt an immer nur die falschen Entscheidungen getroffen. Sie haben gelogen, damit Sukeys Tod zu der Geschichte passte, die sie sich ausgedacht hatten. Aber Sukey hat auch gelogen. Sie hat so getan, als würde sie ein glamouröses Leben führen, dabei war es schrecklich und eklig und schmutzig. Sie hat dafür gesorgt, dass ich mein Leben in Unwissenheit weiterführte, während sie ums Überleben kämpfte.

Ich zwinge mich dazu, Dr. Scaliteri anzusehen.

»Tut mir leid. Ich war … mir ist etwas dazwischengekommen.«

Dr. Scaliteri starrt wütend zurück. Sie dreht sich zu ihrem Schreibtisch um, und es sieht aus, als würden wir jetzt wieder die Kalendernummer durchziehen. Stattdessen nimmt sie einen Briefumschlag und hält ihn mir vor die Nase.

»Du wurdest für die Meisterklasse von Zlatina Zoriskaja ausgesucht«, sagt sie.

Mein Herz steht plötzlich still.

Die Meisterklasse ist so eine Art elitäre Extrarunde innerhalb des eigentlichen Wettbewerbs. Die Jury sucht dafür ein besonders schwieriges Stück aus, und die Teilnehmer erfahren erst wenige Wochen vorher davon. Damit soll geprüft werden, wie schnell man ein neues Stück lernen kann – und natürlich auch, ob man unter unglaublich stressigen Bedingungen zusammenbricht oder eben nicht.

Dr. Scaliteri spricht sehr langsam und deutlich. »Zlatina hat dafür den Prokofjew ausgesucht.«

»Welchen?«

»Sein Klavierkonzert Nr. 2.«

Ist ja auch nur eins der schwersten Klavierstücke, die je geschrieben wurden. Mir klappt die Kinnlade herunter.

»Das krieg ich doch in der Zeit nie komplett eingeübt. Das sind hundert Seiten.«

»Für die Meisterklasse muss es auch nicht perfekt sein. Es geht nur darum, dass du es auswendig kannst. Zlatina gibt dir dann Tipps, woran du noch arbeiten musst. Das ist eine unglaublich tolle Möglichkeit für dich.«

»Ich weiß, aber –«

»Zlatina ist Dozentin am Royal Conservatory. Da willst du dich doch im Herbst bewerben und vorspielen, nicht? Es ist also sehr wichtig, einen guten Eindruck zu hinterlassen.«

Meine Handflächen werden feucht. Ich starre auf den Fußboden. Reiß dich zusammen, Kiri, warnt eine leise Stimme in meinem Kopf, aber das regt die Schweißdrüsen noch mehr an. Es fühlt sich an, als würde sich mein Leben gerade in mehrere, völlig verschiedene Realitäten aufsplittern, die eigentlich gar nicht nebeneinander bestehen können. Es gibt die eine Version, in der der Klavierwettbewerb das Wichtigste auf der ganzen Welt ist und ich ehrlich und gehorsam bin und allen gefallen will. Und dann gibt's die Version, in der dieser Wettbewerb irgendwie völlig bizarr und unwichtig ist im Vergleich zu den großen, dunklen, schrecklichen Sachen, mit denen ich mich gerade herumschlagen muss.

»Willst du nicht mehr ans Royal Conservatory?«, fragt Dr. Scaliteri.

Ich sehe hoch. »Was? Natürlich will ich.«

Dr. Scaliteri verschränkt die Arme. »Was ist denn bloß mit dir los, Kiri? Du warst doch immer so hochkonzentriert, und jetzt bist du ständig abgelenkt.«

Dr. Scaliteri spricht das Wort »abgelenkt« aus, als würde sie über harte Drogen reden. Ich kenne diesen Ton. So hat Dad immer mit Sukey gesprochen.

Ich werde rot. »Ich bin nicht abgelenkt.«

»Okay«, sagt Dr. Scaliteri und seufzt übertrieben. »Sei dir bitte dessen bewusst, dass die anderen Teilnehmer aus dem ganzen Land kommen, aus der ganzen Welt sogar, und alle haben die besten Lehrer. Denen ist es ernst mit dem Klavierspielen.«

»Mir ist es doch auch ernst.«

»Dann hör endlich auf, immer nur an deinen neuen Freund zu denken, und lern den Prokofjew auswendig.«

Nachdem sie mit ihrer kleinen Ansprache fertig ist, ruft sie Nelson Chow zu uns ins Zimmer, der gerade adrett wie immer in Khaki-Hosen und einem gelben T-Shirt zur Tür hereingekommen ist. Ich soll ihm jetzt noch einmal mein gesamtes Repertoire vorspielen.

»Und, Nelson?«, fragt ihn Dr. Scaliteri, nachdem gerade der letzte ohrenbetäubende atonale Chatschaturjan-Kracher verklungen ist. »Möchtest du Kiri vielleicht einen Tipp geben?«

Nelson denkt nach und bläst dabei die Backen auf. Dr. Scaliteri wartet und klopft sich mit dem Kuli aufs Knie.

Nelson kratzt sich am Arm. »Es klingt, als ob sie Angst vor der Musik hat.«

Dr. Scaliteri dreht sich zu mir herum und strahlt mich triumphierend an.

»Interessant, oder? Erklär uns das doch mal näher, Nelson.«

»Sie rast durch manche Stellen einfach durch.«

»Aha!«, ruft Dr. Scaliteri und reißt die Augen auf, als hätte Nelson gerade ein lebendes Kaninchen aus dem Klavier gezogen. »Was sagst du denn dazu, Kiri?«

Ich weiß nicht, was ich davon halten soll. Mir schwirrt der Kopf. Meine Schwester wurde von einem Jungen mit einer schiefen Nase umgebracht.

Reiß dich endlich zusammen!

Ich versuche, sehr ernst auszusehen.

»Wie bitte?«

Dr. Scaliteri klatscht in die Hände. »Tauscht mal die Plätze. Los, los, hoch mit dir.«

Das ist einer von Dr. Scaliteris Lieblingstricks: Plätze tauschen. Ich löse vorsichtig meine Oberschenkel von dem klebrigen Leder und stelle mich neben den Hocker. Nelson setzt sich ans Klavier.

»Nelson, gib uns den Chatschaturjan.«

Nicht »spiel uns das Chatschaturjan-Stück vor«. Nein, »gib uns den Chatschaturjan.« Als wäre Nelson in seinem bescheuerten gelben T-Shirt ein Heiliger, dem statt Blut Musik durch die Adern fließt. Er fängt an, mein Stück zu spielen, MEIN Stück. Seine Finger fliegen über die Tasten. Bereits nach ein paar Sekunden bin ich ganz unglücklich. Bei ihm klingt es wirklich völlig anders als bei mir. Bei ihm steckt so etwas Kraftvolles dahinter, ich kann es nicht genau benennen, aber es wirkt irgendwie so souverän und tief. Nelson hat bestimmt stärkere Finger als ich oder einfach eine bessere Technik. Als er endlich mit dem Stück fertig ist und sich wieder in den Standby-Modus heruntergefahren hat, würde ich am liebsten im Erdboden versinken.

Dr. Scaliteri dreht sich zu mir herum und lässt ihre Reißzähne aufblitzen. »Was ist dir an Nelsons Spiel aufgefallen?«

Ich versuche nachzudenken, aber sie beantwortet ihre

Frage schon selbst. »Nelson hört zu«, verkündet sie triumphierend.

Jetzt komm mir doch nicht mit so einem Scheiß.

Dr. Scaliteri mustert mich ein letztes Mal ausführlich, als wollte sie abschätzen, wie ernst es mir denn nun wirklich ist, dann drückt sie mir einen Stapel Noten in die Hand und nickt zur Tür.

»Nächsten Donnerstag oder nie wieder«, sind ihre Abschiedsworte.

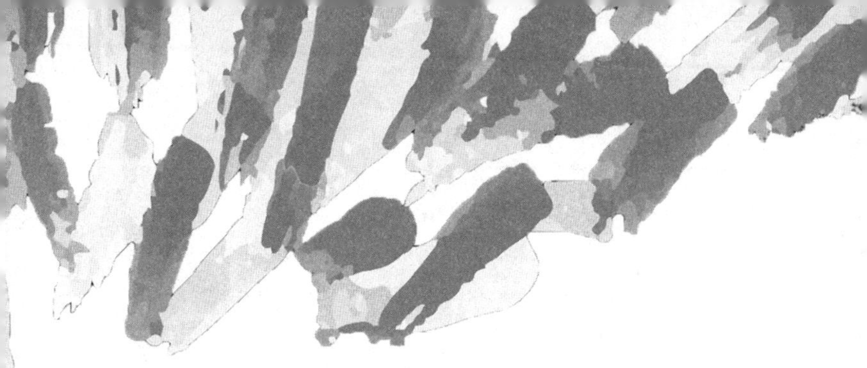

KAPITEL 19

Die nächste Woche ist einfach.

Ich denke nicht.

Ich schlafe nicht.

Ich habe nicht ständig Albträume von dem Jungen mit der schiefen Nase.

Ich übe und übe ohne Pause, bis sich die Welt auflöst und alles verschwindet, was nichts mit dem Klavier zu tun hat. Schon bald hat die Realität die seltsame Schärfe eines Anschauungsvideos.

Kamera auf Kiri, die den Prokofjew übt, die das Metronom ein bisschen schneller einstellt, alles noch einmal spielt. Schnitt.

Kamera auf Kiri, die mit der Passage mit den vielen Sechzehnteln kämpft, die Stirn in Falten legt, die Augenbrauen in einem Ausdruck grimmiger Entschlossenheit zusammengezogen hat und von vorn beginnt. Schnitt.

Kiri, die Klavier auf der Arbeitsplatte spielt, während das Mikrowellen-Oatmeal warm wird. Schnitt.

Kiri, die auf dem Wohnzimmerfußboden Sit-ups macht, während im Hintergrund Prokofjew läuft. Schnitt.

Kiri bei der Arbeit. Schnitt.

Kiri, die die Sache ernst nimmt. Schnitt.

Kiri, die übt, als würde ihr Leben davon abhängen. Schnitt. Schnitt. Schnitt.

Die Spüle füllt sich nach und nach mit verkrusteten Schüsseln und Löffeln, an denen Müslireste kleben. Mein Leben bewegt sich lediglich in dem kuscheligen kleinen Dreieck zwischen Kühlschrank, Badezimmer und Klavier. Wenn meine Schulter langsam runtersinken, trinke ich einen Kaffee und mache weiter. Ich habe einfach keine Zeit aufzuhören. Ich muss bis nächsten Montag über hundert Seiten Musik auswendig können. Hundert Seiten in sechs Tagen.

Jedes Mal, wenn ich einen Fehler mache, stürze ich mich auf diesen Fehler und ringe ihn nieder.

Jedes Mal, wenn ich mich kurz ausruhen möchte, denke ich an die Meisterklasse mit Zlatina Zoriskaja und zwinge mich weiterzumachen.

Jedes Mal, wenn mir zum Heulen zumute ist, reiße ich mich zusammen.

Ich denke an das viele Geld, das in meinen Klavierunterricht gesteckt wurde, und die Tage und Wochen und Stunden. Ich muss das hier hinbekommen, ich muss einfach, sonst …

Über das »sonst« will ich gar nicht nachdenken. Das »sonst« ist eine Leere. Ein riesiger Canyon. Und auf der anderen Seite davon steht ein Mensch mit einem Leben, das ich nicht leben will.

Am dritten Tag habe ich nicht mal mehr Augen, nur noch kreisförmige Öffnungen. Meine Haare hängen wirr und fettig herunter, ich bin ein Wrack. Der Rücken tut mir so weh, als hätte ich das Klavier herumgetragen, anstatt darauf zu spielen, und mein Mund schmeckt langsam nur noch nach Koffein.

Meine Freundin Teagan ruft aus dem Physik-Camp an und erzählt mir eine komplizierte, aber witzige Geschichte über den zweiten Hauptsatz der Thermodynamik. Mittendrin fragt sie, ob sie mir vielleicht, also irgendwie, so was wie einen Krankenwagen rufen sollte? Lukas' Mom ruft an, um zu fragen, ob es mir gutgeht. Ich lege das Telefon neben das Klavier und spiele ihr einen Teil des Konzerts Nr. 2 vor.

»Es ist wirklich unglaublich, was du da aus dem Klavier hervorzauberst«, sagt Petra. »Ich wünschte, wir hätten Lukas auch schon als Kind zum Musikunterricht geschickt.«

Ihr Lob ist ein goldenes *Toll gemacht!*-Klebesternchen, mit dem ich die anderen von früher wieder festklebe, deren Ecken sich schon langsam hochgerollt und von der Wand gelöst haben.

Das Metronom tickt. Ich verliere jegliches Zeitgefühl. Meine Sachen riechen, als wäre ich darin einen Marathon gelaufen. Es vergehen mehrere Nächte, in denen ich mein Bett nicht zu Gesicht bekomme, in denen ich nicht mal mehr hoch in mein Zimmer gehe. Sergej Prokofjew fängt an, mit mir zu reden: Ein konstanter Redefluss in meinem Kopf, er kritisiert meine Technik und stößt bei jedem Fehler grimmige russische Laute aus. Ich fühle, wie die Musik und ich eins werden. Wir wachsen zusammen wie ein Pfropf an einem Pflaumenbaum, aus dem neue Blätter treiben.

Einmal rufen meine Eltern aus Brasilien an und bringen mich auf den neuesten Stand, was die Lemurenpopulation im Wildreservat von Saõ Rodrigo angeht, das sie vor kurzem auf einer Exkursion von ihrem Kreuzfahrtschiff aus besucht haben. Meine Mutter erzählt ausführlich vom täglichen Leben, den Persönlichkeiten und den Lieblingsspeisen aller sechs Mitglieder der Lemurenfamilie, die in einem kleinen Gehege im Besucherzentrum zu sehen waren. Mein Vater beschränkt sich darauf, aufs schärfste die Frechheit eines brasilianischen Obdachlosen zu verurteilen. Während sie reden, laufe ich ungeduldig in der Küche auf und ab, und irgendwann lege ich das Telefon einfach auf den Kühlschrank und gehe aus dem Zimmer.

Am Abend vor der nächsten Klavierstunde bin ich bereit. Ich habe mich die gesamte Woche lang nur auf DIE KUNST konzentriert und bin jetzt nicht nur eine unglaublich geschickte und gefährliche Pianistin, sondern nehme die Sache auch endlich verdammt ernst. Ich bin ein hochkonzentrierter Laserstrahl. Die Nacht zum Tag machen? Ha! Ich habe die komplette Woche zu meinem Tag gemacht und nur geübt. Hundert Seiten Musik, sicher verwahrt in meinem Kopf. Da soll noch einer sagen, ich würde das alles nicht ernstnehmen. Ehrlich, da soll noch einer kommen und mir sagen, dass ich das hier nicht verdammt ernstnehme.

KAPITEL 20

Kaum zehn Minuten, nachdem ich meinen Sieg über Prokofjew erklärt habe, ruft Lukas an und fragt, ob ich mit ihm *Zardoz* sehen will. Sein Timing ist so perfekt, das muss ein Zeichen sein. Ich sag ihm, er soll in einer Stunde hier sein. Womit ich natürlich meine: Gib mir eine Stunde, damit ich das Haus in ein Sex-Schloss verwandeln kann.

Ich lege auf und schalte sofort um in Vorbereitungsmodus.

Als Erstes räume ich das Wohnzimmer auf, puffe die Kissen zurecht und breite die Chenilledecke einladend über die Couchlehne. Ich lade mir eine schöne Playlist auf den iPod, knipse das Deckenlicht aus und mache ein paar kleinere Lampen an. Schnell sammle ich die alten Zeitungen ein und bringe sie raus in die Recyclingtonne in der Garage. Als Nächstes nehme ich mir mein Zimmer vor, werfe dreckige Socken und Unterwäsche in die Wäschetonne und hänge die sauberen Sachen in den Schrank.

Ich überlege fünf Minuten lang, ob ich einen schwarzen

BH lässig von der Schranktür baumeln lassen soll, komme dann aber zu dem Schluss, dass das zu gewollt aussehen würde, und lege den BH lieber quer über die Kommode. Ich öffne das Fenster neben meinem Bett einen Spalt, damit die Abendluft sinnlich über mein Kissen strömen kann.

Nicht, dass das alles wirklich notwendig wäre, um Lukas zu bezirzen. Er ist ein einfacher Mensch mit einfachen Vorlieben und Abneigungen. Ich mache das alles mehr für mich, husche von Zimmer zu Zimmer und kümmere mich um die Details für dieses wichtige Ereignis. Ich fühle mich wie ein Theaterregisseur, der am Eröffnungsabend durch die Kulissen rennt. Ich will, dass die Auf- und Abgänge perfekt sind. Ich will, dass die Falltür genau dann aufschwingt, wenn sie aufschwingen soll, und dass das Bett auf Knopfdruck an seinem Platz steht. Ich mache einen Soundcheck und überprüfe die Lichter. Ich stapfe durch das Haus und sehe noch einmal nach, ob auch alle Requisiten bereitliegen. Zum krönenden Abschluss hole ich eine Flasche Rotwein aus dem Keller und lege ein Tiefkühlbaguette zum Auftauen in den Ofen.

Mit klopfendem Herzen gehe ich zurück in mein Zimmer und krame das Kondom hervor, das ich seit dem Aufklärungskurs in der neunten Klasse habe. Das Kondom, das ich seit drei Jahren in einer Socke versteckt halte, die in einen alten Turnschuh gestopft ist, den ich hinter einen Karton auf dem obersten Bord in meinem Kleiderschrank geschoben habe. Es ist so gut versteckt und macht trotzdem jedes Mal wie ein falsch gestellter Wecker im unpassendsten Moment lautstark auf sich aufmerksam – nämlich, sobald jemand mein Zimmer betritt, der von diesem Kondom nichts weiß.

Ich lege es so in meine Nachttischschublade, dass ich gut rankomme, stecke es dann aber nach nochmaligem Überlegen doch lieber wieder zurück in die Socke, weil ich nicht den Eindruck erwecken will, dass ich überall Kondome rumliegen habe. Denke dann noch mal drüber nach und schmeiße es schließlich weg. Welches gruselig verzweifelte Mädchen bewahrt denn bitteschön seit drei Jahren ein einzelnes abgelaufenes Kondom in einer Socke auf?

Als Nächstes beginnt das ultimative physische Reinigungsprogramm. Ich dusche, rasiere mir jeden Körperteil, der nicht direkt an meinen Kopf grenzt, wasche mir die Haare, föhne sie, mache mir die Fußnägel mit diesem Metallding sauber, mit dem man das nicht machen soll, benutze Deo, zupfe ein bisschen an meinen Augenbrauen herum und creme mich am ganzen Körper ein. Zweimal. Ich stelle mir vor, wie mir Sukey dabei Gesellschaft leistet, wie ich mich hier für mein Date fertig mache.

»Siehst gut aus, Süße«, würde sie zustimmend sagen. Dann würde sie mir durch die Haare wuscheln, man will ja schließlich nicht so aussehen, als hätte man sich mit seiner Frisur Mühe gegeben. Schließlich würde sie mir noch schnell eine Einführung in die geheimnisvolle Welt des Sex geben – ein Wissen, das in meiner Vorstellung alle großen Schwestern mit sich herumtragen, besonders Sukey.

Ich wühle in meinem Kleiderschrank herum und stoße auf das hauchdünne blaue Kleid, das mir Tante Moana letztes Jahr zu Weihnachten geschenkt hat. Ich schlüpfe hinein. Meine Haut ist immer noch warm vom Duschen. Ich schwebe nach unten.

Um zwanzig nach acht taucht Lukas mit der DVD auf. Er

trägt ein weißes T-Shirt und Jeans und sieht aus wie ein Model. Ich entkorke den Wein und lasse ihn ein bisschen atmen. Währenddessen stehen wir in der Küche herum und unterhalten uns über Musik. Ich sitze auf der Arbeitsplatte und habe die Beine übereinandergeschlagen, und Lukas' Augen werde immer wieder von meinem Kleid angezogen, das unglaublich sexy meine Oberschenkel hinaufwandert.

»Kennst du schon die Band *Rain*?«, fragt Lukas.

Wir hören uns ein paar Lieder auf meinem Laptop an. Lukas klickt auf ein Video. Irgend so ein künstlich-süßlicher Hipsterquatsch mit einem Xylophon und verspielten Hooks. Scheußlich.

»Lukas, das klingt ja total scheiße.«

»Hör's dir doch erst mal für eine Sekunde an.«

Ich höre wirklich ganz genau eine Sekunde lang hin. Es klingt immer noch total scheiße. Ich ziehe eine frisch gezupfte Augenbraue hoch.

»Jetzt mal im Ernst, wieso soll ich mir das überhaupt anhören?«

»Ich hab überlegt, dass wir mit unserem Sound vielleicht ein bisschen mehr in die Richtung gehen könnten.«

»Willst du mich verarschen? Das klingt wie was aus dem Mickey-Mouse-Club.«

Lukas ignoriert mich. »Hör doch mal richtig hin. Der Synthi klingt irgendwie dancy, nicht so wie bei uns.« Er summt ein paar Takte mit.

Ich boxe ihm gegen die Schulter. »Lukas, wir fangen jetzt bestimmt nicht damit an, uns dem Massengeschmack anzupassen. Du redest doch immer davon, eine ernsthafte Band aus uns zu machen. Wie bist du dann auf diesen Schrott gekommen?«

»Kelsey hat das Album auf der Party gespielt, nachdem du weg warst.«

»Na toll. Jetzt lassen wir uns auch noch musikalisch von Kelsey Bartlett beraten oder was?«

»Sie weiß echt eine ganze Menge …«

»Lukas, jetzt mal im Ernst. Wir wollen Kathedralen errichten. Solche Bands«, ich zeige auf den Laptop, »solche Bands machen Pudding.«

Lukas verdreht die Augen. »Aber so funktioniert das doch nun mal. Das erste Album richtet man am Mainstream aus, damit man im Radio gespielt wird. Und dann kann man irgendwann langsam seinen eigenen Stil mit reinbringen, wenn man einen Plattenvertrag hat und es ans zweite Album geht. Wenn man es geschafft hat eben.«

»Wenn man es geschafft hat, scheiße zu klingen, ja?«

»Ich mein ja nur, wir sollten unsere Musik für den Bandwettbewerb ein bisschen massenkompatibler machen. Nur vorübergehend, weißt du?«

Ich sehe ihn wieder mit hochgezogenen Brauen an. »Wenn man lange genug so tut, als wäre man so eine eklige Band, der es nur um den Kommerz geht, wird man irgendwann wirklich so.«

»Seit wann hast du denn Angst vor dem Kommerz?«

»Ich finde halt, wir sollten ruhig was wagen.«

»Klar. Nach dem Bandwettbewerb.«

Das ist nun nicht unbedingt das verliebte Geflirte, das ich mir für uns beide ausgemalt hatte. Ich lächle Lukas an. »Komm mal mit nach oben. Ich will dir was zeigen.«

Ich hüpfe von der Arbeitsplatte und gieße uns Wein ein. Die Flüssigkeit gluckert aus der Flasche, das würde ein erfahrener Kellner bestimmt besser hinkriegen. Ich reiche Lukas sein Glas, nehme meins und klemme mir die Flasche unter den Arm. Man weiß ja nie. Unter Umständen sind wir da oben ja eine ganze Weile beschäftigt.

»Komm.«

Ich gehe zur Treppe und werfe Lukas über die Schulter ein einladendes Lächeln zu. Er zögert einen Moment und folgt mir dann. Das Kleid raschelt mir um die Beine. Als wir oben angekommen sind, ist Lukas etwas rot im Gesicht. Vor meiner Zimmertür bleibt er stehen und starrt in sein Weinglas, als hätte er Angst, meine Kemenate könnte voll skandalöser Dinge sein, die seine unschuldige Seele überfordern. Ein Teil von mir ist froh, dass ich den BH dann doch noch in eine Schublade gestopft habe, aber der andere Teil genießt Lukas' Unsicherheit. Daran kann man nämlich klar erkennen, dass ich es richtig mache.

Ich gehe voran in mein Zimmer, drehe mich um und winke ihn herein.

»Ist schon okay, Lukas, du kannst ruhig reinkommen.«

Er sieht nervös aus, tritt dann aber doch hinein und stellt sich neben mich. Einen Moment lang bin ich wie gelähmt von der Tatsache, dass Lukas hier neben mir in meinem Zimmer steht. Dadurch fühlt sich der ganze Raum gleich völlig anders an. Plötzlich fallen mir der genoppte Teppich auf und die Zettelchen von Teagan an meiner Pinnwand und die verstaubten hellblauen Vorhänge. Lukas steht so nah bei mir, dass sich unsere Arme fast berühren, und zum zweiten Mal an diesem Abend bemerke ich, wie unglaublich sauber und gut ich selbst rieche, wie ein frisch geschnittener Zweig.

»Guck mal, das Bild da.« Ich zeige auf die Wand.

Er muss sich über mein Bett beugen, um in dem sorgfältig gedimmten Licht etwas erkennen zu können.

»Das hat Sukey gemalt.«

Ich höre den Stolz in meiner Stimme – als hätte ich die beiden silbern umrahmten Vögel selbst gemalt.

Lukas versucht die Schrift zu entziffern. »Was steht da?«

»*Wir tanzten umher im Sternenkleid.*«

»Ist das von Shakespeare oder so?«

»Keine Ahnung.«

»Was soll es denn heißen?«

»Es geht schon wörtlich darum, unter den Sternen zu tanzen. Aber jeder darf es natürlich so verstehen, wie er möchte.«

Lukas richtet sich wieder auf. Sein Arm streift meinen.

Mein großer Moment ist gekommen. Ich berühre ihn am Ellbogen. »Hättest du Lust?«

Wir nehmen beide gleichzeitig einen Schluck aus unseren Weingläsern. Mein Puls rast wie immer in der Schule, wenn der Lehrer die Klassenarbeiten zurückgibt und man sich unsicher ist, ob man sie komplett verhauen hat oder eine Eins bekommt. Baguetteduft steigt warm und mehlig zu uns herauf.

»Ähm«, murmelt Lukas und kratzt sich am Schlüsselbein. Das macht er immer, wenn er nervös ist. »Lust worauf denn?«

»Im Sternenkleid umherzutanzen.«

Man kann ihm ansehen, dass er nachdenkt. Überlegt,

was für eine Art »umhertanzen« ich wohl meine. Abwägt, ob das gegen unsere Abmachung wäre, uns auf DIE KUNST zu konzentrieren. Sich fragt, ob er die Kräfte erübrigen kann, um unserer vorübergehenden physischen Anziehung nachzugeben. Und ob er hinterher immer noch genug Energie fürs Schlagzeugspielen hat. Seine Augen wandern zurück zum Bild, dann zu meinem Bett, dann wieder zu mir. Seine Lippe zittert.

Als hätten wir uns abgesprochen, trinken wir wieder beide gleichzeitig einen Schluck Wein. Der Duft nach frisch gebackenem Brot wird stärker und vermischt sich mit dem Duft der Fliederbüsche, der von draußen hereinweht. Einen Moment lang hängen Lukas und ich sozusagen in der Luft wie zwei Seiltänzer über dem Abgrund.

Ich berühre sein Ohrläppchen.

Lukas zuckt zusammen, als hätte ich ihn mit einem Streichholz verbrannt.

»Kiri, warte mal. Ich muss dir was sagen.«

Das warme schwimmende Gefühl vom Wein verschwindet augenblicklich. Das Seil unter mir beginnt zu wackeln und reißt. Mir wird klar, dass ich ganz allein dort auf dem Seil gestanden habe. In meinem Kopf spiele ich noch einmal die letzten Minuten im Schnelldurchlauf ab. An welcher Stelle ist es denn schiefgelaufen? Bin ich zu weit gegangen? Ich hab Lukas nicht gerade angegrabscht oder ihm die Jeans runtergezogen, ich hab ihn ja noch nicht mal geküsst. Ich wollte ihn nur berühren, um ihn daran zu erinnern, dass diese Tür immer noch offensteht und ich immer noch da bin. Um zu sehen, ob er vielleicht auch noch da ist. Aber Lukas sieht so verstört aus, als hätte ich versucht, ihn zu vergewaltigen.

»Ähm, können wir uns kurz setzen?«, fragt Lukas und ist sehr rot. »Ich muss dir was sagen.«

Erst habe ich Angst, dass er jetzt denkt, ich wäre völlig verrückt und würde immer nur Sex wollen. Dann denke ich mir: Er steht einfach nicht auf dich und war bis jetzt vielleicht nur zu höflich, um das auch deutlich zu sagen. Wir setzen uns aufs Bett. Mir bricht das Herz. So hatte ich mir das vorgestellt, wir beide auf meinem Bett. Aber in meiner Vorstellung wäre Lukas' Hand jetzt unter meinem Kleid und würde nicht in seinem Schoß liegen, und wir würden miteinander rummachen anstatt eine wahrscheinlich ziemlich langwierige Diskussion darüber zu führen, warum wir doch lieber nicht zusammen sein sollten.

Die Lampe summt, und man hört die Musik unten spielen, sie klingt fröhlich und irgendwie verliebt und könnte im Moment nicht unpassender sein. Ich würde meinen iPod am liebsten mit einem Vorschlaghammer zum Schweigen bringen. Lukas sagt das, was er zu sagen hat, und zwar in einem einzelnen, schrecklichen Satz:

»SeinichtböseaberichhabmitKelseyrumgemacht.«

Ich drehe schnell den Kopf zur Seite, damit er nicht sieht, wie mir Schmerz und Scham übers Gesicht huschen wie zwei Mäuse, die unter dem Ofen hervorgerannt kommen. Kelsey Bartlett. Natürlich will er die lieber als mich. Ich weiß, hübsch würde mich kaum jemand nennen, und schon gar nicht jemand, der selbst so perfekt aussieht wie Lukas.

Ich habe zu breite Lippen und zu viele Haare. Ich zupfe mir die Augenbrauen nur ganz selten, dabei komme ich aus einer Familie von Augenbrauenmenschen und trage sozusagen einen dicken pelzigen Balken quer über der Stirn mit mir herum. Innerhalb von nur fünf Sekunden ist aus dem glatten, warmen, sexy Otter ein kalter Frosch geworden, den niemand anfassen will.

Quak.

»Tut mir echt leid, dass ich dir nicht schon vorher davon erzählt habe, Kiri. Ich wusste nicht, dass du immer noch in mich verliebt bist.«

Lukas sieht mich an, als wäre ich ihm ein Rätsel, eine komplizierte Maschine, von der er nicht wusste, dass sie kaputt ist. Und jetzt sitzt er davor, und es fehlt eine Sprungfeder, ein Draht ist gerissen. Ich hasse es, wenn Leute mich so ansehen. Also mache ich das, was ich am besten kann. Ich lächle und versuche, schnellstmöglich wieder alles unter Kontrolle zu bringen.

Ich trinke einen großen Schluck Wein. Dann gieße ich mir noch mehr ein. Mir schwirren eine Million Fragen durch den Kopf.

Seit wann stehst du auf sie?

Hast du sie zuerst geküsst oder hat sie angefangen?

Wenn du sagst, ihr habt rumgemacht, wie weit ging das dann genau?

Aber das kann ich ihn alles nicht fragen. Ich darf ihm nicht zeigen, dass mir das unglaublich nahegeht. Stattdessen zucke ich nur mit den Schultern, als wäre mir das alles ziemlich egal. »Ist doch okay, Lukas. Ist ja nicht so, als wären wir zusammen.«

Lukas sieht meinem verzweifelten Versuch, mir Wein einzugießen, höchstwahrscheinlich genau an, dass mir das Ganze kein bisschen egal ist. Erst läuft der Wein am Flaschenhals hinunter anstatt in mein Glas, und dann schlage ich mit der Flasche auch noch aus Versehen ans Glas, und es geht kaputt. Ein hohes Klirren ertönt, und ich hab das ganze Kleid voller Wein.

»Scheiße!«

»Ich hole die Küchenrolle.«

»So ein Mist!«

Lukas springt auf, rennt aus dem Zimmer und überschlägt sich auf der Treppe fast.

»Wo liegt denn bei euch die Küchenrolle?«, ruft er zu mir hoch.

»Verdammt nochmal.«

Mein ganzer Schoß ist voller Wein und übersät mit einer Million kleiner gleichschenkliger Scherbendreiecke. Lukas kramt in der Küche herum, zieht Schubladen auf und schiebt sie wieder zu. Der würde echt keine Nacht allein zu Hause klarkommen. Wer sucht denn bitte in einer Schublade nach der Küchenrolle? Ich stehe auf.

»Die liegt auf der Arbeitsplatte.«

»Was?«

»Verdammte Scheiße, Lukas.«

Ich stampfe die Treppe hinunter und trampele in die Küche, ein glitzernder, weingetränker King Kong. Ich reiße mir ein paar Tücher von der Rolle auf der Arbeitsplatte und tupfe an mir herum. Im grellen Küchenlicht sind meine ganzen Vorbereitungsmühen überhaupt nicht mehr zu erkennen. Das Haus ist nur ein Haus. Ich bin nur eine Kiri. Lukas und ich sind nur Freunde – falls unsere Freundschaft diesen Affenzirkus hier übersteht.

Lukas steht gegen die Arbeitsplatte gelehnt und sieht mir

mit skeptischem Blick dabei zu, wie ich mir die Scherben vom Kleid sammele.

»Sei vorsichtig.«

»Danke für den Tipp, Lukas.«

»Soll ich mal einen Besen holen?«

Mit jeder Bewegung fallen Scherben von mir ab, aber solange es dafür noch keine Google-App gibt, würde Lukas sicher nie die Abstellkammer finden.

»Geht schon.«

»Ich glaub, da brennt was an.«

Das Baguette! Ich reiße die Ofentür auf. Das Brot, das ich vor einer Stunde hineingetan habe, sieht aus wie eine riesige verbrannte Hundewurst. Der Rauchmelder geht an. Ich hole das Brot mit einem Topflappen heraus und werfe es in die Spüle. Dort liegt es nun und zischt mich böse an. Lukas wedelt sinnlos unter dem Rauchmelder herum. Ich schubse ihn etwas grob aus dem Weg und drücke mit einer Grillzange auf den roten Knopf daran.

Dann endlich hole ich tief Luft, zwinge mich zu einem Lächeln und drehe mich wieder zu Lukas herum.

»Na dann. Wollen wir den Film gucken?«

Lukas sieht mich an, als hätte ich vorgeschlagen, eine Kugelschreibermine zu sterilisieren und uns gegenseitig Tattoos zu verpassen.

»Oh. Hm. Ist es nicht schon ein bisschen spät für den Film? Ich wollte jetzt eigentlich nach Hause.«

»Ist doch aber erst halb zehn.«

»Ich gehe in letzter Zeit immer ziemlich früh ins Bett.«

»Ich könnte uns Kaffee machen.«

»Ich glaube, ich gehe wirklich lieber nach Hause.« Er

geht zur Wohnungstür und versucht verkrampft, seine Schuhe im Laufen anzuziehen. Ich sehe ihm von der Küche aus zu.

»Dann bis Samstag also«, ruft Lukas. Sein Schuh fällt ihm aus der Hand, er hebt ihn auf und quetscht seinen Fuß hinein.

»Was ist denn Samstag?«

»Der Bandwettbewerb.«

»Ach ja.«

Ich versuche fröhlich zu klingen, als wäre das hier nichts Besonderes für mich, nur ein weiterer Abend, an dem ich jemandem sexuelle Avancen mache, der nichts davon wissen will. Mich betrinke, daneben benehme und dann blöd herumstehe, während das Objekt meiner Begierde sich quasi überschlägt, weil es gar nicht schnell genug aus meinem Liebeskerker entfliehen kann.

Lukas hat endlich den Schuh an. Er greift nach der Klinke. »Na dann. Gute Nacht, Kiri.«

»Tschüs.«

Er zerrt einen Moment hilflos an der Tür, sieht dann den Riegel, schiebt ihn zurück, geht hinaus und zieht die Tür nur halb zu. Natürlich denkt er nicht daran, dass man unsere Wohnungstür ja kräftig ranziehen muss, damit sie zubleibt. Sie geht also wieder auf, als wollte sie mich noch mal so richtig demütigen, als wäre mein Leben nicht schon genug im Arsch. Ich seufze, gehe zur Tür und schließe sie richtig.

Dann schlurfe ich zurück ans Klavier. Was bleibt mir denn sonst noch, jetzt, wo Lukas weg ist?

KAPITEL 21

Am nächsten Tag fahre ich mit dem Bus nach Kerrisdale, setze mich ans Klavier und spiele aus dem Gedächtnis hundert Seiten faszinierend komplexer Klaviermusik herunter, während Dr. Scaliteri neben mir auf ihrem Sitzball thront und einen Leberfleck in ihrem Dekolleté inspiziert. Als ich fertig bin, sieht sie kurz auf und sagt ein einziges Wort: »Gut.«

Ich stehe auf, sammle meine Notenblätter ein und schwebe aus dem Zimmer.

Internationaler Wettbewerb junger Pianisten? Den Quatsch habe ich so was von in der Tasche.

Dieses aufregende Triumphgefühl ist ein schöner Kontrast zu dem Sumpf der Demütigungen, durch den ich gestern waten musste. Ich hüpfe an der Bushaltestelle vorbei und die Straße hinunter, es kribbelt mir vor Glück in den Fingerspitzen. Ich hab's geschafft. Ich hab's geschafft. Ich hab's geschafft. Ich hab's geschafft. Mein Mund verzieht sich immer wieder zu einem Honigkuchenpferdegrinsen, und ich habe das Gefühl, ein Stück über dem Boden zu schweben. Ich hab's geschafft. Ich hab's geschafft. Und was will ich jetzt?

Ich will Fahrrad fahren.

Wo ist mein Rad?

Steht bei Bicycle-Boy im Schuppen.

Ich drehe eine kleine Eiskunstlaufpirouette und gleite in Richtung Downtown.

Wie sich herausstellt, ist Downtown eine Dreiviertelstunde Fußmarsch entfernt, und dazu kommen noch einmal zwanzig Minuten Umweg, weil ich auf einmal aus irgendeinem Grund mitten in Strathcona stehe.

Unterwegs kaufe ich mir:

Drei Kiwis, eine Pflaume und eine Handvoll Litschis. Ich esse alles auf – bis auf die letzte Kiwi, weil mein Rachen anfängt zu jucken, wie das manchmal ist, wenn man zu viele Kiwis gegessen hat.

Danach gibt es probiotischen Frozen Yogurt mit Brombeeren, der aus unerfindlichen Gründen sieben Dollar kostet, obwohl es ein winziger Becher ist und er gerade mal gefühlte zwölf Kalorien hat.

Es folgt eine Yam-Roll und eine Avocado-Roll bei *Happy Sushi*, die mir zusammen mit einem Wasabi-Häufchen und eingelegtem Ingwer in einer Styroporbox serviert werden, die mit Plastikgras ausgelegt ist.

Anschließend kommen eine Dose Dr. Pepper Light, nach der ich mich ganz aufgekratzt fühle.

Ein komisches Kaffeegetränk mit chinesischen Schriftzeichen auf der Dose, das dafür sorgt, dass mein Schweiß nach Kaffee riecht und ich pinkeln muss.

Ein Kaffee in einem Coffeeshop, damit ich da aufs Klo gehen kann.

Eine Tube Sonnencreme mit Lichtschutzfaktor 60, damit ich nicht auch irgendwann seltsame Leberflecke im Dekolleté kriege wie Dr. Scaliteri.

Ein neues Paar Flipflops, weil mir dieses Zehentrennding am linken Flipflop rausrutscht und sich dann nicht mehr feststecken lässt.

Ein großer Strohhut.

Eine Pinzette und eine Tube Enthaarungscreme, die mir aber ehrlich gesagt nicht ganz geheuer ist, um mich endlich mal meiner Augenbrauensituation anzunehmen.

Ein Cranberry-Haferflocken-Teilchen in einem Coffeeshop, damit ich da aufs Klo gehen kann.

Eine blaue Glühbirne.

Eine Großpackung Katzenfutter.

Ein Eichelkürbis.

Hennapulver, Weihrauch und Abziehtattoos mehrerer Hindu-Gottheiten.

Auf dem Weg zu Skunk gehe ich am Hotel Imperial vorbei, um Doug das Katzenfutter vorbeizubringen. Auf der Treppe davor sitzt die Frau, die mir den Weg zum Kunstmuseum erklärt hat, als ich nach dem *razzledazzlespace* gesucht hatte. Sie trägt rosa Radlerhosen und ein Tanktop. Die braunen Haare hat sie sich zu einem hohen Pferdeschwanz gebunden. Sie sieht aus wie eine etwas in die Jahre gekommene Fitness-Barbie.

»Ist Doug da?«, frage ich.

Sie schüttelt den Kopf und antwortet mit ihrer sexy Raucherstimme: »Der ist nicht zu Hause, Süße. Der hat heute seinen Check-up im Krankenhaus. Hast du ihm was mitgebracht?« Sie betrachtet neugierig meine Einkaufstüten. Ich zeige ihr das Katzenfutter.

»Ach, das ist ja süß von dir. Doug hat sein Kätzchen echt lieb. Geh doch einfach rauf und stell ihm das Futter ins Zimmer. Ist offen. Die Zimmer hier kann man nämlich nicht abschließen.«

Sie sagt, sie hieße Jasmine und hätte mal genau so einen Strohhut gehabt wie ich. Ich greife in eine Einkaufstüte und biete ihr eine Kiwi an.

»Nein, danke, Mäuschen, bin allergisch«, sagt sie und zieht an ihrer Zigarette.

Auf dem Weg hoch in den vierten Stock nehme ich immer zwei Stufen auf einmal und beachte den Müll und den ekligen Geruch im Treppenhaus gar nicht. Ich marschiere direkt in Dougs Zimmer und stelle das Katzenfutter ab. Snoogie taucht wie aus dem Nichts auf und reibt sich so lange an meinen Beinen, bis ich mich zu ihr hinunterbücke und ihr das schmuddelige Fell kraule. Ich stelle mir vor, wie Sukey sie in der Straße hinter dem Imperial gefunden, ihr die Ohren gekrault und ihren Beinstumpf inspiziert hat. Vermutlich dachte sie, dass Doug genau so eine Katze braucht. Ich stelle mir vor, wie Doug ihre Bilder bewundert hat, ihr gesagt hat, wie wunderschön sie sind und dass sie diesen Billy nicht ständig bei sich herumhängen lassen soll. »Der sieht irgendwie nach Ärger aus, Sukey.«

Schuldgefühle und Eifersucht kochen in mir hoch. Diese letzten Monate in Sukeys Leben sind etwas, von dem ich nie Teil sein werde, etwas, über das ich nie etwas Genaues wissen werde. Ich bin geradezu empört, dass Doug und Sukey etwas gemein hatten, bei dem ich außen vor war, dass Doug mir etwas geklaut hat, wonach ich mich mein ganzes Leben lang gesehnt habe: Sukeys Vertrauen. Ich wollte der einzige Mensch auf der Welt sein, der sie wirklich bedingungslos liebt.

Eine Welle von Gefühlen schlägt über mir zusammen, und auf einmal will ich nur noch raus aus Dougs Zimmer. Ich reiße die Tüte auf und fliehe, während Snoogie sich fröhlich über das Futter hermacht. Als ich auf dem Weg zu den Treppen an der Zimmertür mit der Nummer 409 vorbeigehe, bekomme ich eine Gänsehaut.

Da drin ist Sukey gestorben.

Da drin ist Sukey gestorben.

Ich stelle sie mir hinter der Tür dort vor, wie sie malt und dabei Musik von ihrem billigen CD-Player hört. Mein Herz schlägt wie wild. Ich klopfe leise an. Es bleibt still. Ich öffne die Tür ein winziges Stück. Es stinkt nach kaltem Zigarettenrauch. Auf dem Boden liegt eine nackte Matratze und darauf Pornohefte. Ich ziehe die Tür blitzschnell wieder zu und renne die Treppe hinunter.

Wenn es irgendwo in diesem Haus noch eine Spur von Sukey gibt, dann sicher nicht in Zimmer 409.

Bei Skunk ist Licht an, und man hört Musik. Ich klopfe an die Schiebetür. Hinter dem Vorhang bewegt sich etwas, und dann schiebt Skunk die Tür auf und sieht mich mit prüfendem Blick an. Er hält eine Zigarette und ein Feuerzeug in der einen Hand und lässt beides schnell in die Tasche gleiten, als er mich sieht.

Ich lächle ihn an. »Hey! Ich wollte mein Fahrrad abholen.«

Sein Gesicht sieht sofort viel entspannter aus. »Hi, Kiri. Wie geht's denn so?«

Er tritt heraus und schiebt die Tür hinter sich eilig wieder zu.

»Hast du eine Katze?«

Skunk sieht mich verwirrt an.

»Du machst die Tür immer so schnell wieder zu. Ich dachte, du hast vielleicht eine Katze, die nicht nach draußen soll.«

Er schüttelt den Kopf. »Keine Katze.«

»Vielleicht so eine total bissige, die jeden Fremden angreift? Der alte Mann, von dem ich die Sachen von meiner Schwester habe, der hat so eine Katze. Die heißt Snoogie und ist ein richtiges Biest.«

Ich hab das Gefühl, Skunk arrangiert sich so langsam mit meinem Überraschungsbesuch. Seine braunen Augen werden sanft.

»So eine Katze braucht man auch, wenn man im Hotel Imperial wohnt«, sagt er.

»Ja, eine Wachkatze.«

»Sollte mir vielleicht auch mal eine zulegen …«

Ich bin mir nicht ganz sicher, aber ich habe den Eindruck, das unausgesprochene Ende dieses Satzes lautet: … *damit nicht ständig Freakmädchen bei mir antanzen*. Ich rede wohl gerade wieder mal zu viel.

»Sonst alles okay bei dir?«, fragt er.

Ich versuche mich zu erinnern, wann wir uns das letzte Mal gesehen haben. Vor zwei Wochen? Er behält mich bestimmt für immer als das heulende Mädchen in Erinnerung, das ständig in irgendwelchen Schwierigkeiten steckt.

Ich nicke. Ist mir das alles peinlich … »Ja, alles wieder okay. Ich hol nur schnell mein Fahrrad, und dann bin ich weg.«

Skunk presst die Lippen zusammen. »Ach, weißt du …«

»Lass mich raten: Der Pfandleiher auf der 4th Street Ecke Cambie. Ich hätte mich zwischendurch echt mal melden sollen, ich weiß. Wie viel hast du denn dafür bekommen?«

Ich kann nichts dafür, ich muss einfach immer solchen Schwachsinn reden. Wenn jemand neben mir ernst ist, reiße ich sofort krampfhaft Witze. Als ob immer nur einer ernst sein darf, und dieser Jemand bin nie ich.

Skunk sieht mich an. »Ich hoffe, du bist nicht böse.«

Ich starre zurück. »Echt jetzt, du hast das Ding verkauft?«

»Nein. Ich hab nur ein bisschen daran rumgeschraubt.«

»Na so was. Es war doch gar nicht kaputt.«

Skunk sieht schuldbewusst aus. »Ich wusste, dass du böse wirst.« Er geht zum Schuppen hinüber und schließt die Metalltür auf.

Da steht mein Fahrrad. So halb jedenfalls. Es steht auf dem Kopf auf einer Werkbank, die Räder in die Luft gestreckt. Der Sattel ist ab, der Hinterreifen ist wieder komplett platt, und der Rahmen wird von zwei Schraubzwingen zusammengehalten. Mir wird ganz anders.

»Was hast du denn damit angestellt? Wieso ist der Hinterreifen wieder platt?«

Skunk geht einen Schritt in den Schuppen hinein und schaltet das Licht ein. »Du hattest eine perfekte Acht drin, die Speichen waren kurz davor rauszubrechen. Und deine Bremsen sind auch ganz schön im Eimer.« Zur Demonstration zieht er die Vorderbremse an. Die Bremsbeläge berühren gerade so den Reifen.

Ich verschränke die Arme. »Das fährt noch einwandfrei.«

Ich weiß nicht, wieso ich die wirklich zweifelhafte Verfassung meines Fahrrads so verteidige. Aber ich mag es eben nicht, wenn Leute sich an Sachen zu schaffen machen, obwohl man sie gar nicht darum gebeten hat.

»Wenn du meinst, das Ding fährt noch einwandfrei, bist du noch nie mit einem vernünftigen Rad gefahren.«

»Mein Rad ist sehr wohl vernünftig!«

»Aber es fährt ja nicht mal gerade! Schau mal.« Skunk setzt das Hinterrad in Bewegung.

Ich sehe ihm zu, die Arme immer noch verschränkt.

Skunk zeigt auf das Rad. »Siehst du?«

Aus purer Höflichkeit werfe ich einen Blick darauf. Während es sich dreht, schert das Rad immer wieder eiernd nach rechts aus. Skunk gibt dem Rad ein bisschen mehr Schwung. Es wackelt gefährlich zur Seite und wieder zur Mitte, hin und her, hin und her.

»Wenn du so damit weiterfährst, brechen irgendwann die Speichen.« Skunk sieht mich verschämt an. »Du bist böse, oder?«

Ich schüttele den Kopf und versuche, mir meine Genervtheit nicht anmerken zu lassen. Jetzt sei doch nicht so zickig. Ich zwinge mich zu einem Lächeln. »Ich bin nicht böse. Es ist ja lieb, dass du mir helfen willst.«

Skunk schnaubt. »Übersetzt heißt das: Hände weg von meinem Fahrrad, Arschloch.«

Ich beiße mir auf die Lippe. »Sorry. Ich habe nur nicht damit gerechnet, auf einmal in einer Folge von *Pimp My Bike* zu stecken.«

Zum ersten Mal sieht Skunk tatsächlich aus, als ob es ihm leid tut. Er lehnt sich gegen die Werkbank. »Wenn du willst, pump ich dir den Hinterreifen wieder auf und du kannst los. Wenn du ein paar Minuten Zeit hast, kann ich dir aber auch schnell noch die Speichen ausrichten.«

Ich überlege. Ich sehe mir mein Rad noch mal genauer an, und meine Empörung wird ein bisschen weniger. Na gut. Meinetwegen. Es ist wirklich nicht mehr allzu gut in Schuss. Und ich bin gerade sehr unhöflich. Er hat mir schließlich schon zweimal geholfen. Dass ich ihm ein bisschen dankbar bin, ist ja wohl das Mindeste. Ich stemme die Hände in die Hüften.

»Okay, Bicycle-Boy. Dann pimp mal mein Rad.«

Skunk nimmt ein gebogenes Plastikwerkzeug von der staubigen Werkbank, versetzt dem Rad einen kleinen Schubs und beobachtet, wie es zwischen den Bremsbelägen hindurchschlackert. Er hält das Rad an, zieht das kleine Metallteil am Ende der Speiche ein wenig nach und dreht das Rad noch einmal. Stoppt es dann wieder und zieht das kleine Metallding an der nächsten Speiche nach. Er gibt dem Rad wieder einen Schubs, und diesmal ist das Schleifgeräusch schon viel leiser.

Der Schuppen ist zu klein, um nebeneinander zu stehen, also schiebe ich ein paar Sachen auf der Werkbank beiseite und setze mich neben mein Fahrrad. Während Skunk sich an den Speichen vorarbeitet, baumele ich mit den Beinen. Langsam gefällt mir die ganze Sache hier. Es ist ewig her, dass ich irgendwelche Wartungsarbeiten an meinem Rad durchgeführt habe. Ich beuge mich vor und stütze mein Kinn auf die Fäuste.

»Waren die Räder komplett hin?«

»Schon, ja.«

»Was passiert denn, wenn eine Speiche bricht?«

Skunk zuckt mit den Schultern. »Dann würde man wahrscheinlich über den Lenker fliegen.«

»Wie geil.«

»Oder die Speiche bohrt sich durch die Felge und sticht ein Loch in den Reifen.«

»Hardcore.«

»Hör dir das mal an.«

Skunk zupft an einer Speiche, und sie vibriert und summt wie eine Gitarrensaite. Dann zupft er an einer anderen.

Ich setze mich überrascht auf. »Hey! Die klingen ja genau gleich!«

»Willst du die anderen überprüfen?«

»Klar.« Ich hüpfe von der Werkbank.

Wir stehen dicht nebeneinander. Plötzlich steigt mir Skunks Duft in die Nase, eine Mischung aus Zigaretten, Kettenöl und Orangenschalen. Der Duft ist leicht, dabei aber sehr besonders, und ihn zu riechen fühlt sich fast zu persönlich an. Wie wenn man an einem Fenster vorbeigeht und genau in dem Moment hineinsieht, in dem sich drinnen gerade jemand umzieht. Ob er deshalb wohl immer gleich die Tür hinter sich zumacht? Weil sonst die halbe Welt seinen tollen Duft mitbekommen und ihn nie mehr in Ruhe lassen würde?

Ich bringe eine Speiche nach der anderen zum Vibrieren.

»Die hier klingt ein bisschen schief.«

»Mach noch mal.«

Ich zupfe an der Speiche, dann zum Vergleich an einer anderen. Sie klingen nicht ganz gleich.

»Gutes Gehör«, sagt Skunk und drückt mir das Werkzeug in die Hand. »Na dann – bitte.«

Wir arbeiten uns langsam durch das gesamte Rad, drehen es ein Stück, stellen nach, drehen weiter. Es fühlt sich seltsam befriedigend an, man will gar nicht mehr aufhören. Wie wenn man sich Knoten aus den Haaren kämmt, wenn sie besonders verfilzt sind. Jedes Mal, wenn wir dem Rad einen Schubs geben, dreht es sich gerader, bis es schließlich überhaupt nicht mehr an den Bremsbelägen schleift. Zum Schluss pumpen wir den Hinterreifen wieder auf, drehen das Fahrrad herum und machen uns an das Vorderrad. Bei jeder Bewegung weht Skunks Duft zu mir herüber, abblätternde Farbe und Zitrone. Er riecht wie eine Leiter, die lange in der Sonne gestanden hat.

Nachdem wir mit beiden Rädern fertig sind, hebt Skunk das Fahrrad von der Werkbank und kontrolliert noch einmal alles. Als er einen seiner tätowierten Arme nach den Bremsen ausstreckt und sie ein letztes Mal prüfend anzieht, fühle ich schon wieder meine Abwehrhaltung von vorhin aufsteigen. Gott sei Dank hat Skunk aber nichts zu beanstanden. Während er die Titanstäbe betastet, fällt mir plötzlich auf, wie kühl sich die Luft auf meiner Haut anfühlt. Aus irgendeinem Grund muss ich an Lukas denken, der immer noch auf keine meiner SMS geantwortet hat, die ich ihm in dem Versuch geschickt habe, dem Sex-Skandal von gestern ein bisschen die Dramatik zu nehmen.

Um auf andere Gedanken zu kommen, sehe ich mich im Schuppen um. Plötzlich bin ich hellwach. In der Ecke steht ein glänzender grüner E-Bass, an dessen Hals ein Putzlappen hängt.

»Wieso steht der denn hier im Schuppen?«

Skunk hat das Gesicht abgewandt, und ich kann seine Augen nicht sehen, nur seine Hände, die immer noch mein Fahrrad untersuchen. »Der Hebel von deiner Gangschaltung könnte mal ein bisschen WD-40 vertragen.« Er greift nach der blauen Dose und sprüht den Hebel kurz ein.

Ich betrachte den Bass. Er ist wunderschön. Glatt. Kurvig. Wie eine exotische Frucht. Ich würde am liebsten ein Stück davon essen. »Skunk?«

»Hm?«

Er nimmt einen Schraubenzieher und fummelt an einer Schraube herum. Er zieht sie heraus, wischt sie ab und schraubt sie wieder hinein.

»Kannst du mir mal erklären, wieso hier so ein toller Fender Mustang Bass in der Ecke herumsteht?«

Skunk folgt meinem Blick, und seine braunen Augen weiten sich, als hätte er das 700-Dollar-Instrument noch gar nicht bemerkt, das da zufällig unter seiner Öl-Lappen-Sammlung an der Wand lehnt.

»Ach so, der. Den will ich verkaufen. Wollte ihn demnächst mal bei eBay einstellen.«

»Du willst so einen tollen Fender verkaufen?«

»Ist das neuerdings verboten oder was?«

»Sollte es zumindest sein, ja.«

Skunk spielt mit dem Schraubenzieher herum. Ich versuche, seinen Blick einzufangen.

»Wieso willst du den verkaufen?«

»Weil ich nicht mehr in der Band bin.«

»Dann gründe doch eine neue.«

Er schüttelt den Kopf. »Fahrräder reparieren macht mir mehr Spaß.«

»Das eine schließt das andere ja nicht aus.«

»Der Tag hat aber nur 24 Stunden.«

»Willst du mir ernsthaft weismachen, du bist einfach eines Tages aufgewacht und wolltest lieber in einem dreckigen Schuppen herumstehen, als dieses phantastische Instrument zu spielen?«

»So ungefähr, ja.«

Ich lasse mir das kurz durch den Kopf gehen. Währenddessen stellt Skunk meinen Sattel ein paar Zentimeter höher.

»An der Antwort kommt mir was komisch vor.«

Skunk sieht mich an. »Und mir kommt dein Fahrrad komisch vor.«

»Versprich mir, dass du dieses wunderschöne Teil nicht verkaufst.«

»Spielst du Bass? Ich würd ihn dir schenken.«

Das Angebot ist so verlockend, dass mir einen Moment lang ganz schwarz vor Augen wird vor lauter Gier. Meine Finger krallen sich in die Werkbank. »Ich spiele Klavier und Synthesizer. Nicht Bass.«

»Könntest es ja lernen.«

»Behalt ihn lieber. Irgendwann spielst du bestimmt wieder selbst.«

Skunk schüttelt den Kopf.

Ich lasse aber nicht locker. »Doch, wirst du. Das weiß

ich. Stell ihn wenigstens ins Haus. Hier draußen verzieht er sich sonst noch wegen der Temperaturunterschiede.«

Seufz. Jetzt bin ich diejenige, die sich in anderer Leute Angelegenheiten einmischt. Aber wie sollte ich auch nicht – jemand, der so einen Bass besitzt, ist entweder wahnsinnig reich oder weiß diese Art Instrument wirklich zu schätzen. Selbst wenn er es momentan gerade vielleicht anders sieht, bin ich mir ziemlich sicher, dass Skunk dieser Bass sehr viel bedeutet. Oder jedenfalls mal sehr viel bedeutet hat.

Ich betrachte das gute Stück noch einmal. »Ich mach dir einen Vorschlag. Du stellst den Bass wieder ins Haus, und ich repariere vielleicht meine Bremsbeläge. Deal?«

Skunk sieht mich amüsiert an. »Was ist denn das für ein Deal?«

»Na, du spielst bei meiner bescheuerten Neurose mit und ich bei deiner. Ist doch nur fair.«

Skunk lächelt. Wenn er lächelt, sieht er gar nicht mehr aus wie ein muskelbepackter Gangster, sondern eher wie ein großer, zottiger Bison.

»Ich denk drüber nach«, sagt er.

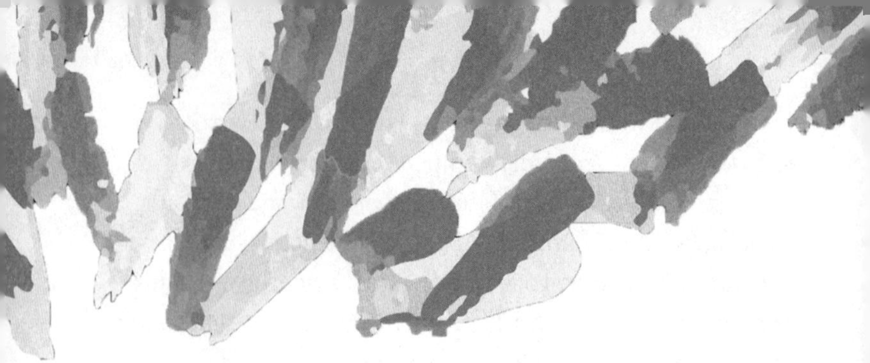

KAPITEL 22

Ich sitze am Klavier und höre dem Metronom beim Ticken zu. Heute kann ich mich einfach nicht zum Üben aufraffen. Das Klavier klingt zu fröhlich, wie eine dieser ekelhaften Stimmen in einem Werbespot. Anstatt mich in seine Arme fallen zu lassen, scheue ich vor dem Klavier zurück wie vor einem Verwandten, den man auf keinen Fall umarmen will.

Ich muss an meine allererste Stunde bei Dr. Scaliteri denken, einen Monat nach Sukeys Tod. Sie hat auf ihrem Sitzball gewippt und mich lange Zeit nur angestarrt, und dann hat sie mir eine Frage gestellt. Diese Frage machte einen Schnitt zwischen meinem Leben bis dahin und meinem Leben danach: »Große Kunst erfordert große Disziplin, Kiri. Bist du bereit, Disziplin zu lernen?«

Große Kunst erfordert große Disziplin.

Ich lege die Finger wieder auf die Tasten und spiele mürrisch eine Tonleiter. Sukey war eine große Künstlerin und hat die Stunden, die sie mit Malen verbrachte, bestimmt trotzdem nicht in einem Notizbuch festgehalten. Sie hat sich nicht jeden Tag wie bei der Armee zum Dienst an der Leinwand gemeldet. Ich erinnere mich daran, wie ich sie einmal gefragt habe, wo sie sich nachts denn immer hinschlich. Es war der Sommer, bevor Mom und Dad sie rausschmissen, als man noch jedes Mal laute Musik hören konnte, wenn man an ihrer Zimmertür vorbeiging. Als ich fragte, saß ich auf ihrem Bett und sah ihr beim Malen zu, der schwarze Pinsel flitzte über die rechteckige Leinwand, die Haare hatte sie mit einem meiner flauschigen rosa Haargummis zusammengebunden, weil sie ihre eigenen ständig verlor.

»Ich gehe zum Kits Beach und sehe den Schiffen zu«, sagte Sukey.

»Wieso?«

Sie zuckte mit den Schultern. »Weil sie schön aussehen.«

»Und mehr machst du nicht?«

Ich hatte mit Geschichten über Freunde und Alkohol gerechnet, eben das Übliche, wofür Sukey immer Ärger bekam. Das hier kam mir aber sogar noch greller, noch gefährlicher vor, so wie Feuerschlucken.

Sie tunkte den Pinsel ins Lila und tupfte damit über einen grünen Fleck auf der Leinwand. Die Eidechse, die Sukey gerade malte, wurde dadurch lebendig, schien sich zu winden, als ob es nur Sukeys Berührung bedurfte, um sie zum Leben zu erwecken. Sie sah mich an und lächelte. »Mehr nicht.«

Die Erinnerung daran tut so weh. Ich nehme ärgerlich die Finger von den Tasten und stehe auf.

Meine Pianistenkarriere wird schon nicht gleich den Bach runtergehen, wenn ich mal eine Pause mache. Ich werd ein wenig mit dem Fahrrad herumfahren. Nur ein bisschen. Ein Abenteuer für Anfänger. Ich werd rausgehen und Sachen entdecken und mir ein paar eigene Schiffe suchen.

Zunächst halte ich mich an bekannte Straßen und fahre einfach einen großen Kreis um unser Viertel herum. Die Blätter in den Baumkronen, die ab und zu vom orangefarbenen Straßenlicht beleuchtet werden, bilden einen Tunnel voller Sterne über mir. An der Arbutus biege ich links ab, fahre dann rechts lang und biege noch einmal links ab. Ziemlich schnell finde ich mich in einem Viertel wieder, in dem ich noch nie war. Backsteinhäuser und Blumenbeete, die so makellos aussehen, als hätte sie jemand aus einer Spielzeugkiste hier hingesetzt. Ich fahre an einem Park vorbei, in dem ein paar Leute bei Flutlicht Nacht-Tennis spielen. Danach kommen mehrere Restaurants, über denen der Geruch nach gebratenen Zwiebeln in der Luft liegt.

Jede neue Straße ist eine Offenbarung. Mit jedem Tritt in die Pedale fühle ich, wie meine innere Landkarte wächst, neue Quadrate und Linien und Grenzsteine tauchen auf, als ob ich bei einem Computerspiel ein neues Level erreicht habe. Ich weiß gar nicht, wann ich mich das letzte Mal so frei gefühlt habe. Wieso bin ich nicht schon früher auf die Idee gekommen? Und was für wunderschöne Sachen ich bis jetzt verpasst habe …

Gegen Mitternacht bin ich in East Van unterwegs, fahre gerade den Commercial Drive hinunter. Ich fahre vor mich hin, sehe mir die Plattenläden und Hippie-Klamottenläden und schummerigen Kneipen an. Links von mir steht eine

Gruppe Leute auf einem Spielplatz zusammen, sie haben Fixies und Rennräder und einer sogar ein Liegefahrrad, das sehr großzügig mit gelben Reflektoren bestückt ist. Mit ihren flackernden Lichtern und glänzenden Fahrradhelmen sehen sie aus wie ein Schwarm Glühwürmchen. Ich fahre ein Stück heran, um sie mir aus der Nähe anzusehen. Es sind vielleicht zwanzig Leute, größtenteils Studenten, dazwischen auch ein paar in meinem Alter und ein paar Ältere. Einige haben Bierflaschen in der Hand, und es gehen auch ein paar Joints herum.

Ich bin so gutgelaunt von meiner kleinen Radtour, dass ich mich kein bisschen schüchtern fühle. Ich fahre an die Gruppe heran und stelle mich neben ein Mädchen in einer schicken Lederjacke und Glitzerleggings.

»Hey. Was macht ihr denn hier?«

Sie zieht den Gurt an ihrem schwarzen Helm fest.

»Eine Mitternachtsmesse. Zweimal im Monat machen wir eine Tour.«

»Und wo fahrt ihr hin?«

»Wissen wir noch nicht. Entscheiden wir meist spontan unterwegs.«

Etwas in mir regt sich, als sie das sagt. Ich muss mich an meinem Lenker festhalten, um nicht begeistert zu quietschen. Wer hätte geahnt, dass mich hier draußen so etwas erwartet? Wer hätte geahnt, dass es hier draußen eine komplett eigene Mitternachtswelt gibt, während ich sonst immer im Bett liege?

Ich sehe mir den Rest der Gruppe an. Mädchen, die Mützen mit Plüschohren tragen, Jungs, an deren Lenkergriffen rosa und silberne Troddeln hängen. Alle unterhalten sich, lachen, trinken, sehen irgendwie so schick aus mit ihren aufgemotzten Rädern. Sie erinnern mich an die Leute bei Sukeys Ausstellungseröffnung. Lebendig. Glücklich. Frei.

Dann sehe ich ihn.

Skunk.

Er steht am Rand der Gruppe, mir fast genau gegenüber, den riesigen Körper über den schmalen Rahmen eines Schwinn-Rads gebeugt.

Ich stelle mich auf die Zehenspitzen und winke.

»Skunk!«

Er hört mich nicht. Er sieht auf seinen Lenker runter, betastet den Bremszug und plant bestimmt schon wieder irgendeine völlig unnötige Reparatur.

Ich fahre um die Gruppe herum zu ihm. »Skunk! Hey!«

Er sieht hoch, und Überraschung und Verwirrung huschen über sein Gesicht.

»Hey.« Er sieht schnell wieder weg, als wäre er nicht allzu glücklich darüber, mich hier zu sehen. Ich schiebe mein Fahrrad neben seins.

»Ist ja ein Ding, dass du auch hier bist. Machst du das jeden Monat?«

Ein Joint wird in unsere Richtung gereicht. Ich kann ihn schon riechen, bevor ich ihn sehe.

Skunk spielt an den Bremszügen herum. »Manchmal.«

»Ich fahre schon seit drei Stunden durch die Gegend. Mein Rad fährt jetzt wieder völlig gerade. Dank dir.«

Sein Gesicht hell sich auf. »Schön.«

»Ich hab übrigens darüber nachgedacht, die Bremsbeläge zu erneuern. Natürlich nur, wenn du den Fender ins Haus holst.«

Skunk antwortet nicht. Wir stehen einen Moment lang stumm da. Ob Skunk will, dass ich gehe? Vielleicht ruiniere ich ihm gerade seinen schönen ruhigen Abend mit meinem Geschwätz. Vielleicht ist es genau das, was auch Lukas an mir gestört hat: Kiri Byrd, die Profi-Dummschwätzerin.

Als uns der Joint erreicht, lehnt Skunk ab. Ich zögere einen Moment und lehne ihn dann auch ab, damit Skunk mich nicht für einen Junkie hält. Als eine Flasche Schnaps die Runde macht, lehnt Skunk wieder ab. Langsam habe ich Angst, dass er Mormone ist oder vielleicht so ein Straight-Edge-Punk wie dieser Alex aus meiner Schule, der einen Iro und Sicherheitsnadeln an seinen Klamotten trägt, aber Bier nicht mal anrührt.

»Drogen sind wohl nicht so dein Ding?«

»Ich bin da sehr wählerisch.«

»Du gehst also nachher lieber noch ein bisschen Klebstoff schnüffeln?«

Er lächelt. »Abwarten.«

Sich mit Skunk zu unterhalten, ist wie am Strand nach Muscheln zu graben. Man sieht die typischen Bläschen aufsteigen und fängt an zu buddeln, aber die Muschel buddelt auch los und gräbt sich ein, und diese kleinen Mistviecher sind fast immer schneller als man selbst.

Ich sehe Skunk nachdenklich an. »Bist du Straight Edge oder so?«

Skunk sagt erst nichts, und ich habe Angst, zu tief gegraben zu haben. Er zieht an seinen Bremsen.

»Nicht wirklich.«

»Du weichst echt jeder Frage aus, weißt du.«

Skunk will gerade etwas sagen, da ruft ein sehr großer,

sehr dünner Typ auf einem BMX-Rad: »Hört mal alle her!«. Daraufhin schieben alle ihre Räder wie zu einem Football-Huddle zusammen, um die Route für heute Nacht zu besprechen. Skunk und ich werden von der Masse auseinandergerissen. Als ich das nächste Mal zu ihm hinübersehe, raucht er gerade eine Zigarette. Er zieht nervös daran und bläst den Rauch dann langsam wieder aus. Zumindest ein Laster hat er wohl.

Der Typ mit dem roten BMX macht ein paar Vorschläge. Ich stimme für die Route Richtung Norden, Skunk ebenfalls. Der Stanley-Park bei Nacht klingt toll. Ich bin bis jetzt immer nur tagsüber da gewesen, wenn Tante Moana und Onkel Ed zu Besuch aus Neuseeland waren. Der Radweg dort ist immer voller Rollerblader und schlendernder Touristen.

Der rote BMXler fährt den Commercial Drive hinunter, und einen Augenblick lang hört man nur das Geklicke, als die Gänge geschaltet werden und die Reifen über den Bordstein rollen. Skunk ist irgendwo da vorn, knapp hinter dem BMXler und seiner Freundin, die ihrem perfekten Aussehen nach zu urteilen garantiert eine Herzensbrecherin ist. Sie trägt von Kopf bis Fuß Lila. Für jemanden, der so gern an Fahrrädern herumbastelt, sieht Skunks eigener Drahtesel ziemlich nichtssagend aus. Es ist ein altes schwarzes Rennrad mit einer komischen Gangschaltung. Die Lenkergriffe lösen sich langsam auf, und an einigen Stellen quillt schon orangefarbener Schaumstoff aus dem Sattel. Man sollte meinen, jemand mit einem Körper wie Skunk würde auf so einem schmalen Rennrad komisch aussehen, aber Skunk und sein Fahrrad passen perfekt zusammen. Beim Treten blitzen seine Wadenmuskeln auf.

Wir fahren die East 7th Street runter Richtung Downtown und durchqueren dabei ein seltsames Industriegebiet, in dem ich noch nie war. Fühlt sich aufregend an und irgendwie verboten. Und obwohl ich ja hier nur Fahrrad fahre, fühle ich mich voller Adrenalin, fast high. Ich rase ans vordere Ende der Gruppe, und dann fahren BMX und das lila Mädchen und ich plötzlich total schnell los, so dass die anderen hinter uns rufen und Mühe haben, uns wieder einzuholen. Wir fliegen als für das menschliche Auge kaum wahrnehmbare Blitze über die Granville-Street-Brücke und biegen am Ende links in die Davies Street ab.

Danach donnern wir den Hügel Richtung English Bay hinunter. Vor den Kneipen stehen ein paar Leute und rauchen, sie winken uns zu und feuern uns an. Aus einem der Clubs ist Musik zu hören, in der Luft liegt der Geruch nach Bier und Salzwasser.

Auf dem Wasser schaukeln Sukeys Schiffe, riesige unförmige Silhouetten. Sie sind wunderschön und sehen aus, als würden sie so tief schlafen, dass sie nie wieder aufwachen – nicht mal, wenn die vielen glitzernden Lichter und die hübschen Häuser an Land alle einstürzen würden. Sie wirken so beständig und fest, als wären sie für immer da.

Wir fahren am Wasser entlang und kommen an den dunklen Radweg durch den Wald, der an den Stanley-Park grenzt. Skunk fährt auf einmal neben mir. Ich war so in Gedanken versunken, dass ich ihn völlig vergessen hatte.

»Wie fährt sich das Rad?«

»Na, wie schon, als würde es jederzeit unter mir zusammenbrechen natürlich.« Ich lächle ihn an, damit er weiß, dass das nur ein Witz war.

Wir müssen uns über den heulenden Wind hinweg anschreien.

»Ich 'ürd dich ir'end'ann 'ern mal spielen 'ören«, ruft Skunk, ein Teil seiner Worte wird vom Wind weggerissen.

Ich fahre ein Stück näher an ihn heran. »WAS?«

»Ich würd dich irgendwann gern mal spielen hören.«

Ich nicke, damit er weiß, dass ich ihn diesmal verstanden habe. »Ich mach dir einen Vorschlag«, rufe ich.

»Schon wieder?«

»Ja! Nur, wenn du mir auch mal was vorspielst.«

Er öffnet den Mund, um etwas zu entgegnen, aber ich beuge mich über meinen Lenker, den Kopf gegen den Wind geduckt.

»WER ERSTER IST!«, schreie ich.

Bevor er etwas sagen kann, habe ich schon ein paar Meter Vorsprung, der Radweg schmilzt unter meinen Reifen zu Quecksilber. Vor uns, wo die Ufermauer eine Kurve macht, steht die berühmte Bronzestatue eines Mädchens, das auf einem Delphin reitet. In der Dunkelheit sieht die Statue feucht und glänzend aus. Ich rase darauf zu.

Als ich schon fast da bin, höre ich ein leises Rauschen hinter mir und fühle einen Windhauch auf der Wange. Eine riesige schwarze Gestalt huscht wie ein Geist an mir vorbei.

Es ist Skunk, der da durch die Nacht flitzt wie ein Segelboot. Der den Weg entlangfliegt, als wäre er schwerelos.

Ich halte die Nase in den Wind und nehme die Verfolgung auf – und mir wird klar: Schiffe gibt es überall, man muss nur nach ihnen suchen.

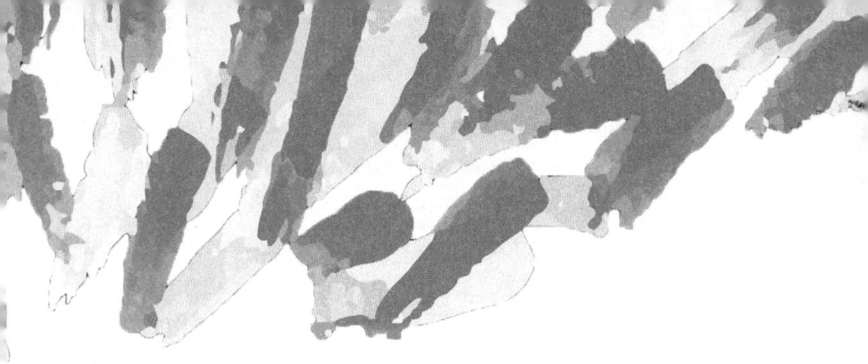

KAPITEL 23

Als wir über die Lion's-Gate-Brücke zurück zum Stanley-Park fahren, beginnt es zu regnen. Als wir wieder in Downtown ankommen, ist aus dem Nieseln ein Wolkenbruch geworden. Unsere Gruppe wird immer kleiner, einer nach dem anderen verlässt die Menge, um nach Hause zu fahren. BMX und Lila-Girl verschwinden in Höhe Denman Street in die Nacht. Als wir wieder die Granville erreichen, sind nur noch Skunk und ich übrig. Die Kneipen sind leer, die Heizpilze reingeräumt. Bis auf das ein oder andere Polizeiauto und ein paar übriggebliebene Betrunkene und Obdachlose, die sich auf dem Gehweg anschreien, ist die Granville Street leer. Meine Klamotten sind völlig durchgeweicht und kleben mir am Körper. Wir fahren langsam vor uns hin, gleiten über den nass glänzenden Asphalt. Die Reifen sind ganz glitschig.

»Fährst du jetzt nach Hause?«, fragt Skunk.

Wir sind schon an der Burrard Street vorbei, wo ich hätte abbiegen müssen. Ich schüttele den Kopf.

Während der Regen weiter auf mich herabpladdert, kommt in mir irgendwie das Gefühl auf, dass mir das Universum heute Nacht einen Einblick schenken will, einen Einblick in etwas Großes, etwas, das Sukey auch gesehen hat – und ich habe Angst, dass sich diese Tür zu etwas Wunderschönem vielleicht schließt und nie wieder öffnet, wenn ich die Chance jetzt nicht nutze.

»Du hast deine Einkaufstüten heute Nachmittag bei mir im Schuppen stehen lassen«, sagt Skunk.

Perfekt. »Dann komme ich schnell noch mal mit.«

Wir fahren durch die tiefer werdenden Pfützen, und ich lausche dem gedämpften Geräusch, das unsere Reifen im Wasser machen. Ich will noch mal versuchen, nach Muscheln zu graben.

»Wieso wolltest du vorhin nicht kiffen?«, frage ich.

Skunk wischt sich die Regentropfen von der Stirn. »Hab ich früher viel gemacht. So mit zwölf hab ich richtig viel gekifft.«

»Als du zwölf warst? Wo bekommt denn ein Zwölfjähriger Gras her?«

Skunk lacht. »In Montreal kann man mit zwölf so ziemlich alles machen.«

Er spricht den Namen sehr französisch aus, wie ein Quebecer, und mir wird innerlich ganz warm dabei. Während wir weiterfahren, erzählt mir Skunk ein bisschen etwas über sein Leben in Montreal: Wie er auf dem Schulhof geraucht hat und die Schule schwänzte, um stattdessen in seiner Band zu spielen. Wie er mit sechzehn bei seiner Mutter und seinem Stiefvater ausgezogen ist und mit Der-Band-Die-Nicht-Erwähnt-Werden-Darf eine WG gegründet hat.

»Und wie muss ich mir das vorstellen – du hast gekifft und hinterher Mathehausaufgaben gemacht, oder was?«

»Ja. Oft hab ich auch nur in meinem Zimmer gehockt und Bass gespielt.«

»Und wieso kiffst du heute nicht mehr?«

»Mein Verfolgungswahn wird dadurch schlimmer.«

Ich sehe ihn verwirrt an. »Wie: ›schlimmer‹? Du leidest also generell unter Verfolgungswahn? Jetzt auch gerade? In Bezug auf mich?« Ich beuge mich ein Stück näher zu Skunk heran und sehe ihn böse an. »Ich plane gerade, wie ich dich am besten umbringen kann, Skunk. Im Schuppen. Mit einer Zange.«

Er versetzt meinem Lenker einen Schubs. Lachend fahre ich wieder ein Stück von ihm weg.

»Woher weißt du, dass *ich* nicht gerade plane, *dich* umzubringen?«, fragt Skunk. »Ich könnte an deinem Fahrrad rumgeschraubt und irgendwas manipuliert haben, das weißt du doch nicht. Vielleicht explodieren deine Reifen, wenn du das nächste Mal über einen Huckel fährst.«

Ich fahre wieder näher an ihn heran. Es regnet immer noch stark.

»So böse bist du nicht.«

»Hast du 'ne Ahnung.«

»Du denkst nur, du wärst böse, weil du so viele Tattoos hast. Da fällt mir ein, ich hab überlegt, ob ich mir auch eins machen lasse. Vielleicht Beethovens Gesicht genau hier?« Ich zeige auf eine Stelle an meinem Arm.

Skunk verzieht das Gesicht. »Bloß nicht.«

»Wieso nicht? Hast du ein Problem mit Beethoven? Damit würde ich bestimmt mehr nach einer professionellen

Pianistin aussehen. Ich nehme diesen Sommer an so einem Wahnsinnsklavierwettbewerb teil. Ich will, dass die anderen Teilnehmer wissen, dass ich's ernst meine. Wenn ich meinen Bizeps anspanne, soll Beethoven sie alle mürrisch angucken.«

»Oder du übernimmst das einfach selbst.«

»Das sowieso.«

»Du bist schon ein bisschen verrückt, weißt du das?«

»Das sagt ja genau der Richtige, Bicycle-Boy.«

Es schüttet immer noch wie aus Eimern, als wir endlich bei Skunk ankommen. Wir schieben unsere Räder am Haus vorbei. Blumenstängel klatschen uns feucht gegen die Beine. Meine Klamotten und meine Haare sind völlig nass. Jetzt, wo wir nicht mehr Rad fahren, fange ich sofort an zu zittern. Es ist nicht unbedingt kalt, aber schon ein bisschen kühl, und ich habe ja nur Shorts und ein Tanktop an.

Skunk schließt den Schuppen auf und hängt sein Fahrrad in ein Eisengestell an der Wand. Er holt meine Einkaufstüten unter der Werkbank hervor und gibt sie mir. Ich kann den bescheuerten Strohhut und die Kiwi durch die Tüte hindurch fühlen. Die Klavierstunde von heute Nachmittag kommt mir so weit weg vor, als wäre sie Jahre her und im Leben einer ganz anderen Kiri passiert. Meine Beine sind ganz glitschig vom Regen und vom Kettenöl, meine Muskeln schmerzen angenehm vom Radfahren. Ich würde dieses Gefühl, meinen Zustand in diesem Moment, am liebsten für immer festhalten wie einen Farn im Bernstein.

Ich habe die Schiffe gesehen, möchte ich Sukey erzählen. Sie wüsste genau, was ich meine.

Skunk schließt die Schuppentür und hängt den Schlossbügel in den Riegel, ohne ihn zuzudrücken. Wir stehen da, und der Regen prasselt uns auf die Schultern. Ich muss an mein leeres Zuhause denken und versuche, Zeit zu schinden. Ich klappe den Ständer an meinem Fahrrad aus.

»Kann ich kurz bei dir aufs Klo gehen?«

Ich muss gar nicht wirklich, ich will nur einfach noch nicht nach Hause. Ich kann noch nicht. Ich will sehen, wohin mich diese Nacht noch trägt. Ich will mir dieses Album zu Ende anhören.

Skunk sieht einen Moment erschrocken aus, aber dann nickt er. »Wir müssen aber leise sein. Meine Tante und mein Onkel schlafen oben.«

»Kein Problem. Ich mach auch ganz schnell.«

Ich lasse mein Fahrrad im Garten stehen und folge Skunk zum Haus. Er schließt die Schiebetür auf. Ich bin auf einmal richtig aufgeregt. Endlich darf ich die heiligen Hallen betreten. Das Sanctum Skunkorum. Die mysteriöse Höhle.

Er geht zuerst hinein, ich hinterher. Sobald ich drinnen stehe, habe ich komplett vergessen, dass ich eigentlich aufs Klo wollte. In meinem Kopf überschlagen sich die Gedanken.

Skunks Zimmer ist eins der seltsamsten und schönsten, die ich je gesehen habe. Es steht voller alter Radios und erinnert mich irgendwie an ein Vogelhaus im Zoo. Jedes Radio sieht aus wie ein anderer Vogel, manche haben glänzendes Holzgefieder wie Spatzen, andere haben grüne Plastikschultern wie Papageien. Wie Eulen hocken sie auf Regalen und Borden, schauen von Fensterbrettern herunter oder lugen zwischen Bücherstapeln hervor, ihre Antennen in seltsamen

Winkeln aufgestellt, die Anzeigen leuchten sanft im goldenen Schummerlicht einer antiken Lampe. Manche von ihnen sehen sehr alt aus, haben bauchige Holzgehäuse und verglaste Regler. Andere wirken etwas untersetzt und fröhlich. Ich glaube sogar Vogelstimmen zu hören, ein leises Zwitschern und Scharren. Dann jedoch merke ich, dass eins der Radios sehr leise läuft.

Auf dem zerwühlten Bett liegt eine grünschwarzkarierte Decke. Darüber hängen chinesische Laternen mit leuchtenden Bäuchen. Der Aschenbecher auf dem Nachttisch ist voller Räucherstäbchenenden. Unter einem Haufen Wäsche ist ein Sessel mit Samtpolster und geschnitzten Verzierungen zu erkennen. Über dem Sessel an der Wand hängt ein blaugoldenes Bild der Hindu-Göttin Kali, sie hält ihre vier Arme angewinkelt und streckt die Zunge heraus. Im Zimmer riecht es nach etwas, das ich erst einmal davor gerochen habe. Es dauert einen Moment, bis ich darauf komme: Weihrauch.

Skunk stützt sich an der Wand ab und zieht die nassen Schuhe aus. »Das Bad ist da drüben.« Er zeigt auf einen kleinen Flur. »Der Lichtschalter ist ein bisschen versteckt, an der Wand unter dem Spiegel.«

Er sieht auf seine Schuhe hinunter. Ihm tropft der Regen aus den Haaren und hinterlässt kleine nasse Punkte auf den Dielen.

Ich höre seinen Erklärungen, wo der Lichtschalter zu finden ist, gar nicht zu. In einer Ecke des Zimmers habe ich etwas entdeckt. »Meine Oma hatte genau so ein Radio.«

Skunk lächelt. Er hat sich die nassen Socken ausgezogen und sie in die Schuhe gestopft. Seine nackten Füße sind überraschend blass und unbehaart.

»Echt?«

»Ja, das blaue da, mit der Uhr vorne dran. Sie hat darauf immer so einen schlimmen Kirchensender gehört, wo sie sagen, man solle das Radio berühren und dafür beten, geheilt zu werden.«

»Das blaue ist mein zweitliebstes.«

»Welches ist dein Lieblingsstück?«

»Siehst du das kleine rote da ganz oben auf dem Regal?«

Ich suche die Wand ab. »Das aus Plastik?«

»Genau.«

»Sieht hübsch aus. Wo hast du das denn her?«

»Hab ich auf der Straße neben einem Hydranten gefunden. Ich bin daran vorbeigelaufen und dachte, ich hör irgendwas, und da war es dieses Radio, das da auf dem Gehweg stand und vor sich hin gespielt hat. Ist batteriebetrieben. Es sah aus, als wäre es einfach in die Welt hinausspaziert und hätte sich dabei verlaufen.«

»Och, wie süß. Was hat es denn gespielt?«

»Marilyn Manson.«

Als ich aus dem Bad zurückkomme, prasselt der Regen waagerecht gegen das Fenster. Skunk sitzt auf dem Boden und zieht sich frische Socken an. Ich lege die Hand auf die Klinke. Das ist jetzt der Moment, wo ich mich wohl verabschieden und gehen sollte.

Aber was, wenn ich das nicht mache?

»Hat Spaß gemacht, mit dir zusammen Fahrrad zu fahren«, sage ich und streiche mir die nassen Haare aus dem Gesicht. »Wenn wir das nächste Mal um die Wette fahren, bekomme ich aber bitte einen Vorsprung.«

Mit Schrecken und gleichzeitig voller Freude wird mir klar, dass ich hier gerade mit ihm flirte.

Skunk zieht sich die Wollsocken an, sein Gesicht hält er sorgfältig unter Kontrolle, als würde er gerade überlegen, wie weit er mich in sein privates Universum hineinlassen soll und für wie lange.

»Hör auf, Kiri!«, ruft mir der Teil von mir entgegen, der über meinen Mut beim Flirten erschrocken ist.

Der andere Teil sagt: »Wieso denn?«

Dann gehe ich einen Schritt weiter. Ich lächle ihn an und sehe scheinbar unschuldig an meinem nassen Tanktop herunter, wobei ich genau weiß, dass sein Blick meinem folgen wird.

»Wenn's bloß nicht so regnen würde. Obwohl, ist ja auch egal, bin eh schon nass bis auf die Haut. Na dann. Bis demnächst!«

Ich drehe mich schnell zur Tür um, bevor er den halb entsetzten, halb triumphierenden Ausdruck auf meinem Gesicht sehen kann. Mein Herz klopft wie verrückt. Okay, du Flirtmonster. Das reicht für einen Abend. Er findet dich offensichtlich nicht so toll. Ich greife nach der Klinke.

»Warte mal«, sagt Skunk.

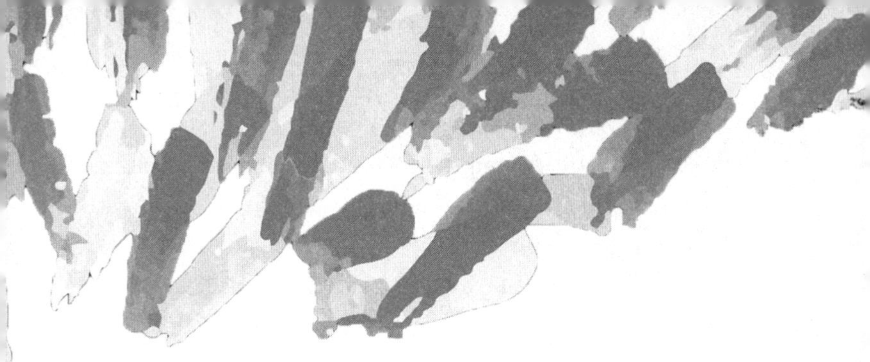

KAPITEL 24

Es regnet die nächsten achtundvierzig Stunden lang durch.

Also bleibe ich.

Die erste Nacht schlafen wir überhaupt nicht. Skunk schleicht sich nach oben und kommt mit einer kleinen Teekanne und zwei winzigen Bechern ohne Henkel zurück. Wir setzen uns im Schneidersitz auf den Teppich, trinken Tee und unterhalten uns im Flüsterton, damit seine Tante und sein Onkel nicht aufwachen. Ich sehe mich immer wieder fasziniert um, betrachte die Radios, die Laternen, das Kramladen-Gemälde von Kali, die Decke auf Skunks Bett. Ich kann gar nicht wirklich glauben, dass ich hier bin. Der disziplinierte, fleißige, vernünftige Teil von mir sitzt da draußen auf dem nassen Fahrrad und fährt nach Hause. Und es fällt mir ganz schön schwer, ihm nicht hinterherzurennen.

Während wir Tee aus unseren Fingerhüten trinken, erzählt mir Skunk die einzelnen Geschichten zu den Radios in seinem Zimmer.

Das große Grüne hat er im Müll gefunden.

Das antike Radio mit dem Nussbaumgehäuse stand nach einem Flohmarkt mit einem *Zu verschenken*-Schild am Straßenrand.

Den digitalen Radiowecker hat er aus dem Krankenhaus mitgehen lassen.

Das altmodische Transistorradio aus den 60ern hat ihm sein Vater geschenkt. Eine Woche, bevor er sich umgebracht hat.

Ich will lediglich bleiben, bis wir den Tee ausgetrunken haben. Aber die Kanne wird einfach nicht alle. Jedes Mal, wenn Skunk uns nachschenkt, kommt tatsächlich immer noch Tee heraus. Er fragt mich über das Hotel Imperial aus, und ich erzähle ihm alles, was ich seit dem Tag herausgefunden habe, an dem wir uns das erste Mal gesehen haben.

»Willst du das wirklich hören?«, frage ich ihn erst noch, weil ich an Lukas' Reaktion auf die ganze Geschichte denken muss. Aber in diesem gemütlichen Licht hier kommt es mir vor, als könnten wir wirklich über alles reden.

Skunk gibt mir einen Pullover, er ist riesig und aus brauner Wolle, und ich fühle mich darin wie in einem warmen, kuscheligen Zelt. Es fühlt sich ein bisschen komisch an, seinen Pullover zu tragen, als würde ich mich einfach zum Schlafen in sein Bett legen oder so. Aber es kribbelt auch im Bauch dabei. Jetzt bild dir bloß nichts ein, Kiri, sage ich mir. Das wird hier eh nichts.

Alle paar Minuten sehe ich auf die Uhr an dem kleinen roten Radio. Schon halb fünf, ich sollte jetzt echt mal gehen. Dann ist es fünf, ich sollte jetzt echt mal gehen. Danach Viertel nach fünf, ich sollte jetzt echt mal gehen. Um sechs kommen Geräusche von oben, und man hört Skunks Tante und Onkel duschen und Frühstück machen.

»Ich sollte wohl auch mal lieber gehen«, flüstere ich. »Ich muss Klavier üben.«

»Um sechs Uhr morgens?«

»Klar.«

»Es regnet aber noch.«

»Dann werd ich eben nass.«

»Trink wenigstens noch deinen Tee aus.«

»Das muss echt eine Zauberkanne sein, die wird ja nie leer.«

»Ich weiß.«

»Soll das heißen, du versuchst absichtlich, mich zu verzaubern?«

Skunk presst die Lippen aufeinander. »Abwarten.«

»Weißt du, wenn ich nicht übe, denkt meine Klavierlehrerin, ich würde den Wettbewerb nicht ernst nehmen.«

»Tust du das denn?«

»Natürlich.« Zum Beweis stehe ich auf und suche meine Sachen zusammen. Währenddessen schaltet Skunk eins der Radios an. Er stellt einen Klassiksender ein, und die ersten getragenen Takte von Beethovens *Mondscheinsonate* erklingen.

»Das spiele ich beim Klavierwettbewerb vor!«, stoße ich überrascht aus.

Skunk kniet sich hin und gießt mir Tee ein.

»Erzähl.«

Am Nachmittag gehen wir nach oben und frühstücken, solange Skunks Tante und Onkel noch nicht wieder da sind. Der Rest des Hauses ist eine seltsame Welt voller Vitaminpräparate und ordentlich gestapelter Briefe, so ganz anders als die warme, ein bisschen unordentliche Radiohöhle da unten. Auf der Arbeitsfläche liegen mehrere Kochbücher mit Titeln wie *Die fettarme italienische Küche* und – etwas verstörend – *Die Null-Kalorien-Lösung*. Ich blättere die Bücher durch, während Skunk Kaffeewasser aufsetzt und Omelettezutaten zusammensucht.

Als ich von den Rezepten für Selleriesalat und kohlenhydratarme Frikadellen genug habe, spaziere ich durch die Küche und sehe mir alles an. Tellerstapel und Schüsseln hinter Glastüren, weiße Tassen mit eckigen Henkeln, Espressotassen mit passenden Untertassen. An einer Schranktür hängt eine Art Arbeitsplan.

»Was arbeitet deine Tante eigentlich?«

Skunk stellt eine Packung Eier auf den Küchentisch und kramt dann im Gemüsefach des Kühlschranks. »Sie ist Krankenschwester«, meint er über die Schulter.

»Und dein Onkel?«

»Automechaniker.«

»Und wann kommen sie nach Hause?«

»Gegen sechs.«

»Davor sollte ich mich dann wohl lieber wieder auf den Weg machen. Ich muss noch so viel üben.«

Skunk grinst.

Ich stemme die Hände in die Hüften. »Was gibt's denn da zu lachen?«

»Du klingst genau wie meine Tante.«

»Wieso? Spielt die auch Klavier?«

»Nein, sie ist nur gerade auf Diät. ›Ich möchte sieben Kilo abnehmen. Oder vielleicht lieber doch gleich zehn.‹«

»Du bist so ein Idiot! Wenn ich jetzt gleich losgehe, muss ich nur noch acht Stunden üben. Das schaffe ich vor dem Schlafengehen.«

»Wirst du fürs Klavierspielen bezahlt oder so? Schmeißt dich jemand raus, wenn du mal einen Tag fehlst?«

»Das nennt man Disziplin, du Schlaukopf.«

»Das nennt man stumpfsinnig … ach, ist ja auch egal.«

»Hallooo? Hast du mein Klavier gerade stumpfsinnig genannt?«

»Ich sag ja nicht, dass du –«

»Zu deiner Information: Ich spiele Klavier seit meiner Kindheit, und ich nehme es sehr ernst.«

»Alles wird irgendwann stumpfsinnig, sobald man es nur noch mechanisch macht.«

»Woher willst du denn wissen, dass ich mich – ich zitiere – mechanisch an meinen Übungsplan halte?« Ich sehe Skunk etwas beleidigt an. »Wehe, das wird jetzt nicht das weltbeste Omelette.«

Skunk legt mir die Hände auf die Schultern und schiebt mich zum Küchentisch. »Du hast ein Problem.«

Er gießt mir eine große Tasse Kaffee ein, dann holt er Rucola, Ziegenkäse, Champignons und frische Kräuter aus dem Kühlschrank. Während er das Essen macht, kommt eine dicke orangefarbene Katze aus dem Wohnzimmer gewandert und streicht mir jämmerlich maunzend um die Beine.

»Das ist Miss Umsichtig«, erklärt Skunk. »Gib der bloß nichts zu fressen, die bettelt jeden an.«

»Wieso Miss Umsichtig?«

»Schau doch mal, wie die läuft.«

Ich sehe ihr zu. Miss Umsichtig stakst vorsichtig durch die Küche zu ihrem leeren Fressnapf und setzt dabei so behutsam eine möhrenfarbene Pfote vor die andere, als hätte sie Angst, sonst irgendwo gegenzustoßen und Unordnung zu schaffen. Miss Umsichtig, die orangefarbene Ordnungsfanatikerin, beschnüffelt ihren Napf und miaut. Skunk nimmt ein Schraubglas aus dem Schrank und schüttet ein wenig getrockneten Rosmarin auf das Omelette. Ich habe solchen Hunger, dass ich schon ganz ungeduldig auf meinem Stuhl hin und her rutsche.

»Ist das Essen bald fertig?«

»Gut Ding will Weile haben.«

»Es riecht schon so lecker, ich werd noch wahnsinnig.«

»Du bist doch schon längst wahnsinnig.«

»Bin ich nicht. Zumindest noch nicht. Ja, okay, jetzt bin ich's.«

Die letzten drei Minuten, bevor das Omelette endlich fertig ist, flattere ich durch die Küche, leicht wie eine Motte, praktisch durchsichtig vor Hunger, frage immer wieder »Jetzt?Jetztvielleicht?Jetztvielleicht?Jetztjetztvielleicht?« und drehe mich mit der empörten Katze auf dem Arm im Kreis.

Als Skunk die Pfanne endlich vom Herd nimmt und auf einen Untersetzer auf den Tisch stellt, rase ich mit der Katze zu ihm hin und küsse ihn fast, so einen Hunger habe ich. Kurz vor ihm bleibe ich jedoch stehen. Ich bin etwas außer Atem, und in meinem Kopf dreht sich alles und fühlt sich so verheddert an wie die Schnüre eines Mobiles. Unsere Gesichter sind nur wenige Zentimeter voneinander entfernt.

Mir fällt wieder mal auf, wie groß Skunk ist. Er ist wie ein Brontosaurus oder ein Bison oder ein Bulldozer, irgendein

Wort eben, das stark und fest klingt. Außerdem riecht er immer noch wie etwas, das draußen in der Sonne im Grünen gestanden hat, obwohl es seit 24 Stunden regnet. Ihm klebt ein winziges Stück Rosmarin an der Stirn. An seinem Handgelenk sind Spuren von Kettenöl.

Ich fühle einen Flügelschlag lang etwas wie Angst, dann breitet plötzlich Gewissheit ihre Schwingen in mir aus. »Ich würde dich gern küssen«, flüstere ich. »Aber ich habe anscheinend eine Katze auf dem Arm.«

Skunk streichelt mein Gesicht. Seine Hand ist noch warm, wo er die Pfanne berührt hat. Er sieht mich sehr ernst an, und einen Moment lang habe ich Angst, dass er sagen wird, wir sollten uns lieber auf UNSERE FAHRRÄDER konzentrieren.

Stattdessen sieht er mich nur lange an. »Du bist wunderschön«, sagt er. »Und komplett verrückt.«

Scheiß auf die Katze, ich küsse ihn einfach. Und vielleicht falle ich gleich in Ohnmacht oder bin unterzuckert, keine Ahnung, was das nun für ein Gefühl ist, jedenfalls habe ich unglaublichen Hunger und bin in Skunk verliebt, und so was hat noch nie jemand zu mir gesagt. Mitten im Kuss windet sich die Katze aus meinen Armen, springt zu Boden und spaziert davon. Also ist nun nichts mehr zwischen uns, und ich gehe den letzten Schritt auf ihn zu. Wir küssen uns weiter, Skunk und ich, und es fühlt sich an, als würden alle Fahrräder dieser Welt einen langen, steilen, kurvigen Hügel hinunterrasen.

Irgendwie essen wir dann doch noch unser Nachmittagsfrühstück, waschen das Geschirr ab und räumen es zurück in den Schrank, wischen die Arbeitsfläche sauber, um keine

Spuren zu hinterlassen, stellen unsere Stühle wieder ordentlich hin und knipsen das Licht aus. Jedes Mal, wenn ein Auto vorbeifährt, sehen wir uns entsetzt an und flüchten zur Treppe. Plötzlich ist ein Spiel daraus geworden: Wie lange kann ich hier bleiben, ohne entdeckt zu werden? Wie viel können wir uns leisten?

Wir tappen wieder nach unten und küssen uns, bis unsere Lippen ganz rot sind und unsere Wangen glühen und mir Skunks Körper, seine riesige Gestalt so vertraut ist wie mein eigenes Zuhause. Wir legen Skunks Bettdecke auf den Boden und rollen uns darauf herum wie im Schnee, die Hände in den Haaren des anderen. Bicycle-Boy, mein geliebter Bronto, mein lieber Bison. Ich kralle mich mit ausgefahrenen Nägeln in seinen Pullover wie eine Katze, maunze, scharre an der Stelle, an der sein Herz sitzt, will seinen Duft nie wieder vergessen. Ab und zu denke ich kurz an Zuhause, an mein Klavier, an die durstigen Azaleen und den überquellenden Briefkasten. Schließlich öffne ich die Faust und lasse meine vielen Sorgen einfach los, und sie steigen auf wie Heliumballons, höher und höher, bis sie nur noch winzige Punkte am großen, blauen Himmel sind.

Gegen sechs hören wir Skunks Tante von der Arbeit nach Hause kommen. Wir erstarren, lauschen ihren Schritten in der Küche. Ein paar Minuten später trifft auch Skunks Onkel ein. Sie unterhalten sich – eine tiefe Stimme und eine scharfe, höhere. Und dann hört man die Mikrowelle piepsen und plötzlich laut einen Werbespot im Fernsehen. Ich kuschele mich an Skunk, mein Herz schlägt ein bisschen schneller.

»Ich sollte nach Hause gehen, oder? Oder?«

Bevor ich mehr sagen kann, geht die Tür oben an der Treppe einen Spalt auf. Ein gelber Lichtstrahl fällt zu uns herein.

»Philippe?«, ruft Skunks Tante. »*T'es en bas?*«

Wir bleiben still liegen wie zwei Eidechsen, die sich tot stellen. Ich bin mir sicher, dass sie uns sehen kann, aber Skunk streichelt beruhigend meine Schulter. Dann springt er auf und kramt lautstark in seinem Kleiderschrank herum.

»*Ouai, Tante Martine. J'viens. Une seconde, j'suis en train de changer.*«

»*D'accord.*«

Sie schließt die Tür. Ich fühle mich ganz schwach vor Nervosität, aber Skunk lacht lautlos und kriegt sich fast nicht mehr ein.

»Ich hab ihr gesagt, dass ich mich gerade umziehe. Ich muss für eine Weile hoch«, flüstert er mir zu. »Mach dir keine Sorgen.«

Er geht die Treppe hinauf. Vor der Tür dreht er sich noch einmal zu mir um und grinst mich an.

»Hey, Tante Martine. Was gibt's denn heute zum Abendbrot?«, ruft er lauter als nötig, nachdem er die Tür wieder hinter sich geschlossen hat, und ich ziehe mir schnell die Decke über den Kopf, bevor ich uns mit meinem Lachen noch verrate.

Nach einer Weile kommt Skunk wieder. Er zündet Bienenwachskerzen an und stellt an einem der Radios einen Sender ein, der alte Detektivhörspiele aus den Vierzigern bringt. Wir liegen in die Decke gewickelt auf dem Boden. Ich nehme Skunks Hand und beiße ihm ganz vorsichtig in seinen weichen, perfekten Finger. Er murmelt etwas und zieht mich näher an sich, und wir liegen eng aneinandergekuschelt da, während der Radiodetektiv eine hysterische Frau tröstet, deren Mann gerade vergiftet in seinem Bett gefunden wurde.

»Es war der Butler«, flüstere ich.

»Auf keinen Fall«, gibt Skunk zurück. »Es war garantiert die Ehefrau.«

»Niemals.«

»Die hat bestimmt eine Affäre mit dem Butler.«

»Hast du was geraucht oder was?«

»Wirst schon sehen.«

Ich seufze und schmiege mich noch ein bisschen enger an ihn. Die Sendung geht weiter. Es war tatsächlich die hysterische Frau. Skunk hatte recht.

Wir hören uns noch eine Folge mit demselben Detektiv an, und Skunk rät wieder richtig, wer der Mörder war.

Ich drehe mich zu ihm herum. »Du hörst zu viele von den Dingern.«

»Du hältst immer den offensichtlichsten Verdächtigen für den Täter. Es ist nie der offensichtliche.«

»Gut zu wissen, Inspektor Gadget.«

»Es ist immer der, von dem man es am wenigsten erwartet.«

»Ich kapier trotzdem noch nicht, wieso der Hausmeister Dr. Knight umgebracht hat.«

»Der hatte doch das Testament seines Bruders gefälscht, damit Harry nicht mehr das Birch-Pond-Anwesen erben würde. Um es zurückzubekommen, musste er eben Dr. Knight töten.«

»Du hörst echt zu viele von den Dingern.«

»Noch eine Folge, ja?«

Ich stütze meinen Kopf auf dem Ellbogen auf und sehe auf ihn hinunter. »Bist du nicht langsam mal müde? Schläfst du nie?«

»Wir schlafen schon noch«, flüstert Skunk. »Lass uns erst noch eine Folge hören.«

Ich will gerade etwas erwidern, da streichelt mir Skunk über die Haare, und plötzlich küssen wir uns wieder. Bald sind wir beide zu abgelenkt, um herauszufinden, wer diesmal der Mörder war.

Die ganze Nacht verbringen wir in einer Art Halbschlaf, wachen auf und küssen uns, kuscheln uns aneinander und schlafen wieder ein, unsere Körper verknotet. Es fühlt sich an, als wäre das alles ein Traum, als könnte das alles gar nicht wahr sein. Ist es aber. Und ich will nicht, dass dieser Traum aufhört.

Ich denke an Lukas und das Desaster mit dem Wein, und es kommt mir alles so lächerlich vor. Und vor allem, als hätte ich ein Glas voller Pennys gegen einen Goldbarren eingetauscht. Es ist schon beeindruckend, wie schnell einem die Dinge unwichtig vorkommen, von denen man mal dachte, sie würden einen glücklich machen.

Wunderschön und echt, denke ich, während ich wieder in den Schlaf zurücksinke. Mein ganzer Körper ist erfüllt von sanfter, glücklicher Erschöpfung. Skunk liegt neben mir und ist ganz warm unter seinem T-Shirt. Ich denke an meinen Übungsplan, der am Klavier klebt, und überlege zum ersten Mal, ob meine Musik vielleicht mehr hiervon braucht.

Irgendwann gegen Mittag duschen wir schnell nacheinander in dem winzigen Badezimmer am Ende des Flurs. Skunk gibt mir ein altes, weiches T-Shirt zum Anziehen und findet im Wäschetrockner auch noch eine Jogginghose von seiner Tante. Die Hose ist mir am Hintern zu groß, und ich sehe damit aus wie ein Orang-Utan, aber wenigstens ist sie sauber. Ach, Skunk! Ach, Bicycle-Boy!

Heute macht er uns ein Omelette mit Asiago und Lauch. Wann hat Lukas mir jemals etwas zu essen gemacht? Wann hat Lukas mir jemals die Socken ausgezogen und mir eine seltsame aber sehr angenehme Shiatsu-Massage verpasst?

Als Skunk an diesem Abend zurückkommt, nachdem er eine Weile bei seiner Tante und seinem Onkel war, führt er stumm einen kleinen Siegestanz mitten im Zimmer auf.

»Was ist denn los?«, frage ich ihn mit den Augen.

Er lächelt nur und tanzt weiter.

»Los, sag schon!« Ich trommele in gespielter Wut mit den Fäusten aufs Bett.

Plötzlich hört man jemanden in High Heels in der Küche herumlaufen. Haben Skunks Tante und Onkel Besuch bekommen? Fliegen wir gleich auf? Gibt es Skunk vielleicht einen Kick, je größer die Gefahr ist?

Ich will gerade zur Tür rennen, da lässt sich Skunk neben mir aufs Bett fallen und flüstert mir ins Ohr: »Sie sind zu einer Verlobungsparty in Surrey eingeladen und vor elf nicht wieder da.«

Nachdem Skunks Tante und Onkel losgegangen sind, gehen wir nach oben und tun so, als wäre das unser Haus. Wir machen es uns auf der Couch gemütlich und sehen ein paar Filme auf dem großen Plasmafernseher. Wir spielen mit der Katze. Ich klettere auf den Crosstrainer von Skunks Tante und schwinge die Beine so stark vor und zurück, dass ich das Gerät fast kaputtmache. Als ich auf dem Weg vom Bad zurück ins Wohnzimmer das Wasserbett von Skunks Tante und Onkel entdecke, quieke ich vor Begeisterung so laut, dass Skunk erschrocken angelaufen kommt.

Wir starren das Wasserbett an, dann einander, und warten beide darauf, dass der andere zuerst etwas sagt.

»Lieber nicht«, meint Skunk.

Also tun wir's.

Als der Regen kurz nach zehn aufhört, liegen wir gerade mit roten Gesichtern und noch ganz außer Atem auf dem Boden in Skunks Zimmer. Unsere Teetassen stehen unbeachtet neben uns. Wir hören es beide gleichzeitig: die plötzliche Stille, wo noch bis eben zwei Tage lang der Regen geprasselt hatte.

Ich vergrabe meine Hand in seinen weichen schwarzen Haaren. »Ich muss nach Hause.«

Für einen Moment bin ich sehr unsicher, als ich das sage. Der Teil von mir, der die ganze Zeit darauf bestanden hat, dass ich endlich nach Hause gehen und üben muss, sorgt für eine leise Übelkeit. Vielleicht war es völliger Wahnsinn, so lange hier zu bleiben. Vielleicht hält mich Skunk für eine totale Schlampe, und die schönen Sachen, die wir miteinander gemacht haben, bedeuten ihm gar nichts.

»Wenn du vernünftig gewesen wärst, wie ich es dir gesagt habe, müsstest du dir jetzt nicht solche Gedanken machen«, schimpft mein Kopf.

Einen gefährlichen Moment lang hängt mein Herz in der Luft wie eine Münze, die jemand geworfen hat, um eine Entscheidung zu treffen. Wenn ich zu Hause bin, wird die Münze entweder auf der Seite der kompletten Glückseligkeit gelandet sein oder auf der Seite schlimmster Reue, das weiß ich. Und ich will nicht so lange warten, um herauszufinden, welche Seite es denn nun ist. Ich werde es einfach testen.

»Da ist noch was, das ich gern machen würde, bevor ich gehe«, sage ich. »Ich kann es dir aber nicht laut sagen.«

Skunk beugt seinen Kopf vor, und ich flüstere es ihm ins Ohr. Als ich fertig bin, grinst er.

»Und … willst du?«, frage ich.

Er nickt und öffnet die Knöpfe seiner Jeans. Wir ziehen uns schnell aus, schälen uns aus Wollpullovern und Baumwollunterwäsche, und ich werfe einen Blick auf Skunks Körper, blass und schimmernd wie eine Perle, die Tattoos auf seinen Armen ein dunkler Kontrast. Als wir beide nackt sind, fasse ich ihn an der Hand.

Ich schiebe die Glastür auf. Der nasse Beton unter unseren Füßen ist kalt und rau. Ich sehe hoch zum Himmel und stoße einen glücklichen Schrei aus. Wir tanzen umher im Sternenkleid, während die letzten Regentropfen um uns herum fallen und der Birnbaum uns seine nassen weißen Blüten auf den Kopf schweben lässt.

KAPITEL 25

Zu Hause lade ich erst mal mein Handy wieder auf und entdecke gleich eine Million SMS von Lukas, der fragt, wo ich stecke und wann wir zum Bandwettbewerb los wollen, der ja am Samstag um 21 Uhr anfängt, was – o mein Gott – vor anderthalb Stunden war.

Scheißescheißescheißescheißescheiße.

Ich tippe mit zitternden Fingern Lukas' Nummer und mache mir fast in die Hose, während ich darauf warte, dass er endlich drangeht. Mir wird in diesem Moment erst so richtig klar, was ich für einen Mist gebaut habe. Wenn wir den Bandwettbewerb verpassen, weil ich unbedingt eine totale Schlampe sein und mit Bicycle-Boy rummachen musste, kann ich Lukas nie wieder unter die Augen treten.

»Geh ran, geh ran«, flehe ich mein Handy an. Endlich nimmt Lukas ab.

Er schreit: »WOBISTDU!« und ich schreie zurück: »ZUHAUSEHOLMICHAB!«, und eine Minute später höre ich die Reifen von Petras Auto bei uns in der Einfahrt quietschen und renne mit meinem Synthi unter dem Arm und baumelnden Kabeln raus und lasse mich samt Instrument auf den Rücksitz fallen.

»Es tut mir leid, es tut mir so leid«, rede ich sofort drauflos, während Petra noch schnell bei Gelb über die Kreuzung fährt und auf die Brücke zuhält.

Lukas' Dad krümmt sich förmlich auf dem Beifahrersitz zusammen. Sicherheit ist ihm immer sehr wichtig, und Petra fährt selbst an guten Tagen so, dass man Angst bekommt.

Lukas sieht mich aus aufgerissenen Augen an. »Ich hab dich 51-mal angerufen! Das steht hier in meinem Handy! 51-mal!«

»Wir haben uns Sorgen um dich gemacht, Kiri«, sagt Petra, überholt in einem gewagten Manöver einen Bus, der für ihren Geschmack etwas zu langsam unterwegs ist, und ordnet sich auf der linken Spur ein.

»Ich wollte schon Lukas bitten, bei euch einzubrechen und nach dir zu sehen. Ich hatte Angst, dass du in der Dusche hingefallen bist und dir den Kopf aufgeschlagen hast.«

»Ich hatte das Handy aus«, murmele ich schuldbewusst. »Ich hab Denny in Victoria besucht und hatte mein Ladekabel hier vergessen. Bin auch erst seit fünf Minuten wieder zu Hause, der Bus von der Fähre hierher hat länger gebraucht, als ich dachte.«

»Du hast Denny besucht?«, fragt Lukas ungläubig.

»Ja, genau.«

Ich will eigentlich nicht lügen, aber die Wahrheit zu erklären, kommt mir plötzlich zu kompliziert vor, besonders gegenüber Lukas und seiner Mutter. Wie soll ich denen denn verklickern, dass ich gerade sozusagen 48 Stunden lang mit Bicycle-Boy rumgemacht habe? Lukas kennt Skunk nur als den seltsamen Typen, der mir an dem Abend, an dem ich nach Downtonw Eastside geradelt bin, mit meinem Platten geholfen hat. Es gab bis jetzt ja auch nicht wirklich Gelegenheit dazu, ihn auf den neuesten Stand zu bringen. Und Petra würde ausrasten, wenn sie wüsste, dass ich zwei Tage lang nur Omelette und Toast gegessen habe. Das allein würde bei ihr schon reichen, um das Jugendamt zu verständigen.

Lukas sieht heute so anders aus. Dann wird mir auch klar, warum. Er trägt komplett Schwarz, wie wir es verabredet hatten. Wir wollten ja wie eine ernsthafte Band wirken. Dann fällt mir auf, dass ich immer noch die alte Jogginghose mit dem ausgebeulten Hintern von Skunks Tante und eins von Skunks T-Shirts anhabe, und darunter keinen BH. Na super, Kiri! So machen wir als Band bestimmt einen tollen ersten Eindruck.

»Das nächste Mal sagst du Bescheid, wo du bist, ja?«, ermahnt Petra und wirft mir im Rückspiegel einen ernsten Blick zu. Sie trägt eine Brille mit dunkelgrünem Gestell, womit sie sogar noch autoritärer aussieht als sonst. »Ich habe deine Mutter angerufen, und die meinte, du übernachtest bestimmt nur bei einer Freundin. Aber wenn du nicht bald wieder aufgetaucht wärst, hätte ich die Polizei gerufen.«

Petra hält vor dem Club, wo der Wettbewerb stattfindet. Sie macht sich auf die Suche nach einem Parkplatz, während Lukas, Lukas' Dad und ich versuchen, so schnell wie möglich unser Equipment reinzutragen. Auf der Treppe stoße ich aus Versehen mit meinem Synthi gegen die Wand, und der silberne Plastikrahmen bricht auf.

»Mist!«

»Was ist jetzt schon wieder los?«, faucht Lukas. Jedes Wort aus seinem Mund klingt mittlerweile wie ein Schuss aus einem Maschinengewehr. Wir halten mitten auf der Treppe an, beide mit Instrumenten beladen.

»Ich glaube, ich habe gerade meinen Synthi kaputtgemacht.«

»Willst du mich verarschen?«

»Ist doch nicht meine Schuld. Wenn ich nicht noch dein Becken tragen müsste, hätte ich …«

»Kriegst du das Ding wieder ganz?«, jault er.

»Keine Ahnung. Sieht aus, als –«

»Steck's doch einfach wieder zusammen, verdammt! Die Elektronik hat bestimmt nichts abbekommen.«

»Ich glaub nicht, dass sich das so einfach …«

»Versuch's.«

»Mein Gott, Lukas. Jetzt krieg dich mal wieder ein.«

Ich taste an meinem Synthi herum. Die obere und die untere Hälfte des Rahmens sind komplett auseinandergekracht. Wahrscheinlich ist eine Schraube rausgesprungen, als ich gegen die Wand gestoßen bin.

»Lass uns einfach unser Zeug hochbringen, und ich kümmer mich hier drum, wenn ich kein halbes Schlagzeug mehr halten muss.«

Lukas dreht sich um und stürmt die Treppe hinauf. Ich versuche, die Instrumente neu zu arrangieren, damit mir das Becken nicht so in den Arm schneidet. Ein paar Schritte weiter muss ich schon wieder anhalten, weil mir der eine Drumstick fast runterfällt. Als ich endlich oben angekommen bin, fehlt jede Spur von Lukas und seinem Vater. Ich entdecke dafür ein paar unserer Sachen in einer Ecke auf dem Boden. Der Train Room ist komplett voll, es ist laut und zu dunkel, um irgendetwas sehen zu können außer einer Masse aufgedrehter Teenager. Verzweifelt spähe ich nach Lukas.

Auf der Bühne spielt gerade unsere Konkurrenz, eine Highschool-Punkband – vorausgesetzt, wir dürfen überhaupt noch auftreten. Die Leute aus der Band sind alle bei uns an der Schule: Straight-Edge-Alex mit dem Iro, Derick Mason, Ayo Ngebi und Nikky Sharp, so eine, die nicht mit einem redet, wenn man kein Punk ist. Sie klingen wie eine schlechte Version der Dropkick Murphys, schreien heiser rum und schlagen wild auf ihre Drums ein.

Ich stelle unsere Instrumente ab und mache mich auf die Suche nach Lukas und seinem Dad. Ich finde sie schließlich ganz hinten im Raum. Sie reden gerade auf einen kleinen, massiven Kerl Mitte zwanzig ein, dessen schwarzer Bart sein gesamtes Gesicht wie ein Heiligenschein umgibt. Ich stelle mich neben Lukas.

»Hey! Und?«

Lukas sieht mich nicht mal an.

»Ich kann euch am Ende noch dranhängen«, sagt Blackbeard und sieht auf sein Klemmbrett. »Aber ihr kriegt nur ein Lied, nicht drei. Höchstens vier Minuten.«

»Können wir nicht ein bisschen länger spielen, wenn wir ganz schnell aufbauen?«

Ein bettelnder Lukas wirkt nicht sehr sexy. Seine Stimme klingt ganz weinerlich, wie bei einem kleinen Kind. Mein Gott, Lukas, versuche ich ihm telepathisch zu übermitteln. Sei doch dankbar, dass wir überhaupt noch spielen dürfen.

Blackbeard verschränkt die behaarten Arme vor der Brust und schüttelt den Kopf.

»Sorry, Leute. Der Club macht um Mitternacht zu, da müssen alle raus sein.«

Lukas sinkt in sich zusammen, und ich sehe ihm an, dass er gerade zur nächsten Runde Betteln ansetzen will.

Ich lächle Blackbeard verständnisvoll an. »Ein Lied ist super, danke.«

Blackbeard sieht dankbar aus, endlich mit jemandem zu reden, der nicht völlig hysterisch ist. Er nickt mir zu und geht. Lukas will ihm hinterherrennen. Ich packe ihn am Arm. »Mach dir keinen Kopf, Lukas. Wenigstens dürfen wir überhaupt spielen.«

»Ein Lied.«

»Wir können die auch mit einem Lied begeistern. Außerdem haben wir dadurch mehr Zeit, um meinen Synthi zu reparieren. Meinst du, deine Mom hat Klebeband im Auto?«

Lukas sieht mich an, als hätte ich ihn gefragt, ob Petra vielleicht ein bisschen Crystal Meth im Handschuhfach hat. »Keine Ahnung. Woher soll ich denn so was wissen?«

Es ist mir früher nie aufgefallen, aber Lukas kann echt überhaupt nicht gut mit Stress umgehen.

»Komm, wir suchen mal deine Mom.«

Lukas' Dad, der die ganze Zeit stumm dagestanden hat, geht langsam Richtung Eingang. Wir folgen ihm stumm. Ich weiß nicht, ob Lukas noch sauer ist, weil wir wegen mir zu spät sind, oder ob es ihm nur peinlich ist, mit mir in diesem Outfit gesehen zu werden.

Der Dropkick-Verschnitt spielt noch zehn Minuten lang.

Lukas schmollt währenddessen vor sich hin, und ich versuche, meinen Synthi mit einer Packung Pflaster wieder zusammenzuschustern, die mir der Clubmanager aus dem Erste-Hilfe-Kasten rausgesucht hat. Die Pflaster sind das einzige klebebandähnliche Material, das er finden konnte. Solange ich nicht mit voller Wucht auf die Tasten haue, müsste es zumindest ein Lied lang halten. Wenn ich wieder zu Hause bin, kümmere ich mich dann richtig darum.

Lukas' Eltern trinken Kaffee und surfen mit ihren Smartphones im Internet. Sie bemerken anscheinend überhaupt nicht, wie sehr sie in der Teenie-Meute hier auffallen. Das ist etwas, das ich an ihnen liebe: Sie fühlen sich nie fehl am Platz, egal wo sie sind. Meine Eltern würden es hier keine zwei Minuten aushalten, weil es ihnen ja viel zu laut ist und sie lieber wieder gehen wollen.

Nach den Punks wird auf der Bühne zwanzig Minuten lang umgebaut, und dann tritt eine langweilige Indie-Band von einer anderen Schule auf. Die Frontsängerin ist ein Mädchen, das offensichtlich viel Arbeit in ihre Frisur gesteckt hat. Anscheinend legt sie ganz generell größeren Wert darauf, hübsch auszusehen, als die Töne zu treffen. Sie seufzt und stöhnt sich durch den Refrain, dass mir ganz schlecht wird. Als ob das nicht schon genug wäre, überziehen sie auch noch um drei Minuten, und Blackbeard sagt nicht mal was dazu.

Als er uns endlich auf die Bühne lässt, habe ich ein sehr schlechtes Gewissen. Es ist schon Viertel vor Zwölf. Lukas hatte uns extra schon vor Wochen angemeldet, damit wir auch ja als Erste spielen würden. Mittlerweile sieht die Jury ziemlich müde aus.

»Wir machen das schon, Lukas«, raune ich ihm zu, während wir sein Schlagzeug aufbauen.

Lukas schraubt sein Hi-Hat zusammen. »Vorsicht, nicht, dass du das noch zerkratzt.«

Ich lasse ihn machen und kümmere mich lieber um meinen kaputten Synthi. Dabei werfe ich unauffällig einen Blick auf das Publikum. Ein paar, die wegen der Band vor uns da waren, sind bereits gegangen. Es sind jedoch immer noch genug Leute da, dass der Raum nicht ganz leer ist. Lukas' Eltern warten geduldig mit ihren Kaffeebechern in der Hand. Wo meine Eltern wohl gerade sind? Ich stelle mir vor, wie sie jetzt in einem großen weißen Bett in ihrer Luxuskabine schlafen, während draußen sanft die Wellen gegen das Bullauge schlagen. Wie sie in der Frühstücksbuffet-Schlange stehen und sich zwischen Eiern Benedict und pochiertem Lachs entscheiden müssen. Wie sie Teufelsrochen streicheln. An Deck des Schiffs liegen und Liebesromane lesen. In einem Souvenirladen rosa Korallenketten begutachten und überlegen, welche sie davon Tante Moana mitbringen.

»Kiri.«

Lukas ruft mich.

»Bereit?«

»Oh. Klar!« Ich springe auf und bringe mich hinter meinem Synthi in Position. Blackbeard stolpert auf die Bühne und informiert das Publikum darüber, dass *Sonic Drift* jetzt noch ein kurzes Set zum Ausklang spielen werden.

Ich werfe Lukas einen Darüber-reden-wir-noch-Blick zu. *Sonic Drift*. Ich glaub's ja nicht.

Verhaltener Applaus. Skeptische Blicke. Die Leute starren auf meine Jogginghose. Die hatte ich schon ganz vergessen.

Ich frage mich, ob im Scheinwerferlicht eigentlich auffällt, dass ich keinen BH anhabe. Die große Welle verspäteter Reue ist kurz davor, vollends über mir zusammenzuschlagen. Aber jetzt ist keine Zeit mehr, mich zu entschuldigen.

Lukas zählt bis vier, und schon geht's los.

In dem Moment, in dem wir anfangen zu spielen, lösen sich die letzten zwei Stunden voller Panik und Vorwürfe seitens Lukas einfach auf, und ich schwebe nur noch in einer goldenen Klangdimension. Der Synthi ergreift von mir Besitz. Das lila Scheinwerferlicht brennt mir auf der Haut. Wir wissen, dass wir am Arsch sind, und spielen deshalb umso besser. Wir können nicht mehr gewinnen, also haben wir nichts zu verlieren. Ich rase auf den Tasten rauf und runter, lasse Akkord-Bomben fallen und schieße Sechzehntelnoten ab wie ein Artilleriegeschütz. Als ich am Ende des Liedes den letzten Akkord spiele, rutscht der Synthesizer vom Ständer und zerspringt auf dem Fußboden in seine Einzelteile. Die Hipster vor der Bühne gehen vor dem Schrapnell in Deckung. Man sieht ihnen an, dass meine Synthi-Bombe das Beste ist, was ihnen je passiert ist. Die Menge rastet völlig aus.

Ich falle auf die Knie und rufe: »Gute Nacht, ihr wunderschönen Menschen!«

Ich will nicht, dass der Applaus jemals wieder aufhört.

KAPITEL 26

Als wir unsere Sachen zusammenpacken, kommt Blackbeard an und verkündet, dass uns die Jury nächste Woche beim Finale sehen will, weil wir nun mal viel großartiger als die anderen waren.

Lukas fällt vor Freude fast in Ohnmacht, und ich hüpfe um ihn herum und singe »Wir haben's geschafft! Wir haben's geschafft!«, bis ich ganz heiser bin.

Die Fahrt nach Hause ist ein Triumphzug. Petra hält an einem Diner an, und wir essen Knoblauch-Pommes und sehen uns immer wieder das Video von unserem Auftritt an, das Lukas' Dad mit seinem iPhone gefilmt hat.

»Wirklich beeindruckend, was ihr für Musik macht, Kinder«, ruft Petra begeistert und klingt dabei so ehrlich ungläubig, dass ich mich ein bisschen in sie verliebe.

Lukas' Eltern setzen mich zu Hause ab, aber ich bin noch viel zu aufgedreht, um jetzt schlafen zu gehen. Obwohl es schon spät ist und gerade auch wieder angefangen hat zu regnen, beschließe ich, meinen offiziellen Aufstieg in den musikalischen Star-Olymp mit meiner ganz privaten Mitternachtsmesse zu feiern. Ich will zum Stanley-Park und den Totempfählen einen Besuch abstatten, danach über die Lion's-Gate-Brücke fahren und von der North Shore aus einen Blick auf die Lichter der Stadt werfen. Aber diesmal will ich dabei ganz allein sein, eine Art Pilgerreise.

Hallo, Universum! Danke für die vielen wundervollen Dinge, die in letzter Zeit passieren. Dass ich Skunk kennengelernt und Sukey wiedergefunden habe. Danke für den Bandwettbewerb und Om Shanti Om und außerdem Hare Krishna, o Universum, Amen.

Erst mal raus aus dieser Jogginghose. Ich ziehe mir etwas an, das besser zum Anlass passt – goldene Leggings, grüne Stiefel und ein enges schwarzes Kleid, in dem ich mir vorkomme wie Catwoman. Ich ziehe keine Regenjacke über. Ich will nass werden. Ich will von jedem einzelnen der zwei Millionen Regentropfen im Himmel geküsst werden. Meine Haare sehen schlimm aus. Ich kämme sie durch und mache mir einen unordentlichen Dutt. Jetzt liegt mein Nacken frei. Ein Schauder überläuft mich.

Gut.

Ich suche eine Weile in meinem Zimmer nach meinem iPod, damit ich die passende Musik dabeihabe, dann mixe ich in der Küche Orangensaft mit Brandy, Wodka und Dom Perrier, weil das Universum einen rituellen Trunk verlangt. Ich gieße den Drink in meinen rosa Thermobecher um, bringe einen Toast auf das Universum aus und trinke das eiskalte Hexengebräu noch in der Küche auf ex. Ich mache mir noch eins. Aber auch nachdem ich den zweiten Cocktail ausgetrunken habe, fühle ich mich noch nicht so richtig bereit loszugehen. Die Wörter trinken und betrunken fangen in meinem Kopf einen kleinen Krieg miteinander an, trinken, ertränken, betrunken. Dann werden sie zu Regentropfen, die wie Klaviertöne klingen, pling, plong.

Plötzlich habe ich eine Eingebung. Die Schuhe! Sukeys silberne High Heels. Ich ziehe meine Stiefel aus, tappe nach oben, setze mich auf die Treppe und ziehe ihre Schuhe an. Die hohen Hacken erschweren das Hinuntersteigen der Stufen etwas, aber ich mache das Ganze mit der Grazie und Haltung einer jungen Marilyn Monroe. Ich schnappe mir meinen Drink und meinen iPod und stolpere hinaus in die Garage, wo ich mein Fahrrad im Dunkeln finden muss. Der Bewegungsmelder ist kaputt, und ich habe nicht die Geduld, nach dem Lichtschalter herumzutasten.

Ich bin nicht sicher, woher dieses Gefühl kommt. Ob ich einfach nur betrunken bin oder ob es nicht etwas viel, viel Größeres ist. In meinen Knochen steigt eine seltsame Musik auf, ein pulsierender Rhythmus, die Musik wird immer lauter. Vielleicht ertrinke ich darin, wenn das so weitergeht.

Vielleicht ist mir das aber egal.

Als meine Hände das Metallgestell des Fahrrads berühren, fühlt es sich an wie ein elektrischer Schlag. Ich bin plötzlich so von Glück erfüllt, dass ich einen animalischen Schrei ausstoße, der von den Betonwänden zurückgeworfen wird. Ich schiebe mein Fahrrad nach draußen, mache mir nicht die Mühe, hinter mir abzuschließen. Als ich auf mein Fahrrad steige, fühlt es sich an wie der Moment in *Frankenstein*, als das Monster zum Leben erwacht: Mein Rad unter mir ist bereit, hellwach, sein metallener Herzschlag wird eins mit meinem. Dann rasen wir die Einfahrt hinunter.

Heute Nacht ist es windig, es weht mir feucht und regnerisch entgegen. Während ich die Straßen entlang flitze, rauschen die Blätter in den Bäumen, und die Stoppschilder klappern an ihren Pfählen. In Sukeys Schuhen rutsche ich immer wieder von den Pedalen. Der Wind versucht, mir die Frisur zu zerstören. Ich fahre am Strand lang und grüße die Laternen, Straßenschilder und Telefonzellen, als wären dort alle Menschen zum Geleit aufgereiht, die mich kennen.

Einen wunderschönen guten Abend, Nelson Chow, das ist ja vielleicht ein Zufall. Was für ein Zufall vor allem, dass du anscheinend als Laternenpfahl gehst, was für eine große, gerade, hinterhältige Verkleidung.

Lukas, hallo, du Straßenschild! Kelsey Bartlett, du Gullydeckel! Skunk, du lieber Bagger, hallo!

Einen nach dem anderen grüße ich sie. Ich unterhalte mich kurz mit der Laternen-Petra, der Telefonzelle Dr. Scaliteri und Mom und Dad, den Baustellenhütchen.

Schon bin ich an der Brücke angekommen. Schon bin ich auf der Brücke. Schon bin ich über die Brücke hinweg und fahre auf der anderen Seite weiter.

Sukey hebe ich mir bis English Bay auf, und für sie nehme ich auch keine Laterne oder Parkbank. Ich hebe sie mir auf, bis ich die Magnolienbäume entdecke.

Sukey …

Ich trete schneller in die Pedale, konzentriere mich voll auf einen Magnolienbaum. Der Wind geht hindurch, der Baum seufzt, als wollte er etwas sagen.

Na los, Sukey. Komm schon.

Ich gebe alles, ich keuche, ich trete in die Pedale, ich strenge mich an. Der Duft der Magnolien zieht mich an. Das

Blut pumpt mir im Kopf, und ich schreie auf, bereit, das Wunder zu erleben.

Dann passiert alles auf einmal: Sukey der Magnolienbaum löst sich in einem Lichtspektakel auf. Ich hebe vom Boden ab und mache in Zeitlupe einen Salto durch den Regen. Mein Rad will unter mir wegrutschen, aber ich klammere mich mit den Beinen daran, und dann hängen wir wie siamesische Zwillinge miteinander verbunden kopfüber in der Luft. Die Laternen und die Straßenschilder beugen sich gemeinsam vor wie eine Menschenmenge und zeigen auf ein seltsames Objekt, das am Himmel entlang fliegt. Der Sukey-Baum wird zu einem Softeisstrudel aus Rosa und Weiß. Einen glitzernden Moment lang hängen mein Fahrrad und ich genau zwischen Himmel und Erde.

Dann gewinnt die Erdanziehung. Mein Rad und ich bersten auseinander, schlingern kurz jeder für sich über den Nachthimmel und landen dann unsanft einer links, einer rechts am Straßenrand.

Mein Kopf wird vom Aufprall nach vorn geschleudert, und meine Rippen vibrieren wie Gitarrensaiten. Über mir kreiselt der Himmel wie eine Münze auf dem Rand. Mein Fahrrad hat es ganz schön mitgenommen, und mein iPod ist in kleinen glitzernden Stücken über die gesamte Kreuzung verteilt. Als ich versuche, mich zu bewegen, leuchten gleichzeitig zehn verschiedene Stellen an meinem Körper auf. Es ist, als hätte jemand bei einem Anschauungsstück in einer Anatomieausstellung alle Knöpfe auf einmal gedrückt.

Der Magnolienbaum wirft mir einen duftenden Kuss zu, und ich kann mich wirklich nicht entscheiden, ob ich gerade absolute Glückseligkeit empfinde oder unglaubliche Schmerzen. Das hier ist vielleicht der beste Moment meines Lebens. Könnte ja sein. Und falls es so ist, möchte ich ihn nicht damit verschwenden, auf der Straße herumzuliegen. Einen kurzen, goldenen Augenblick lang atme ich Galaxien.

Ich höre eine Autotür zuschlagen, und dann klappern High Heels über den Asphalt.

»Geht's dir gut? Ich hab dich in deinem schwarzen Kleid gar nicht kommen sehen. Du blutest ja. O Gott.«

Die Scheinwerfer des Autos leuchten mir direkt ins Gesicht. Ich bin blind wie ein Engel. Die unsichtbare Frau neben mir, die gerade den Notarzt ruft, bekommt anscheinend gar nicht mit, was los ist.

»Kannst du sprechen? Wie heißt du? O Gott. Hast du dir das Genick gebrochen? Kannst du mich hören?«

Mir wird klar, dass die Frau sich Sorgen macht, weil sie nicht versteht, was passiert. Ich bin nämlich gerade in einen unverwundbaren Engel verwandelt worden, der keinen Schmerz spürt. Mir wird klar, dass ich ihr diesen Sachverhalt erläutern muss, bevor sie einen Krankenwagen rufen kann. Ich springe auf. Der erschrockene Ausdruck auf dem Gesicht der Frau ist nichts gegen den Applaus des Magnolienbaums. Der Wind rüttelt wie verrückt an den Ästen. Ich stolpere über die Straße, hebe mein Fahrrad auf und drücke es eng an mich wie einen abgetrennten Körperteil. Ich steige auf und hebe meine Hand zum Teufelsgruß.

»Heil Satan.«

Mit zittrigen Beinen schiebe ich davon, so schnell ich kann.

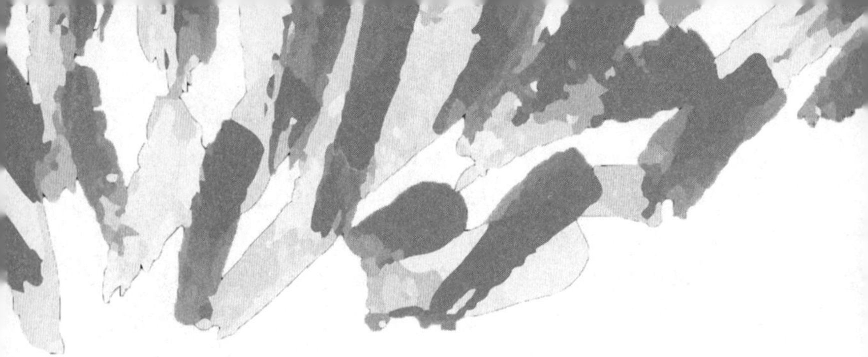

KAPITEL 27

Mir geht's gut, und meinem Fahrrad geht's gut, und ich habe die Situation hundertprozentig unter Kontrolle.

Es wäre übertrieben zu sagen, dass mir die Haut stellenweise in Fetzen herunterhängt, dass mein Fahrrad aussieht, als wäre es von ein paar Idioten zusammengetreten worden, oder dass es auch nur das geringste Problem gibt. Ich habe es schließlich nach Hause geschafft, das Rad steht sicher in der Garage, alle Türen sind verschlossen und alle Lichter an.

Es ist lediglich ein blutiger Handabdruck auf der Garagentür zu sehen, der zu der – fälschlichen – Annahme führen könnte, dass ich mit der Situation, wie sie sich mir präsentiert hat, auch nur ansatzweise überfordert wäre. Ach, und es liegt eine zerrissene goldene Leggings im Mülleimer, die vielleicht den Eindruck erwecken könnte, es wäre nicht alles absolut bestens.

Meine Gedanken hüpfen von einer fröhlichen Tatsache zur nächsten. Ich sitze auf der Arbeitsplatte in der Küche, rauche einen Joint und trinke einen Electric Lemonade, während mir lila-schwarzes Blut die Schienbeine hinuntertropft und faszinierende Muster auf dem Boden bildet. Ich bereite sieben Schüsseln Oatmeal vor, eine für jeden Tag der nächsten Woche, schütte in jede noch eine Handvoll Rasierer, nein, Rosinen, decke sie mit Frischhaltefolie ab und stelle sie in den Kühlschrank. Das wird mein Essen für die nächste Woche. Das sind meine Mönchsrationen. Ich überarbeite meinen Übungsplan und schreibe ihn neu. Ich klebe ihn an die Wand. Er ist so groß wie eine Weltkarte und beinhaltet alle meine Pläne.

Ich muss die Dinge jetzt endlich mal ernst nehmen. Es wird Zeit. Ich habe meinen Spaß gehabt. Es ist okay, mal frei sein zu wollen, solange man dabei nicht den Ernst des Lebens aus den Augen verliert. Wenn man zu frei geworden ist, muss man sich selbst wieder einfangen. Die Ränder der Welt sind nämlich scharf wie Glasscherben, und wenn man darüberfährt, kann man sich weh tun. Ich wollte der geheimen Musik lauschen, und das habe ich auch. Jetzt ist es Zeit, sie auszustellen und wieder ernst zu sein.

Ich schiebe die Wohnzimmermöbel um, die Couch und den Couchtisch an die Wand, stelle die Lampen im Kreis um das Klavier herum. Es ist Zeit, neue Musik zu lernen, beschließe ich. Etwas Mutiges. Etwas Herausragendes. Etwas, das die Jury beim Klavierwettbewerb noch nie gehört hat. Ich blättere durch meine Notensammlung, bis ich den zerknickten Hefter gefunden habe, auf dem *Sesquipaedia* steht. Das ist ein Stück, das ich schon seit Jahren spielen will, wofür ich bis jetzt aber nie die Zeit hatte: 35 Seiten, teuflisch schwierig, geschrieben von einem weitgehend unbekannten Komponisten namens Stanley Otter Fish, der im Alter von 23 Jahren von einem Brotlaster überfahren wurde.

Viel zu effekthascherisch, hatte Dr. Scaliteri nur abfällig gesagt, als ich es ihr letztes Jahr einmal zeigte. Aber wenn ich Zlatina Zoriskaja beeindrucken will, sollte das Stück doch genau so sein.

Ich hole die Blätter aus dem Hefter und lege sie ordentlich nebeneinander auf den Fußboden, Seite um Seite voller Noten wie kleine schwarze Käfereier. Ich laufe durch die Blattreihen wie durch einen Irrgarten. Ich habe mal gehört, wenn man sich sehr anstrengt, kann man im Kopf üben. Wenn man gut genug ist, kann man ein komplettes Stück im Kopf lernen, ohne jemals das Klavier auch nur zu berühren, sich dann dransetzen und es fehlerfrei spielen. Das menschliche Gehirn ist ein wundervolles und ungeheures Ding: Es kann alle möglichen Sachen lernen und sie dann beim ersten Mal perfekt abliefern.

Ich spaziere barfuß durch den Raum und lerne jedes Mal ein kleines Stück der Seite auswendig, über die ich gerade laufe. Ich fühle, wie mir währenddessen der Prokofjew wie Unkraut aus dem Kopf gerissen und auf einen Haufen in der Ecke geworfen wird. Wenn ich Musik auswendig lernen kann, kann ich sie auch wieder entlernen. Ich kann meine Finger die Noten wieder vergessen lassen, die ich ihnen unter so vielen Mühen beigebracht habe. Wenn ich wollte, könnte ich auch dafür sorgen, dass mir selbst die Klaviertasten wie etwas völlig Neues vorkommen. Ich könnte immer weiter zurückspulen, zurückspulen, zurückspulen, bis nichts mehr da wäre. Oder ich könnte so lange weiter um die Noten herumlaufen, herumlaufen, herumlaufen, bis ich alles, alles auswendig könnte und alle Musik, die jemals geschrieben wurde, in einer Dauerschleife im Kopf hören würde.

Ich ziehe immer weiter meine Kreise, während meine Knie blutige Tränen weinen. Irgendwann ist das Papier unter mir ganz fleckig und zerrissen, und ich kann gar keine Noten mehr erkennen.

Als die Sonne aufgeht, höre ich abrupt auf, im Kreis zu laufen, und marschiere stattdessen die Treppe hoch. Ich muss mir die Steinchen aus den Knien holen, schlafen gehen, aufwachen, die erste Schüssel Oatmeal essen und dann Klavier üben.

Ich gehe ins Badezimmer meiner Eltern zum Medizinschränkchen. Ich öffne die Großpackung Ibuprofen, schütte mir mit ernster Miene sechs gelbe Tabletten in die Hand und spüle sie mit einem Schluck Wasser aus dem Wasserhahn hinunter.

Ich mache das Licht aus und lege mich in meinem Zimmer aufs Bett. Nichts passiert.

Es muss aber etwas passieren.

Ich muss einschlafen, damit ich aufwachen kann, damit ich Klavier üben kann, damit ich die Dinge ernst nehmen kann.

Ich liege noch fünf Minuten herum und schlafe immer noch kein bisschen ein. Die Realität klingelt mir schrecklich laut in den Ohren. Ich fühle mich wie ein Neonleuchtring, der am Morgen nach Halloween immer noch vor sich hin strahlt.

Ich muss einschlafen, damit ich aufwachen kann, damit ich Klavier üben kann, damit ich mit Skunk rummachen kann, damit ich aufwachen kann, damit ich die Situation komplett unter Kontrolle bekommen kann.

Ich kann nicht schlafen.

Wieso kann ich nicht schlafen?

Eine Minute später kann ich immer noch nicht schlafen. Ich stehe auf, gehe runter und rauche zwei großzügige Joints, gehe dann wieder hoch, nehme noch zehn Ibuprofen und eine Handvoll Schlaftabletten, die ich im Schafzimmer meiner Eltern gefunden habe. Dann gehe ich wieder nach unten, mache ein bisschen Jazz an und lege mich unter dem Klavier auf den Boden.

Ein paar Minuten oder eine halbe Stunde später oder vielleicht auch erst am nächsten Tag steigt ein bläulicher Nebel in mir auf. Ich weiß nicht, ob ich träume oder auf einem Trip bin, jedenfalls ist der Nebel schwer und stark und tut zumindest ein bisschen weniger weh als das, was davor war. Was auch immer das war.

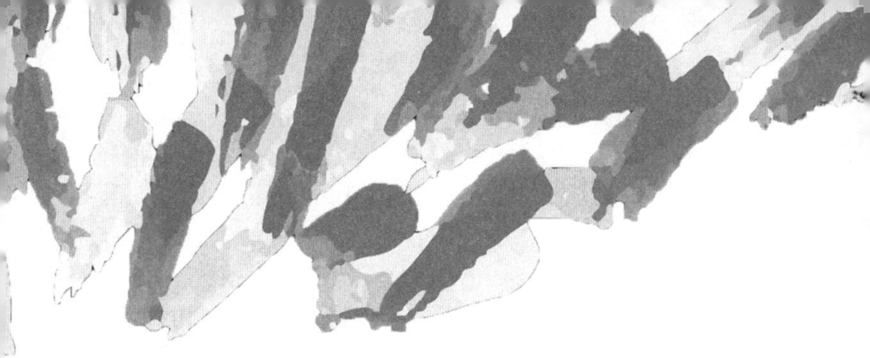

KAPITEL 28

Denny ist da. Ich wache davon auf, dass er mich unter dem Klavier hervorzerrt, und bin davon so verwirrt, dass ich mich erst mal auf den Bauch rolle und übergebe.

»Toll, Kiri«, sagt er und zieht vielsagend eine Augenbraue hoch. »Echt super.«

Als ich den Kopf ein Stück hebe, um ihn anzusehen, schießt mir wieder ein Strahl Kotze aus dem Magen hoch. Pink und Orange. Electric Lemonade.

Ich will zurück unter den Flügel, da ist es so gemütlich. Als würde ich mich unter einem Auto zusammenrollen, das mich gerade angefahren hat, und einschlafen. Ich greife nach einem der Klavierbeine und ziehe mich daran zurück. Ich krieche auf dem Bauch wie eine Schlange. Das Klavier ist ein großer freundlicher Wal, der sich tröstlich und riesig über mir erhebt. Solange ich darunter liege, kann mir nichts passieren.

Denny bückt sich nach mir, packt mich am Knöchel und verhindert so meine Rückkehr zum Mutterschiff. Ich stöhne empört auf und versuche, mit meinem schmerzenden Bein nach ihm zu treten.

»Scheiße, Kiri, was hast du denn mit deinem Schienbein gemacht?«

Ich stöhne lauter, entwinde ihm endlich meinen Knöchel und ziehe die Knie an die Brust wie eine Schildkröte, die sich in ihren Panzer zurückzieht. Na also. Schon viel besser. Ich bin eine Schildkröte, die bei ihrem Wal schlafen will, und Denny ist eine nervige Krabbe, die mich mit ihren Scheren darunter hervorziehen will.

Geh weg, Krabbe. Geh weg, Mr Krabs.

Ich erinnere mich dunkel, dass ich gestern am Meer war. Da waren Schiffe und Wolken und ein Magnolienbaum, der einfach abgehoben und losgeflogen ist wie ein Vogel. Und dann war da noch eine Frau, so eine Art Hexe, die mir im Auto gefolgt ist, bis ich sie bei Granville Island endlich abgehängt habe. Ich weiß noch, dass ich nass geworden bin. Sogar komplett durchgeweicht. Wahrscheinlich hat mich jemand in einen Zauberfluss getaucht wie Achilles. Vielleicht war ich auch baden.

Ja, jetzt fällt's mir wieder ein. Ich bin tatsächlich schwimmen gegangen. Und die Hexenfrau hat am Kai gestanden und herumgeschrien, weil sie ja nicht wusste, dass ich eine Schildkröte bin.

»Du riechst nach totem Fisch«, sagt Denny.

Natürlich tu ich das. Bin schließlich eine Schildkröte.

»Wieso sind deine Notenblätter alle nass?«

Ist doch egal. Ich habe die Musik ja im Kopf. Habe sie durch meine Füße in mich aufgesogen.

»Kannst du dich mal hinsetzen und mir antworten?«

Jemand dreht mich an meinem Schildkrötenpanzer herum, und dann taucht Dennys Gesicht über meinem auf.

»Kiri? Hey. Kiri?«

Schildkröte ist dann mal weg.

Als ich das nächste Mal aufwache, ist laute Musik an, und in der Küche unterhalten sich Männerstimmen. Ich höre Denny.

»Ja, ich glaub, sie hat nur einen Kater. Muss aber echt ein Wahnsinnskater sein.«

Ich ziehe den Kopf zurück in meinen Panzer. Mir doch egal.

Das nächste Mal ist es dunkel und still im Haus. Wer auch immer da war, ist jetzt wieder weg. Ich mache ein unbestimmtes Geräusch und schmiege mich an das Klavierbein. Liebe.

Ich schließe die Augen. Schildkröte war kurz da, ist wieder weg.

Als ich das nächste Mal aufwache, läuft ein Basketballspiel im Fernsehen.

Das Mal danach rieche ich Mikrowellen-Burritos.

Als ich das nächste Mal aufwache, zieht mich Denny wieder unter dem Klavier hervor und stellt eine Wasserflasche unsanft neben meinem Kopf auf den Boden.

»Setz dich hin und trink was.«

Ich protestiere schwach und schließe die Augen. Keine gute Idee. Denny packt mich an der Schulter, zerrt mich hoch und schubst mich auf die Couch. Er drückt mir die Flasche in die Hand.

»Trink das hier.«

Denny trägt seine Sommer-Uniform: ausgebeulte Shorts und ein dunkelblaues T-Shirt. Und er hat eine neue, seltsam eckige Frisur, mit der er aussieht wie der Backgroundtänzer eines dieser albernen Popsternchen. Er baut sich vor mir auf und sieht mir dabei zu, wie ich den Plastikdeckel abschraube und einen vorsichtigen Schluck nehme. Als das Wasser meinen Hals befeuchtet, schwimmt der Teil von mir, der Schildkröte war, einfach davon.

Ich bin wieder Kiri, die auf der Couch sitzt und Wasser trinkt. Das da ist mein Bruder Denny. Meine Zunge fühlt in meinem Mund nach Sprache herum.

»Was machst du denn hier?«

»Dr. Patel ist im Urlaub, ich hab zwei Wochen frei.«

Zwei Wochen frei. Die Worte lösen Alarmglocken in mir aus, aber ich weiß nicht genau, wieso. Gerade, als alles so gut lief, denke ich. Da zucken mir die ersten Ausläufer einer Kopfschmerzattacke durch den Schädel.

Denny schnappt sich das Plastiktütchen mit meinem Gras vom Couchtisch, nimmt sich ein großes Stück und verwahrt es sicher in einer Tic-Tac-Box.

»Hey«, lalle ich benommen. »Das ist meins.«

Denny stellt sich dicht vor mich. Er hat ein neues Piercing, fällt mir auf, einen kleinen silbernen Ring im linken Ohrknorpel. Sieht entzündet aus. Ich will ihm das gerade sagen, da packt er mich am Arm.

»Trink das Wasser aus, Kiri. Hörst du? Du bist bestimmt ganz schön dehydriert.«

Ich nicke und versuche, meinen Arm wegzuziehen. Er lässt nicht los.

»Wenn du das Wasser ausgetrunken hast, räum auf. Ich

weiß nicht, was du hier gestern Abend veranstaltet hast, aber Mom und Dad würden garantiert ausrasten.«

Ich lasse meinen Blick über die Notenblätter auf dem Boden wandern, den halbgerauchten Joint auf dem Tisch, Sukeys silberne Schuhe, die wie vom Himmel gefallene Sterne neben dem Klavierhocker liegen. Sieht aus, als würde hier eine Künstlerin leben, eine leidenschaftlich verzweifelte Seele. Vielleicht sogar ein Genie. Sukey wäre stolz auf mich.

»Ich bin jetzt eine richtige Musikerin, Denny«, krächze ich.

»Das sieht man«, sagt er und verdreht die Augen.

Er lässt meinen Arm los und holt seinen Schlüssel und sein Handy aus der Küche. Ich sehe ihm nach, während ich die immer noch fast volle Wasserflasche zwischen den Knien halte.

»Wo willst du denn hin?«

Ohne eine Antwort geht er zur Tür.

»Wo willst du hin, Denny?«

»Viel Spaß mit deinem Kater«, ruft er und knallt die Tür hinter sich zu.

Ich sitze völlig verdutzt auf der Couch, aus der Wasserflasche tröpfelt es mir in den Schoß.

Denny ist hier.

Denny ist hier.

Ich fühle mich ertappt wie ein Erfinder, dessen Werkstatt gerade vom CIA durchsucht wurde. Ich bin eine Spinne, die unter einer Falltür gehockt hat, und nun hat jemand die Falltür geöffnet. Hier sollte niemand Fremdes sein. Es sollte niemand hereinspazieren und merken, dass vielleicht nicht alles ganz ernsthaft vonstattengeht. Erst recht nicht Denny.

Vielleicht ist es noch nicht zu spät.

Das war nur ein Ausrutscher, ein zufälliger Ausschlag auf der sonst komplett ruhigen Richterskala meiner Ernsthaftigkeit. Genau. Okay. Alles ist in Ordnung. Ich muss Sukeys Sachen verstecken, hier saubermachen und mindestens acht Stunden üben. Leider, leider wird mir nun gar keine Zeit mehr zum Schlafen bleiben, bis Montag zumindest erst mal nicht. Ich stelle die Wasserflasche auf den Boden, stehe auf, humpele ins Badezimmer und spritze mir eine gefühlte Ewigkeit lang über dem Waschbecken Wasser ins Gesicht.

Ich mache mir einen Pferdeschwanz und ziehe einen Pullover über mein Kleid. Meine Knie sind blutige Schorfmosaike. Dafür ist jetzt keine Zeit. Ich schütte mir eine Handvoll Ibuprofen aus der Dose und spüle sie mit Kaffee hinunter. Zeit, mich zusammenzureißen. Ich sammele die Notenblätter vom Wohnzimmerfußboden auf und stapele sie neben dem Klavier zu einem wackeligen Turm auf. Die Seiten sind fleckig und feucht, und manche sind eingerissen, weil ich darübergelaufen bin. Aber ich kann die Noten immer noch gut genug erkennen, um sie auswendig zu lernen.

Ich wische meine Kotze mit einem Handtuch weg und werfe das Handtuch in die Waschmaschine. Ich wische den Küchenfußboden mit einem anderen Handtuch sauber und werfe auch das in die Waschmaschine. Ich nehme mir noch ein Handtuch und poliere damit liebevoll das Klavier von oben bis unten. Bald drehen sich alle Handtücher, die wir haben, fröhlich in der Waschmaschine. Ich kippe etwas Waschmittel dazu, und sie verschwinden unter einer Schaumwolke.

Ich mache die Küche sauber, wasche das Geschirr ab und räume es zurück in den Schrank. Ich hole mir eine Schüssel Oatmeal aus dem Kühlschrank und esse es kalt. Es ist grau und klumpig. Die Rosinen sind dick und eklig, weil sie sich mit Wasser vollgesogen haben. Ich sammele sie heraus und lege sie in eine Schüssel, vielleicht will Denny die noch. Man soll ja kein Essen verschwenden.

Ich wandere durchs Haus. Mein Kopf fühlt sich an wie ein Schwimmbad zur Hauptöffnungszeit. Geschrei und Geplansche, überall Echos. Unmöglich, mal eine gerade Strecke zu schwimmen, ohne nicht ständig gegen die Beine von jemand anderem zu stoßen. Meine Gefühle springen hin und her zwischen Stolz und Wut und Scham und dem Wunsch, mich zu rechtfertigen.

Was bin ich Denny denn überhaupt schuldig? Was bin ich Mom und Dad schuldig? Keine Flecken auf dem Teppich und eine nette Telefonstimme. Mehr wollten sie doch nie von mir, und mehr habe ich ihnen auch nie gegeben. Mehr verdienen sie auch nicht. Wenn ihnen ihre Scheißteppiche nicht so wahnsinnig wichtig gewesen wären, hätte Sukey nie ins Imperial abhauen müssen und wäre jetzt auch nicht tot.

Das denke ich, während ich den Staubsauger hervorhole.

Das denke ich, während ich damit wütend das Wohnzimmer umpflüge.

Mehr verdienen sie nicht, diese Lügner, diese Arschlöcher. Als ich mit meinem Wutanfall fertig bin, ist der Teppich sauber.

Abends um zehn klingelt das Telefon, aber ich gehe nicht dran, weil ich wirklich mal üben muss. Auch nicht, als es eine Viertelstunde später schon wieder klingelt, und dann noch einmal um 21.18 Uhr, und dann noch mal um 22.22 Uhr. Ich sitze mit dem Rücken zu dem jammernden Telefon am Klavier und übe Tonleitern und Arpeggien. Ich geh nicht dran. Auf keinen Fall.

Ich sage mir, dass ich nicht drangehen werde, weil ich keine Lust mehr darauf habe, mit meiner Telefonstimme zu sprechen, aber um ehrlich zu sein, macht mir das Telefon im Moment einfach nur unglaublich Angst.

Ich habe Angst, dass das meine Eltern sind, die mir sagen wollen, dass sie alles wissen und dass sie jetzt direkt nach Hause kommen. Ich weiß nicht, was meine Eltern wissen oder was sie mit mir machen werden, wenn sie nach Hause kommen, aber ich bin sicher, dass es mir peinlich sein wird, also gehe ich gar nicht erst ans Telefon.

Um halb elf klingelt das Telefon schon wieder und zwischen 22.30 Uhr und 22.40 Uhr noch drei weitere Male. Skunk ist es nicht, denn der hat meine Handynummer, nicht meine Festnetznummer. Und selbst wenn er es wäre, könnte ich nicht drangehen. Ich habe zwar noch nicht in der Garage nachgesehen, aber ich weiß, dass meinem Fahrrad etwas ganz Peinliches und Furchtbares passiert ist. Und sobald er das sieht, wird er sofort über das CIA und den Erfinder und die Falltürspinne Bescheid wissen.

Um halb zwölf kommt Denny nach Hause. Er riecht nach Zigaretten. Er wirft seine Schlüssel auf den Küchentisch. Das Haus ist blitzsauber. Ich habe sogar Blumen im Garten geschnitten und überall Vasen aufgestellt, Gänseblümchen,

Azaleen und Kosmeen. Als Denny hereinkommt, poliere ich gerade die Weingläser und richte sie auf dem Regal in einer perfekten Linie an. Er sieht mich böse an.

»Kannst du vielleicht mal ans Telefon gehen? Ich hab tausendmal angerufen.«

Er stampft in der Küche umher, reißt die Kühlschranktür auf und wirft sie wieder zu, knallt mit den Schranktüren. »Hier gibt's überhaupt nichts zu essen. Ich wollte dir sagen, dass du noch Yam-Rolls von Kits Sushi holen sollst, bevor die zumachen.«

Denny schnappt sich einen Pizza-Flyer vom Kühlschrank und wählt die Nummer vom Lieferservice. Ich untersuche das letzte Weinglas auf eventuelle Fingerabdrücke, die ich vielleicht übersehen habe, und stelle es dann vorsichtig an seinen Platz.

»Wusstest du, dass Sukey immer die Schiffe beobachtet hat?«

»Wovon redest du denn da?«

Ich schiebe das Weinglas einen halben Zentimeter weiter nach rechts. »Sie ist immer heimlich zum Kits Beach gegangen und hat sich die Schiffe angesehen.«

»Und?«

Ich sehe ihn an. »Ich dachte nur, das solltest du vielleicht wissen.«

Dennys Gesicht ist ausdruckslos. Schweigend legt er den Hörer auf die Gabel. Ich klappe die Schranktür zu, drehe mich um und sehe ihm ins Gesicht.

»Ich weiß jetzt Bescheid«, platzt es etwas zu laut aus mir heraus.

»Na und? Willst du dafür einen Orden oder was?«

»Ich war in ihrer Wohnung. Ich hab den Frosch mitgenommen, der immer bei ihr auf dem Fensterbrett stand. Und die Decke von ihrem Bett.«

»Und ist das jetzt mal zur Abwechslung wirklich passiert, oder bist du immer noch auf dem Trip von dem Zeug von gestern Abend?« Er geht einen Schritt auf mich zu und sieht mir in die Augen. »O mein Gott. Du hast Meth genommen.«

»Ich nehme keine Drogen, Denny.«

»Du hast ohnmächtig unter dem Klavier gelegen.«

»Ich hatte nur einen Kater. Ich war doch beim Bandwettbewerb.«

Denny schüttelt den Kopf. »Erzähl mir nichts, das war doch nicht nur Alkohol. Sieh dich doch mal an, du bist doch total aufgedreht. Du bist drauf. Vom Saufen kommt das nicht. Was hast du genommen? Koks? E? Deine Augen sind ganz blutunterlaufen. Du siehst echt fertig aus.«

»Ich hab gekifft. Eine ganze Menge.«

»Ach nee. Und wo wir gerade dabei sein, wo hast du eigentlich so viel Gras her?«

Ich werde trotzig. »Geht dich gar nichts an.«

Er wirft mir einen langen, prüfenden Blick zu. Ich sehe ihm an, wie sich der Gedanke in seinem Kopf formt, bevor es ihm selbst klar ist. Ich springe zum Telefon, aber er ist schneller.

»Vielleicht sollte ich Mom und Dad anrufen«, sagt er.

Ich mache einen Satz über die Arbeitsfläche und versuche, Denny davon abzuhalten, die Nummer zu wählen.

»Das machst du doch nur, um mir eins reinzuwürgen.«

»Die beiden würden sich bestimmt Sorgen machen, wenn sie wüssten, dass ihre kleine, perfekte Pianistin Drogen nimmt. Sie würden vielleicht sogar ihre Reise abbrechen und nach Hause kommen, um sich um dich zu kümmern. Da wähle ich doch gleich mal ihre Nummer und –«

Ich keuche, die Kante der Arbeitsfläche schneidet mir in den Bauch, während Denny und ich in Zeitlupe Tauziehen um den Telefonhörer machen.

»Du glaubst doch gar nicht wirklich, dass ich Drogen nehme«, presse ich zwischen zusammengebissenen Zähnen hervor. »Du willst nur nicht mit mir darüber reden.«

»Worüber denn?«

»Eben.«

Denny lässt den Hörer los, ich verstecke ihn hinter meinem Rücken. Das Plastik fühlt sich heiß an. »Wieso hat mir das keiner gesagt?«

Denny mustert mich. »Du warst zwölf, Kiri. Du hast Sukey vergöttert. Du wärst damals nicht damit fertiggeworden, und so wie es aussieht, kommst du heutzutage ja auch noch nicht damit klar.«

Ich starre ihn wütend an. Ich kann mir vorstellen, wie ich gerade aussehe mit meinen aufgeschrammten Knien und blutunterlaufenen Augen und meiner verkrampften Haltung – wie so ein Möchtegern-Gangster, der seine erste Tankstelle überfällt. Aber das ist gemein. Es ist doch alles ganz anders. Ich bin hier die Vernünftige, die, die unsere Familie zusammenhält.

»Tja, wenigstens weiß ich mittlerweile mehr als ihr alle. Willst du wissen, wer sie umgebracht hat? So ein junger Typ mit einer schiefen Nase. Willst du wissen, woher ich ihre Sachen habe? Ihr Alki-Nachbar hat sie fünf Jahre lang bei sich im Schrank versteckt, weil sich anscheinend niemand aus unserer bescheuerten Familie dazu aufraffen konnte, mal ihre Wohnung auszuräumen, nachdem das alles passiert ist.«

Denny fährt sich seufzend mit den Fingern durch die idiotische Frisur wie ein Erwachsener, der eine ermüdende Diskussion mit einer Dreijährigen führen muss. »Das ist alles nicht so einfach. Du kennst ja nicht mal alle Details.«

Die Verachtung in seiner Stimme bringt mich zum Schäumen, als hätte jemand in mir Backpulver und Essig zusammengekippt. Ich raste aus.

»*Du kennst ja nicht mal alle Details. Du kennst ja nicht mal alle Details.* Ich bin ja wohl dagewesen, also erzähl du mir nichts von Details!«

Denny grinst gehässig. »Ach ja? Dann weißt du also auch von ihrem klitzekleinen Drogenproblem?«

»Viele Künstler nehmen bewusstseinserweiternde Substanzen zu sich.«

»Weißt du auch, dass sie Leuten Geld geschuldet hat?«

Ich sage nichts.

Ich halte das Telefon umklammert, als würde Denny es mir immer noch wegnehmen wollen, aber er redet nur mit unglaublich lässiger Stimme weiter und trommelt dabei mit den Fingern auf die Arbeitsfläche.

»Weißt du auch, was tolle Künstler mit klitzekleinen Drogenproblemen machen, um an Geld zu kommen?«

Der Satz hängt in der Luft wie eine abgeschossene Granate. Dennys Blick lässt mich nicht los. Ich winde mich wie ein Seeigel bei ihm im Labor. In meinem Kopf steigen dunkle Gedanken auf. Plötzlich bereue ich, ihn zu dieser Unterhaltung gezwungen zu haben.

»Mom und Dad hätten ihr helfen müssen!«

»Haben sie ja. Kannst du dir vorstellen, wie oft Dad versucht hat …«

»Sie hat an einem Bild gearbeitet. An einem großen. Und das wüsstet ihr drei auch, wenn ihr mal an sie geglaubt hättet.«

Der letzte winzige Rest Mitgefühl verschwindet schlagartig aus Dennys Augen. »Ich weiß nicht, was dir dieser Alki-Nachbar von ihr für eine herzzerreißende Geschichte aufgetischt hat, aber sie hat ihre Tage da sicher nicht mit Malen zugebracht.«

»Doch, hat sie. Sie hat gerade an einem Bild gearbeitet, als sie gestorben ist.«

Denny sieht mich so ungläubig an, dass mir eines klar wird: Er zweifelt gerade zum ersten Mal ernsthaft an meinem Geisteszustand.

»Ja, klar«, stöhnt er und lässt die Arme sinken. »Unsere liebe, unschuldige Sukey war gerade fleißig am Bildermalen in ihrem hübschen Atelier, als auf einmal völlig überraschend irgendein Drogendealer hereinspaziert kam und sie erstochen hat. Wenn das stimmt, wo ist denn dann das Bild? Erzähl mir nicht, der Alki-Nachbar hat den Frosch mitgenommen, aber das angebliche Meisterwerk dagelassen.«

»Vielleicht ist Blut drangekommen«, sage ich, aber meine Gedanken fliegen sofort zu Sukeys Steppdecke. Doug hätte das Bild trotzdem aufgehoben. Vielleicht hat er es immer noch. Vielleicht hat er es einfach nicht übers Herz gebracht, sich davon zu trennen. Oder vielleicht hat er es auch zu einer Kunstausstellung gebracht, so wie Sukey es wollte.

Ich muss einen verstörten Eindruck machen, denn Denny

streichelt mir kurz die Hand. »Hey, sie war ja auch meine Schwester.«

Ich ziehe meine Hand mit einem Ruck weg und sehe ihn böse an. Denny schüttelt den Kopf. Sein Mitleid verpufft augenblicklich.

»Jetzt mal im Ernst, Kiri. Wenn du hier schon so einen Aufstand darum machst, dass dich alle angelogen haben, dann hör wenigstens auch auf, dir selbst was vorzumachen.«

Er geht aus der Küche. Ich stehe da und hasse. Hasse Denny, hasse unsere Eltern, versuche, auf das perfekte Gegenargument zu kommen, mit dem ich allen beweisen kann, dass sie unrecht haben.

Fünf Minuten später ist mir aber immer noch nichts eingefallen, und ich stehe einfach nur ganz allein in der Küche.

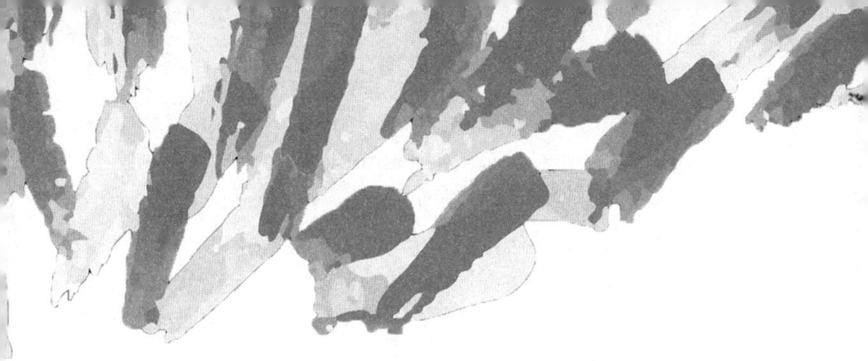

KAPITEL 29

Am nächsten Morgen fahre ich mit dem Bus zum Imperial. Ich will herausfinden, was aus Sukeys Bild geworden ist. Sobald ich im Bus sitze, bereue ich diesen Entschluss schon wieder. Der Bus tuckert vor sich hin, schafft genau einen Meter, bevor die nächste alte Dame mit Eidechsengesicht an der Strippe zieht, damit er anhält. Ein großer, verpickelter Junge setzt sich neben mich, holt Schreibblock, Stift und Taschenrechner aus dem Rucksack und macht sich an eine unmöglich scheinende Matheaufgabe, wobei er laut durch den Mund atmet. Ich muss an das Emo-Mädchen vom Teenager-Depressions-Buch von Lukas' Mom denken. Die beiden würden doch perfekt zueinanderpassen.

»Brauchst du Hilfe?«, frage ich ihn freundlich, aber er wirft mir nur einen verschreckten Blick zu und schreibt dann weiter.

Der Bus schleicht den West Broadway hinauf und wird von Haltestelle zu Haltestelle voller. Mit dem Fahrrad wäre ich schneller gewesen, aber das Vorderrad ist verbeult, und es sticht mir schon beim Laufen so in den Knien, da will ich gar nicht wissen, wie es sich anfühlen würde, in die Pedale zu treten. Ich beiße die Zähne zusammen und versuche, ruhig zu bleiben, während die Leute den Bus an den sinnlosesten Orten anhalten lassen: am Waschsalon, an der Bank.

Die Leute kommen mir alle so spießig und kleinlich vor, dass ich kaum an mich halten kann. Weiterfahren, weiterfahren, weiterfahren. Mathe-Junge stößt mit der Schulter gegen meine, und die ältere Dame hinter mir wickelt unglaublich laut und knisternd ein Pfefferminzbonbon aus, das nach Industriewaschmittel riecht. Das Einzige, was mich davon abhält, komplett auszurasten, ist eine SMS von Skunk: *was macht mein crazy girl denn gerade?*

bin auf einer mission, schreibe ich zurück.

nachher dim sum?, fragt er.

ja bitte, antworte ich ihm.

ok, süße.

Als ich endlich im Imperial bin, hockt Doug in eine blaue Fleecedecke eingewickelt auf seiner Matratze, die Bierdose an ihrem angestammten Platz in seiner Hand. Snoogie lässt sich das Katzenfutter schmecken, das ich neulich vorbeigebracht habe. Ich höre die sternförmigen rosa Pellets zwischen ihren Zähnen zerkrachen. Ich setze mich neben sie auf den schmutzigen Fußboden und breche den Granatapfel auf, den ich mir auf dem Weg hierher bei MONEY FOOD ENTERPRISES gekauft habe. An manchen Tagen braucht man eben seltsames Obst.

»Mein Bruder will wissen, was aus dem Bild geworden ist«, sage ich möglichst lässig und wie nebenbei – ich tue es für den Fall, dass Doug es tatsächlich behalten oder aus lauter Verzweiflung verkauft hat, als er Geld für Bier brauchte oder so.

»Hä?«, sagt Doug nur und rülpst.

»Sukeys Meisterwerk. Du meintest doch, sie hat gerade gemalt, als …«, mein Hals zieht sich zusammen, »… als es passiert ist.«

Meine Stimme klingt ganz hoch, wie bei einer Trickfilmfigur, als hätte ich einen Zug von einem Heliumballon genommen. Ich habe das Gefühl, mit mir stimmt irgendetwas nicht. Seit der Nacht unter dem Klavier fühlt sich mein Kopf seltsam an, so gehetzt und zittrig irgendwie. Meine Gedanken sind wie ein Fernseher, an dem der Lautstärkeregler kaputt ist: In einem Moment klingt alles ganz normal, im nächsten dann plötzlich WAHNSINNIG LAUT, und dann klingt alles wieder normal, so dass ich gar nicht sicher bin, ob der laute Teil überhaupt stattgefunden hat. Ich kneife mich genervt ins Bein. Jetzt reiß dich mal zusammen.

Doug sieht auf seine fleckigen gelben Hände hinunter und schweigt. Ich beiße in den Granatapfel, genieße das Bittere neben dem Süßen. Als ich die Kerne ausgelutscht habe, sehe ich mich nach etwas um, wo ich sie hineinspucken kann. Bleibt nur meine Hand.

»Keine Sorge«, sage ich sanft, »ich bin nicht böse, wenn du es selbst behalten wolltest. Aber du kannst es mir nicht ganz vorenthalten, zeigen musst du es mir wenigstens. Ich muss es doch mal sehen.«

Ich beiße wieder ein Stück aus dem Granatapfel und arbeite es im Mund durch. Die Kerne in meiner Hand wachsen zu einem warmen, durchgekauten Haufen heran. Ich kippe ihn neben mir auf den Boden.

Doug entdeckt den Granatapfel und sieht mich unzufrieden an. »Leg das Ding weg, du tropfst ja überall hin. Was soll das überhaupt sein?«

»Ein Granatapfel.«

Doug seufzt. »Ich hab jedenfalls kein Bild.«

»Wie meinst du das? Hat es jemand geklaut? Ist jemand hier gewesen und hat es mitgenommen?«

Doug sieht finster auf seine Decke hinunter und weicht meinem Blick aus. Ich versuche, ihn einzufangen.

»Du hast doch gesagt, sie hat ständig gemalt. Du hast gesagt, sie hätte sich tagelang eingeschlossen. Dass sie Zeit für sich gebraucht hat, um an ihrem Kunstwerk zu arbeiten. Komm schon, Doug. Du hast ihr letztes Bild doch wenigstens mal gesehen, oder? Weißt du noch, wie es aussah?«

Im Zimmer unter uns wird etwas Schweres zu Boden geworfen, und dann fängt jemand an zu schreien: eine lange Hasstirade voller Flüche, dass die Wände wackeln. Doug schweigt. Die Stille legt sich dick und schrecklich zwischen uns und wird immer größer, wie ein Fleck, der sich ausbreitet.

»Vergiss es«, murmele ich leise.

»Ach, Mädchen.«

Ich stehe auf, klopfe mir die Granatapfelkerne von der Jeans und gehe zur Tür. Plötzlich wird mir klar, wie bizarr es ist, dass ich überhaupt hier in diesem heruntergekommenen Hotel bin und mich mit diesem heruntergekommenen Typen unterhalte. Die Erkenntnis bereitet mir leichte Panik.

Was mache ich denn überhaupt hier?

Ich krame mein Handy heraus, damit ich Skunk gleich eine SMS schreiben kann, wenn ich hier wieder raus bin.

»Ach, Scheiße«, flucht Doug. »Warte mal, Mädchen.«

Ich stolpere über irgendetwas und falle fast hin, finde das Gleichgewicht aber wieder und gehe weiter zur Tür. Ich will hier einfach nur noch raus. Denny hatte recht. Wahrscheinlich weiß ich doch ganz gut, was mit Sukey wirklich los war, wenn sie sich tagelang eingeschlossen hat. Einen Pinsel brauchte sie dazu eher nicht.

»Warte doch mal«, wiederholt Doug, und seine Stimme klingt plötzlich so ehrlich und drängend, dass ich mich tatsächlich umdrehe.

»Was denn?«

Er bedeutet mir, dass ich mich hinsetzen soll, aber ich bleibe stehen, die Hände in die Hüften gestemmt. Wenn er was sagen will, soll er sich kurz fassen.

»Deine Schwester …«, setzt er an. Dann verstummt er und sieht zu Boden. Ich schnaube genervt und drehe mich wieder um, aber dann redet Doug plötzlich so leise und schnell, dass ich jeden Muskel anspannen und meine Ohren anstrengen muss, um ihn überhaupt zu verstehen.

»Als ich Sukey das erste Mal gesehen hab«, murmelt er vor sich hin, »das werd ich nie vergessen. Sie trug ein blaues Kleid mit Punkten drauf und hat auf dem Gehweg gesessen und versucht, ihre Bilder zu verkaufen. Sah aus, als wäre sie höchstens seit drei, vier Tagen auf der Straße. Alles an ihr wirkte wie ein Mädchen, das aus einem der hübschen Vororte weggelaufen ist, Surry oder Burnaby. Kaum älter als sechzehn. ›Ab nach Hause mit dir, Süße‹, hab ich zu ihr gesagt. ›Du siehst aus, als hättest du 'ne nette Familie, die auf dich wartet.‹«

Die Geschichte kommt so unerwartet, dass ich vor Überraschung und Verwirrung in Tränen ausbreche. Doug sieht nicht mal hoch. Seine Augen sind ganz stumpf und blicken in die Ferne. Als wäre diese Erinnerung ein Film, den er schon so oft gesehen hat, dass die Worte und Bilder darin mit Bedeutung überfrachtet sind und daher weit über den ursprünglichen Inhalt hinausgehen. Ich habe das Gefühl, er hat diese Geschichte schon hundertmal erzählt, hunderten von Saufkumpels, und kein Einziger hat ihn wirklich verstanden. Und er hat hunderte Biere hinterhergekippt, und die haben es auch nicht leichter gemacht.

»Wir haben angefangen, uns zu unterhalten«, spricht er weiter. »Irgend so ein Tourist hatte ihr gerade für 50 Dollar ein Bild abgekauft. Es war das erste Mal, dass sie überhaupt etwas verkauft hatte, und sie war total glücklich. Sie strahlte. Als Nächstes fragte sie mich, ob ich wüsste, wo man hier für wenig Geld übernachten kann. ›Geh lieber wieder nach Hause, Süße‹, hab ich zu ihr gesagt. ›Jetzt macht dir das hier vielleicht noch Spaß, aber warte mal ab, bis du so weit bist wie ich.‹ Willst du wissen, was sie darauf geantwortet hat?«

Ich weine mittlerweile wirklich, heiße Tränen lecken mir lautlos über die Wangen. Ich weiß nicht, wieso Doug mir ausgerechnet jetzt diese Geschichte erzählt. Vielleicht musste er das Traurigste bis zum Schluss aufheben. Vielleicht bin ich der einzige Mensch, der ihm diese Bürde abnehmen kann, nachdem er so lange damit herumlaufen musste.

»Was hat sie gesagt?«

»Sie hat gesagt: ›Meine Seele wohnt aber nicht dort, und ich will da sein, wo sie ist.‹ Das war aus 'nem Film, ich hab sie mal gebeten, mir das aufzuschreiben, aber ich hab den Zettel verloren. Das hat mich jedenfalls völlig umgehauen – da sitzt dieses wunderschöne Mädchen in dem gepunkteten Kleid auf dem Gehweg, verkauft ihre Bilder und wirft mit solchen Sprüchen um sich. Jeden Tag hab ich ihr gesagt, sie soll nach Hause gehen. Jeden einzelnen Tag.«

»Wieso hat sie das denn bloß nicht gemacht?«, bricht es aus mir heraus, obwohl ich die Antwort ja kenne.

Wir stehen eine Weile stumm da, nur mein leises Schluchzen ist zu hören.

Schließlich ächzt die Matratze. Doug lehnt sich nach vorne und greift nach seinen Krücken. »Komm mal mit, Mädchen. Ich will dir was zeigen. Ist vielleicht nicht das, was du wolltest, aber ich bin mir ganz sicher, Sukey hätte gern gehabt, dass du es mal siehst.«

Er schwingt sich hoch. Ich betrachte ihn misstrauisch. Meine Tränen trocknen langsam, aber meine Wangen sind immer noch ganz heiß. Ich habe eigentlich keine Lust auf noch mehr Überraschungen, egal, worum es geht.

Doug humpelt durchs Zimmer und in den Flur hinaus. »Hier lang«, keucht er.

Ich folge ihm mit etwas Sicherheitsabstand. »Ihr altes Zimmer kenne ich schon«, sage ich und muss an die Pornohefte und den Gestank nach kaltem Zigarettenrauch denken.

Doug schüttelt den Kopf. »Sukey war sowieso nur ganz selten in dem Dreckszimmer da.«

Er humpelt eilig den Flur entlang, als hätte er Angst, dass ich es mir anders überlege, wenn wir nicht schnell genug da sind. Der Boden unter uns knarzt und knirscht, als könnte er jeden Moment einstürzen. Vor dem Notausgang am Ende des Flurs hält Doug an und lehnt sich dagegen.

»Löst das nicht einen Alarm aus?«

Doug übergeht meinen Einwand. »Drück mal dagegen.«

Er geht umständlich zur Seite, und ich nehme zögerlich seinen Platz ein. Ich drücke gegen die Tür, und sie schiebt sich ein Stück auf und gibt den Blick auf eine wackelige Feuerleiter frei. Doug blinzelt in den blauen Himmel, als sähe er ihn zum ersten Mal. Ich werfe einen besorgten Blick nach draußen.

»Ich weiß nicht, was da oben groß sein soll«, sagt Doug mit einem traurigen Blick auf seine Krücken, »vielleicht ist da auch gar nichts … Aber Sukey hat sich oft hoch aufs Dach geschlichen, also kannst du dich ja vielleicht auch mal da umsehen, wenn du willst.«

Ich betrachte die klapprige Leiter, die sich wie eine Weinranke an der Backsteinwand hinaufwindet, und in mir zieht sich alles zusammen. Ich hab Höhenangst. Ich hasse-hasse-hasse es, irgendwo raufklettern zu müssen. Und diese Feuerleiter sieht aus, als würde sie schon bei einem zu strengen Blick zusammenbrechen.

»Na los«, raunt Doug.

»Ich weiß nicht.«

»Wenn du sehen willst, was deine Schwester gesehen hat, ist das hier deine Chance.« Er klopft mir ermutigend auf den Arm und sieht mit solcher Sehnsucht die Leiter hinauf, dass ich mich schäme.

»Wenn du wieder unten bist, komm noch mal bei mir vorbei und erzähl mir, was man von da oben sieht.«

Die ganze Feuerleiter klappert und wackelt bei jedem Schritt. Ich klammere mich an dem rostigen Geländer fest und verfluche innerlich das Hotel Imperial: Wenn ich auf dieser Scheißfeuerleiter sterbe, komm ich als Geist wieder und fackel dich ab, bevor sie dich abreißen, das kannst du mir glauben. Unter mir fahren Autos, die Abgase steigen mir stechend in die Nase. Von irgendwoher ist der wummernde Bass einer Stereoanlage zu hören, auf den verblichenen Markisen liegt weißer Taubendreck.

»Na sieh mal einer an, da kletterst du einfach so auf Feuerleitern herum«, lacht die Sukey in meinem Kopf, aber ich bin gerade so böse auf sie, dass ich ihr nicht antworte. Bei jedem wackeligen Schritt schlägt mir das Herz bis zum Hals. Bei jedem Blick nach unten dreht sich mir der Magen um. Von den Mülltonnen steigt süßlicher Gestank auf. Da werde ich dann landen, falls die Leiter den Dienst versagt.

Je höher ich komme, desto mehr mache ich mir Sorgen um völlig nebensächliche und unwichtige Dinge, als würde sich mein Gehirn nicht mehr die Mühe machen wollen, zwischen wichtig und unwichtig zu unterscheiden. Ich überlege, ob Mathe-Junge wohl jemals seine Aufgabe herausbekommen hat. Ob Stanley Otter Fish es als Komponist zu Ansehen gebracht hätte, wenn er nicht von einem Laster überfahren worden wäre. Und wie das wäre, wenn ich sterbe, und die letzte Frucht, die ich gegessen habe, war ein Granatapfel.

Ich sage mir, dass es Schlimmeres gibt.

Nach ein paar weiteren klappernden, ängstlichen Schritten ist die Feuerleiter zu Ende, und an ihrer Stelle führt eine kleine Swimmingpoolleiter weiter nach oben. Ich beiße die

Zähne zusammen und klettere sie schnell hinauf, bin so in Eile dabei, dass ich mir das Knie an der obersten Sprosse anschlage. Als ich endlich sicher auf dem Dach angekommen bin, ist mir vor lauter Angst und Erleichterung so schwindlig, dass ich mich erst mal hinhocke, die Augen zukneife und einfach nur atme. Die Sonne scheint mir zu warm auf mein schwarzes T-Shirt, ich werde bei lebendigem Leibe gebraten.

Während ich da in der staubigen Hitze des Dachs hocke, überwältigen mich diese ganze Situation und meine Gefühle erneut, und ich fange fast schon wieder an zu weinen. Die Knie tun mir weh, und ich habe kaum geschlafen, und als ich heute Morgen versucht habe, meinen Synthi zu reparieren, hat die Power-Anzeige erst geflackert und ist dann ausgegangen, und seitdem kann man ihn nicht mehr anstellen. Ich denke darüber nach, wie Skunk und ich im Sternenkleid umhergetanzt sind, und an den Streit mit Lukas, an meinen Fahrradunfall und wie ich unter dem Klavier gelegen und gekotzt habe.

Ich sollte gar nicht hier sein, denke ich. Und mein Gehirn funktioniert nicht so, wie es funktionieren sollte, und ich darf eigentlich gar nicht über Sukey Bescheid wissen, und irgendwie ist alles ganz falsch.

Vielleicht sollte ich winken, dann sieht mich jemand und ruft die Polizei, und die hilft mir dann. Nicht nur von diesem Dach runter, sondern auch damit, dass Sukey ermordet wurde und meine Gedanken manchmal ganz laut und dann wieder leise werden, und mit diesem ganzen verwirrend verrückten Sommer.

Ich kneife mich wieder, diesmal so hart, wie ich kann.

Kannst du nicht einmal die Klappe halten? Es ist alles in Ordnung mit dir. Du suchst nur nach Ausreden, damit du feige sein darfst.

Ich sitze auf dem Boden neben der Leiter, der starke Teil von mir macht den schwächeren fertig, bis sich irgendwann alles in Rauch auflöst. Und plötzlich geht es mir einfach so wieder gut. Ich fühle mich ein bisschen dumm, und es ist mir alles etwas peinlich. Ich hebe den Kopf und sehe mich um.

Mitten auf dem Dach steht ein Plastikstuhl, der schon bessere Tage gesehen hat. Daneben liegen ein alter Discman, ein Häufchen Zigarettenstummel und eine Colaflasche voller Regenwasser. Ein gesprungener Blumentopf ist unter den Gartenstuhl gerollt und hat dabei etwas von seiner schwarzen Erde mit den weißen Düngekügelchen verloren.

Ich sammle gerade meine Kraft, um aufzustehen und mir das Ganze mal näher anzusehen, als mein Blick auf etwas fällt: Neben meinem rechten Fuß ist ein schmutziggelber Farbklecks. Ich strecke die Hand aus, um darüber zu streichen, und in dem Moment sehe ich nur ein paar Zentimeter weiter noch einen Farbspritzer. Ich halte abrupt in der Bewegung inne, mein Herz rast. Ich sehe immer mehr Farbkleckse, eine ganze zusammenhängende Wolke davon um mich herum. Die Farben sind ausgeblichen, weil sie jahrelang dem Regen und dem Schmutz hier oben ausgesetzt waren, aber sie sind immer noch da, man kann sie immer noch gut erkennen, diverse Schichten von Tropfern, Kleckserm und Spritzern.

Sukey.

Ich gehe runter auf alle viere, um mir das genauer anzusehen, den Schmerz des rauen Dachs an meiner aufgeschrammten Haut ignoriere ich. Ich wische den Dreck ein wenig weg und kann Himberrrot, Lila und Gischtgrün erkennen, wie die Hinterlassenschaften einer psychedelischen Taube. Hier muss Sukey mit ihrer Leinwand gestanden und gemalt haben. Diese Farbspritzer müssen von ihrem Pinsel auf das staubige Dach getropft sein. Hier hat Sukey Kunst erschaffen, denkt mein Gehirn immer wieder. Meine Sukey, die, die ich gekannt habe, nicht die Fremde, die nur noch ein Wrack war. Der Satz klingt wie eine Glocke in meinem Kopf. Selbst wenn sie also Mist gebaut und viele Fehler gemacht hat, wenigstens hat sie immer noch weitergesucht. Sie hat immer noch versucht, den Ort zu finden, an dem ihre Seele ist. Und vielleicht hat sie ihn ja trotz der schlimmen Umstände auch tatsächlich gefunden.

Ich muss daran denken, wie wütend und gedemütigt ich mich vor ein paar Minuten noch gefühlt habe, und schäme mich. Vielleicht sollte man Menschen nicht danach beurteilen, was aus ihnen geworden ist, sondern danach, was sie trotz allem geblieben sind. Jeder Farbklecks fühlt sich an wie ein leises Versprechen, und während ich den Staub von jedem einzelnen abwische, beschließe ich, dass von jetzt an alles in Ordnung sein wird.

Es gibt keinen Grund mehr, traurig zu sein, keinen Grund mehr, auszurasten oder Fahrradunfälle zu haben oder sich wie verrückt Gedanken um die Leute im Bus zu machen. Die Welt ist gut, und ich bin gut, und die Liebe ist gut. Und wenn Sukey es selbst in ihren dunkelsten Zeiten geschafft hat, ihrer Seele zu folgen, dann gibt es vielleicht auch noch Hoffnung für mich.

KAPITEL 30

Die ganze Woche lang trage ich Sukeys Dach mit mir herum wie eine Tasche voller Kaugummikugeln, ein aufregendes Geheimnis, das ich kaum für mich behalten kann. Ich will gut sein, rein und weise. Erleuchtet wie eine Heilige. Ich will etwas erlebt haben, das mich verändert hat, also benehme ich mich auch, als hätte sich etwas in mir verändert.

Am Montagnachmittag nehme ich meinen Synthi mit zu Skunk, und er schraubt im Schuppen mit seinen Fahrradwerkzeugen daran herum. Die abgebrochenen Einzelteile lassen sich perfekt wieder zusammensetzen. Man sieht ihm nicht mal mehr an, dass er irgendwann mal zerbrochen war, und das summende Geräusch beim Spielen ist auch weg.

Ich spiele Skunk eine Weile etwas vor und sage ab und zu: »Und an der Stelle macht Lukas dann ba-ka-ka-ta-ba-ka-ta auf dem Schlagzeug …«, bis Skunk den Synthesizer beiseiteschiebt, mich auf die Werkbank setzt und küsst. »Mein lieber Bison«, sage ich, aber er hört mich nicht, weil wir uns ja küssen.

Beim Abschied drückt mir Skunk ein kleines schwarzes Buch mit vergilbten Seiten in die Hand. Ich beginne darin auf der Busfahrt nach Hause zu lesen. Gleich auf der ersten Seite steht: *Wer ohne Begehren ist, sieht das Innere. Wer voll Begehren ist, sieht nur das Äußere.* Ich drehe das Buch um. Auf dem Cover steht *Tao Te King*. Bis ich zu Hause bin, habe ich das komplette Buch zweimal durchgelesen. Ich schicke Skunk eine SMS:

fühlt sich an, als hätte jemand mein gehirn in den mixer gesteckt.

stimmt ja irgendwie auch, schreibt er zurück.

die wurzel unserer angst liegt im selbst, schreibe ich ihm daraufhin.

wenn wir selbstlos sind – wovor sollten wir Angst haben?, antwortet er.

das schwere begründet das leichte, schreibe ich.

die stille beruhigt das laute, antwortet er.

Wir schicken uns einzelne Zeilen hin und her, bis wir fast das ganze Buch durchhaben. Dann ruft Skunk mich an und sagt: »Ich vermisse dich jetzt schon, Crazy Girl«, und da steige ich aus, gehe rüber auf die andere Straßenseite und nehme den Bus zurück in die Gegenrichtung. Ich kidnappe Skunk für einen Ausflug zu der chinesischen Bäckerei, bevor seine Tante und sein Onkel von der Arbeit nach Hause kommen.

Am Dienstag meldet sich Lukas endlich bei mir, nachdem ich ihm ungefähr eine Million SMS geschickt und gefragt habe, wann wir uns denn zum Üben treffen wollen, weil mein Synthi ja jetzt wieder ganz ist. Ich bin zum Abendbrot bei ihm eingeladen, Petra hat Kartoffelsalat und Käse-

Pierogi gemacht. Sie findet mein Outfit gewagter, als man es von mir gewohnt ist, und ich sage, jetzt, wo unsere Band berühmt ist, muss man klamottentechnisch natürlich auch nachziehen. Lukas sieht immer noch genauso aus wie sonst, aber das liegt daran, dass er der Schlagzeuger ist, und Schlagzeuger stehen ja so gut wie nie wirklich im Rampenlicht, so ist das eben. Während des Abendessens bleibt Lukas stumm und stochert nur in seinen Pierogis herum, während seine Eltern und ich uns unterhalten.

»Wo sind denn deine Eltern gerade?«, fragt Petra.

»In Paraguay«, antworte ich. »Kümmern sich um Meeresschildkröten.«

»Ich dachte, Paraguay wäre auf allen Seiten von Land umgeben«, mischt sich Lukas ein.

»Jetzt nicht mehr«, flüstere ich ihm verschwörerisch zu.

Wir gehen nach unten, um zu üben. Lukas setzt sich sofort an sein Schlagzeug.

Ich sehe ihn erwartungsvoll an. »Wollen wir nicht erst mal was rauchen?«

»Nein.«

»Wieso denn nicht?«

»Du hast ja anscheinend schon.«

»Nein, hab ich nicht.«

»Wieso benimmst du dich dann so komisch?«

»Mach ich doch gar nicht.«

»Seitdem du das mit deiner Schwester weißt, bist du einfach nicht mehr dieselbe.«

»Natürlich bin ich nicht mehr dieselbe. Ist doch auch logisch.«

Er schnappt sich seine Drumsticks und fängt an zu trommeln. Ich versuche immer wieder, seinen Blick einzufangen, aber er weicht mir aus. Das macht mir irgendwie Angst. Ich stehe da und kann nicht anfangen zu spielen.

»Lukas?«

Er hört auf zu spielen. »Was denn?«

Mir schwirrt nervös eine Unmenge an Dingen durch den Kopf, die ich sagen könnte. Noch vor ein paar Wochen kannte Lukas mich in- und auswendig. Doch jetzt gibt es so vieles, das er nicht über mich weiß, und auch so vieles, das ich nicht über ihn weiß. Es ist erschreckend, wie schnell sich eine Freundschaft komplett verändern kann. Wie wenn man eine Woche nach Schulschluss an seiner alten Grundschule vorbeiläuft: Die Schaukeln und Rutschen und die Gebäude sind noch dieselben, aber sie gehören einem plötzlich auf unerklärliche Weise nicht mehr, und man selbst gehört da auch nicht mehr hin.

Ich will ihm von Sukeys Dach erzählen, dass ich jetzt einen Freund habe und dass ich den perfekten Typen für das Emo-Mädchen gefunden habe. Das will ich Lukas alles erzählen, aber wie er mich da über sein Schlagzeug hinweg ansieht, genervt und ungeduldig, als ob er einfach genug von meinem Quatsch hat, fühle ich mich ganz klein, und mir wird ein bisschen schlecht. Ich habe überhaupt nicht mehr das Gefühl, irgendwelche tollen Erkenntnisse gewonnen zu haben.

»Tut mir leid«, sage ich. Er zuckt nur mit den Schultern. Wir üben unsere Stücke und sehen einander nicht mehr an.

Am Mittwoch wälzen Skunk und ich uns in lustvoller Umarmung auf dem Fußboden der Radiohöhle. Ich ziehe meine Jeans aus, da bemerkt Skunk die Abschürfungen an meinen Beinen. Mit einem beunruhigten Blick zieht er sich meine Beine auf den Schoß, um sie näher betrachten zu können.

»Was hast du denn da gemacht?«

Ich gähne und ziehe ihn wieder zu mir herunter, um ihn zu küssen. »Ach, nichts.«

»Nein, jetzt mal im Ernst.«

Er fährt mit den Fingern über die Wunden, betastet vorsichtig die kleinen Kiesel, die ich da nicht rausgekriegt habe. Manche Menschen haben so warme Hände. Skunks Hände fühlen sich an wie Kissenbezüge, die frisch aus dem Trockner kommen.

»Bin mit dem Fahrrad hingefallen.«

»Wann denn?«

»Vor einer Woche oder so.«

»Und wie ist das passiert?«

Ich grinse ihn an. »Ridin' dirty.«

Skunk fährt mit dem Daumen über meine Knie. »Hast du einem Bus die Vorfahrt genommen oder was?«

»Nei-en. Bin von einem Auto angefahren worden.«

Skunk zuckt zusammen. »Du bist von einem Auto angefahren worden und hast mir nichts davon erzählt?«

Ich schwinge meine Beine von seinem Schoß und setze mich auf. »Ist doch egal. Die Liebe ist siegreich im Angriff und unverwundbar in der Verteidigung.«

Er sieht mich ganz erschrocken an. »Welche Farbe hatte das Auto denn?« Er sieht aus, als ob er gleich ohnmächtig wird.

Ich streichele Skunks Haare. »Keine Ahnung. War eben ein Auto.«

»Kannst du dich wirklich nicht an die Farbe erinnern?«

Ich beuge mich vor und lecke ihn am Ohr. »Entspann dich mal, Bicycle-Boy. Wie du siehst, bin ich ja gesund und munter.«

Skunk sitzt immer noch ganz starr da, als hätte er ein seltsames Geräusch gehört, eine Maus hinter der Wand oder einen Einbrecher. »Hat dich das Auto verfolgt?«

Ich sehe ihn verwirrt an. »Nein. Also na ja, die Frau ist mir schon noch ein Stück hinterhergefahren, aber ich glaube, sie wollte nur sichergehen, dass alles okay ist.«

»O Gott«, sagt Skunk.

»Was denn? Was ist denn?«

Aber Skunk hält den Kopf in den Händen und macht keinerlei Anzeichen, sich wieder zu beruhigen, bis ich aufstehe, auf Zehenspitzen durchs Zimmer gehe und eins der Radios leise anmache.

Am Donnerstag erzähle ich Dr. Scaliteri von meinem neuen Übungsplan. Ich versichere ihr, dass ich sozusagen ununterbrochen übe. Jetzt, wo ich weiß, dass ich es ja auch im Kopf machen kann, übe ich fast 24 Stunden am Tag.

»Wie lange übt Nelson Chow denn jeden Tag? Bestimmt nur vier oder fünf Stunden, oder? Wenn Sie möchten, kann ich ihm gern meine Methode beibringen. Ist vielleicht ganz hilfreich, wenn er dann an der Juilliard ist. Dann kann er schon in der U-Bahn auf dem Weg dahin üben.«

Ich höre, wie die Haustür geöffnet wird und Nelson Chow hereinkommt.

»Hey, Nelson«, rufe ich, »wie viele Stunden übst du eigentlich pro Tag?«

Keine Antwort. Nelson ist jemand, der immer so tut, als hätte er einen nicht gehört. »Hey, Nelson! Ich hab gefragt, wie viele Stunden!«

Dr. Scaliteri ruft Nelson zu, dass er im Flur warten soll. Sie beugt sich so weit zu mir herüber, dass ihr das Dekolleté mit den Leberflecken fast aus der silbernen Bluse herausfällt und zischt: »So ein Benehmen dulde ich in meiner Stunde nicht!«

»Was denn für ein Benehmen? Ich will ihm doch nur helfen.«

»Kiri«, sagt sie, »so hat sich noch niemand bei mir aufgeführt. Du gehst jetzt nach Hause und fängst an zu üben.«

»Ich hab Ihnen das doch gerade erklärt, Dr. Scaliteri. Ich übe schon. Ich übe gerade die ganze Zeit, während wir uns unterhalten.« Ich zeige auf meinen Kopf. »Da drin.«

Auf meinem Weg nach draußen fällt mir auf, dass die Obstschale in der Fensterscheibe irgendwie zu stark leuchtet, so als würde jemand eine Neonröhre dahinter halten.

Meistens essen Denny und ich Sushi zum Abendbrot, weil ich das ganze Essen weggeschmissen habe. Denny nimmt immer eine Avocado-Roll und eine Yam-Roll. Ich esse immer eine Yam-Roll und eine California-Roll. Ich reiße das kleine Sojasoßentütchen auf und schütte den kompletten Inhalt wie Ahornsirup über mein Sushi.

Denny kann seinen Ekel kaum verbergen. »So macht man das nicht«, sagt er, gießt sich ein bisschen Sojasoße auf seinen Teller, mischt einen Klecks Wasabi hinein und rührt mit seinem Essstäbchen um. »Man dippt das nur in die Soße. Siehst du, so.«

Ich widme ihm meine ganze Aufmerksamkeit und bin

hingerissen davon, wie gut sich Denny mit den einfachen Dingen des Lebens auskennt. Wenn ich meine Sojasoße auch so perfekt mischen könnte, hätte mein Leben vielleicht endlich einen Sinn.

Ich lese das *Tao Te King* immer und immer wieder, bis ich es auswendig kann. Außerdem schicke ich Lukas immer und immer wieder SMS, wann wir denn das nächste Mal üben, und als er mir nicht antwortet, gehe ich mit meinem Synthi unterm Arm und meinem Grasvorrat in der Tasche eben spontan bei ihm vorbei. Ich bin ziemlich sicher, dass er mittlerweile mit Kelsey Bartlett zusammen ist. Zehn Minuten nach meiner Ankunft piepst sein Handy nämlich, und er ist auf einmal ganz nervös und durcheinander und sagt, er müsse jetzt leider los.

Ich fahre mit dem Rad zu Skunk, und wir knutschen im Schuppen herum, während die Birnenblüten an die Tür klopfen.

Ich sitze nach meiner Klavierstunde im Flur und mache mir Notizen zu Nelson Chows Technik.

Als Nelson Chow herauskommt, laufe ich ihm bis zur Bushaltestelle hinterher und lese ihm meine Notizen vor.

Ich sitze neben Nelson Chow im Bus und befrage ihn zu seinen Übungsgewohnheiten, bis er aussteigt.

Ich schreibe Lukas eine SMS, dass wir uns mal einen neuen Verstärker zulegen sollten, und als er nicht darauf antwortet, kaufe ich einen auf eBay und lasse ihn zu ihm nach Hause liefern.

Ich kiffe und übe Klavier, bis Denny sagt: »Seit wann kiffst du eigentlich so viel und gehst nie schlafen?«

Danach übe ich heimlich weiter im Kopf, während ich

sehr langsam durch das Wohnzimmer schreite wie ein Zen-Mönch, der in Meditation versunken durch einen Garten mit winzigen Bonsaibäumen spaziert.

Skunk nimmt mir das Versprechen ab, dass ich ihn sofort anrufe, wenn ich das nächste Mal angefahren werde oder auch nur den geringsten Verdacht habe, von Geheimagenten verfolgt zu werden. Wir reparieren meine Bremse, und er schnuppert an meinen Haaren wie an einer Blume. Wir hören uns Detektivhörspiele im Radio an, und ich klettere auf ihm herum wie auf einem Baum. Wir lesen uns gegenseitig aus dem *Tao Te King* vor und essen Guaven. Wir fahren mit den Rädern zur English Bay und bauen uns ein Nest im Sand. Wir schlafen zehntausendmal miteinander und machen uns danach Omelette. Ich nenne ihn Bicycle-Boy; er nennt mich Crazy Girl.

Denny fragt: »Wo fährst du denn bloß immer mit deinem Rad hin?«

KAPITEL 31

Skunk redet nicht gern über seine Paranoia-Geschichte und wechselt immer sofort das Thema, wenn ich ihn darauf anspreche.

»Ist echt keine große Sache«, wiegelt er ab.

Aber manchmal kann ich seine Angst fast wie einen Schatten über ihm schweben sehen. Direkt nach dem Aufwachen ist Skunk manchmal verwirrt und völlig fertig mit den Nerven, und dann sieht er mich so misstrauisch an, als wäre ich ein russischer Spion, dem nicht zu trauen ist.

Wenn ich ihn besuche, ohne mich vorher angekündigt zu haben, erwische ich ihn manchmal dabei, wie er vor dem Haus steht und raucht, ein Haufen Kippen zwischen seinen Füßen und sein Gesicht leer wie eine Datei, deren Text gelöscht wurde.

Wenn wir miteinander rummachen, schämt sich Skunk manchmal plötzlich, und wenn ich ihn dann frage, was los ist, entschuldigt er sich und sagt, dass er früher dünner war. Ich flüstere ihm dann zu, dass er mein lieber Bison ist und aufhören soll, sich zu entschuldigen. Außerdem merke ich mir heimlich genau, was seine Paranoia auslösen kann, und vermeide diese Trigger dann sorgfältig, wenn wir zusammen sind. Ich bin darin so geschickt, dass Skunk denkt, er wäre derjenige, der auf mich aufpasst.

»Du solltest echt einen Helm tragen«, sagt er, und ich drücke seine große warme Hand.

»Ach, Bicycle-Boy. Die meisten Sachen im Leben fühlen sich eben besser an, wenn man dabei keinen Styroporklotz an den Kopf geschnallt hat.«

Wenn ich versuche, die Welt zu einem sicheren und fröhlichen Ort für Skunk zu machen, bin ich auch selbst am glücklichsten. Wir fahren mit den Rädern zur Universität und sehen uns den Nitobe Memorial Garden an, spazieren zwischen den kleinen Steinpagoden umher und trinken Tee aus Skunks silberner Thermosflasche. Ich denke mir für alles, was wir sehen, Geschichten aus: Das da ist der Tempel, in dem der Froschkönig seine Zähne verloren hat, und da drüben in dem See hat die Krawall-Schlange mit einem Blitz gerungen, was dann zur Erfindung der Gänseblümchen geführt hat.

»Ach, Crazy Girl«, lacht Skunk. »Ich hör dir so gern zu.«

Auf dem Weg zurück zu Skunks Haus zähle ich alle Plakate, auf denen für neue Eigentumswohnungen geworben wird.

Luxus im Herzen von Granville Island.

Leben. Arbeiten. Shoppen. Freizeit.

Eine exklusive Nachbarschaft im Hafenviertel.

Wenn man den Plakaten trauen darf, verbringen Eigentumswohnungsbesitzer ihre Zeit mit Shopping, Cappuccino trinken und Yoga. Um genau zu sein, sind die neuen Wohnungen wohl geradezu Ashrams: Auf jedem Plakat sitzt eine schlanke weiße Frau in Lotushaltung vor einem Fenster, hinter dem man blau und weiß die North Shore sieht. Die Preise beginnen bei 4000 aufwärts. Om shanti om.

Zu Hause googele ich nach dem Hotel Imperial, und, wie ich befürchtet habe, ist der Toptreffer ein Yoga-Eigentumswohnungskomplex, der demnächst dort an seiner Stelle auf der Columbia Street zu finden sein wird. Noch vor einem Monat hätte mir das nicht das Geringste ausgemacht, das Imperial ist schließlich eine Mörderhöhle, die wirklich nicht mehr als menschliche Behausung geeignet ist. Aber jetzt kenne ich Doug und war auf Sukeys Dach, und da fühlt sich der Abriss einfach nur unglaublich ungerecht an. Ich schreibe daher eine E-Mail an das zuständige Architektenbüro, in der ich die Leute dort über meine Einwände genauestens in Kenntnis setze.

In dieser Nacht warte ich, bis Denny schläft, und schleiche mich dann zu Skunk. Ich klopfe leise an die Schiebetür, und einen Moment später öffnet er mir.

»Ach, Crazy Girl«, murmelt er und lässt mich hinein.

Wir sitzen in seiner Radiohöhle, trinken Piniennadeltee und lesen uns abwechselnd aus dem *Tao Te King* vor. Auf einmal hören wir Schritte, und dann steht auch schon Skunks Tante oben an der Treppe. Sie trägt die ausgeleierte Jogginghose, die ich mir bei meinem ersten Besuch hier geborgt hatte.

Ich habe Skunks Onkel und Tante noch nicht kennengelernt, bis jetzt ist es uns immer gelungen, ein Aufeinandertreffen zu verhindern. Aber da steht seine Tante nun. Sie kommt die Treppe herunter. Als sie mich entdeckt, bleibt sie wie angewurzelt stehen, als hätte sie gerade herausgefunden, dass Skunk hier unten heimlich einen Orang-Utan beherbergt. Ich will ihr gerade etwas Tee anbieten, weil sie ja anscheinend sowieso wach ist, da geht mir auf, dass sie vielleicht deshalb morgens um vier wach ist, weil wir sie mit unserem Lesen geweckt haben. Skunk hatte heute Nacht Riesenangst, dass jemand seine Gedanken kontrollieren könnte, daher haben wir uns aus dem *Tao* vorgelesen, um die Agenten zu verwirren.

Ich lächle und sage hallo. Bestimmt erkennt sie mit einem Blick, dass ihr Neffe und ich sehr verliebt ineinander sind, und dann wird sie uns so ein bisschen wehmütig ansehen, wie die alten Leute, an denen wir im Zen-Garten vorbeigelaufen sind.

Sie sieht direkt an mir vorbei zu Skunk, der hinter mir sitzt und mich mit seinen wunderschönen Armen mit den vielen Tattoos umschlungen hält, in einer Hand die Teetasse, aus der wir beide trinken.

»Was ist hier los?«

Sie klingt streng. Vielleicht haben wir sie wirklich geweckt. Kann ich mir aber eigentlich gar nicht vorstellen, wir waren doch so leise. Ich beuge mein Gesicht über die Teetasse in Skunks Hand.

»Kiri, das ist meine Tante Martine.«

Ich schlucke den Tee und lächle Tante Martine an. »Hi.«

Sie runzelt die Stirn. Sie sieht blass und ein bisschen verquollen aus und hat ein Ich-muss-in-drei-Stunden-aufstehen-Gesicht. Ein Gesicht wie ein altes Hamburgerbrötchen. Sie sieht Skunk an. »Was machst du hier so spät noch?«

Skunk zeigt auf die Teetasse.

Martine seufzt und reibt sich die Schläfen, als ob Skunk ihr Kopfschmerzen macht. Ihre Brille passt irgendwie gar nicht zu ihrem Gesicht, so als wäre sie jemand, der normalerweise Kontaktlinsen trägt. Und wenn so jemand dann doch mal seine Brille aufhat, wundern sich immer alle und sagen, wow, wusste gar nicht, dass du eine Brille trägst. Sie nimmt ihre Wusste-gar-nicht-dass-du-eine-Brille-trägst-Brille ab und presst sich Daumen und Zeigefinger in die Augenhöhlen. Ihre Haut ist schlaff. Ohne Brille sieht sie aus wie ein zerknautschter Dingo. Sie hat kurze Ich-habe-keine-Zeit-für-eine-Frisur-Haare wie meine fiese Kindergärtnerin früher.

»Es ist vier Uhr morgens. Du solltest eigentlich schlafen. Nimmst du deine Tabletten um elf nicht?«

»Nicht immer«, antwortet Skunk trotzig.

»Du sollst sie doch aber um elf nehmen. Jeden Abend um elf.«

»Nur, wenn ich sie brauche.« Skunk klingt ungewohnt bockig.

Ich habe das Gefühl, die beiden haben diese Unterhaltung schon sehr oft miteinander geführt.

Martine sieht überrascht auf. »*Mon dieu*. Soll das heißen, du hast sie schon öfter nicht …«

»Lass uns ein anderes Mal darüber reden.« Es klingt nicht wie eine Bitte.

Ich drehe mich zu ihm herum und sehe eine Kälte in seinem Gesicht, die ich bisher nicht kannte. Sein Gesicht ist komplett verschlossen. Er weicht meinem Blick aus. Skunks Tante schüttelt den Kopf und schimpft auf Französisch vor sich hin. Vielleicht sollte ich versuchen, ein bisschen zwischen den beiden zu vermitteln. Ich setze mich auf.

»Tut uns leid, dass wir dich geweckt haben, Martine. Wir wollten wirklich leise sein.«

Sie sieht erst mich an, blickt dann zurück zu Skunk und hebt fragend die Brauen. Ihre Lippen sind zu schmalen Strichen zusammengepresst »Wer ist das?«

Ich fühle, wie sich Skunks Armmuskeln anspannen, als würde er einen Lieferwagen stemmen wollen.

»Kiri ist meine Freundin.«

Obwohl Skunk gerade Ärger wegen mir bekommt, macht es mich für einen Moment sehr glücklich, als er nebenbei unseren Beziehungsstatus klärt.

Martine mustert mich. »Was macht sie hier um diese Uhrzeit? Wieso ist sie nicht zu Hause?«

Ich verstehe nicht, wieso sie immer noch so tut, als gäbe es mich gar nicht. Ich räuspere mich. »Also, ich muss nicht um eine bestimmte Uhrzeit zu Hause sein.«

Sie ignoriert mich weiter. »Weiß sie Bescheid, Philippe? Weiß sie von deiner Krankheit? Weiß sie auch, dass du sehr vorsichtig sein musst?« Ich nehme mal an, sie meint Skunks Verfolgungswahn, aber es ist mir ein Rätsel, wieso sie das so vorwurfsvoll sagen muss. Pass mal auf, Lady, wenn du weiter so mit meinem Freund redest, zeig ich dir gleich mal, wie vorwurfsvoll *ich* sein kann.

Martine, die hochgefährliche Dingo-Dame, kommt ein paar Schritte die Treppe herunter und sieht sich missbilligend um. Ich versuche, sie telepathisch zu verscheuchen: Weg mit dir, Dingo! Raus aus unserer Höhle!

»Kannst du mir das bitte mal erklären, Philippe? Wir hatten doch gerade erst ein sehr langes Gespräch, in dem du eine ganze Menge Versprechungen gemacht hast. Und jetzt nimmst du deine Medikamente schon wieder nicht? Obwohl du es Dr. Winterson doch versprochen hast?«

Martine hat einen leichten Quebecer Akzent. Den hört man auch, wenn sie Philippe sagt. Skunks anderer Name. Ich streichele seinen Knöchel. Hihihi, Philippe. Er stellt die Teetasse ab, legt die Arme um mich und faltet die Hände vor meinem Bauch wie ein Sicherheitsgurt.

»Ich nehme die Medikamente ja. Wenn ich sie brauche.«

»Du brauchst sie jeden Tag, Philippe. Es ist erst sechs Monate her. Dir geht's noch nicht wieder gut. Verstehst du denn nicht, was passieren kann, wenn du jetzt aufhörst, die Medikamente zu nehmen? *C'est un problème, Philippe. Un grand problème.*«

»Ich kann ja wohl selbst entscheiden, ob es ein Problem gibt oder …«

Martine schneidet ihm mit einer Bewegung der Hand das Wort ab. »Unterbrich mich nicht. Wir haben lang und breit darüber diskutiert, Philippe. Wir haben uns darauf geeinigt, dass du nur hier wohnen kannst, wenn du dich an das hältst, was Dr. Winterson empfiehlt. Du sollst deine Medikamente nehmen, regelmäßig zur Selbsthilfegruppe gehen und dein Leben wieder auf die Reihe kriegen. Wenn der Arzt sagt, du musst um elf deine Medikamente nehmen, dann nimmst du auch um elf deine Medikamente. Jeden Abend. Keine Teepartys morgens um vier. Und es übernachtet auch niemand hier.«

Skunks Tante sieht mich an und putzt ihn dann auf Französisch weiter herunter. »*Honnêtement, Philippe. T'es imbécile. C'est pas à toi de choisir si tu vas les prendre ou pas les prendre. C'est à Dr. Winterson à dire.*«

»*On peut parler plus tard, Martine? Ecoute. Ecoute-moi, là. S'il-te-plaît. On peut parler plus tard?*«

Sie streiten sich noch eine Weile so, als hätten sie vergessen, dass ich auch noch hier bin. Ich strenge mich an, in etwa zu verstehen, worum es geht. Martine klingt gerade sehr nach »Du hast das nicht zu entscheiden!«, während Skunk wahrscheinlich sagt: »Können wir nicht bitte später darüber reden?«

Ich dachte, er wäre vor Ärger so starr geworden, aber das ist gar nicht der Grund. Mein armer lieber Bison zittert vor Demütigung. Das muss ein Ende haben. Ich muss der Sache ein Ende bereiten. Sie darf ihm nicht weiter weh tun.

Ich schwenke die Arme in der Luft. »Martine?«

Sie sieht mich an, als könne sie nicht fassen, dass ich immer noch hier bin.

»Wie bist du hierhergekommen, Kelly?«

»Mit dem Rad.«

»*Bon*. Dann fahr jetzt wieder nach Hause. Nimm deine Sachen mit. Philippe und ich haben etwas Privates zu besprechen.«

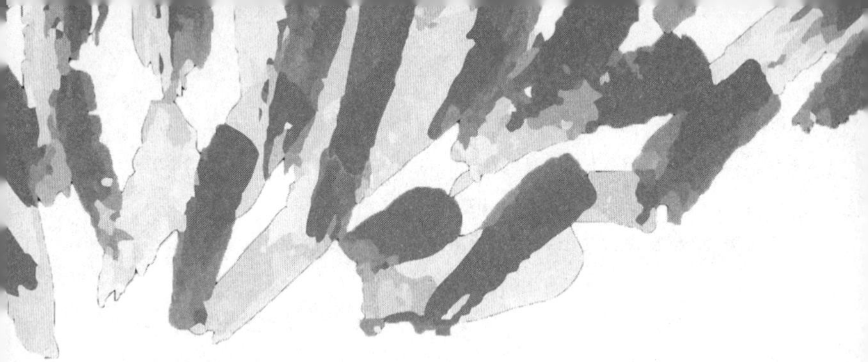

KAPITEL 32

Als ich wieder zu Hause bin, ist es fast fünf Uhr morgens. Ich tappe auf Zehenspitzen durch die Garage und schleiche mich nach oben in mein Zimmer. Jetzt hat es auch keinen Sinn mehr, noch zu schlafen. Also lege ich mich aufs Bett und übe stattdessen das *Sesquipaedia*-Stück im Kopf, bis Denny endlich aufsteht. Dann gehe ich runter, mache Kaffee und kümmere mich um meine Aufgaben, bringe den Müll raus und gieße die Azaleen.

Im Briefkasten liegt ein großer weißer Umschlag, auf dem in edler Schrift *Internationaler Wettbewerb junger Pianisten* steht. Ich reiße ihn auf. Drinnen steckt das offizielle Programm, eine Anfahrtsbeschreibung zur Benaroya Hall und eine Checkliste mit den Dingen, die man zum Vorspielen mitbringen soll. Ich überfliege das Programm, bis ich meinen Namen gefunden habe:

Kiri Byrd, Sonntag, 14:07 Uhr

J. S. Bach, *Italienisches Konzert*

L. v. Beethoven, *Sonate Nr. 14 cis-Moll op. 27/2*

F. Chopin, *Nocturne in Des-Dur*

C. Debussy, *La cathédrale engloutie*

A. Chatschaturjan, *Toccata*

Ich bin auch bei den Teilnehmern der Meisterklasse aufgeführt, mit Prokofjews *Klavierkonzert Nr. 2*.

Ich rufe Dr. Scaliteri an. »Das Programm ist da!«

»Kiri, ich gebe gerade eine Stunde.«

»Ich muss Sie was fragen.«

»Kiri …«

Im Hintergrund hört man jemanden spielen. »Die linke Hand schweben lassen«, sagt Dr. Scaliteri zu jemandem, wahrscheinlich Nelson Chow.

»Dr. Scaliteri, Dr. Scaliteri? Ich hab mich für ein anderes Stück für die Meisterklasse entschieden.«

»Du kannst das Stück nicht ändern.«

»Doch, das ist schon okay, ich lerne gerade ein neues, mit der Methode, von der ich Ihnen erzählt habe. Das Stück ist nicht von einem berühmten Komponisten, den kennt fast keiner.«

»Kiri, ich habe keine Zeit für so einen Unsinn. Du spielst den Prokofjew.«

Der oder diejenige am Klavier spielt weiter. »Sehr gut, Nelson.« Dachte ich's mir doch.

»Sie haben es mich ja noch gar nicht spielen gehört. Kann ich heute Nachmittag mal vorbeikommen?«

»Ausgezeichnet, Nelson. Dein Klang wird immer besser.«

»Dr. Scaliteri?«

»Haben wir schon über das Konzert im Oktober gesprochen?«

»Welches Konzert?«

»Ach, stimmt, du bist dann ja schon an der Juilliard. Dafür würde es sich aber lohnen, von New York herzufliegen.«

Sie redet mit Nelson. Wieso redet sie mit Nelson? Sie soll doch gerade mit mir reden.

»Dr. Scaliteri? Soll ich nun vorbeikommen?«

»Lass es dir mal durch den Kopf gehen. Ich geb dir nachher noch eine Broschüre mit den Details mit.«

»Dr. Scaliteri? Ich könnte auch jetzt gleich kommen.«

Nelson spielt, ach nein, Entschuldigung: Er schwebt weiter. Ich höre ein Klicken und dann ein undeutliches Geräusch, als hätte Dr. Scaliteri das Telefon auf den Schreibtisch gelegt. Hat sie wirklich einfach vergessen, dass wir uns gerade unterhalten? Oder will sie, dass ich heimlich zuhöre, wie Nelson spielt, ohne dass er es weiß? Vielleicht will mir Dr. Scaliteri etwas zeigen, vielleicht will sie, dass ich Nelson beim Spielen zuhöre und ihr dann hinterher meine Meinung dazu sage. So langsam habe ich das Gefühl, wir stecken gemeinsam in dieser ganzen Nelson-Chow-Sache drin.

Ich drücke den Hörer ans Ohr und lausche die nächsten zwanzig Minuten lang gebannt. Bis Dr. Scaliteri eine Nummer wählt, als hätte sie vergessen, dass sie noch gar nicht aufgelegt hat. Ich sehe mir noch einmal den Programmflyer an. Hinten drauf steht eine Telefonnummer. Dann rufe ich da eben mal an.

Ich fahre mit dem Fahrrad zu Skunk, damit wir uns noch mal sehen können, bevor Tante Martine von der Arbeit kommt, aber auf mein Klopfen macht niemand auf, und die Tür lässt sich auch nicht aufschieben. Auf dem Boden liegt ein großer Haufen Zigarettenkippen. Ich kaufe ein paar Drachenfrüchte für Skunk und lege sie ihm in einem Kreis von Birnenblüten mit einem Zettel daneben vor die Haustür: *Der Weg, auf dem man um elf seine Medikamente nimmt, ist nicht der wahre Weg. Alles Liebe, Kiri.*

Im Baum sitzen braune Vögel und zwitschern. Skunks Auto steht nicht mehr da. Wo steckt er denn nur? Ich rufe ihn auf dem Handy an, aber er geht nicht dran. Ich kann das Handy im Haus klingeln hören.

SMS von Lukas: *wieso hat mir fedex grad nen verst. geliefert?*

SMS zurück: *brauchen doch super-sound f den wettbewerb am sa*

»Jetzt hör endlich auf, ununterbrochen durch das Haus zu tigern«, sagt Denny. »Du machst mich noch wahnsinnig.«

»Ich weiß nicht, wo Skunk ist.«

»Wer ist denn Skunk?«

Ich stelle den cremefarbenen Flyer vom Internationalen Wettbewerb junger Pianisten auf das Klavier und spiele alle meine Stücke sechsmal hintereinander durch.

»Hör auf, so komisch zu spielen«, brüllt Denny.

»Wie denn?«

»Als würde dir dabei jemand eine Knarre an den Kopf halten.«

Ich erinnere ihn daran, dass der Wettbewerb in vierzehn Tagen ist, Mom und Dad in dreizehn Tagen zurückkommen und ich ganz allein dafür verantwortlich bin, dass sie exakt das einwandfreie Klavierspiel präsentiert bekommen, das sie mittlerweile von mir erwarten.

Petra ruft an und lädt Denny und mich zum Abendbrot ein. Sie denkt, meine Eltern wären endlich vernünftig geworden und hätten ihn zu uns nach Hause geschickt, um auf mich aufzupassen. Ich sage ihr nicht, dass sie sich irrt. Als ich ihre Einladung ablehne, fragt sie, ob sie kurz mit Denny sprechen kann.

»Der ist gerade nicht da«, antworte ich mit einem plötzlichen Anflug von Paranoia. Wieso will Petra mit Denny sprechen? Was hat sie überhaupt vor?

»Sag ihm, er soll dafür sorgen, dass du ordentlich isst«, befiehlt Petra. »Ich kann ihm gern ein Rezept für Brathähnchen geben, falls er nicht weiß, wie man das macht.«

Mein Misstrauen schlägt in Erleichterung um, und mir fällt wieder ein, wie lieb ich Petra habe.

»Er weiß, wie man Hähnchen macht.«

Ich mache mir immer größere Sorgen um Skunk. Was, wenn Martine ihn in irgendein Irrenhaus hat einweisen lassen, nur weil er morgens um vier noch nicht im Bett war? Sie ist Krankenschwester, da glaubt man ihr natürlich eher als ihm. Dabei ist Skunk ja offensichtlich vollkommen gesund. Zu dumm, dass er sein Handy nicht dabei hat, sonst könnte er mich anrufen, wenn er mich braucht. Ich versuche es noch ein allerletztes Mal bei ihm, bekomme aber wieder nur die gequetschte Roboterstimme zu hören, die mir erklärt, dass der Teilnehmer seine Mobilbox nicht eingerichtet hat. Also fange ich eben an, die Krankenhäuser durchzutelefonieren.

»Ist bei Ihnen ein Philippe in der psychiatrischen Abteilung?«

»Philippe wer?«

»Er ist ziemlich groß. Wie ein Bison. Er hat die ganzen Arme voller Tattoos.«

»Wie heißt er denn mit Nachnamen?«

»Können Sie nicht einfach kurz mal nachsehen, ob so jemand bei Ihnen ist?«

Denny kommt vom Skimboarden nach Hause.

»Denny, kannst du mich wo hinfahren?«

»Mach doch selbst mal 'nen Führerschein.«

»Es ist aber unglaublich, unglaublich, unglaublich dringend. Ich muss in die Psychiatrie.«

»Ist ja nichts Neues.«

»Ich muss jemanden finden.«

»Wenn dieser Jemand in der Psychiatrie ist, darf er bestimmt sowieso keinen Besuch haben.«

»Bitte.«

»Bist du taub? Mach den Führerschein.«

Ich suche im Internet nach den Symptomen einer Psychose und lande bei einem Selbsttest zur Suizidgefahr. Laut diesem Test liegt mein Risiko bei 87 Prozent. Das klingt ernst. Ich überlege, ob ich vielleicht auch jetzt gerade kurz davor bin, mich umzubringen. Dann könnte ich vielleicht zu Skunk in die Psychiatrie. Auf der Website ist die Nummer einer Hotline angegeben, die man anrufen soll, wenn man bei dem Test auf mehr als 50 Prozent kommt. Ich rufe an. Besetzt.

Sofort nachdem ich aufgelegt habe, klingelt das Telefon. Ich denke, es ist jemand von der Hotline, es sind aber meine Eltern, die sich aus Litauen melden, wo sie den ganzen Tag Hering und Schnurchelbeermarmelade essen.

»Ich bringe dir und Denny auf jeden Fall was von der Schnurchelbeermarmelade mit«, kichert meine Mutter.

»Vielleicht solltest du dein Musikstudium später in Litauen machen«, sagt mein Vater. »Dann hätten wir eine Ausrede, um ständig hier zu sein.«

»Ich habe seit drei Tagen nicht mehr geschlafen.«

Sie lachen, als hätte ich einen Witz gemacht.

»Nach dem Wettbewerb hast du schon noch genug Zeit zum Schlafen«, prustet mein Dad.

»Wenn du angespannt bist, geh doch ins Fitnessstudio. Kannst dir meine Karte ausleihen, die liegt in dem Körbchen oben auf dem Kühlschrank.«

»Ich glaube nicht, dass –«

»Die haben da einen Hot-Yoga-Kurs. Der soll sehr entspannend sein.«

Ich starre an die Decke. Ich muss mich nicht entspannen, ich muss Skunk finden.

»Und ist mit dem Computer alles wieder in Ordnung?«, fragt mein Dad.

»Bei uns auf dem Schiff kann man Sunrise-Pilates machen«, erzählt meine Mom begeistert.

Ich bin nicht sicher, wie ich das verstehen soll. Wir reden hier doch sicher über viel mehr als nur Computerviren und spirituell angehauchte Dehnübungen. Da muss mehr dahinterstecken, ein Subtext, den ich nur nicht verstehe.

»Ich sterbe«, sage ich langsam und deutlich und versuche dabei, mit jedem Wort so viele verschiedene Bedeutungsebenen zu übermitteln, wie ich nur kann.

»Alles klar«, antwortet meine Mom. »Dann leg dich besser für ein Stündchen hin.«

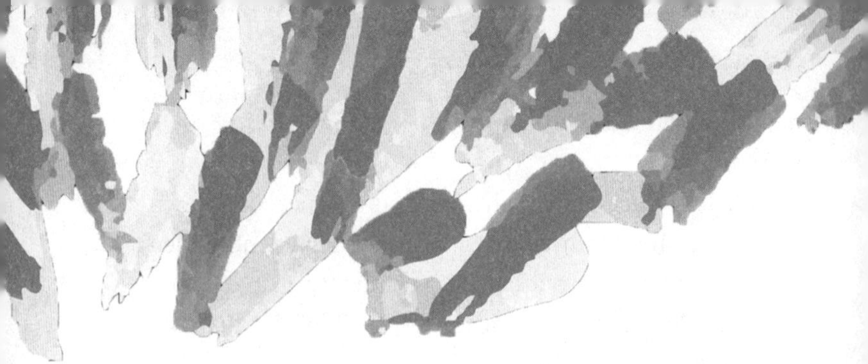

KAPITEL 33

Am Samstagmorgen um vier klingelt mein Handy. Es ist Skunk. Er flüstert: »Die Wurzel unserer Angst liegt im Selbst.«

Ich drücke das Handy fest gegen mein Ohr und flüstere zurück: »Wenn wir selbstlos sind – wovor sollten wir Angst haben?«

Im Hintergrund höre ich das Rauschen eines Radios. Manchmal stellt Skunk eins oder mehrere seiner Radios auf keinen bestimmten Sender, das Rauschen hilft ihm, wenn er besonders paranoid ist. Ich strecke die Beine auf dem Küchenfußboden aus, wo ich gerade sitze und unsere Reinigungsutensilien in Flüssigkeiten, Pulver und Sprays sortiere.

»Hi, Kiri.«

»Hi, Skunk. Hörst du Radio?«

Stille. »Ja.«

»Wie viele hast du an?«

Stille. »Drei.«

»Ist das jetzt das Drei-Radio-Alarmsignal?«

Schweigen.

»Ich hatte Angst, du wärst in der Psychiatrie gelandet. Ich hab schon überall in den Krankenhäusern angerufen und gefragt, ob du da bist. Ich hatte Angst, dass dich Tante Martine eingewiesen hat, weil du um vier noch wach warst. Ich fand sie ganz schön … sorry, aber … ich fand sie ganz schön scheiße.«

Sehr lange Stille. Dann sagt Skunk leise: »Ich war mal in einer Klinik. Nicht dieses Mal. Vor einem halben Jahr. Ich hatte so eine Sache. Deshalb hat sie solche Angst.«

Dieses Mal bin ich an der Reihe mit einer langen Pause. »Wovor denn Angst, Skunk?«

»Angst davor, dass es wieder passiert.«

»Diese Sache?«

»Ja, diese Sache.«

Stille. »Und wo warst du diesmal?«

Stille. »Rate mal.«

»Nicht in der Psychiatrie.«

»Nein.«

»Ähm.«

Stille. »Ähm.« Denk nach. »Im Lucky Foo's.«

»Nein.«

»Montreal.«

»Nein.«

Stille.

Stille. »Gibst du auf?«

Skunk klingt sehr leise. Ich stelle mir vor, wie er da in seiner Radiohöhle sitzt und mit beiden Händen das Telefon bedeckt, damit ihn Tante Martine nicht hört. Vielleicht hat er auch das Rauschen eingestellt, um sein Telefonieren zu überdecken. Aber würde Tante Martine dann nicht das Rauschen hören und ihn erst recht einweisen lassen?

»Skunk?«

»Ja?«

»Bist du sicher, dass deine Tante schläft?«

Schweigen. Rauschen. »Ja.«

»Okay.«

Stille. »Rauchst du?«

Stille. »Ja.«

Stille. »Pass auf.«

Rauschen.

Stille. »Ich war in den *marshlands*.«

»Was?«

Stille. »Ich war in den *marshlands*.«

»Wie in dem Bandnamen?«

»Ja.«

Rauschen. Ich lasse den Blick über die bunten Flaschen auf dem Boden vor mir schweifen, nehme mir eine und inspiziere sie genauer. »Was meinst du, wer ist vertrauenswürdiger, Windex oder die WC-Ente?«

Stille. »Windex.«

»Wieso?«

Stille. »Traue nie einer Ente.«

»Aha.«

»Schon gar keiner WC-Ente.«

Ich lese die Anwendungshinweise auf der Flasche. »Da steht immer viel zu viel drauf.«

»Die Leute wollen halt wissen, wie was funktioniert.«

»Hm. Aber wozu immer gleich dieser ganze Wissenschaftskram? Wer braucht so ein Diagramm, wie schnell Bakterien abgetötet werden? Wieso nicht mal was anderes? Wieso steht hier nicht zum Beispiel, dass die WC-Ente wirkt, indem sie den Dreck beschwört? Wozu dieser ganze Chemie-Quatsch?«

Radiorauschen. Ich höre Skunk rauchen.

»Die Leute denken eben, man könnte alles mit Chemie erklären.«

»Klar, aber denkt vielleicht mal jemand an die Toiletten?«

Skunk lacht. Ich gebe mir innerlich einen Punkt, weil ich ihn kurz aufgeheitert habe.

»Hast du ein Räucherstäbchen an?«, frage ich.

Stille. »Ja.«

Ich finde es faszinierend, wie gut man einen Menschen kennenlernen kann, wenn man sich ein bisschen Mühe gibt. Menschen sind wie Städte: Wir haben alle geheime Dächer und Stellen in uns, wo Gänseblümchen durch die Ritzen im Gehweg wachsen, aber meistens geben wir anderen nur den Blick auf eine postkartenmäßige Skyline frei. Liebe ist das, was passiert, wenn man sich diese Postkarte so lange ansieht, bis sie ihre Geheimnisse freigibt.

Ich will herausfinden, wie gut ich Skunk kenne. »Hast du dein Sed-Interdum-T-Shirt an?«

Stille. »Ja.«

»Trägst du weiße Socken?«

Stille. »Nein.«

»Bist du gerade barfuß?«

Stille. »Ja.«

»Sitzt du auf dem Boden?«

Stille. »Ja.«

»Hast du Angst vor Tante Martine?«

Stille. »Ja.«

»Hast du Angst, dass sie dich rausschmeißt, wenn du nicht machst, was sie sagt?«

Stille. »Ja.«

»Denkt sie, du hast gerade wieder diese Sache?«

Stille. »Ja.«

»Denkst du das auch?«

Stille. »Nein.«

»Sagst du deshalb, dass du in den *marshlands* warst?«

Stille. »Ja.«

»Kommst du heute Abend zum Auftritt von meiner Band?«

Stille.

»Skunk? Hey, Skunk!«

Stille. Rauschen.

»Kann ich vorbeikommen?«

Schweigen. Rauschen.

»Mit dem Rad brauch ich nur zwanzig Minuten.«

Rauschen.

»Okay, ich schwing mich jetzt aufs Rad.«

»Nein.«

Stille. »Wieso nicht?«

Stille. »Du solltest schlafen.«

Stille. »Warum?«

Stille. »Es ist halb fünf, Crazy Girl.«

»Du hast recht, Crazy Boy.«

Stille. »Ich mach dir einen Vorschlag. Du legst dich in dein Bett, und ich leg mich in meins.«

»Oh, ich hab auch eine Idee! Lass uns beide gleichzeitig

einschlafen und beide dasselbe träumen: Wir träumen davon, dass wir zusammen eine Radtour machen.«

»Ja.«

»Im Traum fahren wir im Stanley-Park rum, und dann brechen wir in eine von den neuen Eigentumswohnungen ein und duschen dort ganz lange in dem geschmackvoll eingerichteten Badezimmer mit der atemberaubenden Aussicht auf Burrard Inlet.«

»Ja.«

»Okay.«

»Ja.«

»Und heute Abend kommst du zum Auftritt von meiner Band.«

Stille. »Ich liebe dich«, sagt er.

Mein Körper wird glühendheiß. Ein Wunder, dass mir nicht das Handy in der Hand schmilzt.

»Ich liebe dich auch«, antworte ich ganz aufgeregt, als hätte ich in meiner inneren Stadt plötzlich einen Springbrunnen entdeckt.

KAPITEL 34

»Meine Mom glaubt, dass du gerade eine hypomane Episode hast.«

Ich trage einen wahnsinnig schweren, wahnsinnig teuren, wahnsinnig neuen Verstärker, als Lukas das sagt. Er rutscht mir aus den Händen, doch Gott sei Dank kann ich ihn gerade noch so auf meinem linken Knie abstützen, bevor er herunterfällt.

»Ufff.«

Lukas geht einfach weiter die enge, steile Treppe im Train Room runter.

»Ich hab keine Ahnung von so was, aber du solltest dich mal in Ruhe mit ihr drüber unterhalten …«

»Arggg, arggg!«

Der Verstärker wackelt gefährwackelig auf meinem Oberschenkel hin und her, lange kann ich ihn nicht mehr halten. Wenn Lukas sich nicht bald mal umdreht und mir mit dem Ding hilft, stehe ich demnächst wieder in Skunks Schuppen und versuche, das nächste Stück High-Tech-Musikequipment mit einem Steckschlüssel und einem Montierhebel bewaffnet zu reparieren.

»Arrrggg!«

Endlich dreht sich Lukas zu mir um, sieht mich mit dem riesigen Verstärker kämpfen und runzelt missbilligend die Stirn.

»Was machst du denn da? Nicht, dass dir das Ding noch runterfällt und kaputtgeht.«

Es wäre ja auch zu viel verlangt, wenn Lukas mal drei Schritte zurückkommen und mir bei der Rettung eben jenes Verstärkers helfen würde. Stattdessen steht er da, sieht mir zu, wie ich mich abquäle, und kratzt an einem Pickel herum.

»Jedenfalls glaubt Mom, dass du Hilfe brauchst.«

Ich kann nicht fassen, was ich da höre. Wir haben gerade den Bandwettbewerb gewonnen, verdammt nochmal, das bedeutet, dass wir nächsten Samstag unser erstes eigenes Konzert spielen dürfen. Wir waren gerade unverwundbare Götter zwischen Zeit und Raum, unsere Töne sind zusammengeschmolzen, und die Kraft unserer vereinten Vibes hätte die Decke der Sixtinischen Kapelle zum Einstürzen gebracht. Ein Fotograf mit Hipsterbrille hat uns für irgendein kleines Musikmagazin fotografiert. Straight-Edge-Alex und Nikky Sharp haben uns zugejubelt. So ein Nerd vom Uni-Radio hat uns um ein Demo-Tape gebeten. Solche Stars sind wir gerade. Wir sind die größten Stars, die es jemals gegeben hat.

»Was?!«, schreie ich. »Aber mir geht's doch gut! Ich benehme mich doch total normal.«

Ich weiß, wenn ich jetzt hier ausraste, wird sich Lukas

nur bestätigt fühlen. Aber die Sache ist, dass ich mir heute Abend wirklich unglaublich viel Mühe gegeben habe, mich ja zusammenzureißen. Ich war hellwach und voll da, höflich und bei der Sache und bescheiden und hilfsbereit und freundlich. Und das, obwohl ich letzte Nacht überhaupt nicht geschlafen habe.

Lukas hebt die Hände, als müsste er sich gegen mich verteidigen. »Meine Mom ist Sozialarbeiterin, Kiri. Wenn die denkt, du bist hypoman, dann bist du's wahrscheinlich auch.«

Ich sehe Lukas an. Blonde Haare. Enges T-Shirt. Schwarze Jeans. Drei Stufen unter mir auf der Treppe, gerade auf dem Weg nach draußen kurz nach der Final-Showdown-Runde vom Bandwettbewerb. Das ist der Lukas, dessen Ohrläppchen ich an seinem Geburtstag berührt habe. Der Lukas, mit dem ich in dessen Keller jeden Nachmittag nach der Schule Musik gemacht habe. Der Lukas, an dessen Küchentisch ich gesessen und Tausende Albumcover-Varianten gemalt habe für die Debüt-EP von *Bucket of Skulls/Sonic Drift/Snake Eats Kitten*. Der Lukas, der mich mal so glücklich gemacht hat, einfach nur, weil er ein Lukas war und ich ein ich.

Wer ist Lukas denn überhaupt, verdammt nochmal?

Ich trage einen ein Meter langen Synthesizer, einen Haufen Kabel und einen Verstärker, der mehr wiegt als ich selbst. Lukas trägt zwei Drumsticks und einen grünen Pullover. Seine Eltern sind schon vorgegangen und haben sein komplettes Schlagzeug mitgenommen.

»Kannst du mir vielleicht mal was abnehmen? Ich hab hier ganz schön zu schleppen.«

Lukas sieht mich skeptisch an. »Ich halt aber schon meinen Pullover.«

»Dann vergiss es.«

»Obwohl, ich könnte mir den Pullover vielleicht auch umbinden.«

Das Unglaubliche daran ist – Lukas meint das gerade ernst. Er muss sich tatsächlich erst mal Gedanken darüber machen, dass er einen Pullover trägt, um dann zu der Feststellung zu kommen, dass er, doch, ja, seine Pullover-Transport-Situation vielleicht unter Umständen einer Korrektur unterziehen und mir mit dem Verstärker helfen könnte. Langsam wird mir klar: So ist Lukas eben. Er wird nie wissen, wie man einen Rauchmelder ausschaltet. Er wird nie einen Film eine halbe Stunde später anfangen können als ursprünglich geplant. Er wird mich nie lang genug ansehen, um hinter meine Postkarten-Skyline zu blicken. Er wird's nicht mal versuchen.

Lukas bindet sich den Pullover um die Hüften. »Dann gib mal die Kabel her«, sagt er.

»Was heißt denn hypoman überhaupt?«

Plötzlich ist es mir sehr wichtig, die Kabel, den Verstärker und den Synthesizer allein zu tragen. Ich reiße ihm die Kabel wieder aus der Hand.

»Keine Ahnung«, stöhnt Lukas. »Vielleicht hieß das Wort auch anders. Sie meinte jedenfalls, du hättest wahrscheinlich gerade eine manische Phase.«

»Eine manische Phase.«

Lukas weicht meinem Blick aus. »Oder so ähnlich.«

»Das hat deine Mom gesagt?«

Nicken.

Im Stillen streiche ich Petra von meiner Liste der Leute, für die ich mein Leben geben würde. Manisch. *Moi.*

»Sie macht sich Sorgen um dich, seitdem du das letzte Mal bei uns zum Essen warst.«

»Was war denn da?«

»Du hast eine halbe Stunde von einer geheimen Methode erzählt, mit der du jetzt Klavier übst.«

»Das ist keine geheime Methode, sondern eine wissenschaftlich erprobte Technik, mit der man –«

»Kiri …«

»Wenn sie sich solche Sorgen um mich macht, wieso hat sie dann nichts zu mir gesagt? Wieso sitzt sie dann jetzt da draußen im Auto, während du mir hier erzählst, dass ihr alle heimlich denkt, ich wäre manisch?«

»Weil sie …« Lukas macht den Mund mehrmals auf und zu, wie um die Anfänge der Sätze zu zerkauen, die er nicht sagen will.

Ich starre böse auf ihn hinunter und schwenke den Verstärker wie eine Abrissbirne.

Schließlich: »Sie hat gesagt, auf mich hörst du vielleicht, weil ich dein bester Freund bin.«

Eine heiße Bombe der Demütigung und Wut geht in meinem Innern hoch. Unsere Blicke treffen sich kurz. Wir sehen beide schnell wieder weg. Lukas stapft die Treppe rauf und will mir den Verstärker aus der Hand nehmen.

»Den kann ich ja auch nehmen.«

»Nein.«

»Ach, komm, lass mich das Ding doch tragen.«

Wir kämpfen einen Moment darum und fallen fast mit dem Verstärker, dem Synthesizer und allem anderen die

Treppe hinunter. Schließlich drücke ich Lukas den kompletten Haufen in die Arme.

»Na schön. Dann trag du eben alles. Und weißt du was? Sag deinen Eltern, dass ich allein nach Hause komme.«

»Ach Quatsch, fahr doch mit uns.«

»Nein.«

»Meine Mom fährt bestimmt nicht ohne –«

»Denny kann mich abholen.«

Lukas sieht immer noch skeptisch aus, diskutiert aber nicht weiter. Er wirft mir einen Blick zu wie ein verwundetes Reh und geht langsam die Treppe runter.

Ich stemme die Hände in die Hüften und gebe mir Mühe, möglichst manisch zu klingen: »Große Kunst erfordert eben großen Mut!«

Ich drehe mich um und marschiere die Treppe wieder rauf und durch die Schwingtüren in den immer noch gut gefüllten *Train Room*. Ich gehe ganz ans Ende zum Tonraum und verstecke mich da. Einen Moment später kommen Petra und Lukas durch die Tür. Sie teilen sich auf und suchen nach mir. Nach einer Weile treffen sie sich wieder, führen eine kurze, genervte Unterhaltung und gehen.

Zehn Sekunden später klingelt mein Handy, aber ich mache es einfach aus und schiebe es zurück in meine Handtasche. Für heute habe ich genug von Lukas' Hysterie. Vor unserem Auftritt hatte er Angst, der Verstärker könnte vielleicht nicht richtig funktionieren. Dann meinte er, seine Schultern würden weh tun, er hätte sich bestimmt etwas verzogen. Dann hat er wie ein Verrückter alle paar Minuten auf dem Handy seines Dads nach der Uhrzeit gesehen. Und jetzt soll ich auf einmal eine ganz schlimme manische Phase haben.

Außerdem ist Skunk nicht gekommen.

Ich gehe zur Bar und bestelle mir ein Ginger Ale. Der Typ hinter der Theke erkennt mich von unserem Auftritt. Er hat einen roten Bart und beängstigend gerade Schultern, als hätte ihm die jemand mit dem Lineal ausgerichtet. Er schaufelt Eiswürfel in einen Becher, gießt das Ginger Ale mit einer eleganten Bewegung darüber, steckt eine Limettenscheibe auf den Rand und schiebt mir den Becher rüber.

»Ihr habt echt gerockt. Der hier geht aufs Haus.«

»Oh, vielen Dank. Wusstest du, dass ich gerade eine manische Phase habe?«

»Ist das so was wie verrückt sein?«

»Viel schlimmer.«

»Das tut mir aber leid.«

»Braucht es nicht. Es handelt sich bei mir um die seltenste Form davon. Kriegen nur berühmte Musiker.«

»Wow.«

»Jimi Hendrix hatte das zum Beispiel auch.«

Amüsiertes Augenglitzern. »Wusste ich gar nicht.«

»Tja, jetzt weißt du's. Danke für das Ginger Ale.«

»Viel Glück mit der Phase.«

»Danke.«

Ich nehme mein Getränk und suche mir einen Stuhl. Meine silbernen Schuhe blitzen auf wie Messer. Ich sinke auf den Stuhl und setzte den Becher an die Lippen. Ich trinke einen Schluck und lasse das Ginger Ale einen Moment im Mund herumsprudeln, bevor ich schlucke. Jemand berührt mich am Arm. Ein Junge aus meiner Schule. Er hält einen Flachmann in der Hand.

»Soll ich dir nachschenken?«, fragt er.

Ich halte ihm meinen Becher hin. Eine klare, alkoholische Flüssigkeit gluckert aus der Flasche. Er zwinkert mir zu, steckt den Flachmann wieder ein und verschwindet.

Ich schlage die Beine übereinander und sehe mir die Leute im *Train Room* an. Ich nehme einen Schluck von meinem neuen, verbesserten Ginger Ale. Ich mache mich bereit für mein neues manisches Leben. In meinem neuen manischen Leben nippe ich an Cocktails und mustere lüstern die Menge. In meinem neuen manischen Leben schwinge ich meine silbernen Schuhe wild vor mir her.

Ich denke an Lukas und fühle mich urplötzlich so betrogen von ihm, dass mir fast die Luft wegbleibt. Der nächste Schluck des gepimpten Ginger Ales blüht mir heiß in der Kehle wie eine brennende Blume.

Ich bräuchte eigentlich einen Zylinder und ein Monokel. Ein Monokel für meine Manie. Wieso hat man nie einen Zylinder zur Hand, wenn man ihn am meisten braucht?

Ich weiß, ich sollte versuchen, damit aufzuhören, mit diesem … diesem … was auch immer das jetzt genau ist. Aber ein Teil von mir will nicht, und der andere kann irgendwie nicht. Ich fühle mich wie ein Reifen, der einen Hügel hinunterrollt, schwer und schnell und unaufhaltsam. Und falls es zwischendurch noch einen Punkt gegeben hat, an dem ich hätte aufhören können, dann liegt dieser Punkt jetzt ein winzigkleines Stückchen weit hinter mir.

Ständig kommen Leute zu mir und sagen, wie toll sie *Sonic Drift* finden: Musiknerds, die wissen wollen, auf was für einem Synthesizer ich spiele; Neuntklässlerinnen in Tanktops, die wissen wollen, ob Lukas noch Single ist.

Ich habe das Gefühl, die Leute magnetisch anzuziehen,

wie ich hier auf meinem Stuhl sitze und wild in die Menge starre.

Ich sage allen meinen Fans, dass ich gerade eine manische Phase durchmache. Die meisten wirken beeindruckt und geben mir einen Handschlag. Ein Typ und ein Mädchen, beide in kompletter indianischer Sonnentanz-Aufmachung, reichen mir ein Getränk. Hier lacht keiner über mich, die lachen alle mit mir. Ein Student, der einen Fliegeroverall aus dem Zweiten Weltkrieg trägt, fragt mich nach meiner Meinung zu Mikrotonalität.

»Unter uns gesagt: Mikrotonalität wird demnächst im Mainstream angekommen sein. Aber so richtig.«

Feierliches Nicken.

»Faszinierend.«

Ein Mädchen mit sehr roten Lippen, das eine Schwesternuniform aus dem 18. Jahrhundert trägt, fragt mich, wo ich meine silbernen Schuhe herhabe. Ich sage, dass ich eine manische Phase habe und die Schuhe von einem Mordopfer sind. Mehr Menschen versammeln sich um uns, um mir bei meiner Geschichte über die Mordschuhe zuzuhören. Ich erzähle ihnen, wie Sukey von russischen Zuhältern erwürgt wurde. Sukeys Leben ist viel zu kostbar, um einfach so fremden Leuten davon zu erzählen. Als anerkannte Manische bin ich dafür verantwortlich, welche Informationen in der Sammlung seltener Bücher bleiben und welche der Öffentlichkeit frei zugänglich gemacht werden. Ich bin die Bibliothekarin von Sukeys Lebenserfahrungen. Ich bin die Kuratorin der Wahrheit. Ich führe meine Jünger durch die phantastische Galerie meiner Vorstellungskraft, und sie machen erstaunte Gesichter und geben sich beeindruckt, als wüssten sie Bescheid. Das könnte ich echt zu meinem Beruf machen. Ich sollte mir Visitenkarten drucken lassen: Kiri Byrd, manische Sonderbotschafterin. Das wäre garantiert ein voller Erfolg.

Der Fotograf ist auf einmal wieder da und macht ein Foto von meinen Schuhen. Der Junge von meiner Schule bietet mir noch einmal seinen Flachmann an. Mittlerweile hat sich ein ganz schönes Publikum um mich gescharrt. Kein Wunder. Ich bin schließlich die Einzige hier im Saal, die gerade eine manische Phase durchmacht. Ach, was sag ich, bestimmt in der ganzen Stadt. Das ist für die Leute hier vielleicht die einzige Chance, mal so jemanden zu sehen. Dann sollen sie auch auf ihre Kosten kommen. Ich lache, tippe mir an den Zylinder und sehe durch mein Monokel. Durchaus, durchaus. Die Krankenschwester aus dem 18. Jahrhundert sagt, meine Schuhe könnte ich für mindestens 500 Dollar auf eBay verkaufen. Ich erkläre ihr, dass man auf eBay keine Mordschuhe verkaufen darf. Sie sieht betreten aus.

»Ach, tut mir leid. Das wusste ich nicht.«

»Ja, keine Mordschuhe«, führe ich aus, »und nichts, was mit Räude infiziert ist.«

Nachdem ich meinen neuesten Drink ausgetrunken habe, löse ich die geschlossene Gesellschaft auf und entschwebe zum Mädchenklo. Als ich wieder rauskomme, fragt mich ein schwarzhaariger Mann in einer Motorradjacke, ob ich nicht ein bisschen Spaß haben will. Er ist älter als die meisten anderen hier. Vielleicht ein Talentscout von einem großen Plattenlabel?

Ich grinse ihn an. »Ich hab gerade eine manische Phase. Ist das Antwort genug?«

Wir gehen durch den Notausgang hinaus, und er zieht einen Joint aus seiner schwarzen Lederjacke. Die Jacke ist steif wie eine Rüstung und glänzt tiefschwarz. Meine Augen werden davon magisch angezogen, als könnte ich darin mein Spiegelbild sehen, aber im Leder der Jacke kann man sich natürlich nicht spiegeln. Wir rauchen den Joint. Er ist ganz schön stark. Manchmal sind Joints nicht sehr stark, dieser hier schon. Ich habe das Gefühl, meine Brust dehnt sich aus, und meine Organe schwimmen alle voneinander weg. Muss sich das so anfühlen? Der Motorradmann lächelt, als ob ihm irgendetwas total Tolles einfällt. Er holt eine Tic-Tac-Packung mit kleinen gelben Tabletten aus der Tasche.

»Ich finde dich sehr anziehend«, sagt Motorradmann.

Nichts Neues für jemanden in einer manischen Phase.

»Willst du mal was ausprobieren?«

In einer manischen Phase probiert man ja wohl alles aus.

Er kippt mir zwei von den Tabletten in die Hand. »Viel Spaß.«

Ich schlucke sie. Als jemand mit einer manischen Phase hat man sowieso ununterbrochen Spaß.

Meine auseinanderschwimmenden Organe fangen vor Hitze an zu glühen wie gebackene Süßkartoffeln. Die beste Süßkartoffel auf der ganzen Welt ist die Sorte Garnet, weil sie zur Jewel-Gattung gehört. Sie ist ein Juwel, und ich habe sechs innere Organe, sechs leuchtende Juwelen, die wie Taschenlampen durch meine Haut hindurchleuchten. Die Hände von Motorradmann schweben auf meine Hüfte zu und bleiben da kleben. Sagt man deshalb »anziehend«? Weil sich ein Körper von einem anderen angezogen fühlen kann? Wie Schmetterlingsschwärme von bestimmten Pflanzen?

Ich fange an, Shakespeare aufzusagen. Ich bin der Ost und Julia die Sonne. Oder nein, ich bin die Post und Julia eine Nonne. Wenn ich die Hacken meiner silbernen Schuhe aneinanderschlage, werde ich auf meinem Fahrrad aufwachen. Ich werde durch die Luft segeln, mein Monokel ins Auge geklemmt und die Hände um den Lenker geschlungen.

Skunk, Scheiße, du hättest heute Abend kommen sollen.

Motorradmann flüstert mir Sachen ins Ohr. Sein neuester Vorschlag: mit ihm eine Runde in seinem Auto zu drehen.

Ich glaube, wir machen nicht miteinander rum, aber vielleicht doch. Mein leuchtendes Juwelen-Gehirn hat im Moment so seine Probleme damit, sich zu entscheiden. Die Hand von Motorradmann wird von einer Stelle an meinem Bein angezogen, die gerade noch von meinem schwarzen Kleid bedeckt war. Ich versuche, sein Alter zu erraten. Zahlen steigen wie Blasen aus meinem Kopf auf.

»33«, flüstert Motorradmann.

Ich betrachte die Zahl in meinem Kopf genauestens von allen Seiten wie einen Geheimcode. D-r-e-i-u-n-d-d-r-e-i-ß-i-g. Wie bei 4:33. Das Klavierstück von John Cage, das aus vier Minuten und 33 Sekunden kompletter Stille besteht.

Ein nicht messbarer Rausch von Sekunden vergeht. Ich zähle bis 4:33.

Dann sitze ich in einem Auto mit schwarzen Ledersitzen und einer Stereoanlage, die wie ein Spielautomat leuchtet.

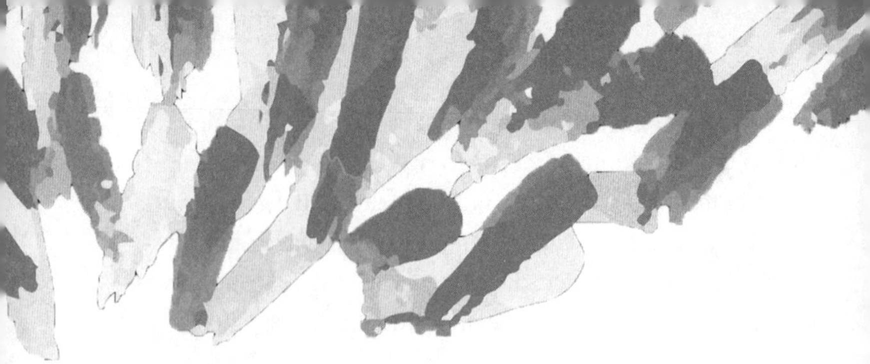

KAPITEL 35

»Kiri! Kiri!«

Ich bin völlig in Gedanken versunken und trabe auf der Hastings Street so schnell vor mich hin, dass ich trotz der Rufe von Skunk noch fast 300 Meter weitergehe, bevor ich endlich anhalten kann. Meine goldenen Leggings sind zerrissen, aber diesmal wohl nicht, weil ich mit dem Fahrrad hingefallen bin, ich hab nämlich gar kein Fahrrad dabei. Dann fällt's mir wieder ein: Ich war mit einem Mann in einem Auto. Das war ein Typ von irgendeinem Label, aber die Musik aus der Stereoanlage war böse, also bin ich ausgestiegen und weggelaufen und hingefallen, und dabei ist sie mir kaputtgegangen. Ich bleibe stehen, und Skunk hält mit seinem schwarzen Fahrrad neben mir. Skaterschuhe. Kein Helm. Er springt vom Rad und schlingt die Arme um mich, als wäre ich eine Zeitung, die ihm weggeflattert ist und der er schon seit einer Ewigkeit die Straße hinunter nachrennt.

»Kiri, ich hab dich schon überall gesucht. Was war denn das für ein Auto?«

Ich betrachte Skunk von oben bis unten. Obwohl der Rest der Straße komplett im Dunkeln liegt, ist sein Kopf von einem unglaublich großen, golden und pink leuchtenden Heiligenschein aus Sonnenlicht umgeben. Sein schwarzes Fahrrad ist von Neonlicht umspült. Wenn er redet, haben seine Worte ein seltsames Echo, als würde er in ein Mikro sprechen und der Ton immer etwas verspätet ankommen. Vielleicht träume ich auch oder jemand spielt mir gerade einen sehr ausgeklügelten Streich.

Ich stemme die Hände in die Hüften und betrachte Skunk skeptisch. »Bist du echt?«

»Ja. Ganz ehrlich.«

»Kannst du das beweisen?«

Er streckt mir seinen Arm entgegen, damit ich daran riechen kann. Ich schnuppere an seinem Ärmel. American-Spirits-Zigaretten. Lapsang Souchong. WD-40.

Ich nicke zögerlich. »Okay.«

Skunk sieht in beide Richtungen, als hätte er Angst, dass Spione in den Hauseingängen sitzen oder Scharfschützen auf dem Dach stehen. Vielleicht beunruhigen ihn auch die Obdachlosen, die mit ihren Einkaufswagen voller Pfandflaschen den Gehweg hinuntertorkeln. Vielleicht haben die ja heimlich Kameras in den klappernden, klirrenden Haufen versteckt.

»Wir müssen hier weg«, befiehlt Skunk. »Wir müssen von dieser Straße weg. Kannst du dich bei mir auf den Lenker setzen?«

Skunks Fahrrad strahlt wie ein Weihnachtsbaum. Es sieht verzaubert aus, schnittig, wie eine Zeitmaschine. Fast zu schön, um es anzufassen.

»Meinst du, du kriegst das hin?«, fragt Skunk fast flehentlich. »Hier, leg mal deine Hände auf meine Schultern.«

Er hebt mich auf den Lenker und steigt hinter mir aufs Rad. Das Metall fühlt sich unter meinen Oberschenkeln kalt wie ein Blitz an. Ich lehne mich zurück, und Skunk fasst links und rechts von mir nach dem Lenker. Er drückt sich mit einem Fuß vom Bordstein ab.

Schon fahren wir im Zickzack durch die Straßen. Es ist ein komplizierter Umweg, den sich Skunk wohl gerade spontan ausdenkt. Wir fahren durch breite Straßen, rollen an Baustellen vorbei und flitzen durch die hohle Stille eines Parkhauses. Ohne dass wir darüber gesprochen haben, ist mir klar, dass Skunk damit die Geheimagenten abhängt. Niemand könnte uns in einem Auto verfolgen, nicht bei den vielen Abkürzungen, die Skunk macht. Da müssten diejenigen schon auf Fahrrädern unterwegs sein, und wir haben kein anderes Fahrrad gesehen, seitdem wir los sind.

Während wir durch die Stadt fahren, habe ich das unangenehme Gefühl, in einem Traum festzustecken, in einer Phantasiewelt, die Skunk und ich mal eben für uns zur echten Welt erklärt haben. Die Häuser, Laternen und Straßenschilder fliegen so schnell an uns vorbei, dass ich fast seekrank werde. Ich bin mir nicht mehr ganz sicher, ob wir wirklich noch vor jemandem fliehen oder uns nur aneinander festhalten, während wir gemeinsam untergehen.

»Mein lieber Bison«, rufe ich, aber es klingt mittlerweile verzweifelt, wie etwas, das man schreit, bevor man in Flammen aufgeht.

Irgendwann halten wir vor einem Diner an, das rund um die Uhr geöffnet hat. Skunk ist ganz nassgeschwitzt.

»Warte hier«, keucht er und hält die Bremsen fest, während ich vom Lenker hüpfe.

Er verschwindet kurz um die Ecke und taucht einen Moment später ohne sein Fahrrad wieder auf. Ihm steht der Schweiß auf der Stirn, und seine Hände zittern, weil er den Lenker so fest umklammert gehalten hatte.

»Ich hab's vor dem Haus da hinten angeschlossen«, erklärt er. »Na komm, gehen wir rein.«

Wir setzen uns im Diner ganz hinten in eine Ecke neben den Toiletten, weit entfernt von der Tür. Skunks Körper ist feucht und heiß wie der Regenwald.

Er sieht sich in dem Diner um. »Ich glaub, hier sind wir erst mal sicher«, sagt er, aber sein Blick streift unruhig durch den Raum.

Die Kellnerin knallt uns zwei Speisekarten auf den Tisch. Skunk ist zu nervös, um zu bestellen. Ich setze mich auf und nehme die Sache in die Hand.

»Wir hätten gern sechs getoastete Käsesandwiches und einen Liter Kaffee.«

Sie sieht mich verwirrt an.

»Wir haben nur normalgroße Kaffeebecher. Aber ihr könnt euch dann nachfüllen lassen, wenn ihr mehr wollt.«

Ich wedele mit der Hand. »Machen Sie einfach.«

Als die Kellnerin weg ist, dreht sich Skunk zu mir um. »Kiri.«

»Hm?«

»Hier sind wir sicher, jetzt kannst du mir erzählen, wer der Mann in dem Auto war.«

Seine braunen Augen sind voller Sorge. Mir geht plötzlich auf, was es für ein Zufall war, dass Skunk ausgerechnet zu der Zeit mit dem Fahrrad unterwegs war, als ich in dem seltsamen Leder-Glas-Aquarium von Motorradmanns Auto herumgeschwommen bin. Wir sind anscheinend noch tiefer miteinander verbunden, als ich es mir je erträumt hätte. Skunk muss gefühlt haben, dass irgendetwas nicht in Ordnung war.

Wo wir gerade beim Thema sind – meine Erinnerungen an die letzten Stunden werden immer verschwommener. Skunks Augen leuchten wie kleine Planeten.

»Ich weiß es nicht mehr.«

Skunks Zigarettenhand kriecht immer wieder zu der Hosentasche, in der er seine Zigaretten hat, und dann zum Tisch zurück, als würde sie ständig versuchen, sich wegzuschleichen und er müsste sie wieder einfangen. Er starrt mir angestrengt in die Augen, als könnte er darin lesen, was ich nur noch bruchstückhaft zusammenbekomme. »Versuch es, Kiri. Versuch es. Was hat er zu dir gesagt? Was hat er von dir gewollt?«

Bevor ich ihm antworten kann, kommt die Kellnerin mit sechs Tellern mit je einem getoasteten Käsesandwich darauf und zwei Tassen Kaffee zurück. Neben jedem Sandwich liegt eine hellgrüne Gewürzgurke. Ich esse eine. Ihre feste, kühle Gurkenhaut zerplatzt in meinem Mund. Meine Gedanken sind verschwommen und sehr bunt. Wie auf einem Rummel. Bei jeder Frage von Skunk werfe ich meine kleine Plastikangel aus und habe einen neuen Gewinn am Haken. Plötzlich setze ich mich kerzengerade auf. Mir ist etwas eingefallen.

»V-i-e-r d-r-e-i-u-n-d-d-r-e-i-ß-i-g«, sage ich. »Diese Nachricht hat er mir mitgegeben.«

»4.33.«

Wir sehen gleichzeitig auf die schmutzig-weiße Uhr an der Wand. Es ist 4.32 Uhr. In dem Moment, als der Minutenzeiger weiterspringt, hören wir plötzlich Polizeisirenen. Wir halten den Atem an, während das Heulen zu einem ohrenbetäubenden Getöse anwächst. Dann verflüchtigt es sich.

»O mein Gott.« Skunk presst die Faust gegen den Mund und blinzelt hektisch.

Ich zerteile mein Sandwich in sechs Teile. Es ist köstlich. Außen goldbraun und innen orange wie ein Verkehrshütchen. Der Kaffee in seiner weißen Porzellantasse ist heiß und wässrig. Skunk sitzt neben mir, ringt die Hände und murmelt besorgt irgendetwas vor sich hin. Ich mache unter dem Tisch meine Mordschuhe auf. Sie klappern auf den Fußboden. Ich ziehe die nackten Füße hoch auf die Bank und setze mich im Schneidersitz hin. Nachdem ich mein Sandwich gegessen habe, wird die Welt wieder etwas schärfer um mich herum. Als ich mich nun hier im Diner umschaue, sehe ich Leute, die Pancakes essen, keine verschwommenen Regenbogen mehr wie noch eben.

»Die sind dir gefolgt«, flüstert Skunk. »Die haben mich benutzt, um dich zu finden.«

Ich nehme mir das nächste Sandwich und schlage die Zähne hinein. Hunger. Ich hatte in meinem ganzen Leben noch nie solchen Hunger.

»Die haben schon mal probiert, dich umzubringen, und heute Nacht haben sie es wieder versucht. Beide Male hattest du davor einen Auftritt im *Train Room*. Das ist doch kein Zufall, Kiri.«

Ich schlürfe meinen Kaffee und sofort steht die Kellnerin neben mir, um nachzufüllen.

»Bedienung nur für vollständig angezogene Gäste.«

»Ach so, sorry.«

Ich schlüpfe zurück in Sukeys Schuhe, mache sie jedoch nicht zu und trinke weiter meinen Kaffee. Die Lichter und Farben im Diner wirken mittlerweile weniger aufgeregt, so als hätte jemand in der Küche einen Dimmschalter betätigt.

Skunk starrt vor sich auf das Muster der Tischplatte, als würde sich ihm dort ein schrecklicher Zusammenhang präsentieren, der ihm vorher noch nie aufgegangen ist. Er sieht mich an. »Versprich mir, dass du nie wieder in den *Train Room* gehst.«

Ich fühle mich, als wäre ich gerade nach einer sehr langen Nacht in einem fremden Bett aufgewacht. Zum ersten Mal, seitdem Skunk plötzlich auf seinem Fahrrad neben mir aufgetaucht ist, sehe ich sein Gesicht deutlich und verstehe, was er eigentlich sagt. Ich stelle meine Kaffeetasse ab.

»Wie meinst du das, nie wieder in den *Train Room* gehen? Lukas und ich haben den Bandwettbewerb gewonnen. Wir spielen da am Samstag unser nächstes Konzert, was du auch wüsstest, wenn du heute dagewesen wärst. Und wo wir gerade dabei sind –«

»Geh nie wieder zum *Train Room*«, sagt Skunk. »Geh nie wieder zum *Train Room* und komm auch nie wieder zu mir nach Hause. Gib mir mal kurz dein Handy.«

Ohne drüber nachzudenken, drücke ich es ihm in die

Hand. Er öffnet das Telefonbuch und scrollt runter zu seinem Namen.

»Hey … was machst du denn da?«

Skunk drückt ein paar Knöpfe und gibt mir mein Handy zurück. Auf dem Bildschirm steht »Kontakt gelöscht«.

»Was … wieso hast du denn das gemacht?«

Er holt sein eigenes Handy aus der Tasche und löscht meine Nummer.

»Es ist zu gefährlich, Kiri. Die benutzen mich, um an dich ranzukommen. Solange wir zusammen sind, werden sie versuchen, dich umzubringen. Du musst dich von mir fernhalten. Sie sind schon viel zu nah rangekommen.«

Die vier restlichen Sandwiches werden kalt. Skunk hat weder sein Essen noch seinen Kaffee angerührt. Sein Gesicht ist zu einer Maske aus grimmiger Entschlossenheit erstarrt. Mein Gehirn versucht eine passende Reaktion zu finden. Ich drehe mich ärgerlich von Skunk weg. »Niemand ist hinter mir her, Skunk. Du hast gerade wieder deine Sache.«

Skunk schüttelt frustrierend besserwisserisch den Kopf. »Du verstehst das jetzt noch nicht, Kiri, aber eines Tages wirst du es begreifen. Ich will nur, dass dir nichts passiert. Wenn du noch mal zum *Train Room* gehst, werden die da auf dich warten. Und wenn sie dich mit mir zusammen sehen –«

»Hör auf, Skunk. Du bist paranoid. Du musst mal rausgehen und eine rauchen. Du hast deine Medikamente wieder nicht genommen.«

Skunk hört aber nicht auf. Er redet leise und monoton immer weiter vor sich hin, als hätte er mich gar nicht gehört. Die Kellnerin räumt unsere Teller ab. Ich dachte, die

Wirkung der Pillen hätte bei mir nachgelassen, aber das ist wohl doch nicht der Fall: Ihr Mund sieht aus wie in den Kopf hineingeschnitten und ganz scheußlich, wie bei einer bösartigen Marionette. Plötzlich spüre ich, wie mir die Welt entgleitet. Wie wenn man einem Ballon nachsieht, dessen Schnur einem aus der Hand gerutscht ist, und nun steigt er immer weiter auf in Richtung der Stromleitungen, höher und höher und uneinholbar. Ich stehe auf. Ich bin etwas wackelig in meinen offenen Schuhen, verliere kurz das Gleichgewicht und muss mich am Tisch festhalten.

»Komm, Skunk. Komm mit. Wir gehen zu mir nach Hause.«

Skunk hört kurz auf zu reden und wirft mir einen eisigen Blick zu. »Wenn du mich kontaktieren musst, benutz ein Radio.« Er bleibt sitzen.

Ich starre ihn an, meinen wunderschönen, rätselhaften, lieben Bison, der sich in einen feindseligen Alien verwandelt hat. Und ich weiß ganz ehrlich nicht, wer da gerade vor mir sitzt. Und ich weiß auch nicht so genau, wer ich eigentlich bin, die da in einem Diner steht, das die ganze Nacht geöffnet ist, während in meinem Kopf ein Meer von Chemikalien durcheinandertobt.

Ich bin herzlos und habe eine manische Phase.

Was soll ich denn bloß machen?

Ich drehe mich auf dem Absatz meiner silbernen Schuhe um und humpele raus, so schnell ich kann.

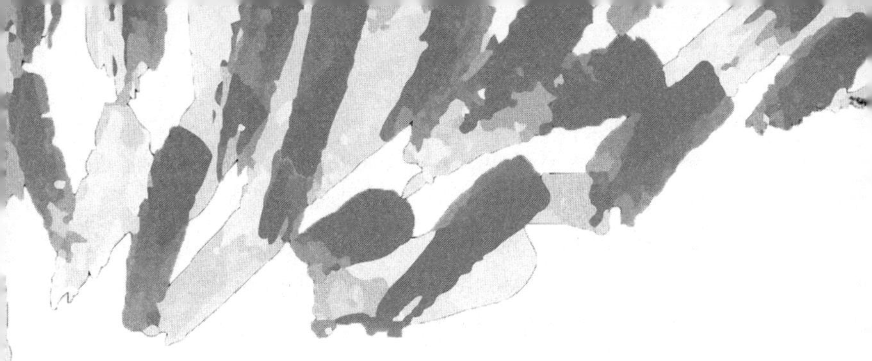

KAPITEL 36

Manchmal kommt einem ein Problem winzig klein vor, und man meint, man wird locker damit fertig. Und dann wieder wacht man eines Morgens auf, und es frisst einen bei lebendigem Leibe.

Ich stürze aus dem Diner, und es fühlt sich an, als hätte jemand der Welt den Stecker gezogen. Ich renne herum und drücke auf die Knöpfe, aber nichts funktioniert, und nichts macht mehr Sinn.

Erst haben Denny und ich einen Riesenstreit, weil ich zu Hause sofort anfange, Klavier zu üben, ohne mir auch nur die Mordschuhe oder das Kleid auszuziehen, das nach Scotch riecht. Ich fange an zu üben, weil ich nicht weiß, was ich sonst tun soll. Ich habe doch sonst nichts zu tun. Ich kann nur noch das machen, was ich schon den ganzen Sommer über hätte tun sollen: üben. Ich spiele Bach, Beethoven, Chopin, Debussy und Fish. Dann Fish, Debussy, Chopin, Beethoven und Bach. Ich spiele über die Sorgen hinweg, die mir durch den Kopf kriechen. Ich versuche, nicht an Spinnen oder Skunk zu denken. Ladys und Gentlemen, die Lage ist so ernst, dass ich eigentlich fünf Klaviere bräuchte.

Denny kommt die Treppe herunter. Er sieht verschlafen aus, ist aber fuchsteufelswild. »Verdammte Scheiße, wo warst du denn die ganze Zeit?«

»Beim Bandwettbewerb.«

»Ich bin zwei Stunden lang rumgefahren und hab nach dir gesucht. Die Mutter von diesem Jungen hat gegen Mitternacht angerufen und gesagt, ich soll dich abholen, aber du warst nicht da.«

»Lass mich in Ruhe. Ich muss üben.«

»Es ist sieben Uhr morgens, verflucht nochmal!«

»Ist doch nicht mein Problem, dass du die ganze Zeit schläfst.«

Er schnappt sich mein Metronom und wirft es auf den Boden. Wie auch alles andere in letzter Zeit zersplittert es in eine Million kleiner Teile. Ich spiele weiter.

»Jetzt hör mir gefälligst mal zu, du kranke Zicke!«

Dennys Stimme klingt ganz hoch und angestrengt, wie wenn der Wind im Schornstein heult. Mir doch egal. Ich muss üben. Ich soll am Sonntag dem 30. Juli um 14.07 Uhr beim Internationalen Wettbewerb junger Pianisten antreten. Ich habe Lukas verschreckt und Skunk sich selbst überlassen, ich habe also nur noch das Klavier. Triolen, Triolen, die linke Hand spielt Triolen. Die rechte Hand schwebt über die Tasten.

Denny packt mich an den Schultern. Bevor ich weiß, wie mir geschieht, kippt der Klavierhocker um. Ich rutsche zur Seite und schlage mit dem Kinn auf. Ich bin am Boden.

Kiri ist am Boden. Schmerz schießt mir in den Kiefer. Der Überraschungssturz macht, dass sich alles in meinem Kopf dreht. Denny stampft die Treppe hinauf und knallt seine Zimmertür zu.

Ich liege einen Augenblick benommen da. Dann stehe ich auf, schleppe mich die Treppe hoch und klopfe an seine Zimmertür. »Denny …«

»Hau ab.«

Ich spreche mit Dennys Tür, laut, schnell, abgehackt. »Tut mir leid, Denny. Ich wollte dich nicht wecken. Vielleicht kannst du ja Ohrenstöpsel nehmen oder so. Der Wettbewerb ist in zwei Wochen, und ich muss ab jetzt so gut wie nonstop üben.«

Er poltert in seinem Zimmer herum, und dann höre ich, wie er eine Telefonnummer wählt. Sechzehn Ziffern. Das kann nur eins bedeuten: Das Kreuzfahrtschiff.

»Mom? Hi. Kiri ist total verrückt geworden.«

Nein.

Ich rüttele an der Klinke, aber die Tür ist verschlossen. Denny spricht schön laut und deutlich, damit ich ihn auch ja höre.

»Ja, sie schläft nie und übt morgens um fünf Uhr Klavier, und ich glaube, sie nimmt Drogen.«

Nein. Nein. Nein. Nein.

Ich rüttele wie wild an der Klinke und drücke mit meinem ganzen Gewicht gegen die Tür. Mir dröhnt das Blut in den Ohren.

»Er lügt!«, schreie ich.

»Wie bitte?« Denny klingt wie der perfekte, verantwortungsvolle große Bruder, seine Stimme ist wie ein Messer, das jemand in Honig getaucht hat. »Klar geb ich sie dir mal. Moment.«

Die Tür geht auf. Denny grinst hämisch und reicht mir das Telefon. Ich reiße es ihm aus der Hand und gehe damit in mein Zimmer. Wie durch ein Wunder höre ich mich selbst vernünftig und ruhig und mit Verantwortungsstimme reden.

»Hi, Mom. Ich glaube, Denny versteht einfach nicht, wie ernst das alles ist. Es sind doch nur noch zwei Wochen bis zum Wettbewerb.«

Es ist gruselig, wie überzeugend ich klinge. Ich bin ganz fasziniert von mir selbst und rede weiter.

»Ich weiß, aber er hätte mich doch erst mal ganz normal fragen können. Er kann hier nicht so plötzlich auftauchen und erwarten, dass ich Rücksicht auf seinen Faulenzeralltag nehme. Ich habe eben gerade sehr viel zu tun.«

Es läuft gut. Es läuft sogar ganz phantastisch. Ich mache weiter. »Ich weiß gar nicht, wovon er redet. Ich hab ihm extra gesagt, dass ich bei Angela übernachte, aber er hört ja nie zu. Haha. Okay. Sag ich ihm. Danke, Mom. Und, wie geht's euch so?«

Denny macht laute Musik an, damit er mich nicht mehr hören muss. Ich grinse hinterhältig vor mich hin und bekomme überhaupt nichts von dem mit, was meine Mutter mir erzählt. »Haha, klingt toll. Schöne Grüße an Dad, ja? Bis bald. Tschüs!« Ich lege auf.

Erleichterung durchfließt mich wie ein Schuss Morphium. Ich gehe mit dem Telefon nach unten und stelle es in die Ladestation.

»Mom sagt, du sollst mich üben lassen!«, rufe ich zu Denny hoch.

Ich gehe zum Klavier, stelle den umgekippten Hocker wieder auf und spiele da weiter, wo ich aufgehört habe. Ich hole mir nicht mal was, um mein Kinn zu kühlen.

Denny lässt sich nicht mehr blicken.

Um eins mache ich eine kurze Mittagspause und esse vor dem Computer ein paar Chips mit Salsa. Ich habe eine E-Mail von meiner Mom. Sie schreibt, dass es schön war, heute Morgen mit mir zu telefonieren, aber dass Petra Malcywyck ihr eine beunruhigende E-Mail geschickt hat. Sie habe nämlich das Gefühl, ich hätte gerade Probleme. Gibt es da vielleicht etwas, worüber wir reden müssten?

Ich antworte ihr, dass es mir im Moment richtig gutgeht. Ich gehe dreimal die Woche zum Hot-Yoga-Kurs ins *FitCity*. Ich lasse mir beibringen, wie man Fahrräder repariert. Ich koche mir von dem Einkaufsgeld, das sie mir dagelassen hat, makrobiotisches Bio-Essen, ich übe Klavier wie ein Kind konservativer asiatischer Eltern, ich lese die vielen Links zu angeblich hochinteressanten Artikeln, die mir meine Freundin Teagan aus dem Physik-Camp schickt, und ach ja, ich gieße die Azaleen nach Leibeskräften.

Petra Malcywyck schreibe ich eine E-Mail mit ähnlichem Inhalt, nur etwas bissiger.

Ein paar Minuten später ruft Lukas an. Ich will eigentlich nicht drangehen, nehme dann aber doch ab. Mit dem habe ich auch noch ein Hühnchen zu rupfen. Er entschuldigt sich jedoch nicht etwa dafür, dass er sich total hinterhältig und wie ein überambitionierter Drogenfahnder benommen hat, sondern informiert mich lediglich darüber, dass seine Oma krank ist und die ganze Familie deshalb nächstes Wochenende mit ihr wegfährt. Also, äh, sorry, aber er kann dann am Samstag nicht bei unserem Siegeskonzert im *Train Room* dabei sein und macht damit mal eben unsere gesamte harte Arbeit zunichte, die wir seit September in die Band gesteckt haben.

Ich wünsche Lukas viel Spaß mit Kelsey Bartlett beim Folk-Festival am nächsten Wochenende, woraufhin er irgendwas davon murmelt, mir demnächst mein Equipment vorbeizubringen. Dann legt er auf.

Kurz nach zwei klingelt das Telefon schon wieder. Es ist Dr. Scaliteri. Ich gehe mit dem Telefon in die Küche und drücke mir eine Packung Tiefkühlerbsen ans Kinn. Dr. Scaliteri, wenn Sie wüssten, wie sehr ich schon wegen meiner Kunst gelitten habe. Muss Nelson Chow etwa jedes Mal Angst haben, hinterrücks überfallen zu werden, sobald er Klavier üben will? Kleben Nelson Chow etwa Metronomsplitter an den Füßen?

Wie sich herausstellt, hat Dr. Scaliteri nicht angerufen, um mich zu meiner Tapferkeit zu beglückwünschen.

»Kiri, ich denke, wir sollten deine Klavierstunden bei mir beenden. Es war anscheinend ein sehr schwieriger Sommer für dich, und ich kann dich nicht unterrichten, wenn du nicht ernsthaft übst.«

Ich lasse die Erbsentüte sinken.

»Aber ich habe doch geübt. Ich übe ununterbrochen.« Ich übe seit heute Morgen um fünf, obwohl mir Gewalt angetan wurde, ich einen ganz schlimmen Kater von diesen gelben Tabletten habe und mir auch noch schlecht ist.

»Ja, ja, das verstehe ich, Kiri, aber weißt du, wenn es dir mit dem Klavier nicht ernst ist, dann solltest du auch keine

Stunden bei mir nehmen. Meine anderen Schüler nehmen die Klavierstunden sehr ernst, und da wäre es ihnen gegenüber einfach nicht fair. Außerdem habe ich einen Anruf vom Wettbewerbskommittee bekommen, dass du ein anderes Stück spielen willst als vorgesehen.«

»Ja, ich spiele *Sesquipaedia* und nicht den Prokofjew. Das Stück habe ich Ihnen letztes Jahr mal gezeigt, wissen Sie noch?«

»Das ist völlig ausgeschlossen.«

»Wenn ich eine große Künstlerin sein will, muss ich eben auch mal was wagen. Ich brauche Musik, dir mir erlaubt, etwas auszudrücken, was nur ich ausdrücken kann.«

Dr. Scaliteri schweigt. Ich sehe aus dem Fenster. Mr Hardy, unser Nachbar, gräbt in seinem Vorgarten einen Busch aus. Er stößt den Spaten in den Boden und benutzt ihn als Hebel. Mit jeder Bewegung hebelt er den in sich verknoteten, holzigen Wurzelstock ein Stück weiter heraus, bis die komplette Pflanze auf der Seite liegt, nackt und elend. Dr. Scaliteri seufzt.

»Ich habe dich vom Wettbewerb abgemeldet. Ich habe dort Bescheid gesagt, dass du nicht vorspielen wirst. Du hast nicht die nötige Disziplin fürs Klavierspielen.«

Mir wird ganz anders.

»Das können Sie nicht tun. Sie können mich nicht einfach abmelden. Ich habe doch gerade endlich gelernt, wie man richtig spielt.«

»Na dann, Kiri. Sag deinen Eltern, dass sie mir noch den Scheck für die letzte Stunde zuschicken sollen.«

»Wenn ich Ihnen nur einmal *Sesquipaedia* vorspielen dürfte, dann würden Sie mich bestimmt verst–«

»Ciao.«

Als ich den Hörer vom Ohr nehme, fühlt sich die Luft in der Küche heiß und elektrisiert an, als hätte jemand eine Pistole neben mir abgefeuert.

Ich marschiere nach draußen. Die Mittagssonne blendet, und die Azaleen kichern heimlich über mich.

»Hallo, Mr Hardy!«, rufe ich. »Kann ich mir mal kurz Ihren Spaten ausleihen?«

Auf den ersten Azaleenbusch schlage ich fünfzehnmal ein.

Auf den zweiten zehnmal.

Ich packe die kichernden Büsche und zerre sie keuchend aus der Erde.

Mr Hardy sieht mir entgeistert zu. »Hey, hey, hey! Was machst du denn da mit den hübschen Blumen?«

»Die sind krank«, rufe ich. »Ihre sollten Sie auch lieber töten.«

Ich gehe zurück ins Haus, ganz verschwitzt und geladen von meinem heiligen Zorn, und spiele ein letztes Mal mein komplettes Repertoire. Ich spiele leidenschaftlich, ich spiele ausgezeichnet, als würde Zlatina Zoriskaja persönlich bei uns im Wohnzimmer auf der Couch sitzen. Ich lege mein ganzes Selbst in die Tasten. Während ich spiele, höre ich Dinge in der Musik, die ich davor noch nie gehört habe. Die Trauer um Skunk. Die Wut auf meine Eltern. Meine Verletzlichkeit, meine wilde Hässlichkeit, meine Verspieltheit, meine Hoffnung. Es ist alles da, ist entsetzlich deutlich, jeder kann es hören, ich kann es hören.

Ach du Scheiße. Nelson Chow hatte recht.

Ich hatte die ganze Zeit Angst vor der Musik. Jetzt habe ich keine Angst mehr.

Das mit der großen Disziplin habe ich ziemlich versaut, also stürze ich mich nun auf die Liebe. Ich fahre mit dem Rad zu einem Secondhandladen, kaufe ein hellgrünes Radio und lasse es vor Skunks Haus stehen – es läuft der Sender mit den Detektivhörspielen.

Als Nächstes fahre ich zum Hotel Imperial. Unterwegs komme ich an einer Mikrowelle vorbei, die jemand auf den Gehweg gestellt und mit einem Zettel versehen hat: *funktioniert noch*. Die werde ich Doug vorbeibringen. Auf dem Weg hoch in den vierten Stock erstelle ich im Kopf eine Liste mit allem, was ich Doug zum Umgang mit Mikrowellen erklären muss. Erstens, kein Metall. Metall fängt da drin an zu blitzen. Zweitens, nichts länger als fünf Minuten erhitzen. Nach fünf Minuten wird selbst das härteste gefrorene Etwas zu einer zischenden, blubbernden Masse. Drittens, mach nie das Katzenfutter darin warm. Ich weiß, irgendwann bist du besoffen und willst es ausprobieren, aber Katzenfutter hat in einer Mikrowelle nichts zu suchen. Viertens, lass dir das Ding nicht von irgendeinem Junkie klauen. Fünftens, bastel dir bitte keine tödliche Waffe aus dem Gerät.

Als ich oben ankomme, ist Doug nicht in seinem Zimmer. Ich ziehe den Stecker seiner Kochplatte heraus, lade stattdessen die Mikrowelle dort ab und stelle die Zeit daran ein. Doug würde sich doch alleine nie die Mühe machen, die Zeit einzustellen.

Ich will gerade hoch auf Sukeys Dach, da höre ich ein durchdringendes Fiepen. Snoogie spaziert aus dem Kleiderschrank und tappt durch das Zimmer auf mich zu. Sie dreht ein paar Achten zwischen meinen Beinen hindurch, wie Katzen es nun mal tun. Ich nehme sie auf den Arm, diesen dürren, warmen Beutel voller Knochen mit einem Fell wie eine abgenutzte Badematte. Sie streckt die Beine aus und fährt die Krallen in mein T-Shirt, also drehe ich sie herum, so dass ihr Rücken an meinem Oberkörper ist und sie ihre Rasierklingensammlung vor uns beiden herträgt – eine potentielle Waffe gegen schiefnasige Jungs, die hier auf dem Gang herumlungern könnten.

»Komm, wir suchen Doug«, flüstere ich ihr zu, und sie miaut zur Antwort. »Der braucht eine Einführung in den Umgang mit Mikrowellen.«

Unten sitzen die üblichen Verdächtigen vor dem Hotel und saufen. Ich sage Jasmine hallo, die heute ein lila Stretch-Tanktop, eine Jogginghose mit Leopardenmuster und rosa Glitzerlidschatten trägt. Sie nuckelt so genüsslich an einer Zigarette, als wäre es ein Lolli.

»Ach, schön«, sagt sie. »Doug wollte eh, dass du die Katze kriegst.«

»Ich hab ihm eine Mikrowelle mitgebracht. Hab ich ihm ins Zimmer gestellt. Wo ist er denn?«

Jasmine drückt ihre Zigarette aus. »Doug ist tot, Süße. Ist am Dienstag gestorben.«

Ich sehe sie entsetzt an. »Was? Wieso denn?«

»Er war schon lange krank, Süße. Aids. Er hat kaum jemandem davon erzählt.«

»Hat er Angehörige?«, frage ich.

Jasmine schüttelt den Kopf.

Ich renne hoch zu seinem Zimmer. Ich versuche, nicht zu weinen. Ich werde seine Sachen zusammenpacken und sie bei mir im Schrank aufheben, bis jemand vorbeikommt, der ihn lieb hatte, und sie abholt. Aber als ich zur Tür hereinkomme, steht da ein dürrer, eingefallener, grünhäutiger Kobold mit der Mikrowelle unter einem Arm und Dougs Decke unter dem anderen.

»Hey!«, sage ich.

Der Kobold dreht sich zu mir herum und faucht mich an. Sein Gesicht ist so voll unverhohlener, grässlicher, gollummäßiger Verzweiflung, dass ich Snoogie an mich drücke und schnell wegrenne, bevor er uns noch beide umbringt.

Während der ganzen Fahrt nach Hause hört Snoogie nicht mehr auf zu jammern, ich muss sie wie ein abgewetztes, verflohtes Baby im Arm halten und aufpassen, dass sie sich nicht aus meinem Griff windet, vom Fahrrad springt und vom nächsten Bus überfahren wird. Als wir endlich zu Hause sind, schleppe ich uns beide hoch in mein Zimmer und will nur noch auf dem Boden zusammenbrechen.

Aber da liegt schon etwas auf dem Boden. Etwas Kaputtes.

Blaue Bruchstücke, dazwischen Weiß. Die zersplitterten Leisten eines Rahmens.

Ich sehe zur Wand. Der Nagel ist leer. Ich sehe wieder zu Boden.

Sukeys Bild.

Ich sterbe.

KAPITEL 37

Jemand klopft an unsere Haustür.

Ich sitze auf meinem Bett, halte die Knie umschlungen und lecke das Salz von den schorfigen Stellen. Snoogie erkundet mein Zimmer, die Nase am Boden, den Schwanz steil aufgestellt. Etwas tropft von ihrem verletzten Ohr. Vor mir auf der Decke liegt Sukeys Bild – in sechzehn Teilen. Ich werde es nie wieder zusammensetzen können. Ich werde auch nicht dafür sorgen können, dass überhaupt irgendetwas wieder so wird, wie es sein soll.

Es klopft immer noch an der Haustür. Ich umklammere meine Knie noch fester und kneife die Augen zusammen. Wer auch immer es ist, ich versuche denjenigen mit purer Willenskraft dazu zu bringen, wieder zu gehen.

Es ist bestimmt der Postbote, der ein Bündel vorwurfsvoller Briefe vom Klavierwettbewerb für mich hat.

Es sind bestimmt meine Eltern und Petra Malcywyck, die mich mitnehmen und mir Stromschläge verpassen werden, bis ich zugebe, dass ich eine manische Phase habe.

Es ist bestimmt der Motorradmann, der mich mit seinen gelben Pillen verrückt machen will.

Es sind bestimmt Dr. Scaliteri und Nelson Chow, die um das Klavier herumstehen und mir missbilligende Blicke zuwerfen wollen, während ich unter Tränen das hundertseitige *Klavierkonzert Nr. 2* spiele.

Es sind bestimmt Dougs Junkie-Freunde, und sie haben einen Leichensack dabei.

Es sind bestimmt Polizisten und Feuerwehrleute und Notärzte, die mich für klinisch tot erklären wollen, nachdem ich mir mit einer Schere die Pulsadern aufgeschlitzt habe.

Es sind bestimmt alle meine Lehrer, die verständnislos den Kopf schütteln und abfällige Dinge sagen wollen, weil ich nach einem so vielversprechenden Schuljahr so tief gesunken bin.

Es sind bestimmt Lukas und Kelsey, die mich anstarren wollen wie ein Tier im Zoo.

Es ist bestimmt ein Mörder.

Es ist bestimmt ein Vampir.

Es ist bestimmt meine Doppelgängerin, mein anderes Ich, die mich ordentlich munter machen wird.

Jemand klopft an unsere Haustür, und ich bin zu fertig mit den Nerven, um runterzugehen und aufzumachen, aber ich habe auch zu große Angst, um weiter hier zu sitzen und dem Klopfen zu lauschen. Das macht mich noch ganz verrückt.

Ich wickele mich in meine Schuldgefühle wie in einen Umhang und stehe auf. Ich öffne meine Zimmertür und tapse die Treppe hinunter. Während ich auf die Haustür zugehe, kann ich sie da draußen schon alle stehen sehen: den Briefträger, meine Eltern, Petra, Dr. Scaliteri und ihre ernsthaften Schüler, die Loser aus dem Hotel Imperial, die Polizei, meine Lehrer, Kelsey Bartlett, Lukas, den Mörder, den Vampir und mein Selbst, und alle schütteln den Kopf.

Bei jedem Schritt fühle ich deutlich den kühlen Steinfußboden unter meinen nackten Füßen. Ich zittere und fühle mich fiebrig. Mein Körper schwankt und ruckelt wie ein kaputtes Fahrrad. Es tut mir leid, möchte ich allen sagen, die da draußen stehen. Besonders meiner Doppelgängerin. Ich würde mein anderes Selbst am liebsten umarmen und mich dafür entschuldigen, dass ich mein Fahrrad kaputtgefahren und mir die Beine aufgeschrammt habe. Ich will pusten, wo es ihr weh tut, und sie nicht die gelben Tabletten vom Motorradmann nehmen lassen. Ich will ihr ein Taxi rufen, anstatt sie durch die Nacht humpeln zu lassen. Ich will sie in ein sauberes Bett schlafen legen, ihr eine Tasse Gute-Nacht-Tee hinstellen und ihr ein gutes Buch auf den Nachttisch legen, in dem sie vor dem Einschlafen lesen kann. Ich will ihr etwas Gesundes, Leckeres kochen und dafür sorgen, dass sie es auch isst. Ich will ihre Hand halten, wenn Doug stirbt, und ihr sagen, dass sie eine gute Freundin war. Ich will ihr klarmachen, dass Sukey stolz auf sie wäre, weil sie der Überzeugung war, dass es sich lohnt, Schmerzen zu ertragen, wenn man dadurch mutiger wird.

Das alles will ich ihr sagen, aber ich kann nicht, weil mir so kalt ist und ich solche Angst habe und weil ich eine Decke wie einen Umhang trage. Hinter mir höre ich Snoogies Krallen auf dem Boden klicken. Wie aus weiter Ferne sehe ich mir dabei zu, wie ich die Klinke herunterdrücke und die Tür öffne.

Es sind weder meine Eltern noch Lukas oder der Briefträger.

Es ist Skunk.

Er trägt Sachen, die ich noch nie an ihm gesehen habe, eine alte Jeans und ein dunkelblaues Hemd mit einem Riss am linken Ärmel. Er ist blass, als hätte er nicht geschlafen. Seine Augen sind genauso rot wie meine.

In der einen Hand hält er den E-Bass, in der anderen das kleine grüne Radio.

Er will erst etwas sagen, stellt dann aber stattdessen den Bass und das Radio ab, nimmt mich in den Arm und drückt mich ganz fest.

Skunk und ich meinen, dass wir im Moment im Keller am besten aufgehoben sind. Wir verschanzen uns dort unten bei den Kartons und den Spinnen, mit dem Bass und dem Synthi, mit dem Verstärker und und dem kleinen grünen Radio und mit der miauenden, rastlosen Snoogie. Wir machen die Tür zu und stöpseln alles ein. Dann spielen wir ein melancholisches und langsames Trauerlied für Doug und Sukey.

Der Hals von Skunks Bass hat einen Riss. Das ist mir vorher gar nicht aufgefallen. Man kann, wenn man genau hinsieht, immer noch eine gezackte Linie erkennen, wo das Holz zerbrochen war und geklebt worden ist. Wenn Skunk ihn spielt, ist aus dem Bass ein Stöhnen zu hören wie von einem verwundeten Tier. Das passt gut, denn mein Synthi wehklagt wie ein liebeskranker Vogel. Zwischen uns knistert das Radio.

Beim Spielen muss ich plötzlich weinen, und als ich zu Skunk rübersehe, weint er auch.

»Wie lange hast du schon nicht mehr gespielt?«, frage ich ihn.

»Seit sechs Monaten nicht mehr«, antwortet mein wunderschöner, verweinter lieber Bison.

»Gestern Abend …«, setze ich an. »Da kamst du mir so anders vor. Ich weiß, du redest nicht gern über deinen Verfolgungswahn, aber ich muss einfach wissen, was los ist.«

»Ich hatte plötzlich riesige Angst«, sagt er kleinlaut. »Ich hab ja selbst gemerkt, dass ich gerade abdrehe, konnte aber trotzdem nichts dagegen machen. Normalerweise hab ich so meine Tricks, um mich zu beruhigen, aber die haben gestern irgendwie nicht funktioniert.«

»Vielleicht hat deine Tante recht, was die Medikamente angeht.«

Ich fühle mich ganz schlecht, als ich das sage. Es kommt mir wie Verrat vor. Aber ich habe solche Angst, dass er noch mal so komisch kalt wird und ich dann nicht an ihn herankomme.

Skunk sieht mich flehentlich an. »Das ist blöd gelaufen diesmal, aber ich komme wirklich ohne die Tabletten aus. Ich muss mir nur Mühe geben. Ganz ehrlich.«

»Aber wenn dir die Tabletten doch helfen?«

Skunks Gesicht verfinstert sich. »Man sollte keine Medikamente nehmen müssen, nur damit es einem gutgeht.«

»Jeder hat doch was, das er machen muss, damit es ihm

gutgeht, Skunk. Medikamente sind da nur ein kleines Übel. Die meisten Leute wissen ja nicht mal … den meisten ist nicht mal klar, wie sehr sie sich jeden Tag selbst belügen, um nicht verrückt zu werden. Und dafür nehmen sie halt billigend in Kauf, dass sie irgendeinen Schwachsinn verinnerlichen müssen. Aber am Ende kommt's auf dasselbe raus.«

»Ich wär nur so gern stark für dich.«

»Und ich wär gern stark für dich.«

Wir spielen weinend weiter, bis die Batterien des kleinen grünen Radios den Geist aufgeben und es verstummt.

Als wir aus dem Keller hochkommen, höre ich Denny und seinen Freund Chris im Wohnzimmer Xbox spielen. Ich bin noch ein bisschen durcheinander vom Weinen, und mein Kopf fühlt sich träge und schwerfällig an. Wir taumeln in die Küche und machen Kaffee.

Durch diese komische Benommenheit, die ich nach dem Musikmachen immer habe, kommt mir die Küche irgendwie verschwommen und ein bisschen verwirrend vor. Ich hole die große Kaffeebüchse aus dem Schrank, öffne den Deckel und löffele Kaffeepulver in einen Filter. Der Kaffeelöffel ist rot, wie die Schubkarre in diesem Gedicht. Ich weiß nicht mehr genau, wie es richtig geht.

Skunk spült die Glaskanne aus, gießt Wasser in die Kaffeemaschine und macht sich auf die Suche nach Tassen. Er fragt, wo das Badezimmer ist. Ich zeige den Flur entlang. Während Skunk im Bad ist, kommt Denny mit einem Bier in der Hand in die Küche spaziert. Ich stecke den Filter in die Plastikhalterung und drücke auf den Knopf. Die Maschine erwacht mit einem Quackern zum Leben.

»Hey«, grüßt Denny.

Ich ignoriere ihn. Denny hat Sukeys Bild kaputtgemacht. Daher habe ich beschlossen, dass er für mich nicht mehr existiert. Er ist ein böser Geist. Ein gemeines Gespenst, das in meinem Haus lebt. Ein Ding, das hoffentlich weggeht, wenn ich es nur lang genug ignoriere.

Man hört die Toilettenspülung. Denny lehnt sich gegen die Arbeitsplatte, die Arme vor der Brust verschränkt. Er versucht so unglaublich interessiert zu wirken. Ein klares Zeichen dafür, dass er bestimmt Frieden schließen will.

»Hast du da unten gerade mit Lukas gespielt? Ihr klingt ein bisschen wie diese eine Band, *Birdseye*.«

In dem Moment betritt Skunk die Küche. Denny sieht ihn überrascht an. Sein Blick geht zu Skunks Tattoos und dann hoch zu seinem Gesicht. Er sieht aus, als würde ihm gerade etwas aufgehen.

»Hey, willst du vielleicht ein Bier?«, fragt er.

Ich drücke mich an Skunk vorbei und flüstere ihm ins Ohr: »Ich geh mal kurz aufs Klo.«

Skunk erstarrt. »Du, Kiri, eigentlich muss ich sowieso nach Hause.«

»Jetzt schon?«

»Ja. Ich soll zum Abendbrot zu Hause sein.«

»Willst du echt kein Bier?«, fragt Denny.

»Nein, danke. Ich trinke keinen Alkohol.«

Denny redet mit seiner coolen Stimme und versucht offensichtlich, total supergechillt zu wirken. Er steht da und spielt den netten großen Bruder, der sich schon immer für Kiris Freunde interessiert hat. Er versucht wieder, sich unauffällig Skunks Tattoos näher anzusehen. So hab ich ihn ja noch nie erlebt.

Ich nehme Skunks Hand. »Und was ist mit dem Kaffee?«

»Ich kann ja zu Hause welchen trinken. Tut mir leid, ich hab völlig die Zeit vergessen, während wir unten im Keller waren. Ich ruf dich nachher noch mal an.«

Wir gehen zur Haustür.

»Hey, war nett, dich kennenzulernen!«, ruft ihm Denny hinterher. »Kannst gern mal wieder vorbeikommen und ein bisschen Musik hier machen.«

Draußen küsst mich Skunk und steigt dann in seinen Lieferwagen.

»Was ist denn los? Wieso gehst du?«

»Das sind mir auf einmal zu viele Leute.«

Ich hebe die Brauen. »Ist das echt alles?«

»Kiri?«

»Hm?«

»Ruf mich an, wenn's dir irgendwie schlecht geht, egal wann, ja?«

»Wieso bleibst du nicht noch ein bisschen?«

Skunk sieht zum Haus. »Es geht einfach nicht. Tut mir leid. Ich muss los.«

Drinnen stehen Denny und sein Freund Chris zusammen in der Küche. Sie trinken beide Bier und sehen Skunk vom Fenster aus hinterher. Ich werfe ihnen einen genervten Blick zu und gieße mir Kaffee ein.

Denny sieht mich an, als würden mir Schlangen aus dem

Kopf wachsen. »Du hast gar nicht erzählt, dass du jetzt mit Phil Coswell zusammen bist.«

Ich vergesse kurz, dass ich ja nicht mehr mit ihm reden wollte. »Mit wem?«

Chris starrt immer noch aus dem Fenster, als würde Skunk vielleicht noch mal zurückkommen.

»Alter, ist der nicht irgendwann verrückt geworden?«

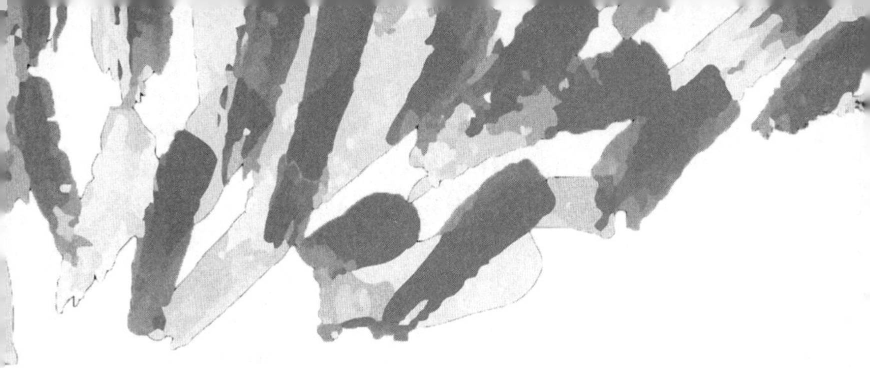

KAPITEL 38

Überschriften in Musikmagazinen:

BIRDSEYE-FRONTMANN GREIFT BANDMITGLIED AN.

PHIL COSWELL ATTACKIERT SCHLAGZEUGERIN BEI KONZERT, BANDMITGLIEDER SAGEN: DROGEN.

BIRDSEYE-TOUR NACH PSYCHISCHEM ZUSAMMENBRUCH DES FRONTMANNS ABGESAGT.

Einträge in Indie-Musikblogs:

JETZT IST PHIL COSWELL VÖLLIG ABGEDREHT.

PHIL »BIRDSEYE« COSWELL HAT EIN BANDMITGLIED MIT SEINEM BASS ZUSAMMENGESCHLAGEN.

BIRDSEYE-TOUR WURDE ZUM PSYCHO-ALBTRAUM.

Youtube-Videos, die Leute mit ihren Handys gefilmt hatten:

PHIL COSWELL DREHT VOLL AB.

PHIL COSWELL DREHT IM TRAIN ROOM DURCH – TEIL 1.

PHIL COSWELLS PSYCHO-ANGRIFF.

Ich klicke mich seitenlang durch Youtube-Videos, Hetzartikel und Berichte in *The Ubyssey* und *The Georgia Strait*. Es geht immer um einen Jungen namens Philippe, der einen grünen Bass hat und im *Train Room* durchgedreht ist.

Es gibt Zitate der Bandmitglieder, von Augenzeugen und Freunden:

»Coswell, 18, soll die Schlagzeugerin der Band mit seinem E-Bass ohnmächtig geschlagen haben.«

»Die anderen Bandmitglieder sagen aus, Coswell habe im Verlauf der Tour ›nach und nach den Verstand verloren‹.« »Coswell wird als ›aufbrausend‹, ›launenhaft‹ und ›ziemlich paranoid‹ beschrieben.«

»Laut seiner Band habe er vor dem Ausbruch monatelang Drogenmissbrauch betrieben.«

»Tess Elowak, die Schlagzeugerin der Band und Coswells Ex-Freundin, erklärt, sie werde keine Anzeige erstatten.« »Bei Coswell wurde eine Psychose festgestellt, und er befindet sich seitdem in stationärer Behandlung.«

Ich sehe mir alle Videos an. Erst kann ich gar nicht glauben, dass das Skunk sein soll. Er ist total dünn. Dieselben schwarzen Haare und braunen Augen, aber er ist etwa 50 Kilo leichter, und sein Gesicht ist kantiger, dreieckiger. Nur an seinen Tattoos erkennt man, dass er das wirklich ist.

Die Videos haben eine ziemlich schlechte Qualität, aber man kann die Umrisse der Tattoos erkennen, den Vogel und den Bassschlüssel. Es ist schon Skunk, aber irgendwie auch wieder nicht – es ist ein dürrer jugendlicher Rockstar, der sich an seinem Bass festhält, als würde er sonst untergehen.

Ich erkenne den Holzboden der Bühne im *Train Room*, das rostige Bahnübergangsschild an der Wand. Seine Band, sie sind zu sechst, nimmt mit ihren Instrumenten die komplette Bühne ein. Sie sind alle ziemlich dünn und ganz in Schwarz. Vier Jungs und zwei Mädchen. Skunk steht in der Mitte und hat sein eigenes Mikro. Derjenige, der das Video gefilmt hat, steht relativ weit hinten in dem überfüllten Raum und hält sein Handy hoch über das Meer aus Köpfen.

In den ersten paar Sekunden des Videos merkt man noch gar nichts von der sich anbahnenden Katastrophe. Alle spielen ihre Instrumente, und die Menge singt ein bisschen mit. Langsam fällt jedoch auf, dass irgendwas nicht in Ordnung ist. Skunk singt nicht. Er redet. Nein, er schreit. Erst wirkt es noch, als würde das zum Lied gehören, aber dann ist das Lied zu Ende, und er schreit weiter: »HÖRT AUF! LASST MICH IN RUHE!«

Man hört, wie derjenige, der das Ganze filmt, sich mit einem Freund unterhält. »Krass, Alter. Der ist bestimmt high.«

Der Harmoniumspieler und der Gitarrist stellen ihre Instrumente ab. Auf dem unscharfen Video ist zu sehen, wie sie zu Skunk laufen, auf ihn einreden, versuchen, ihn Backstage zu bringen. Aber Skunk reißt sich los wie ein verängstigtes Tier, drückt den Bass fest an sich. Die Menge wird lauter. Es ist ein gieriges, aufgeregtes Gemurmel, wie wenn man aus sicherer Entfernung bei etwas sehr Schlimmem zusehen kann.

»Krass, haha, Alter – kloppen die sich jetzt?«

Die Kamera schwankt kurz, man sieht eine undeutliche Masse aus Turnschuhen und Hosenbeinen, dann zeigt sie wieder zur Bühne. Skunk ringt in Zeitlupe mit dem Harmoniumspieler und schreit immer noch »HÖR AUF« und »NEIN« und alles Mögliche auf Französisch.

Alles Weitere passiert innerhalb von zwei Sekunden.

Skunk kämpft sich frei und stolpert nach vorn, schwingt seinen Bass wie einen Baseballschläger. Die meisten der Bandmitglieder bringen sich noch rechtzeitig in Sicherheit, inmitten des Chaos ist nur noch ein blondes Mädchen auszumachen, das schützend die Arme vor den Kopf hebt.

»Alter, der hat sie voll erwischt!«, sagt derjenige, der filmt.

Eine Sekunde später ist das Video zu Ende.

Ich sitze in eine Decke gewickelt am Computer und sehe es mir immer und immer wieder an, bis sich mir jede einzelne Millisekunde des unscharfen Mitschnitts eingebrannt hat.

KAPITEL 39

»Die haben die ganze Zeit meine Gedanken über die Lautsprecher empfangen«, sagt Skunk. »Die ganze Tour lang.«

Wir stehen in einem Laden in der Cordova Street und kaufen Katzenzubehör ein. Während wir uns unterhalten, fülle ich unseren Einkaufskorb: eine rot-weiße Schüssel, eine Maus, die mit Katzenminze gefüllt ist, Katzenstreu und Futter. Snoogie vermisst Doug, das wird jedes Mal deutlich, wenn sie um Denny herumschnüffelt, sobald der sich ein Bier aufmacht – obwohl ich sie sowohl in Menschensprache als auch in Katzensprache darüber informiert habe, dass wir Dennys erbärmliche Existenz eigentlich keines Blickes würdigen wollen.

»Du meinst, du dachtest, dass sie das machen«, sage ich.

»Ja, genau«, stimmt Skunk geistesabwesend zu, als gäbe es für ihn da keinen erkennbaren Unterschied. »Mir wurde klar, dass sie meinen Bass als Antenne benutzen. Also wollte ich ihn kaputtschlagen.«

»Und Tess stand leider im Weg?«

»Tess stand leider im Weg.«

Ich werfe noch ein Katzenspielzeug in den Korb, eine Art batteriebetriebenes Frettchen, das sich hin und her bewegt, wenn man an einer Schnur zieht. Snoogie wird dem Ding den verdammten Kopf abreißen.

»Hast du versucht, mit den anderen zu reden? Es ihnen zu erklären?«, frage ich. »Hast du ihnen erzählt, dass deine Gedanken angezapft werden?«

»Die dachten, ich hätte Pilze gefressen. Die haben alle nicht mitbekommen, was wirklich mit mir los war.«

Während wir langsam zwischen den Regalen herumspazieren, erzählt mir Skunk alles. Wie die Polizei und der Krankenwagen vor dem *Train Room* anhielten und mit ihren bunten Lichtern die ganze Cordova Street beleuchtet haben. Er erzählt mir von den langen, fensterlosen Fluren der psychiatrischen Abteilung im Krankenhaus, wo er von den »Stabilisierungsversuchen« der Ärzte nur immer nervöser und verrückter wurde.

Zehn verschiedene Medikamente musste er nehmen. Er zählt die Namen auf:

Risperdal.

Quilonom.

Seroquel.

Haldol.

Lamictal.

Thombran.

Ergenyl.

Cipramil.

Elontril.

Tavor.

Die Ärzte haben an Skunks Lautstärke herumgestellt, seine Bässe und Höhen verstellt. Je nach Einstellung fühlte er sich plötzlich wie der Messias, dann im nächsten Moment kalt und dumm wie eine Kartoffel. Manchmal spürte er wochenlang überhaupt nichts mehr. Konnte nicht sprechen. Stolperte ununterbrochen durch die Flure auf der Suche nach einem Fenster, um mal raussehen zu können. Fand keins. Jegliche Kommunikation aufgehoben. Die Welt flach und verschwommen. Abbruch.

Ich küsse ihn schnell. Eine ältere Dame, die gerade die Salatschleudern inspiziert, wirft einen Blick auf Skunks Tattoos und weicht zurück. Ohne es zu merken, sind wir in der Küchenabteilung gelandet, überall stehen Picknickgeschirr und Glaskannen herum. Ich betrachte einen Turm aufgestapelter Becher mit Marienkäfermotiven, und Skunks Worte formen sich in meinem Kopf zu einem Film.

Die anderen Bandmitglieder fuhren zurück nach Montreal, zurück zu einem sonnendurchfluteten Frühling voller Konzerte und Acid-Trips. An der Westküste regnete es währenddessen. Die Krankenschwestern kamen morgens mit feuchten Haaren und Regenschirmen zur Arbeit. Sie sagten ihm immer wieder, dass er fast soweit sei. Fast fertig, wie ein dicker Brotlaib. Innen drin aufgegangen und gleichzeitig weich und leer.

Die Tage holperten vorbei.

Als sie ihn schließlich wieder rausließen, war er nicht mehr Philippe. Er sah nicht mehr aus wie Philippe. Unter dem Einfluss der Medikamente fühlte er sich nicht mehr wie Philippe. Und in Montreal wurde er von seinen Freunden auch nicht mehr wie Philippe behandelt. Seine Bandmitglieder wollten nichts mehr mit ihm zu tun haben. Seine Mom und sein Stiefvater behandelten ihn wie einen Verbrecher. An der Westküste konnte er sich wenigstens in Tante Martines Keller verstecken, dort wurde er in Ruhe gelassen.

Ich höre mir das alles an. Lausche andächtig, und mir geht das Herz über vor lauter Liebe und Wut, bis ich es fast nicht mehr aushalten kann. Als wir wieder bei den Regalen mit dem Heimtierbedarf ankommen, unterbreche ich Skunk mitten im Satz.

»Pass auf, so sieht unser Plan aus.«

»Wir haben einen Plan?«

»Ja. Du spielst statt Lukas am Samstag im *Train Room* unser Siegeskonzert mit mir. Das wird dein großes Comeback. Wir haben fünf Tage, um die Lieder dafür zu schreiben.«

Skunk sagt nichts, und ich warte auf seinen Einwand. Aber dann nickt er. Skunk nickt. Er stimmt dem Plan zu.

»Wie heißen wir denn?«, fragt er.

Ich ziehe das batteriebetriebene Frettchen an seiner Schnur. Es hüpft mir aus der Hand und windet sich wie verrückt auf dem Boden. Wir starren das herumhampelnde Tier an, als hätten uns die Götter ein Zeichen gesandt. Ich packe Skunk am Arm und flüstere ihm ins Ohr.

»Daffodiliad.«

Nach dem Einkaufen brauchen wir beide dringend einen Kaffee und gehen zum *Waves* in der Main Street. Vor uns in der Schlange steht eine Frau mit einer lila Jacke. Sie holt einen dünnen, fast haarlosen weißen Hund aus der Handtasche, kramt kurz nach ihrem Handy und legt das apathische Tier zurück. Schwupps ist der Reißverschluss wieder zu. Hinter der Theke kreisen Lichter. Wir bestellen den größten Kaffee, den sie haben.

Skunk und ich unterhalten uns über unsere neue Band, *Daffodiliad*. Ich erzähle ihm genau, wie das alles laufen wird. Das Publikum im *Train Room* wird erkennen, dass Phil Coswell sich nicht ins Dunkel zurückgezogen hat. Dass er kein Monster ist. Dass er sein unglaubliches musikalisches Talent nicht verloren hat. Unsere Musik wird sanft sein, intellektuell, einzigartig und wunderschön. Sie wird in allen Radios laufen, und wir werden sie so konzipieren, dass alle anderen Bandmitglieder von *Birdseye* verrückt werden vor Nostalgie und Bedauern. Wir werden mit Skunks Lieferwagen auf Tour gehen, oder vielleicht auch mit unseren Fahrrädern, und unsere Instrumente ziehen wir in kleinen roten Karren hinter uns her. Wir werden in ganz Nordamerika für ausverkaufte Clubs sorgen, und dann laden wir unsere Fahrräder in ein Flugzeug und gehen auf Europatournee.

So machen wir das alles. Genau so. Und außerdem werden wir uns auf der Tour lieben, so oft es geht.

»Okay, Skunk?«

»Okay.«

Wir fahren zu Skunk nach Hause. Als wir unsere Räder in den Schuppen stellen und uns gegenseitig lachend an den Haaren zupfen, hören wir eine Autotür zuschlagen. Skunks Tante kommt mit Einkaufstüten beladen über den Kiesweg gelaufen.

Ich winke ihr zu. »Hi, Martine.«

Als sie uns sieht, bleibt sie stehen. »Philippe. Dr. Winterson hat angerufen. Du warst heute nicht bei ihm.«

Skunk lehnt langsam sein Fahrrad gegen die Schuppenwand. »Tut mir leid, Tante Martine. Das hab ich echt vergessen. Ich habe aber wieder angefangen, meine Tabletten zu nehmen. Ich nehme sie jetzt jeden Abend.«

Sie sieht immer noch streng aus. Sie nickt zum Haus hin. »Komm mit rein, Philippe. Dein Onkel und ich müssen mit dir reden.«

Sie sieht uns böse an und geht ins Haus.

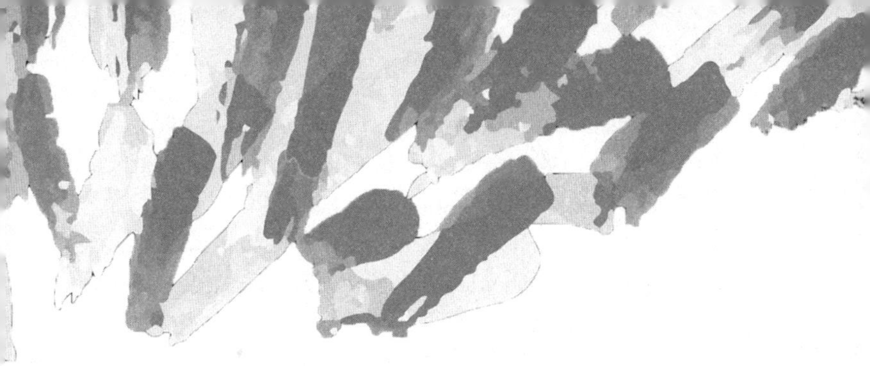

KAPITEL 40

An diesem Abend ruft mich Skunk an und erzählt, dass Tante Martine kurz davor ist, ihn rauszuschmeißen. Er habe sich unverantwortlich benommen und nicht auf die beiden gehört. Von nun an muss Skunk jeden Morgen um halb sieben und jeden Abend um zehn antreten und die Medikamente vor den Augen seiner Tante nehmen wie die Patienten in der Psychiatrie.

Kein Besuch mehr.

Keine mitternächtlichen Fahrradausflüge mehr.

Und keine nachmittäglichen Omelettes mehr.

Wir führen eine ernsthafte Unterhaltung darüber, wie wir mit diesen Einschränkungen umgehen. Wir beschließen, dass Skunk jeden Vormittag zu mir kommt, und dann machen wir Musik bis 21.24 Uhr. Danach fährt er schnell mit dem Fahrrad nach Hause und nimmt brav seine Tabletten.

»Aber was machen wir Samstag? Da ist ja unser Konzert, da kannst du nicht schon um zehn zu Hause sein.«

Er überlegt einen Moment und sieht sehr nervös dabei aus. »Dann muss ich sie eben um Erlaubnis fragen.«

»Und wenn sie nein sagt?«

»Sie kommt vielleicht selbst auch erst spät nach Hause, samstags gehen die beiden manchmal mit Freunden in einen Comedy-Club.«

»Tante Martine mag Stand-up-Comedy?«

Skunk nickt. Ich muss diese Information erst mal verdauen.

»Okay. Dann müssen wir einfach hoffen, dass es klappt.«

Skunk und ich schreiben ein Lied nach nach dem anderen. Jeden Abend tanzen wir um neun im Sternenkleid umher. Ich frage Skunk, was ich machen soll, falls er noch mal einen Rappel kriegt.

»Einen Rappel? So nennt man das nicht.«

»Ja, keine Ahnung, dann eben einen Anfall. Du weißt schon.«

»Du meinst einen psychotischen Schub?«

»Ja, so was eben.«

Er dreht sich auf den Bauch und sieht mich sehr ernsthaft an.

»Ich werde keine psychotischen Schübe mehr haben.«

»Aber als du –«

Er schüttelt den Kopf. »Wirklich nicht. Als es das erste Mal passiert ist, wusste ich ja gar nicht, was mit mir los ist. Jetzt merke ich aber, wenn es wieder losgeht, und kann es aufhalten. Ich weiß, das neulich war krass, aber das war nur ein Ausrutscher. Ich hab's unter Kontrolle.«

Ich klettere ihm auf den Rücken und beiße ihn ins Ohr.

»Aber was soll ich denn nun dabei machen? Was macht man in so einem Fall?«

Endlich klingt seine Stimme wieder fröhlich. »Okay, okay. Also, als Erstes kippst du mir einen Eimer eiskaltes Wasser über den Kopf. Dann holst du die riesige Spritze mit dem Totenkopf drauf aus meinem Rucksack und jagst sie mir ins –«

Ich muss lachen. »Skunk! Ich mein's ernst! Was soll ich am besten machen?«

Er fängt an mich zu kitzeln. »Du ziehst mir einfach die Hose runter und dir auch und kletterst auf mich drauf und –«

Ich quietsche. »Jetzt verarsch mich doch nicht immer.«

»Nein, es stimmt. Das muss man wirklich machen, wenn jemand, den man liebt, eine Psychose hat.«

»Ja, klar.«

Er kitzelt mich noch mehr.

»Okayokayokay, du hast gewonnen, du hast gewonnen! Ich kipp dir einen Eimer Wasser über den Kopf und geh dir anschließend an die Wäsche.«

Da Tante Martine dafür sorgt, dass Skunk mehr schläft, will er, dass ich das auch mache.

»Ich will sicher sein, dass du auch gerade träumst, wenn ich träume.«

»Ich schlafe nicht mehr«, informiere ich ihn. »Hab ich mir abgewöhnt.«

»Schlafen oder nicht schlafen, das sucht man sich doch nicht aus.«

»Klar doch. Ist wie Rauchen. Man hört eben auf.«

»Das ist doch verrückt.«

»Stimmt aber.«

»Okay, dann meditier doch vielleicht, während ich schlafe. Aber du musst dich dazu hinlegen, damit wir beide im Bett liegen.«

»Geht klar, Bicycle-Boy. Dein Wunsch ist mir Befehl.«

Also legen wir uns ins Bett, Skunks Medikamente lassen ihn einschlafen, und ich brenne weiter, hellwach, von innen beleuchtet wie ein Neon-Sarkophag. Ich glaube, dass das Meditation ist. Ich sehe Fraktale, denke Gedanken, sage das *Tao Te King* rückwärts und vorwärts komplett auf. Manchmal schreibe ich Skunk eine SMS:

schläfst du echt?

Er schreibt mir nicht zurück, das heißt dann wohl ja. Wir machen das so die nächsten fünf Nächte hintereinander. Mir geht schnell auf, dass die Zeit, wenn Martine darauf besteht, dass Skunk schläft, für mich die produktivste Zeit des Tages ist. Während Skunk schlummert, mache ich Pläne, verfasse Reden, lerne Klavierkonzerte auswendig, führe Gerichtsverhandlungen, stelle Gleichungen nach x um. Ich höre mir komplette Alben vom Anfang bis zum Schluss an. Mir gehen unglaublich viele Dinge über Wissenschaft, Musik, Physik, Geschichte und Liebe auf, die mir vorher nicht bewusst waren.

Skunk kauft mir ein Tütchen losen Tee aus einem Laden für Naturmedizin, der mir helfen soll zu schlafen. Auf dem goldenen Etikett steht *Fliegender Lotustee für Beruhigen von Nervös*, und die Teeblätter sind kleine schwarze Flocken, die aussehen wie eingerollte Piniennadeln. Der Tee schmeckt nach getrockneten Pilzen und totem Gras. Ich koche mir eine Kanne davon und trinke sie vor unserer gemeinsamen Schlafenszeit, aber anstatt mein Nervös zu beruhigen, muss ich sechzehnmal aufstehen und pinkeln gehen.

Im Ernst, sechzehnmal.

Nachdem Skunk morgens immer wieder feststellt, dass ich ihm die ganze Nacht hindurch SMS geschickt habe, macht er sich langsam Sorgen.

»Wenn du so lange nicht schläfst, läuft bei dir vielleicht auch eine Sache.«

»So eine Sache wie du hattest?«

»Oder zumindest was Ähnliches.«

Ich gebe zu, dass mir dieser Gedanke auch schon gekommen ist. »Komm ich dir denn sachig vor?«

»Ein bisschen schon.«

»Ist es eigentlich automatisch schlimm, so eine Sache zu haben? Vielleicht hab ich ja eine positive Sache?«

Skunk denkt nach. »Fühlt es sich denn gut an?«

Jetzt muss ich nachdenken. Eine Million widersprüchlicher Antworten poltern in mir durcheinander wie Autos beim Autoscooter. Mir geht's blendend. Aber ich bin total erschöpft. Aber ich fühl mich gut. Aber ich bin völlig verzweifelt. Aber es ist alles in Ordnung mit mir. Aber ich kann mich einfach nicht ausstellen.

»Es fühlt sich wichtig an«, sage ich.

In meinem Posteingang sammeln sich E-Mails von meinen Eltern, aber ich habe keine Zeit, sie zu lesen. Die können mir noch in Ruhe von ihren Meeresschildkröten erzählen, wenn sie wieder da sind. Ich gehe nicht mehr ans Telefon, wenn im Display die Nummer vom Kreuzfahrtschiff aufblinkt. Worüber sollten wir auch reden? Schnurchelbeeren?

»Mom und Dad wollen dich sprechen«, ruft Denny. Er steht mit dem Telefon in der Hand in der Zimmertür.

Ich nehme das Telefon, aber sobald er aus dem Zimmer ist, halte ich es an meinen Synthi und jage eine ohrenbetäubende Sinuswelle in den Hörer.

In den ganzen fünf Tagen schlafe ich nur ein einziges Mal wirklich und dann auch nur für ein paar Sekunden. Ich liege gerade da und denke mir Liedtexte aus, als ich auf einmal wegrutsche – ich falle in eine riesige gähnende Höhle aufgestauter Träume, die mir entgegenstürzen und mich verzweifelt ankläffen wie eine Meute hungriger Hunde. Die Träume haben die ganze Zeit auf mich gewartet, haben ihre Gesichter gegen das Tor gedrückt. Als ich einschlafe, fallen sie im Rudel über mich her und fressen mich auf. Der Schock ist so groß, dass ich sofort wieder wach bin, das Herz schlägt mir bis zum Hals, und die Traum-Hunde heulen unzufrieden hinter mir her.

»Wieso übst du nicht mehr Klavier?«, fragt Denny. »Hast du nicht in zehn Tagen deinen komischen Wettbewerb?«

Denny und ich reden kaum noch miteinander, seitdem er Sukeys Bild kaputtgemacht hat. Oder genauer gesagt: Er redet eine ganze Menge mit mir, aber ich antworte kaum. Ständig hält er sich in meiner Nähe auf, läuft mir ängstlich durch das Haus hinterher, als wäre ich eine bedrohte Tierart, die er vorm Aussterben bewahren muss.

»Musst du nicht langsam mal zurück nach Victoria?«, fauche ich.

Er sieht einen Moment verwirrt aus, dann macht es klick. »Ich dachte, ich bleib noch bis zu deinem Konzert.«

»Tatsächlich.«

»Ja.«

Ich sehe ihn skeptisch an. Er macht einen Schritt auf mich zu und umarmt mich ungeschickt.

»Hey«, murmelt er. »Tut mir leid.«

Ich mache mich steif. »Schon okay.«

»Es ist nicht okay. Es ist total scheiße und tut mir wirklich sehr leid.«

Ich weiß nicht, ob er das Konzert meint oder Sukeys Bild oder den blauen Fleck an meinem Kinn oder etwas Größeres als die drei Sachen. Aber während er mich an sein T-Shirt drückt, das nach Old Spice riecht, und mich nicht weglässt, fühle ich etwas Zerbrochenes in mir wieder ineinanderrasten.

»Mir auch.«

Es fühlt sich an, als hätten wir beide in diesen fünf Sekunden mehr zueinander gesagt als in den fünf Jahren, seitdem Sukey tot ist.

Danach geht Denny nicht mehr so oft mit seinem Freund Chris skimboarden. Stattdessen sitzt er in der Küche, während Skunk und ich unten Musik machen. Er versucht, einen Blick auf Skunk zu erhaschen oder sich mit ihm zu unterhalten, wenn wir kurz hochkommen, um etwas zu essen oder einen Kaffee zu trinken.

Wie sich herausstellt, war Denny ein Riesenfan von *Birdseye*. Ich höre, wie er Skunk erzählt, dass ihre Musik ihm während einer schweren Zeit am College sehr geholfen hat. Danach unterhält sich Skunk ab und zu ein bisschen mit ihm.

Erst ist es nicht mehr als »Hey, Alter« oder »Cool«, aber nach und nach werden daraus ganze Sätze, und plötzlich essen wir zusammen Pancakes in der Küche, Denny, Skunk und ich, bewerfen einander mit Blaubeeren und hören dabei die *Yeah Yeah Yeahs*.

Donnerstagabend sind Skunk und ich fertig mit den Aufnahmen. Am nächsten Morgen fahre ich zum Copyshop und lasse Poster für unser Konzert drucken. Ich übernehme das Design von Sukeys Ausstellung im *razzledazzlespace*:

DAFFODILIAD	
DIESEN SAMSTAG 22 UHR IM *TRAIN ROOM*, EAST CORDOVA ECKE CARRALL STREET	FEAT. NEUE LIEDER VON **PHIL COSWELL VON *BIRDSEYE*** UND KIRI BYRD VON *SONIC DRIFT*

Ich hebe Skunks Namen und das Wort Birdseye noch extra hervor, damit auch ja klar ist, dass das vor allem sein Konzert ist. Dann fahre ich mit dem Fahrrad herum und hänge die Poster überall in der Stadt auf, bis von meiner Rolle

Klebeband nur noch das Pappskelett übrig ist, mein Posterstapel auf ein paar Vierecke zusammengeschrumpft ist und es weit und breit keine Straßenlaterne oder Bushaltestelle mehr gibt, an der nicht für *Daffodiliad* geworben wird.

Skunk ruft zwanzigmal an und fragt, wo ich stecke. Ich denke mir jedes Mal eine neue fröhliche, beruhigende Antwort aus:

Ach, ich bin gerade in der Rocky-Moutain-Schokoladenfabrik und esse einen kandierten Apfel mit Marshmallows und Erdnussbutter.

Ach, ich bin im Sushirestaurant und spiele mit ein paar alten Männern Mah-Jongg.

Ach, ich bin unten am Hafen und informiere mich über Schiffsreisen nach Japan.

Ach, ich sitze am Strand und kiffe mit einer Meeresschildkröte.

Er soll nicht wissen, dass ich eigentlich gerade der ganzen Welt Phil Coswells phantastisches Comeback ankündige. Skunk, mein bescheidener Skunk, mein zurückhaltender und introvertierter Bicycle-Boy, würde das nie erlauben. Ich überlege, ob morgen Abend wohl auch Fernsehsender auftauchen werden, um unser Konzert zu übertragen. Würde mich nicht wundern, wenn uns hinterher irgendein Plattenlabel vom Fleck weg unter Vertrag nimmt.

Die Sonne geht unter. Ich fahre die Granville Street hoch und runter, um zu überprüfen, dass ich auch ja keine Stelle ausgelassen habe, wo noch ein Poster hin könnte. Der Besitzer eines Plattenladens schimpft erst, weil ich ohne zu fragen ein Poster an sein Schaufenster geklebt habe, aber als ich ihm erkläre, worum es geht, bittet er gleich noch um drei weitere Plakate, die er im Laden aufhängen will.

»Phil Coswell«, sagt er immer wieder. »Der von *Birdseye?*«

Ich nicke.

»Mein Gott. Ich war damals bei dem Konzert dabei.«

Zum Schluss fahre ich noch beim *Train Room* vorbei. Ich warte an der Garderobe. Als der Manager vorbeikommt, drücke ich ihm das letzte Poster in die Hand.

»Was hast'n da?«, fragt er und überfliegt den Text.

»Ist für morgen Abend.«

»*Daffodiliad.* Ich dachte, ihr heißt *Sonic Drift.*«

Ich werfe ihm einen verschwörerischen Blick zu, beuge mich vor und flüstere: »Es gab da eine kleine personelle Änderung.«

Der Manager sieht wieder auf das Poster und pfeift beeindruckt. »Phil Coswell. Im Ernst? Wusste gar nicht, dass der überhaupt noch Musik macht. Ich sag Hal, dass er eine Ankündigung auf unsere Website setzen soll.«

Ich strahle ihn an.

»Das wäre phantastisch.«

KAPITEL 41

»O mein Gott, nein.«

Skunk bleibt vor dem *Train Room* stehen, den Bass in der einen Hand, den Verstärker in der anderen. Er wird ganz blass.

»Kiri! Das hast du nicht wirklich gemacht.«

Ich strahle ihn an. Ich trage mein neues Kleid mit den schwarzen und rosa Streifen, das ich extra für unseren Auftritt gekauft habe, und natürlich Sukeys silberne Schuhe. Auf der Fahrt hierher musste ich Skunk die ganze Zeit ablenken, damit er nicht die vielen Poster an den Straßenlaternen oder Bushaltestellen entdeckt. Was sich letztendlich natürlich als sinnlos herausgestellt hat: An der Tür des *Train Room* klebt ein leuchtendgelbes *Daffodiliad*-Poster, auf das noch jemand *Phil Coswells Comeback!* geschrieben hat.

Ich bin so aufgeregt, dass ich gleich die Tür einen Spaltbreit öffnen muss. Es ist bereits lautes, tiefes Gemurmel zu hören. Das bedeutet, drinnen muss es wahnsinnig voll sein. Man kann die Menge schon fast riechen.

»Ich kann da nicht rein«, stammelt Skunk.

Er macht auf dem Absatz kehrt und läuft zurück zu seinem Lieferwagen, so schnell er das mit dem Bass und dem Verstärker in der Hand kann. Ich hoppele mit meinem Synthi im Arm neben ihm her.

»Klar kannst du da rein, Skunk. Auf jeden Fall. Ach, Bicycle-Boy. Wir werden berühmt. Es wird so toll.«

Er bleibt nicht stehen.

»Es wird eben nicht toll«, sagt er. »Es wird eine Freak-Show. Seht euch Phil Coswell an, den Psycho-Gorilla, live und in Farbe.«

Wir sind am Lieferwagen angekommen. Er stellt den Verstärker ab und schiebt die Tür auf. Mit zitternden Händen stellt er den Bass ins Auto. Mir geht zum ersten Mal auf, dass er wütend ist.

Ich stelle meinen Synthesizer ab und klettere an ihm hoch wie ein Äffchen, reibe meine Nase an seinem Hals, küsse seine Ohren, drücke ihn. »Es wird alles gut, Skunk. Es wird alles gut. Die Leute lieben dich. So ein Typ aus einem Plattenladen meinte zum Beispiel, alle, die an dem Abend wirklich da waren, seien der Meinung –«

»Ich geh da nicht rein.«

Skunks Gesicht ist spiegelglatt wie ein zugefrorener See. Er schüttelt meine Arme ab, geht um den Lieferwagen herum, schließt die Fahrertür auf und setzt sich rein.

»Skunk.«

Ich klopfe an das Fenster auf der Beifahrerseite.

»Skunk. Lass mich rein. Komm schon, Skunk. Bitte.«

Er macht mir nicht auf. Er dreht den Zündschlüssel ein Stück herum und stellt dann das Radio ganz laut.

Ich stehe ratlos auf dem Gehweg, mein Herz zittert. Ich sehe meinem wunderschönen Bison dabei zu, wie er den Kopf auf das Lenkrad sinken lässt und anfängt, zu weinen.

Ich tanze hin und her, klopfe und bettele. Skunk bewegt sich nicht, er sieht nicht mal hoch. Ich höre das Radio durch das geschlossene Autofenster, irgendein schrecklicher Partysender mit Popsongs und Werbespots für Möbeldiscounter. Es kommen immer mehr Leute. Bald stehen sie bis auf die Straße. Unsere Fans lehnen an der Mauer in ihren Miniröcken und Vintagejacken, sie rauchen und schwatzen und spielen mit ihren Handys. Viele beschweren sich über die lange Schlange. Jedes Mal, wenn ich hinsehe, ist die Schlange noch ein Stückchen gewachsen, bis sie auf einmal verschwunden ist. Alle, die rein wollten, sind drin. Man wartet nur noch auf uns.

Ich bekomme eine SMS von Denny:

wo bleibt ihr denn?!

Er ist drin und verkauft unsere CDs, und die Leute werden langsam ungeduldig.

Ich gehe zur Tür vom *Train Room* und reiße das gelbe Poster ab. Ich schreibe Skunk eine Nachricht auf die Rückseite, gehe zurück zum Lieferwagen und lege das Blatt auf die Windschutzscheibe, wo Skunk es sofort ins Auge fallen muss, falls er jemals wieder hochsieht.

Ich klopfe ein letztes Mal ans Fenster in der Hoffnung, dass er seinen Wuschelkopf nur einmal hebt. Er soll wissen, wie sehr ich ihn liebe.

Keine Reaktion.

Ich nehme meinen Synthi und den Verstärker und gehe allein zum *Train Room*.

Wenn es jemals eine Situation gab, in der jemand gebraucht wurde, der gerade eine manische Phase durchmacht, dann wohl hier und jetzt. Ich rausche in den *Train Room* hinein, stolz und leuchtend wie ein Stern, eine Stunde zu spät aber wunderschön, charmant und wahnsinnig interessant. Ich mache einen kleinen Spaziergang durch die Menge, schüttele Hände und umarme meine Fans. Ich werfe dem Typen an der Bar und den kleinen Neuntklässlerinnen von der East-Van-Highschool eine Kusshand zu. Ich tausche schnell ein paar ironische Sätze mit den Hipstern am Ecktisch aus. Ich schwebe an Motorradmann vorbei, kühl und distanziert wie ein seltener weißer Vogel. Er sieht mir nach und schmollt, die Hände mit den langen Fingern vor dem Bauch gefaltet. Ich gehe am Merchandising-Tisch vorbei und erkläre Denny, was los ist.

Der Saal ist voll, und die Leute werden langsam ungeduldig. Alle warten darauf, dass das Konzert endlich losgeht. Ich gebe mein Bestes, die Menge bei Laune zu halten, schwatze ununterbrochen mit den Leuten, während ich auf der Bühne herumwusele und den Verstärker und die Mikros aufbaue. Dann mache ich einen ausführlichen Soundcheck. Ich reiße Witze und werfe mit Wortspielen und dunklen Andeutungen um mich. Als schließlich alles fertig ist, aber Skunk immer noch fehlt, spiele ich mein klassisches Repertoire auf dem Synthesizer, gebe Bach und Beethoven in wimmernden Rechteckschwingungen und unterlegt mit kifferwürdiger Verzögerung zum Besten.

Das Publikum klatscht, aber ich weiß genau, was sie denken: »Wo ist Phil? Wo ist Phil? Wo ist Phil?«

Ich beende mein letztes klassisches Stück. Dann bücke

ich mich und mache meinen Schuh auf und wieder zu. Während ich da unten bin, an meinem Knöchel herumreibe und leicht verzweifelt überlege, was ich als Nächstes tun soll, höre ich plötzlich ein Dröhnen aus der Menge aufsteigen. Es beginnt im hinten Teil des Saals und brandet nach vorn wie eine Welle. Als ich aufschaue, ist jeder einzelne Kopf zur Tür gedreht, wo gerade Skunk, Philippe, Bicycle-Boy, mein lieber Brontosaurus mit seinem apfelgrünen Bass aufgetaucht ist.

Er braucht eine ganze Minute, um sich zur Bühne durchzukämpfen, weil ihn so viele Leute berühren wollen. Sie wollen mit ihm reden und seinen großen, verletzten Körper umarmen, als wäre er ihr bester Freund, der von den Toten auferstanden ist. Erst denke ich an Gaffer oder Autogrammjäger. Ich rechne jeden Moment mit einem Blitzlichtgewitter.

Aber nein. Diese Leute, die Skunk auf die Schulter klopfen, seine Arme berühren, heißen ihn willkommen. Es war doch nur so eine Sache, sagen ihre Gesichter. Nur eine komische Sache, und wir sind unglaublich froh, dass es dir wieder gutgeht.

Schließlich hat er es zur Bühne geschafft. Er stöpselt seinen Bass ein, und die Menge jubelt. Bevor wir anfangen zu spielen, beugt er sich zu mir herüber.

Er flüstert: »Danke, Crazy Girl.«

Ich flüstere zurück: »Das Schwere begründet das Leichte, und die Stille beruhigt das Laute.«

Das stand auch auf dem Poster, das ich ihm an die Windschutzscheibe geklemmt hatte.

Unsere Lieblingszeile aus dem *Tao*.

Wir spielen ein Lied, zwei Lieder, drei Lieder, fünf. Die Menge wird ganz still. Die Leute stellen ihre Getränke ab und sitzen im Schneidersitz auf dem Boden, sehen zu uns hoch wie Kindergartenkinder in der Märchenstunde. Meine Hände schweben über die Tasten; meine Stimme verschmilzt mit der von Skunk. Wir singen von den uralten Rätseln, die wir im Keller aufgeschrieben haben, die Skunk im Schlaf in den Kopf kamen und mir, während ich wach lag. Zwischen uns vibriert ein goldenes Kraftfeld, ein Raum, den das Universum füllen will. Dort oben auf der Bühne fühle ich mich lebendig und unglaublich verletzlich, als würde ich nur mit einem Stück Zahnseide gesichert einen Berg besteigen.

Und mir wird klar, dass Skunk der mutigste Mensch ist, den ich kenne.

Sobald das Konzert vorbei ist, muss Skunk sofort nach Hause. Tante Martine hat ihm die schlimmsten Strafen angedroht, wenn er um Mitternacht nicht wieder da ist. Sie wird dann nämlich erst sein Fahrrad foltern. Eine Alarmanlage an seiner Glastür anbringen. Und seine Radios eins nach dem anderen umbringen.

Wir lehnen an seinem Lieferwagen und küssen uns wie Überlebende einer Lawine, bis sein Handy anfängt zu piepsen – es ist sein Fünfzehn-Minuten-Signal. Es klingt so aufgeregt wie ein Vogel, dessen Nest brennt.

»Ich geh dann mal lieber«, grummelt Skunk, seine großen braunen Augen leuchten wie Geburtstagskerzen.

Er küsst mich noch mal, ein Kuss, der die ganze Nacht dauern soll, und ich sauge seinen Duft ein, als wäre es der letzte Atemzug vor einem Tauchgang in der Tiefsee.

»Ach, Bicycle-Boy«, sage ich. »Ach, Phil. Ach, Skunk. Hast du ihre Gesichter gesehen? Hast du gehört, wie sie geklatscht haben? Das müssen mindestens hundert Leute gewesen sein, und ein paar davon haben selbst eine Band. Hast du den Typen ganz hinten gesehen, den vom Radio?«

Sein Lächeln ist ein Sternenregen. »Crazy Girl«, sagt er, »ich hab nur dich gesehen.«

Ich stehe auf dem Gehweg, winke Skunk hinterher, werfe ihm eine Kusshand zu und schlage ein schiefes Rad. Die Leute kommen in kleinen Grüppchen aus dem *Train Room* und verschwinden in die Nacht hinaus. Ich fühle mich, wie Sukey sich mit ihrer Feder im Haar am Abend der Ausstellungseröffnung gefühlt haben muss. Die Welt kommt mir groß und hell und voller Möglichkeiten vor, und ich bin ein Teil von ihr. Ich habe mit meiner Musik etwas beigetragen, das ich auf keine andere Art hätte machen können.

»Du, Kiri?«

Ich drehe mich um und strahle Denny an, der gerade mit einem Umschlag voller Geld von den CD-Verkäufen aus dem *Train Room* kommt.

»Denny!« Ich hüpfe auf ihn zu, umarme ihn, meinen wahnsinnig ernsthaften großen Bruder, und reiße ihm den Umschlag aus der Hand. »Hast du Hunger? Meinst du, um diese Uhrzeit hat noch irgendwo ein mongolisches Restaurant auf?«

»Mom und Dad haben gerade angerufen.«

Ich höre gar nicht richtig zu, tanze zu der Musik in meinem Kopf. »War bestimmt interessant. Hey, du hast doch deinen Ausweis dabei, oder? Können wir Champagner kaufen?«

»Dir ist schon klar, dass die beiden morgen früh wieder da sind, oder?«

Ich höre auf zu tanzen und sehe Denny fassungslos an. Schließlich hat mein Gehirn die Information verarbeitet. »Was? Wieso? Sie kommen doch erst in einer Woche, ich hab noch eine Woche Zeit!«

»Hast du die E-Mail nicht gelesen? Sie haben einen früheren Flug gebucht.«

»Wieso hast du mir nichts davon gesagt?«

»Ich hab dir doch das Telefon gegeben, als sie es dir erzählen wollten. Ist ja wohl nicht meine Schuld, dass du anscheinend nicht zugehört hast.«

Ich erinnere mich an den Tag, als ich die Sinuswellen ins Telefon geschickt habe. Plötzlich habe ich eine schlimme Vorahnung. »Was ist denn eigentlich los, wieso kommen sie überhaupt früher nach Hause?«

Denny spielt an seinem Handy herum, klappt es auf und wieder zu. »Mom hat so eine komische Grippe«, sagt er.

Ich verschränke die Arme. »Ach ja? Und ein Langstreckenflug hilft da, oder was?«

Aufklappen, zuklappen. Denny sieht einem Bus hinterher, der an uns vorbeifährt. »Und Dad muss sich um irgendwelche Geschäftssachen kümmern.«

»Im Ernst? Aber sie sind doch im Urlaub!«

»Und …«

Nach diesem »und« habe ich das Gefühl, die ersten beiden Gründe waren Quatsch, und der echte Grund ist etwas, das ich gar nicht hören will.

»Und was, Denny?«

Aufklappen, zuklappen, aufklappen, zuklappen. Ich brech das Ding gleich in der Mitte durch, wenn er nicht damit aufhört.

»Und was, Denny?«

Er sieht mich immer noch nicht an. Er sieht dem Bus hinterher, als hätte er noch nie ein öffentliches Transportmittel gesehen. »Und, na ja, weißt du noch, letzten Samstag, da bist du doch die ganze Nacht weggeblieben, und dann bist du nach Hause gekommen und warst völlig fertig, aber du hast gleich angefangen, Klavier zu üben …«

Ich kann vor Empörung kaum an mich halten. »Aber ich hab ihnen doch erklärt –«

»Ja, also, Lukas' Mutter hat Mom und Dad angerufen und ihnen gesagt, du hättest einen Nervenzusammenbruch gehabt.« Aufklappen, zuklappen. »Und, ähm, ich hab ihnen neulich so eine E-Mail geschickt, als du noch ziemlich …«

»Ziemlich was?«

»Keine Ahnung.«

»Ziemlich was? Was hast du ihnen erzählt?«

»Nichts.«

»Schon klar. Die beiden haben einfach so spontan beschlossen, früher nach Hause zu kommen.«

Der Bus fährt um die Ecke. Endlich sieht mich Denny an. »Ich hab ihnen echt nicht gesagt, sie sollen früher nach Hause kommen. Sie hatten sowieso darüber nachgedacht wegen dieser Sache bei Dad im Büro.«

»Schwachsinn. Seitdem du wieder hier bist, hast du doch ununterbrochen versucht, mir das Leben zur Hölle zu machen. Du konntest meine Musik noch nie leiden, und jetzt, wo ich endlich Erfolg damit habe, willst du mir das natürlich kaputtmachen.«

Denny wirft fassungslos die Arme in die Luft. »Hörst du dir eigentlich selbst zu? Du klingst genau wie Sukey. ›Ihr wollt mir alle gar nicht wirklich helfen, ihr wollt euch nur zwischen mich und meine Kunst stellen.‹«

»Und Sukey hatte recht!«, schreie ich.

»Sukey hatte ein Problem!«, schreit Denny zurück. »Es geht nicht um deine Musik. Deine Musik ist toll. Die ist wirklich total gut. Und das will dir auch gar keiner wegnehmen. Aber Mensch, Kiri, du bist so aufgedreht … du sagst, dass du nichts nimmst, aber ich weiß, dass du irgendwas genommen haben musst, ich weiß es einfach. Ich hab mich nicht getraut, nach Victoria zurückzufahren, falls du …«

»Und das hast du Mom und Dad erzählt?«, kreische ich. »Du hast ihnen erzählt, dass ich irgendwelches Zeug geschmissen habe? Schönen Dank auch, Denny. Toll gelogen.«

Er redet weiter. »… falls du wirklich irgendein Problem hast. Klar bist du nervig und unvernünftig und völlig verrückt, aber du bist eben die einzige Schwester, die ich noch habe.«

Wir stehen erschöpft da und sehen einander an. Von der Kreuzung ertönt das Signal der Fußgängerampel. Dingdong, ding-dong, ding-dong. Denny legt mir den Arm um die Schultern, als würde er befürchten, ich könnte einfach wegrennen, was ich selbst auch kurz befürchte. Er schiebt mich in Richtung Auto.

»Wann sind sie morgen hier?« Mein Kopf ist bereits voller To-do-Listen, Täuschungsmanöver und Schlachtpläne.

»Ist doch egal«, sagt er. »Suchen wir uns lieber erst mal ein mongolisches Restaurant.«

»Ich hab keine Zeit, essen zu gehen«, erwidere ich. »Gib mir mal dein Handy.«

»Wieso?«

»Weil ich sie anrufen will.«

»Das kannst du nicht. Die sitzen doch bestimmt gerade im Flugzeug.«

»Dann spreche ich ihnen eben eine Nachricht auf die Mobilbox.«

»Und was willst du sagen?«

»Jetzt gib mir schon das Handy.«

Denny gibt es mir. Ich wähle Dads Handynummer. Es ist sofort die Mobilbox dran.

»Hi, Mom und Dad«, sage ich. »Hier ist Kiri. Ich hoffe, ich hattet eine schöne Reise.«

Denny verdreht die Augen. Ich gucke ihn böse an. »Ich wollte euch nur Bescheid sagen, dass …«

Denny sieht mich so seltsam an, und plötzlich weiß ich nicht weiter.

»Was denn?«, zische ich ihm zu, aber er schüttelt nur den Kopf und bedeutet mir, ich soll einfach weiterreden, damit wir endlich los können.

Ich drehe mich von ihm weg. »Also …«, setze ich neu an, aber dann sehe ich auf meine silbernen Schuhe hinunter, die sich glänzend gegen den langweiligen Asphalt abheben.

Ein warmer Windhauch streicht mir um die Beine, und ich rieche die salzige Luft, die vom Hafen rüberkommt. Der Himmel wird zwar von den Straßenlaternen angestrahlt, ist aber noch so dunkel, dass man ein paar Sterne sehen kann.

Plötzlich fühle ich eine große Sehnsucht in mir, und ich weiß nicht mal, wonach – nach Schönheit oder Freiheit oder Liebe? Sehnsucht nach den vielen wilden und gefährlichen Teilen meines Selbst, die ein wenig sterben mit jedem wohlüberlegten Wort, das ich ins Telefon spreche. Wovor habe ich denn überhaupt solche Angst? Sollen sie mich doch anschreien oder ausschimpfen oder mir peinliche Fragen stellen. Sollen sie mich doch von mir aus in eine Anstalt für jugendliche Straftäter stecken – ich werde jedenfalls nicht weiter so tun, als wäre alles beim Alten.

Ich klappe das Handy zu und gebe es Denny zurück. »Los, lass uns essen gehen.«

KAPITEL 42

Wir reden nicht über Mom und Dad, während wir unser Essen hinunterschlingen. Aber auf dem Nachhauseweg fange ich doch wieder an, mir Sorgen zu machen. Ich frage Denny, was ich tun soll.

»Endlich mal schlafen.«

Ich spiele an meinem Sicherheitsgurt herum. »Darum geht's doch jetzt nicht. Meinst du, wir können die Azaleenbüsche wieder einpflanzen? Oder hat um die Zeit noch irgendwo ein Pflanzencenter auf, wo wir neue kaufen können?«

Die Azaleen kommen mir aus irgendeinem Grund wahnsinnig wichtig vor – als müssten Mom und Dad nur einen Blick auf die zugerichteten Büsche werfen und wüssten sofort über alles Bescheid, jeden Gedanken, jeden Ausrutscher, jede Überschreitung. Mal eben die Azaleen rausreißen, so was macht doch nur jemand in einer manischen Phase. Außer einer völlig Verrückten würde doch niemand Azaleen ausreißen, oder?

Der abgesagte Klavierwettbewerb, die Tatsache, dass in unserem perfekten Haus jetzt eine dreibeinige Katze wohnt, die mit ziemlicher Sicherheit Alkoholikerin ist – es gibt wirklich tausend andere Dinge, um die ich mir Sorgen machen müsste. Aber ich kann nur an die Azaleen denken.

»Morgens um drei kriegt man nirgendwo Azaleenbüsche her«, sagt Denny. »Schlaf erst mal. So wenig, wie du schläfst, da würde ja jeder verrückt werden.«

Ich werde von einer Welle der Angst überrollt. »Aber was ist mit …«

Dennys Hände liegen ruhig und sicher auf dem Lenkrad. »Pass auf«, beruhigt er mich. »Du gehst schlafen, und ich kümmer mich um die Azaleen.«

»Versprochen?«

»Versprochen.«

Mein Körper entspannt sich, als Denny das sagt, als wäre die Sache mit den Azaleen eine große haarige Spinne auf meiner Schulter und Denny hätte sie gerade heruntergeschnippt. Alles wird gut. Ich atme tief ein. Die Azaleen. Gott sei Dank.

Wie sich herausstellt, ist es ganz schön schwierig, mit dem Schlafen wieder anzufangen, wenn man es sich einmal abgewöhnt hat. Die Götter des Schlafs lassen einen nicht einfach wieder in den Club rein. Da muss man schon ein gewisses Opfer oder anderes Zeichen der Sühne bringen, um wieder reinzukommen. Ich zünde ein Räucherstäbchen an, das mir Skunk dagelassen hat, schwenke es über meinem Bett und singe einen beschwörenden Schlafgesang, während sich das Zimmer mit duftendem Rauch füllt.

Ich spreche ein kleines Gebet: »O ihr Götter des Schlafs, bitte lasst mich ein und unter die Decke der Träume.«

Die ersten paar Minuten fühlen sich vielversprechend an. Ich kuschele mich in mein Kissen und versuche, mein Gehirn zur Ruhe kommen zu lassen. Einen Augenblick sieht es so aus, als würde ich einschlafen. Das wäre gut, denn dann gäb es vielleicht gar kein Sache.

Ein paar Sekunden später läuft mein Gehirn aber schon wieder auf Hochtouren. Ich grübele über die vielen komplizierten Dinge, die ich Mom und Dad erklären muss – Sukeys Sachen, der Klavierwettbewerb, Skunk –, und verbringe den Rest der Nacht hellwach damit, mich auf ihre Ankunft vorzubereiten.

Erst überlege ich, dass es vielleicht am besten wäre, wenn ich am Klavier sitze und übe, wenn sie reinkommen. Dann könnte ich mich mit einem fröhlich überraschten Gesicht zu ihnen umdrehen, als hätte ich das Taxi draußen gar nicht gehört.

Dann überlege ich, ob ich nicht Sukeys Sachen im Wohnzimmer ausbreiten und wie in einer Talkshow eine Familienzusammenkunft einberufen sollte. Das könnte der Beginn einer Aussprache sein. Wir würden alle weinen und uns umarmen und unsere Sünden beichten.

Dann mache ich mir Sorgen, dass Mom und Dad böse auf mich sind, weil ich sie vor Petra und Dr. Scaliteri blamiert habe. In dem Fall sollte ich vielleicht lieber einen auf verletzlich machen. Sie kommen rein, und ich liege zusammengekrümmt auf der Couch, fragil und ängstlich, die Katze Snoogie im Arm: ihre arme fleißige Tochter, die sich am Klavier fast zu Tode geübt hat, nur um sie stolz zu machen.

Die Zahlen auf dem Wecker auf meinem Nachttisch glühen rot. Ich probiere alle möglichen Schlafpositionen, Kissenkonfigurationen, Gesänge, Zaubersprüche und Gebete aus, aber irgendwann geht einfach die Sonne auf, und es ist Morgen. Ich habe kein bisschen geschlafen.

Meine Eltern materialisieren sich aus dem Nichts – nach Sonnencreme duftende Rollkoffer-Aliens in atmungsaktiver Kleidung. Sie wirken so strahlend, als wären sie gar nicht echt, haben eine klinisch saubere Frische an sich wie Schnittblumen, die die Welt durch eine Zellophanschicht hindurch betrachten.

Ich komme nach dem Zähneputzen aus dem Bad, und Mom und Dad sind plötzlich da, blitzsauber und strahlend und in farblich aufeinander abgestimmten Klamotten, als hätte man sie gerade aus einem Katalog ausgeschnitten. Die verschiedenen Szenarien, die ich mir überlegt hatte, verknoten sich in meinem Kopf zu einer verwirrenden Tripelhelix, und ich kann die beiden nur noch aus meinen rotmüden Augen anstarren. Die beiden hantieren in der Küche rum und reden so schnell auf mich ein, dass ich nur einen Bruchteil davon wirklich mitbekomme.

»Kiri«, sagen sie immer wieder, und es klingt wie Vogelzwitschern.

Sie wollen wissen, was mit den Azaleen passiert ist.

Und wo ich die Post gelassen habe.

Sie haben die letzten drei Tage auf dem Kreuzfahrtschiff damit verbracht, sich durch diverse Websites zum Thema psychische Probleme bei Jugendlichen zu lesen. Sie meinen, wir hätten ganz schön Glück gehabt, dass Petra und Denny die Warnsignale bemerkt haben.

Mein Dad drückt mir einen Stapel Bücher in die Hand, den sie auf dem Weg vom Flughafen nach Hause gekauft haben. Ich überfliege die Titel. *Depression bei Kindern und Jugendlichen.*

»Das ist jetzt nicht euer Ernst.«

Meine Eltern reden weiter, als hätten sie mich gar nicht gehört: Petra hat ihnen einen hippen jungen Betreuer empfohlen, bei dem ich morgen früh einen Beratungstermin zu meiner eventuellen manischen Zukunft habe. Außerdem hat ihnen Petra auch noch einen Musiktherapeuten nahegelegt, der Akustik-Gitarre spielt und sehr, sehr gut mit gestörten Jugendlichen kann. Aber das ist nur so eine Idee.

Sie kramen ein paar kleine Geschenke für mich aus ihrem Gepäck: Shampoo und Seife vom Kreuzfahrtschiff, eine Kette aus den Knochen von irgendeinem Meerestier. Ich drehe die kleinen rosa Muscheln hin und her und warte darauf, dass meine Eltern mich fragen, was überhaupt los ist, wie es mir geht, was ich über die ganze Sache denke.

Petra hat recht, Lukas hat recht, Denny hat recht, Skunk hat recht, sie haben alle recht – ich bin sachig, ich habe eine Sache am Laufen. Ich bin erschöpft und denke nicht mehr normal, und irgendwas stimmt nicht mit mir. Aber das ist mir mittlerweile ziemlich egal. Das kann man schon irgendwie wieder in Ordnung bringen. Ich mache mir im Moment viel mehr Sorgen um das, was gerade passiert: dass ich hier stehe und so viel sagen will und trotzdem stumm bleibe.

Ich bleibe noch einen Moment dort stehen, warte darauf, dass sie mich irgendetwas fragen, was wirklich wichtig ist.

Dad ist damit beschäftigt, sein Handy aufzuladen.

Mom sucht im Kühlschrank nach Milch.

Sie wirken übertrieben geschäftig und unecht, wie Kinder, die so tun, als würden sie gerade eifrig mitschreiben, damit der Lehrer sie nicht aufruft.

Mom schraubt eine große Flasche Vitamintabletten auf, die nach Plastikblumen riechen, und Dad füllt sich ein Glas Wasser an der Spüle. Zum ersten Mal seit Sukeys Tod kann ich uns ganz deutlich sehen. Wir stehen unsicher an der Kreuzung von Liebe und Vermeidungsverhalten wie ein paar Touristen, die sich verlaufen haben und nicht wissen, welche Straße wieder nach Hause führt.

Meine Schultern beben, und meine Brust schwillt an wie eine Wärmflasche, die jemand zu schnell volllaufen lässt.

»Mom?«, frage ich mit zitternder Stimme. »Dad?«

Sie drehen sich beide gleichzeitig zu mir herum.

»Können wir reden?«

Es klingt seltsam und angestrengt, als würde ich in einer Fremdsprache sprechen, die ich erst seit kurzem lerne.

Und dann umarmen sie mich mit ihren Sonnencreme-Armen und atmen mit ihrem Mundwasser-Atem in mein Haar, und ich komme mir vor wie jemand, der gerade über glühende Kohlen gegangen ist und jetzt am anderen Ende auf dem kühlen Gras zusammenbricht.

»Da hat so ein Mann angerufen«, murmele ich in den Ärmel meines Dads.

Da fangen wir an.

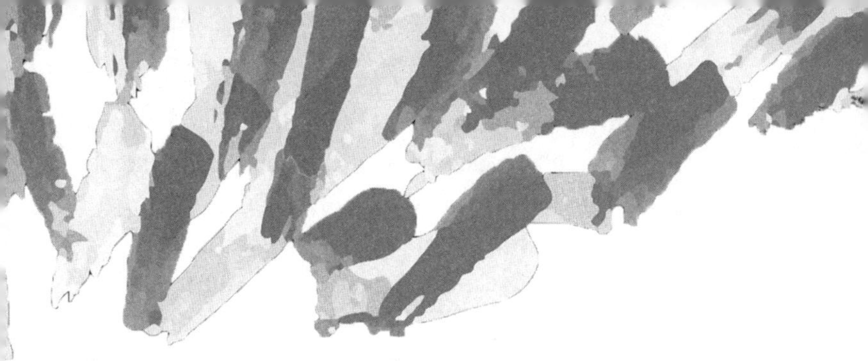

KAPITEL 43

An diesem Abend führe ich wieder mein Weihrauchritual für die Götter des Schlafs durch und will danach gerade das Melatonin-Präparat nehmen, das mir meine Mutter hingelegt hat, als mir auffällt, dass ich heute noch gar nicht auf mein Handy gesehen habe. Ich krame es aus meiner Handtasche. Drei verpasste Anrufe von Skunk und zwei SMS von ihm:

grad am imperial vorbeigefahren. fenster vernagelt.???

Und:

typ von der baustelle sagt, morgen wird abgerissen!!!

Ich spucke das Melatonin wieder aus und rufe sofort Skunk an. Er geht erst nach dem einmillionsten Klingeln dran, die Stimme ganz schwerfällig von den Medikamenten.

»Hhhallo …«

»Morgen wird es abgerissen?«, flüstere ich.

»Hmmm …«

Ich glaube, er ist nicht richtig wach, ist im Moment wahrscheinlich auch gar nicht physisch dazu in der Lage. Seine Tabletten würden echt einen Elefanten umhauen.

Mir wird blitzartig klar, dass mich der hippe junge Betreuer morgen früh vielleicht auch zu so einem Elefantenberuhigungsmittel überreden will.

Von Skunk kommt ein müdes, verwirrtes Stöhnen.

»Schon okay, Bicycle-Boy, schlaf weiter«, flüstere ich liebevoll.

Ich lasse das Handy sinken. Ich sitze auf meinem Bett, und mein Körper wird innerlich von den verschiedensten Impulsen auseinandergerissen. Ich weiß, ich sollte schlafen. Ich sollte das Melatonin nehmen und mich schlafen legen. Aber wenn ich darüber nachdenke, was diesen Sommer alles passiert ist, dann kann ich das Ganze nicht so enden lassen – mit einer Tablette und acht Stunden künstlicher Ohnmacht.

Nur noch eine einzige Nacht, sage ich mir.

Ich stehe auf und schleiche mich den Flur hinunter. An der Schlafzimmertür meiner Eltern bleibe ich kurz stehen und lausche. Sie schlafen. Sie haben schon während des Abendessens die ganze Zeit gegähnt und immer wieder betont, dass sie noch nach der Uhrzeit der Kanarischen Inseln leben würden. Ich bin mir ziemlich sicher, dass sie selbst auch noch Melatonin eingeworfen haben. Ich tappe auf Zehenspitzen in Sukeys altes Zimmer, achte darauf, nicht auf die knarrende Diele zu treten. Ich hole mir heraus, was ich brauche, und eile zurück in mein Zimmer. Danach ziehe ich mir einen Pullover über den Schlafanzug und verstaue mein Diebesgut in einer Umhängetasche.

Zwei Minuten später schiebe ich lautlos mein Fahrrad aus der Garage.

Die ersten hundert Meter klopft mir das Herz so stark, dass ich fast wieder umkehre. Ich weiß: Was ich da mache, ist dumm und gefährlich, und ich handele mir damit nur noch mehr Ärger ein. Der Inhalt der Umhängetasche schlägt leicht gegen meinen Körper und erinnert mich an meine Mission. Als ich an der Brücke angekommen bin, über die es Richtung Downtown geht, sind die Lenkergriffe schon ganz heiß und feucht von meinen schwitzigen Händen. Aber im Bauch habe ich dieses angenehme, leicht flaue Gefühl, das man bekommt, wenn der Wagen auf der Achterbahn die Schienen hinaufpoltert.

Ich hole das erste von Sukeys Farbgläsern aus der Tasche. Ich stütze es mit einer Hand gegen den Lenker und schraube es mit der anderen auf. Das Fahrrad wackelt etwas unter mir. Als ich den Deckel ab habe, strecke ich den Arm aus und halte das Glas über den Gehweg. Ein dünner Strahl Farbe läuft als langer Faden heraus. Ich sehe hinter mich. Eine ringelblumengelbe Spur folgt mir die Brücke hinauf.

»Hey, Kiri.«

Ein Echo.

»Hab gehört, du bist jetzt in einer Band.«

»Ach, nur ich und mein Freund«, sage ich laut. Dann muss ich darüber lachen, wie komisch meine Stimme klingt, nach Mitternacht, hier auf der Brücke.

Ich schraube das Glas mit der gelben Farbe wieder zu und lasse es zurück in die Umhängetasche gleiten. Dann krame ich nach dem nächsten Glas.

Während ich die Straße entlangfahre, löst sich jegliche Nervosität in mir auf, und an ihre Stelle tritt eine ruhige Gewissheit. Ich male einen rosa Punkt auf Sukeys Magnolienbaum und zwei dünne Ströme, einer kobaltblau und einer purpurrot, auf den Fahrradweg durch den Stanley-Park, wo Skunk und ich um die Wette gefahren sind. Auf dem Gehweg vor dem *Train Room* hinterlasse ich einen smaragdgrünen Spritzer und eine winzige weiße Blüte vor Skunks Tür. Ich laufe auf Zehenspitzen davon, so schnell ich kann.

Jedes Mal, wenn ich in die Umhängetasche fasse, findet meine Hand das Glas mit genau der richtigen Farbe. Die Farben sehen mich vom Boden der Gläser aus an wie kleine nasse Gesichter.

»Krass. Habt ihr ein Demo-Tape, das ich mir mal anhören kann?«

»Gut, dass du fragst, wir haben jetzt nämlich wirklich eins.«

Die Feuerhydranten stehen tapfer und freundlich an den Straßenecken, und eine listige kleine Brise schiebt mich immer weiter vor sich her durch die Stadt und näher, näher, näher an mein Ziel.

Ich stehe vor dem Hotel Imperial. Die Türen und die Fenster im ersten Stock sind vernagelt. Ein neuer Maschendrahtzaun riegelt das Stück Gehweg davor ab. Ein kleines Schild hängt am Zaun, auf dem PARAMOUNT PROPERTIES steht. Einen Moment lang kann ich nur dastehen und das Haus anstarren. So ein mit Brettern vernageltes Haus hat etwas Gruseliges, besonders wenn man weiß, wer da mal gewohnt hat. Ich schaue zu den dunklen Fenstern hinauf, und das Nichts, das mir von dort entgegenblickt, macht mir mehr Angst, als es das Hotel je getan hat, während es noch bewohnt war.

Ich schließe mein Fahrrad an einer Straßenlaterne an und

klettere über den Zaun. Er klirrt und rasselt unter meinem Gewicht, und ich bleibe immer wieder mit der Schlafanzughose daran hängen. Aber irgendwann habe ich es doch geschafft und lande, ganz außer Atem, auf der anderen Seite. Ich laufe den Gehweg entlang. Die Farbgläser in meiner Tasche klingeln wie Glocken. Dieses Mal bleibe ich auf der Feuerleiter kein einziges Mal stehen. Die Angst, erwischt zu werden, scheucht mich die Leiter hoch und rauf aufs Dach, bevor ich überhaupt Zeit habe, Höhenangst zu bekommen.

Auf dem Dach ist es dunkel, ich kann kaum meine eigenen Hände sehen. Ich krame nach dem letzten Farbglas. Nachdem ich ein paar leere aufgemacht habe, stecke ich den Finger in eins und fühle feuchte Farbe.

Ich taste mich zu der Stelle vor, an der die Spritzer von Sukeys Pinsel das Dach bekleckst haben. Meine Finger unterscheiden deutlich die glatten Farbspritzer von dem rauen Dach. Mit schmerzhaft klopfendem Herzen stehe ich wieder auf und kippe das letzte Glas aus.

Ein winziges Platschen, so leise, dass ich es kaum höre, und dann ist Sukeys letztes Farbglas leer.

Mir wird schwindelig, als würde die Höhenangst, von der ich dachte, dass ich sie diesmal einfach übersprungen hätte, auf einmal doch über mich hereinbrechen. Ich schlinge die Arme um die Knie und weine und lache sehr lange. Aber die meiste Zeit halte ich mich selbst sehr, sehr fest.

Mir geht auf, dass das Universum voller kleiner Fackeln ist. Manchmal muss man selbst eine der Fackeln aus dem Feuer hinaustragen – weil die Welt das gerade braucht oder die eigene Familie oder man selbst, damit sich die Seele nicht zu einer Form verbiegt, die die falsche ist. Also geht man los und kommt zurück mit Farbe an den Händen und Wunden an den Knien und den Resten eines Lieds im Kopf. Ich fühle mich, als hätte ich gerade eine Wüste durchquert – erschöpft, voller Schmerzen und kurz davor zusammenzubrechen, aber irgendwo weit über mir kann ich die Götter des Schlafs lachen hören.

Ich stolpere ein paar Schritte nach vorn und lasse mich in den Gartenstuhl fallen. Ich werde mich kurz ein paar Minuten ausruhen, bevor ich wieder herunterklettere. Der verstaubte Stuhl ist überraschend bequem, und bevor ich's mich versehe, ist aus den paar Minuten eine halbe Stunde geworden.

Ich wache vom Donnern der Metallrollos auf, die vor MONEY FOOD ENTERPRISES hochgezogen werden. Der Himmel ist blassrosa, und auf dem Dachrand sitzen kleine braune Vögel in einer Reihe, zwitschern und pfeifen und schlagen mit den Flügeln. Ich schrecke panisch aus dem Gartenstuhl hoch, in meinem Kopf überschlagen sich die Gedanken an meine Eltern, den Abriss, den hippen jungen Betreuer, mein Bett.

Ich suche die leeren Farbgläser zusammen, werfe mir die Umhängetasche über die Schulter und hetze zur Leiter. Unterwegs bleibe ich nur einmal kurz stehen, um mich nach den Farbspritzern zu bücken und ein letztes Mal darüber zu streichen.

In dem Moment fällt es mir auf.

Ich habe geschlafen.

Eine verrückte Freude durchströmt mich, so heiß und leuchtend, dass ich fast aufsteige wie ein Heißluftballon. Ich schaue auf. Plötzlich wird mir klar, dass die gesamte Stadt ausgebreitet vor mir liegt, die Straßen und Gebäude und Parks und Häuser und Wälder und Strände und Wolken. Ich kann mich selbst dort auf dem Hausdach sehen, ein winziger Punkt in einem strahlenden Meer, und ich habe das Gefühl, ich bin zu Hause. Langsam stehe ich auf und schaue in die Ferne.

Dort draußen am Horizont sind zwei Schiffe.